I0655239

M O N D E N W E N D E
SONNENGLASTER II

22. Dezember 2015 – 31. Jänner 2016
Linz, OÖ

„Denn die einen sind im Dunkeln
Und die andern sind im Licht.
Und man siehet die im Lichte
Die im Dunkeln sieht man nicht."

Bertholt Brecht
„Die Moritat von Mackie Messer"
1928

„Doom – Die Herrschaft geht zu Ende,
bring herbei die Mondenwende.
Lass mich für dich Schatten sein.
Niemals Morgen, wir allein."

Johanna Blau
„Wartezimmer im Themenpark"
18. September 2012

ISBN: 978-3-200-05734-0
KDP Edition
Cover-Idee: Oliver Jungwirth (www.oliverjungwirth.com)
Covergestaltung: www.creativeturtle.at
Lektorat & Tipps: Claudia Hilmbauer
Zusätzliches Lektorat: Andrea Jungwirth
© Oliver Jungwirth
Gedicht „Wartezimmer im Themenpark" © Johanna Blau
(www.ich-raum-du.net)

Für CLAUDIA

Längst überfällig.
Danke. Für alles.
Vor allem dafür, mich literarisch fit zu halten.

MONDENWENDE – Sonnenglaster II

.

PROLOG

„When we awake ... we know nothing."
– Aquarian Age „hypnotized"

I

Das Leben ist voller Überraschungen. Manche
davon gut. Manche davon schlecht. Die meisten
haben keine langfristigen Auswirkungen.
Zumindest dachte ich das immer.
Heute blicke ich auf alles zurück was passiert ist
und bin mir nicht mehr sicher.
Wie viel kann ein einziger Mensch verändern?
Kann er die Welt retten? Kann er sie vernichten?
Vor nicht allzu langer Zeit hätte ich geschworen,
beides sei nicht möglich.
Seitdem ist viel passiert.
Ich habe meine Meinung nicht geändert, weil ich es
wollte.
Auch nicht, weil ich eines Morgens aufwachte und
mir dachte: „Hey, versuch es doch mal mit dieser
neuen Ansicht!" Nein.
Es hat seinen Grund.
Vielleicht kann ein Mensch die Welt nicht retten.
Vielleicht kann ein Mensch sich nicht einmal selbst
retten.
Aber eine Gruppe Menschen kann die Welt
verändern. Zum Guten wie zum Schlechten. Auch

wenn beides natürlich im Auge des Betrachters liegt.

Wenn ich die Augen schließe, dann sehe ich mich sitzen. Verwundet, geschlagen und bereit einfach aufzugeben.

Ich lehne mit dem Rücken zur Wand. Umringt von Menschen, die mich töten wollen. Neben mir sitzt eine Frau. Susi. Sie hat gemeinsam mit mir dagegen angekämpft. Wir haben beschlossen uns zu vertrauen.

Sie hat die Lösung, meinte sie. Sie könne uns retten. Was mir nie klar war, ist wie recht sie damit hatte.

Dann wurde ich gefragt, wen von uns beiden sie töten sollen. Ich wäre so gerne tapfer gewesen. Ich wäre so gerne der Held meiner Geschichte gewesen. Hätte mit Stolz geschwellter Brust in die Welt geschrien: „Mich! Lasst sie gehen!"

Aber das war nicht, was passiert ist.

Das ist nicht, was passierte.

II

Seitdem ist viel Zeit vergangen. Die Welt hat sich weitergedreht. Das Leben ist passiert oder besser: Ich habe das Leben passieren lassen. An mir vorbeiziehen lassen.

Und dann kamen sie zurück in mein Leben.

Fielen erneut über mich und diese Welt her und haben alles aufs Neue verändert.

Ich könnte sie hassen.

Könnte ihnen den Tod, die Pest, die Vernichtung
wünschen, aber seltsamerweise tue ich das nicht.
Sie haben mich befreit.
Haben mir mein wahres Ich gezeigt.
Vielleicht sollte ich dankbar sein.
Nicht für alles was sie gemacht, verursacht haben.
Aber zumindest für diesen einen Teil.

III

Wenn der Mond am Himmel steht, dann sammelt
sich das Rudel. Sie heulen ihn an, lechzen nach Blut
und knurren, immer bereit sich gegenseitig an die
Gurgel zu gehen.
Wenn die Träume des Nachts tanzen und von einer
goldenen Zukunft singen, dann springt der Wolf in
ihre Mitte, zerfetzt sie und frisst sie alle auf.
Ich war so knapp davor mit dem Rudel zu heulen.
So knapp, dass ich es mir selbst beinahe nicht
verzeihen konnte. Aber der Mond steht am
Himmel. Die Nacht hat sich über die Welt gesenkt
und der Wandel ist im Begriff eine immer
greifbarere Form anzunehmen.
Zuerst war es nur ein Flüstern. Worte, die niemand
laut auszusprechen wagte. Dann begannen die
Trommeln zu schlagen, die Heere fanden sich,
riefen nach ihren Generälen und die Macht strömte
zurück ins Zentrum.
Was vor Monaten noch undenkbar schien, war
plötzlich möglich. Nahe. Real. Das Flüstern wurde
lauter. Die Stimmen sprachen von Hass, von Mord,

von „uns" und von „denen". Die Gier war da.
Immer da gewesen, nie verschwunden, immer nur
im Verborgenen gelegen. Verdeckt durch ein
Lächeln und ein böses Wort hinter vorgehaltener
Hand.
Alles ist anders.
Die Arbeit im Schatten ist getan.
Die Dunkelheit überzieht das Land wie ein
Leichentuch.
Die Toten wandeln nun unter uns, ohne zu wissen,
dass sie dem Tod geweiht sind.
Man kann es in ihren Augen sehen.
Das Rudel ist groß geworden.
Stark. Mächtig.
Es versteckt sich nicht mehr hinter der Fassade von
anständigen Menschen. Es versteckt sich hinter
Symbolen, hinter Avataren, Accounts und der
Illusion der Sicherheit.
Doch es ist niemand mehr sicher.
Vielleicht waren wir das nie.
Vielleicht war es von Anfang an eine Lüge.
Geschaffen von jenen, die nun im Rampenlicht
stehen, um in die Gesichter der versammelten
Menge zu blicken und mit blitzend weißen Zähnen
alle ihre Ängste und Befürchtungen für wahr zu
erklären.
Die Worte sind nicht mehr geflüstert.
Sie werden gebrüllt.
Die Krüge werden geschwenkt, die Stimmung
schlägt um.

Die Parolen hallen durch die Zelte, über die Straßen und im offenen Tageslicht wird das Wort ABER als neues Zauberwort gehandelt, nach dessen Nutzung man selbst Dinge sagen kann, die vor nicht allzu langer Zeit selbst im Traum noch gerügt worden wären.

Die Zeiten sind anders.

Die Welt ist dieselbe.

Die Gefahr war noch nie so groß.

Mein Hass noch nie so brennend.

TEIL 1

MORGENDÄMMERUNG

Kapitel 1: Klarheit (in aller) (I)

„Wenn es drinnen regnet, draußen nicht
(niemand will Krieg haben wir in der Schule gelernt)"
– Aquarian Age „klarheit (in aller)"

RENÉ

I

Ich wache auf. Stumm. Das ist gut. Das ist sehr gut. Die letzten Wochen passiert mir das zum Glück öfter. Ich öffne die Augen, sehe die gewohnte Umgebung und fühle mich ... wach. Kein Traum, der mich die ersten Sekunden in die neue Umgebung verfolgt. Keine Szenen, die gefüllt sind mit Blut, Angst und Zähnen.
Es ist noch nicht hell draußen. Ich bin ruhig.
Alles ist in Ordnung.
Alles. In. Bester. Ordnung.
Manchmal, an guten Tagen, habe ich das Gefühl, als hätte ich alles nur geträumt. Als wäre meine Zeit mit Susi und ... den „anderen" nur ein dummer, schrecklicher Albtraum gewesen, der mir viel zu real vorkam.
Menschen, die sich in reißende Bestien verwandeln. Eine Flucht durch die Straßen der Stadt, verfolgt von Tieren, die mich zerfetzen wollen. Eine junge Frau, der ich mich ausliefere, nur um sie im entscheidenden Moment im Stich zu lassen.
Wir können nicht alle Helden sein.

9

Sie hat mich nie verurteilt. Mir nie gesagt, wie
enttäuscht sie ist.
Fast so, als hätte sie meinen Verrat erwartet.
Wie sehr ich mich dafür gehasst habe.
Wie sehr ich *sie* dafür gehasst habe.
Die Zeit heilt alle Wunden, heißt es. Das ist eine
Lüge. Eine einzige, groß propagierte Lüge, die uns
wohl nur helfen soll, daran zu glauben, dass
irgendwann alles gut wird. Außen mag es so sein.
Menschen vergeben uns. Das Leben geht weiter.
Und irgendwann verblasst die Erinnerung,
dämmert die Erkenntnis, dass es eigentlich ohnehin
niemanden interessiert.
Sie ist weg.
Ich weiß nicht, wo sie ist und ich will es auch nicht
wissen.
Niemand will die Erinnerung an seinen größten
Misserfolg immerzu vor sich haben. Niemand.
Langsam drehe ich mich zur Seite, blicke auf den
Wecker, der am Bettrand steht und frage mich,
weshalb mir das Ziffernblatt sagt, dass ich um drei
Stunden zu früh wach bin. Dann bemerke ich, dass
es draußen noch dunkel ist.
Ein Seufzer entkommt mir.
Natürlich weiß ich, dass ich heute nicht mehr
schlafen werde. Zu viele Nächte habe ich mir bei
dem Versuch wieder einzuschlafen um die Ohren
geschlagen, mich von einer Seite auf die andere
drehend und störrisch bemüht in ruhigen Schlaf zu
sinken.
Als ob ich jemals wieder ruhig schlafen könnte.

Die Wunden heilen. Das Fleisch erholt sich.
Narben bleiben.
Manchmal jucken sie. Manchmal vergisst man eine
Weile, dass sie überhaupt da sind.
Die Seele heilt nicht.
Meine Seele heilt nicht.
Das liegt womöglich an meinem Wissen, dass es
keine Wiedergutmachung gibt. Keine geben kann.
Ich werde mir nie verzeihen.
Um mich von diesen düsteren Gedanken
abzulenken werfe ich die Decke zurück, setze mich
auf und starre stumm auf den Boden. Ein paar
Minuten konzentriere ich mich nur auf meinen
Atem und verdränge alles.
Der Gedanke an Kaffee taucht auf und die
Versuchung ist groß.
Ich beschließe spontan ihr nachzugeben und trabe
lustlos, aber wach, in die Küche. Nachdem ich die
Maschine eingeschaltet und auf den richtigen
Knopf gedrückt habe, fluche ich laut, schalte sie
rasch wieder ab, greife nach einem Geschirrtuch
und schüttle stumm und auf mich wütend den
Kopf.
Vielleicht wäre es gut gewesen, wenn ich eine
Tasse darunter gestellt hätte. Ich scheine doch
nicht so wach zu sein, wie mein Hirn mir einreden
will.
Dass ich mich auf meinen Kopf nicht sehr gut
verlassen kann, sollte ich eigentlich bereits wissen.
Was man sich nicht alles schönreden kann.

Es dauert nicht lange und der Saustall ist wieder in Ordnung gebracht.

Für einen kurzen Moment wünsche ich mir, dass mein Kopf auch so rasch wieder in Ordnung gebracht werden könnte, weiß aber gleichzeitig, dass diese Hoffnung vergebens ist. Mein Kopf bleibt kaputt. Auch wenn mein Leben wieder in geordneten Bahnen verläuft.

Ordnung.

Was für ein Wort.

Es gab mal eine Zeit, da dachte ich, dass diese Ordnung tatsächlich existiert, aber dann brach meine Welt zusammen und die neue Welt, die dahinter zum Vorschein kam, hat mir nicht gefallen. Wen wundert das? Hat sie mich doch beinahe das Leben gekostet.

Ich stelle eine Tasse unter die Maschine, drücke den richtigen Knopf und nicke mir selbst bestätigend zu, während die Bohnen gerieben werden.

Immer noch den Kaffee betrachtend, der eben in die Tasse fließt, kann ich mir ein kurzes Grinsen nicht verkneifen.

Die Idee, einen Psychologen, Psychotherapeuten oder irgendeine andere Art von Gehirnpfuscher zu engagieren, der mir glaubwürdig einreden könnte, dass alles, was ich erlebt habe, nur ein Traum war, ist mir mehrmals gekommen.

Vielleicht hätten Tabletten geholfen.

Möglicherweise hätte man mich auch einfach in die

Klapsmühle gesteckt und mich weggesperrt.
Aufgrund von brutalen Gewaltfantasien.
Dürfte der Staat das?
Ich weiß es nicht.
Ich hatte ja nichts getan.
Außerdem gab es Zeugen.
Die junge Frau, deren Namen ich nicht einmal mehr
denken kann, ohne Schuldgefühle zu bekommen,
hat die Polizei informiert. Die haben alles gefilmt.
Die Morde konnten geklärt werden. Ich wurde
nicht einmal angezeigt. Und das, obwohl ich mir
eine Zeit lang nicht einmal selbst sicher war, ob ich
nicht doch ein Mörder bin.
Ganz sicher bin ich mir noch immer nicht.
Ich verdränge den Gedanken – etwas, worin ich
bereits viel zu viel Übung habe -, nehme den
Kaffee, den ich mittlerweile schwarz trinke, und
gehe zum Fenster um schweigend die Straßen zu
betrachten.
Die Schatten gehen um des Nachts.
Das tun sie jede Nacht.
Heute gehen sie länger um.
Anstatt die Erinnerung wieder aufleben zu lassen,
denke ich an den Tag, der morgen vor mir liegt. Es
gibt viel zu tun.
Da ich dank meiner kleinen Firma genug Geld habe,
um mir über Arbeitszeiten, Gehalt, Lohn,
Einkommen, was auch immer, keine Sorgen
machen zu müssen, habe ich mir eine Auszeit
genommen. Geplant waren zehn Wochen.
Mit gestrigem Datum waren es zehn Monate.

Sicher habe ich hin und wieder in der Firma nach dem Rechten gesehen. Aber meine Leute haben die Sache im Griff. Der Plattenladen liegt ihnen genauso am Herzen wie mir. Zum Glück.

Die Bands, die wir unter Vertrag haben, sind bekannter geworden. Eine große Firma hat einen Deal mit uns ausgehandelt und wir brauchen uns eigentlich um nichts mehr so richtig kümmern. Sie können in den Räumlichkeiten der Plattenfirma aufnehmen, die stellt die physischen Alben her, bereitet die MP3-Files vor und sogar das gute alte Vinyl haben sie wieder neu entdeckt.

Wundervoll.

Klar weiß ich, dass sie die Bands abwerben werden und uns dann nichts anderes übrig bleibt als zu schließen. Aber bis dahin wird es noch eine Weile dauern und die Geschäftsführerin, mit der wir die Deals für die Bands verhandelt haben, hat uns versichert, dass unser Laden mittlerweile Kultstatus hat und sie ihn allein deshalb schon nicht dichtmachen werden.

Wenn die wollten, dann könnten sie uns morgen kaufen. Die haben so viel Geld, dass wir ein Angebot von denen mit Sicherheit nicht ablehnen könnten. Zumindest nicht, wenn wir noch bei Sinnen wären.

Oder ich.

Der Geschäftsführer auf dem Papier bin immer noch ich.

Allerdings war die Dame, ihr Name ist mir entfallen, irgendetwas mit Baum, nur die bevollmächtigte Vertreterin des tatsächlichen Bosses. Irgend so ein versoffener Typ, der seine Sekretärin bumste und das auch noch offiziell als Porno verkaufte.

Ich schüttle den Kopf.

Der Typ ist irre. Und krank. Aber so läuft das wohl in dieser Welt. Wer Geld hat, ist nicht irre, der irrt sich nur manchmal. Und das ist ein großer Unterschied.

Ich trinke einen Schluck Kaffee und lasse die wohlige Wärme meinen Körper durchdringen.

Es scheint, als könnte ich ohnehin keine positiven Gedanken zustande bringen. Die Pläne für morgen beruhigen mich auch nicht besonders.

Ein Interview.

Es ist mir ein Rätsel, warum der Kerl mich interviewen will. Natürlich – der Deal mit der Plattenfirma war ein verdammt gutes Geschäft und mein Name stand in ein paar Zeitungen. Ich wurde sogar für den Pegasus in Betracht gezogen, habe aber dafür gesorgt, dass mein Name gestrichen wurde.

Ein Wirtschaftspreis von einer Zeitung gesponsert. In Kooperation mit einer Bank. Nein, danke. Bitte nicht. Blitzlichtgewitter, in Kameras grinsen und sich zum Deppen machen für etwas, das man rein für sich selbst gemacht hat. Dafür wird man dann auch noch belohnt. Ich kann das alles nicht nachvollziehen.

Öffentlichkeit brauche ich eigentlich keine. Ich bin froh, wenn niemand an mich denkt.

Aber dieser eine Journalist ... er ließ nicht locker. Wochenlang hat er mir aufgelauert, mich immer wieder per Mail kontaktiert und angerufen. Die Überlegung, ob ich ihn nicht wegen Stalkings anzeigen sollte, hat sich aufgedrängt, aber leider ... so wurde mir versichert ... bin ich eine Person von öffentlichem Interesse. Oder so. Was immer das auch sonst noch bedeuten mag, in diesem Fall bedeutet es, dass der Typ das Recht hat, mich zu belästigen.

In was für einem Land leben wir eigentlich?

Nichts von dem was er tut ist illegal, hieß es.

Na dann.

Also habe ich vor ein paar Tagen zugesagt.

Unter der Bedingung, dass er mich danach in Ruhe lässt. Es ist eine kleine Zeitung, die kennt ohnehin niemand. Außerdem ist es eines von diesen Blättern, die gratis an allen Busstationen und Straßenbahnhaltestellen herumliegen und sich in den meisten Fällen nur vom Wind durch die Gegend tragen lassen.

Das liest kein Mensch.

Zumindest glaubt niemand das, was drin steht.

Über den Deal mit der Plattenfirma will er sprechen, die Zukunft unserer Bands und ähnliche Dinge hören.

Eigentlich finde ich es gut.

Ein guter Einstieg, um wieder zurück zu kommen in die Welt der Lebenden. Wieder zurück zu kommen in den Alltag.

Weg vom Wahnsinn.

Hin zu greifbaren, realen Aktivitäten.

Dinge, die ich beeinflussen und ändern kann.

Nicht so wie ... nein.

Schluss damit.

Angewidert wende ich mich vom Fenster ab, knalle meine Tasse fester und härter als notwendig auf den Tisch und gehe zur Tür.

Vielleicht ist die Zeitung ja bereits da, die wird immer irgendwann in der Nacht geliefert.

Als ich die Tür öffne, liegt sie tatsächlich bereits auf der Fußmatte.

Ich bücke mich, um sie aufzuheben und pralle dann entsetzt einen Schritt zurück.

Das Titelbild.

Zerfetzte, tote Menschen. Männer und Frauen.

Eine davon ist Uschi. Die Frau, die tot in einer Mülltonne gefunden wurde. Die Frau, der ich damals nachgerufen hatte, sie möge aufpassen, dass ihr nicht irgendwann jemand das Herz aus der Brust reißt.

Panisch fahre ich herum, bleibe dann wie angewurzelt stehen und –

lausche.

War da ein Tapsen?

Pfoten, die in meiner Wohnung, gleich im Raum nebenan, herumstreichen? Ein Schnüffeln? Ein Knurren? Höre ich den Tod, der mich endlich gefunden hat?

Langsam, bemüht kein Geräusch zu verursachen, bewege ich mich zurück in die Küche. Leise, so leise wie möglich, ziehe ich ein Messer aus dem

Messerblock und drehe es so, wie ich es schon viele Male gedreht habe.

Stichbereit.

Nicht nur meine Hand mit dem Messer ist bereit sich zu wehren, zu kämpfen, notfalls zu töten. Mein ganzes Wesen ist bereit dazu. Die Angst wird weniger, wird verdrängt von Wut, von Hass. Sie haben mein Leben zerstört. Sie haben mir meinen Frieden genommen. Sie haben … für einen Sekundenbruchteil regt sich die Furcht wieder, fetzen ihre dunklen, blutverschmierten Fratzen durch meine Erinnerung und ich kann ein leichtes Winseln nicht unterdrücken – aber dann ist der Hass wieder da.

Mein Körper spannt sich. Meine Augen werden zu schmalen Schlitzen und ich weiß, dass ich nicht zögern werde. Dass ich nie wieder zögern werde.

Mit dem Rücken zur Wand schleiche ich zur Tür, die in den Flur führt, leise, lauschend.

Da – da ist es wieder. Das Tapsen.

Sie sind tatsächlich zurück.

Gekommen, um mich zu holen.

Ich stehe bewegungslos. Atme tief ein und aus, vertreibe das Zittern aus meiner Stimme und meinen Gliedmaßen. Noch ein Atemzug. Noch einer. Und ein letzter.

Dann trete ich in den Flur, bereit, das Messer auf alles und jeden niedersausen zu lassen, was sich mir bedrohlich in den Weg stellt.

Mit fester und lauter Stimme sage ich: „Ihr könnt mir nichts anhaben. Ich weiß, dass ihr hier seid."

Dann lausche ich.

Nichts.

Es ist eine beklemmende Stille.

Ich kann spüren, dass jemand hier ist. *Etwas* mich gehört hat.

„Du kannst aufhören, dich zu verstecken", sage ich, genauso laut und nochmals mit fester Stimme.

Dann schweige ich. Wenn ich mehr sage, beginnt meine Stimme wieder zu zittern. Sie dürfen meine Angst nicht spüren. Dürfen sie nicht *riechen*.

Ich atme noch einmal ein und aus und bereite mich darauf vor, die paar Schritte durch den Flur ins Wohnzimmer zu gehen, doch dann fällt mein Blick durch die offene Wohnungstür.

Ich stutze.

Langsam lasse ich das Messer sinken und blicke auf die Fußmatte.

Da ist keine Zeitung.

Unsicher geworden, aber ruhiger als zuvor, werfe ich einen Blick ins Wohnzimmer, nur um sicherzugehen, und stelle fest, dass niemand hier ist, bevor ich zurück in den Flur gehe und aufatme.

Ich schließe die Tür ins Treppenhaus und schließe ab.

Danach sehe ich zur Sicherheit in allen Räumen nach, selbst im Abstellraum, in dem ohnehin niemand Platz hätte

Nichts.

Ich bin allein.

Mein Verstand spielt mir Streiche.

Wieder.

Ich bringe das Messer zurück an seinen Platz, setze mich an den Tisch und starre auf die Tischplatte als wäre sie das interessanteste Ding, das ich seit Wochen gesehen habe.

Was auch so stimmen mag.

Der Gedanke, dass mein Verstand mir *wieder* Streiche spielt, macht mir viel mehr Angst, als es jedwedes Monster in der Wohnung hätte tun können.

Meine Sicht verschwimmt.

Ohne es zu bemerken habe ich zu weinen begonnen.

Wird dieser Albtraum jemals enden?

Kann er jemals enden?

Ich wische mir die Tränen aus den Augen, aber es hilft nicht. Es sind zu viele neue Tränen zu schnell an deren Stelle.

Mein Leben. Ein Trümmerhaufen.

Ich muss wirklich unter Leute kommen.

Vielleicht hilft das.

Vielleicht macht es alles nur noch schlimmer.

Sie würde wissen, was zu tun ist.

Sie würde ...

Gottverdammt.

II

Ich muss eingeschlafen sein, denn der Wecker im Schlafzimmer läutet schrill. Ich hebe meinen Kopf von meinen Armen, die auf dem Tisch ruhen. Der Kaffee steht noch genau an der gleichen Stelle wie davor. Fast voll. Kalt.

Was für eine Verschwendung.

Schulterzuckend stehe ich auf, taumle ins Schlafzimmer und drücke den „Aus"-Knopf des Weckers.

Mittlerweile scheint die Sonne durchs Fenster, aber die Welt da draußen wirkt bitter, kalt und trostlos.

Alles wie immer.

Alles ist wie immer.

III

Nicht lange danach sitze ich in einem Café am Hauptplatz, betrachte stumm die Leute um mich herum und komme mir absolut nicht psychisch krank vor, während ich darüber nachdenke, was ich tue, wenn sich neben mir Menschen in Wölfe zu verwandeln beginnen. Der Gedanke ist völlig absurd, aber es ist ja nicht so, als ob ich mir das noch nie eingebildet hätte.

Menschen, die sich in Wölfe verwandeln.

Werwölfe.

Ich war tatsächlich der Meinung, dass Werwölfe unsere Stadt unsicher machten und Morde begingen. Sogar meinen Mitbewohner hatte ich damals verdächtigt.

Dabei war auch er ermordet worden.

Am Ende waren sie alle tot.

Alle bis auf mich und ... *sie*.

Nicht, dass unser Überleben auch nur irgendwie mein Verdienst gewesen wäre.

Im Gegenteil.

Ein Schatten legt sich über mich und als ich den Blick hebe, steht ein Kerl vor mir, irgendwo zwischen vierzig und fünfzig Jahre alt, und mustert mich neugierig.

Ich brauche ein wenig, bis ich begreife, wer das ist. Es ist der Reporter.

Er sieht anders aus, als ich ihn mir vorgestellt habe: Ungepflegter und ein klein wenig verbrauchter als ich dachte. Er hat schiefe Zähne. Zwischen zwei von ihnen scheint sich ein Stück Fleisch verfangen zu haben, denn er fährt mit der Zunge herum, als ob er versucht, etwas zwischen ihnen hervor zu kitzeln. Er schafft es aber nicht, bemerkt, dass ich seinen Mund beobachte und hört abrupt damit auf. Stattdessen lächelt er.

Um seine Schulter hat er eine Tragetasche hängen, Stoff, gebraucht, nicht sehr alt, aber der Zustand ist nicht der Beste. Das gleiche gilt für seine ganze Aufmachung. Er wirkt ein wenig gehetzt, sieht sich kurz um und nickt mir dann zu.

Er streckt mir seine Hand entgegen und grinst breit. Es ist kein echtes Grinsen.

Vielleicht glaubt er, dass er freundlich lächelt, aber auf mich wirkt es abstoßend.

Genauso wie der Rest seiner Erscheinung.

Er trägt ein Hemd, auf seinem linken Unterarm sind Flecken. Ich tippe auf irgendeine Soße. Vermutlich vom Kebab-Stand, vorne an der Kreuzung am Anfang des Hauptplatzes. Seine Haare sind halblang und nicht mehr sehr voll. Ein Teil davon sieht aus, als wären sie frisch gewaschen, ein Teil davon wirkt fettig.

Ich ergreife seine Hand und schüttle sie, während er sich vorstellt – Simon irgendwer. Er plappert etwas von „es ist mir eine Ehre, der erste zu sein, der Sie vor der Rückkehr in die Arbeitswelt interviewen darf". Ich kann nicht anders – auch wenn ich mich bemühe höflich zu bleiben - und merke an, vermutlich weiterhin von ihm genervt worden zu sein, wenn ich nicht zugesagt hätte.

Ein erfreutes – und dieses Mal echtes – Lächeln huscht über sein Gesicht und es macht ihn weder hübscher noch freundlicher. Ich habe den Eindruck er fasst meine Aussage als Kompliment auf. Was sie definitiv nicht war.

Was für ein komischer Kerl.

Es dauert nicht lange und schon steht der Kellner neben uns. Der Reporter bestellt sich ein Glas Weißwein, irgendeinen Welschriesling. Meine Augen wandern zur Uhr, die gerade mal entspannt auf 10 Uhr vormittags zuwandert. Ich sage nichts dazu. Er bemerkt meinen Blick, scheint kurz zu überlegen, ob er Stellung nehmen soll, entscheidet sich dann aber dazu, es zu überspielen und nochmals breit zu grinsen.

Obwohl er noch keine Frage gestellt hat, bereue ich bereits, zugesagt zu haben und wünsche mir, ich wäre weit weg.

„Also", beginnt er schließlich. „Danke nochmals, dass Sie sich die Zeit genommen haben, ein kurzes Interview mit mir zu führen."

Ich sage nichts, nehme einen Schluck vom Kaffee und ziehe betont desinteressiert eine Augenbraue fragend hoch. Mein Gesichtsausdruck muss ihm alles verraten, was es zu sagen gibt, aber auch das überspielt er locker.

Darin scheint er Übung zu haben.

Er legt ein Aufnahmegerät auf den Tisch und nimmt eine Kamera aus der Tasche. Ich hebe abwehrend die Hand und frage ihn, ob das sein muss. Ja, meint er. Die einzigen Bilder, die er sonst von mir hat, wären entweder alt oder ... er zögert, spricht es dann aber doch noch aus: oder von dem Video, das ihm in die Hände gefallen ist, von *jener* Nacht.

Ohne lange nachzudenken richte ich mich auf, drehe mich so, dass die Sonne mich anscheint und gut beleuchtet. Ich lächle ihn kalt an.

„Ein bisschen mehr lächeln", sagt er, hebt den Apparat an sein Auge und sucht sich sein perfektes Bild. Es ist eine dieser neuen Spiegelreflexkameras, die einen Sucher und ein Display haben. Immerhin. Das Objektiv wirkt teuer.

Er macht ein paar Fotos, lässt die Kamera sinken und drückt irgendetwas herum. Ich vermute, dass er die Bilder auf dem Display betrachtet. Nach ein paar Sekunden nickt er zufrieden, was ich zum Anlass nehme, mich wieder aus der Sonne zu drehen und in den Schatten zurückzuziehen.

Zufrieden packt er die Kamera in die Tasche und greift nach dem Aufnahmegerät.

Stumm sehe ich ihm zu, langsam etwas ungeduldig werdend. Das Problem ist nicht seine Langsamkeit, sondern, mein Gefühl, dass alles hier falsch ist und ich nicht hier sein sollte. Ich bin kurz davor, einfach aufzustehen und zu gehen.

Es gibt dieses Gefühl, das sich hin und wieder in einem breit macht, ohne dass man genau sagen kann, woher es kommt. Das Gefühl, dass gerade etwas passiert, was nicht passieren sollte. Ein Stein ins Rollen gebracht wird, was letztlich nur in einer Lawine enden kann. Natürlich gibt der Journalist mir dazu keinen Anlass, aber mein Bauch sagt mir ganz deutlich, eine Absage wäre besser. Vielleicht peinlich, aber dennoch:

Aufstehen. Gehen. Jetzt.

Mein Kopf allerdings bringt mich dazu, sitzen zu bleiben, durchzuatmen und zu hoffen, die Sache möge doch bitte rasch vorbei sein.

Er hat bereits die Fotos. Auch wenn ich noch nichts gesagt habe – eine Story kann er schon bringen, selbst wenn ich jetzt gehe.

Wie wäre es mit „Plattenfirmen-Boss nach Massaker noch nicht bereit zum Wiedereinstieg ins Berufsleben"? Oder vielleicht „Nerven gehen mit Plattenboss durch - lässt Interview platzen". Ganz gleich. Was kann er schon fragen? Ich muss ihm ja keine Antwort geben.

Endlich ist er mit dem Aufnahmegerät fertig. Er nickt mir zu. Ich reagiere nicht, betrachte nur weiter, wie er mit den Knöpfen spielt.

Nach einer kleinen Ewigkeit blinkt es rot und das Display beginnt, die Zeit zu zählen.

Er hat es geschafft, das Diktiergerät einzuschalten.
Yeah. Mein Held.

Ich freue mich zu früh. Er nimmt nochmals seine
Tasche hervor und kramt darin herum. Ein Seufzer
entkommt mir, was ihn dazu bringt, zusammen zu
zucken und mich schuldbewusst anzusehen.

Entgegen meiner Stimmung versuche ich ihn
aufmunternd anzulächeln und ihm so das Gefühl zu
geben, dass alles okay ist, auch wenn ich jetzt
bereits mit wirklich großem Willen dagegen
ankämpfen muss aufzustehen und einfach zu
gehen.

Dann hat er es doch geschafft, der Block und Stift
liegen vor ihm.

Ich kann sehen, dass er ein paar Fragen darauf
notiert hat.

Der Kellner bringt seinen Wein - was ihn sichtlich
freut – er greift das Glas aber nicht an.

Sein Blick wendet sich mir zu.

Er lächelt wieder sein grausam unechtes Lächeln.

„Also", sagt er. „Bereit anzufangen?"

SIMON

I

Natürlich ihn. Wen sonst?

Wen sonst würde der Chef mit so einem Auftrag abspeisen? Es war so typisch. Da riss er sich seit Jahren für dieses dumme Blatt den Arsch auf und was bekam er dafür? Blöde, dämliche und absolut unnötige Interviews. Mit Leuten, die kein Mensch kannte und für die sich noch weniger interessierten. Aber oh – wenn der Chef möchte, dass dieser Kerl interviewt wurde, dann war es natürlich die Aufgabe von *ihm*, das umzusetzen. Nicht Regina, nicht Frank, nein – ihn musste man damit beauftragen. Klar. Völlig klar.

Die Wut, die er verspürt hatte, als sein Chef ihm den Auftrag gegeben hatte, war bald umgeschlagen. Aber nicht in Hass oder Frust, nein, sicher nicht. Er war kein wütender Mensch. Simon war ausgeglichen, ruhig, innerlich gefasst und sachlich.

Er neigte nicht zu Wut.

Aber dass dieses Arschloch diese beschissenen „es interessiert keine Sau"-Aufträge immer ihm gab, sollte doch langsam mal jemand bemerken.

Simon war nicht der Typ, der seinen Chef darauf aufmerksam machte. Er war nicht derjenige, der sich vor ihn hinstellte und sagte „Chef, ich mache seit Jahren saubere, gute und astreine Arbeit. Es wird Zeit, dass du mich mal an die großen Sachen ranlässt". Nein, so etwas würde Simon nie über die Lippen kommen.

Das wäre arrogant. Und Simon war nicht arrogant. Er dachte nicht im Traum daran, dass er besser war als die anderen. Oder einen besseren Job machte. Er *wusste* es.

Daran war nichts arrogant.

Fakten waren wertfrei.

Aber dass niemand in seiner Kollegenschaft aufstand und den Chef fragte, warum er nicht endlich, gottverdammt-verfickt-und-zugenäht, Simon einen großen Auftrag gab, das stimmte ihn manchmal nachdenklich.

In seltenen Fällen drängte sich ihm sogar der Gedanke auf, dass die anderen ihn absichtlich nicht vor dem Chef erwähnten, weil sie wussten – wenn er, Simon, erst einmal einen großen Auftrag an Land gezogen hatte, dann würden sie alle gegen ihn abstinken. Aber sowas von.

Natürlich kam es nicht soweit. Bis jetzt nicht.

Wie auch?

Da gab es die Flüchtlingskrise – seit Monaten. Und wer wurde geschickt, um darüber zu berichten? Natürlich Regina. „Weil sie als Frau das Einfühlungsvermögen hat, um damit sensibel umzugehen", wurde ihm gesagt, als er sich danach erkundigt hatte. Sensibel? Dieses kalte Miststück? Simon konnte darüber nur den Kopf schütteln. Er dachte an die Schlagzeile, die sie nach ein paar Interviews vor Ort verfasst hatte: „Freiwillige an der Grenze zur völligen Erschöpfung". Im ersten

Moment las sich das wie ein Aufruf, die armen Leute zu entlasten, aber wer den Artikel las, konnte nicht umhin etwas Anderes darin zu erkennen, nämlich den subtilen Hinweis, dass die Flüchtlinge einfach zu viel verlangten. Sie wollten zu viel und nahmen keine Rücksicht auf die Freiwilligen, denen es ebenfalls oft schlecht ging, weil sie sich zu sehr verausgabten.

Verfickte Freiwillige. Alles Penner und Idioten. Niemand machte einen Job freiwillig für den andere bezahlt wurden. Die größte Dummheit auf Erden.

Oder der zweite Artikel: „Flüchtlinge fallen über Gratismahlzeiten her". Die armen Leute waren nur seit Tagen am Verhungern gewesen und hatten sich eben nicht in einer Reihe angestellt, sondern waren in Trauben vor der Essensausgabe gestanden. Nicht mehr und nicht weniger.

Und ihre Schlagzeile ließ es klingen, als ob diese Menschen die Essensstände förmlich überrannt hatten. Interessanterweise kam darüber im Artikel überhaupt nichts vor. Sie beschrieb nur, wie erschöpft die Leute gewesen waren. Wie sie nach dem Essen auf die Betten gefallen waren und geschlafen hatten wie Babys. Auch das war kein Wunder gewesen, immerhin hatten sie seit Tagen zum ersten Mal wieder richtige Nahrung zu sich genommen und natürlich waren sie dann zusammengebrochen. Die Anspannung war vorbei, die Leute konnten durchatmen, hatten ihre wichtigsten Bedürfnisse versorgt. Wer wusste schon, wie lange sie nicht mehr geschlafen hatten. Und sie hatte subtil aggressive Artikel darüber geschrieben. Nur die Wahrheit. Nur beschrieben, was sie gesehen hatte – niemand konnte ihr vorwerfen, dass sie etwas erfunden hatte.

Die Auswahl der Szenen, die sie beschrieb jedoch ... selbst jene, die nicht sinnerfassend lesen konnten, mussten nach der Lektüre wissen, dass die Flüchtlinge unser Land ausbeuteten. Allein ihre Anwesenheit war eine Kampfansage.

Kurz gefasst: Sie hatte genial gearbeitet. Wundervoll. Die Auflagen waren gestiegen. Sie hatte eine Provision bekommen. Eine verdammte *Provision*. Blödes, geniales Dreckstück.

Tief im Innersten wusste Simon jedoch: Er hätte es noch besser hinbekommen. Er hätte Dinge gesehen, die ihr nicht aufgefallen waren. Das *wusste* er. Vielleicht einen kleinen Streit, vielleicht ein aggressiv klingendes Gespräch, vielleicht einen bedrohlichen Blick. Vielleicht jemanden, der betete und das Wort „Allah" sagte. Er hätte noch viel Großartigeres leisten können als sie.

Doch bekam er die Chance dazu? Nein. Niemals. Die größte Frechheit passierte, als sie ihren Urlaub in Paris verbracht hatte. Ohne Zweifel mit irgendeinem reichen Schnösel, der seiner Frau eingeredet hatte, auf Geschäftsreise zu sein ... sie kotzte Simon an. Und dann hatte sie noch das Glück, das gottverdammte Glück, dass an diesem Tag nicht *ein* Anschlag stattfand, sondern *mehrere*.

Mehrere! Und sie war in der Nähe gewesen. Die blöde Kuh hatte nicht einmal weit laufen müssen, um mit ihrem Mobiltelefon Videos zu machen und Fotos zu schießen, die sie exklusiv bereits in der Morgenausgabe verwenden konnten.
Wer hatte so viel beschissenes Glück? Kein Mensch. Kein Mensch hatte das. Es hätte Simon nicht einmal überrascht, wenn sie die Anschläge organisiert hätte – natürlich war das Blödsinn. Das wusste er. Allerdings wäre es ihr zuzutrauen.
Was bekam er? Ein Interview mit irgendeinem Typen, der vor langer, ganz langer Zeit einen Überfall überlebt hatte und dessen kleiner Plattenladen jetzt einen Deal mit der größten Plattenfirma des Landes abgeschlossen hatte.
Der Typ hatte sich monatelang eingesperrt und – Hand aufs Herz – wer hatte ihn vermisst? Keine Sau. Motion Records schloss alle naselang solche Deals ab. Das war nichts Neues. Aber – sein Chef wollte, dass er ihn interviewte. Er hatte aus sicherer Quelle – ein Begriff, den Simon nur aus schlechten Filmen kannte – erfahren, dass der Kerl sich nach Monaten in Isolation – angeblich um sich von seinem Trauma zu erholen (verdammtes Weichei) – wieder in die Öffentlichkeit wagte.
Tatsache.
Das war sein Auftrag.
Die Hölle.
Was hatte Frank für einen Auftrag? Ein Interview mit einem bekannten Psychologen. Zum Thema „Wie können wir als Gesellschaft lernen, mit der

Angst vor dem Terror zu leben". Zumindest hatte
Frank Simon versichert, dass es sich um einen
bekannten Psychologen handelte. Herbert
Kantmann. Oder so ähnlich. Dem Namen nach
verwandt mit dem Lebkuchen und Keksmacher aus
dem Nachbarbezirk. Keine Ahnung, ob ein
Zusammenhang bestand. Frank hatte den Typen
immer den „Keksmann" genannt, aber Simon
wusste nicht, ob Frank ihn zum Narren gehalten
hatte oder nicht. Und Simon hatte keine Lust
gehabt, die Sache zu googeln.
Es war ihm auch völlig egal.
Was ihn störte, war, dass man aus diesem
Interview etwas machen konnte. Völlig egal was
der Typ Frank erzählen würde ... allein das Thema
würde sicherstellen, dass sich die Auflage bei
dieser Ausgabe verdoppeln würde.
Es war zum Haare Ausreißen.
Zumindest bis Simon etwas in den alten Artikeln
entdeckt hatte. Wie immer hatte er über den
Typen recherchiert, den er interviewen sollte. Viele
Berichte hatten sich um diese eine Nacht gedreht.
Eine Hütte. Eine junge Frau. Und eine Bande von
Kriminellen, die sie durch die halbe Stadt gejagt
hatten. Ein paar Tote. Von der Polizei angeschossen
oder erschossen. Nicht, dass es einen Unterschied
für Simon machte, ob man dieses Gesindel gleich
für immer aus der Stadt entfernte, oder nur
verletzte. Er hielt die erste Variante sogar für
billiger.

Was die Aufmerksamkeit von Simon erregt hatte, war aber nicht diese Nacht gewesen. Es war nur ein kleiner Nebensatz. Ein Detail.

Simon achtete auf Details, nicht so wie seine beiden Kollegen, die eigentlich zu blöd waren, um beim scheißen Gehen die Muschel zu treffen.

Das Detail, auf das Simon gestoßen war, lautete „Wölfe".

Dieser Typ hatte tatsächlich zuerst behauptet, dass er nicht von Menschen verfolgt worden war, sondern von Wölfen. Ein Nervenzusammenbruch, so wurde geschrieben. Auch wenn es keine Anzeichen gegeben hatte, dass dem tatsächlich so war. Also von den üblichen Folgen eines Traumas (erneut: Weichei) abgesehen.

Aber Wölfe? Menschen, die sich in Wölfe verwandelten? Tatsächlich Werwölfe? Das war neu. Wirklich neu.

Natürlich gab es so etwas nicht, aber dieses Detail erschien Simon wichtig. Vor allem in Kombination mit der Tatsache, dass sich dieser René danach monatelang in seiner Wohnung verkrochen hatte um seine Wunden zu lecken. Haha. Wunden lecken.

Er hatte über sein eigenes Wortspiel laut auflachen müssen. Was ihm einen neugierigen Blick von Regina eingebracht hatte. Simon hatte ihr gespielt zwinkernd eine Kusshand zugeworfen und sich dann wieder seinen Recherchen gewidmet. Sollte sie doch denken, was immer sie wollte. Und wenn sie der Meinung war, dass er auf etwas Tolles, Spannendes gestoßen war – umso besser.

Ganz abgesehen davon – und Simon konnte sein Glück kaum fassen – war die Exfreundin von dem Typen das erste Opfer gewesen. In einer Mülltonne gefunden. Mit herausgerissenem Herzen. An diese Schlagzeile konnte sich Simon noch sehr gut erinnern. Er hatte sie nur nie mit dem Überfall in Verbindung gebracht.

Vielleicht gab es einen Zusammenhang dahinter.

Vielleicht gab es ein „großes Ganzes", das bis jetzt noch nie jemand entdeckt hatte.

Natürlich konnte das alles auch nur Zufall sein und die Sache war im Grunde absolut banal. Zufälle, Bandenkriege, Drogen, das übliche Zeug eben. Aber das war egal.

Völlig egal.

Tatsächlich war es auch völlig egal, was ihm der Kerl erzählen würde, denn es gab Möglichkeiten ... nur ganz dezente am Rand der Wahrscheinlichkeit schimmernde Möglichkeiten, dass Simon nichts zitieren brauchte. Vielleicht musste er auch kein tatsächliches Gespräch führen, sondern nur beschreiben was geschehen war, um bereits eine Schlagzeile zu haben.

Eine Idee, wie er das Interview spannend gestalten konnte, keimte in ihm auf.

Klarerweise würde er nie auf den Gedanken kommen, einen Interviewpartner zu verunsichern. Vertrauen war nunmal die Basis auf welcher er arbeitete.

Sollte es allerdings jemanden geben, der seinen
Interviewpartner in der Nacht vor dem Interview
daran erinnerte, was damals geschehen war ... nun,
das war ja nun nicht wirklich die Schuld von Simon.
Er zog eine Schublade auf und warf einen Blick auf
die Visitenkarten, die darin lagen. Er blätterte sie
durch, fand eine passende und griff nach dem
Telefon, während sich in seinem Kopf ein Plan
geformt hatte.
Er lächelte als am anderen Ende der Leitung
jemand abhob und ihn mit „Ey, Simon, Alter! Was
geht, Mann? Hast du einen Job für mich?"
begrüßte.
Und ob Simon einen Job für ihn hatte.

II

Als Simon nach dem Interview ins Büro
zurückkehrte, musste er sich zusammenreißen um
nicht breit zu grinsen. Die Blicke seiner
Kollegenschaft bohrten sich fragend in seine Seite
und seinen Rücken, aber er versuchte sich nicht
anmerken zu lassen, dass er es genoss.
Es kostete ihn Überwindung, doch er gab sich
bedrückt, beklemmt und sogar ein wenig ängstlich.
Seine Hose war zerrissen. Oberhalb des Knies
klaffte ein Loch und sein Oberschenkel war blutig.
Ein blaues Auge und ein kaputtes Aufnahmegerät
gingen auf das Konto dieses Irren. Das Interview
war in etwa so gelaufen, wie er sich das vorgestellt
hatte.

Seine Fragen hatten René aus der Reserve gelockt, obwohl sie eigentlich völlig harmlos gewesen waren, aber Simon hatte sein Gegenüber gut beobachtet. Der Kerl hatte sich nicht so gut im Griff gehabt, wie er wohl gedacht hatte. Anhand seiner zittrigen Finger, dem nervösen kurzen Nippen an seiner Kaffeetasse und den sich immer wieder unkontrolliert zu Fäusten ballenden Händen Renés hatte Simon immer gewusst, wann er in die richtige Richtung gegangen war, hatte immer gewusst, wann er die nächste – scheinbar völlig harmlose – Frage stellen konnte, um René aus der Fassung zu bringen.

Für Zuhörer musste es sogar wirken, als hätte er sich wirklich Sorgen um seinen Interviewpartner gemacht.

Dass Simons Aufnahmegerät von René zerstört worden war, war noch besser – er musste nämlich gestehen, dass er am Ende, kurz bevor René auf ihn losgegangen war, dann doch eine sehr offensichtliche und provokante Aussage getätigt hatte. Im Flüsterton. Weg vom Aufnahmegerät und hoffentlich so leise, dass es nicht darauf zu hören gewesen wäre, aber so war es viel besser.

Das Ding war kaputt.

Es gab nur seinen Bericht und den Bericht der Zeugen rundum, die zwar gesehen hatten, was passiert war, aber nicht gehört hatten, was zuvor gesprochen worden war.

Nun. Sie hatten sicher René schreien gehört.

Das *mussten* sie gehört haben.

Alle, die sich nach ihnen umgedreht hatten, mussten auch gesehen haben, wie Simon versucht hatte ihn zu beruhigen. Seine Gesten hatten genau das ausgestrahlt. Beruhigen Sie sich! Ich stelle ja nur ein paar Fragen! Aber seine Worte ... ach, er war so genial gewesen.

Als er seine Tasche auf seinen Platz stellte, öffnete sich die Tür seines Chefs. Er sagte nichts, betrachtete Simon nur von oben bis unten und wartete.

Ein paar Sekunden lang starrten sie sich gegenseitig an. Dann hob Simon die Hand und hielt einen Finger hoch.

Sein Chef zögerte zwei, drei Sekunden, blickte skeptisch, aber Simon lächelte ihn siegessicher an, woraufhin sein Chef doch nickte und ohne Wort die Tür wieder schloss.

Simon grinste breit, auch wenn ein kurzer Schmerz seine Wange hinaufschoss.

Als er sich setzte, erhaschte er einen Blick auf Regina, die ihn von der Ferne böse anstarrte, wütend kehrt machte und den Raum verließ.

Er gratulierte sich zu seinem Erfolg.

Seite 1.

Titelblatt.

Na bitte.

Das sollte noch jemand sagen, dass er seinen Job nicht verstand.

Kapitel 2: Du bist nett (I)

„I see structure an well thought action. "
– Aquarian Age „Nice"

RENÉ

I

„Du bist wohl der größte Depp, der unter der
Sonne wandelt", schimpft mich Angela auf ihre
übliche, liebevolle Art und Weise. Der Unterschied
zu den anderen Tagen, an denen ich mir solche
Kommentare anhören darf, ist, dass dieses Mal das
schelmische Funkeln in ihren Augen fehlt. Dieses
Mal meint sie es genau so, wie sie es sagt.
Ich kann nicht einmal widersprechen, sondern
senke nur den Blick und kaue auf meiner
Unterlippe herum.
Sie mustert mich, ihr Blick ist anklagend und ein
wenig verärgert, und seufzt schließlich. Bevor sie
noch etwas sagen kann, höre ich Tom „Das ist
genial!" rufen. Keine Sekunde später biegt er um
die Ecke in den Vorraum. Er hat Kopfhörer um
seinen Hals hängen und seine langen Haare zu
einem Zopf zusammengebunden. Breit grinsend
steht er nun in der Tür, blickt mich an und breitet
die Arme in einer „Willkommen"-Geste aus.
Nach einem letzten unsicheren Blick in Richtung
Angela stehle ich mich an ihr vorbei und lasse mich
von Tom drücken. Ja, das tut gut. Ganz ehrlich.
Hinter mir höre ich, wie sich Angela nochmals
abfällig räuspert, bevor sie mit einem betont lauten

„Ich bin dann mal wieder bei der *Arbeit*" von dannen zieht. Die Tür ins Büro fällt hinter ihr ins Schloss.

Tom entlässt mich aus seiner Umarmung und wir beide sehen Angela nach. Ich seufze und Tom legt mir beruhigend eine Hand auf die Schulter. Er grinst noch immer. Wenn auch nicht mehr ganz so breit.

„Lass sie. Tatsächlich ist sie froh, dich zu sehen."
Er nimmt die Hand von meiner Schulter und kramt in seinen Taschen nach Tabak und Papier während er weiterspricht.

„Auch wenn sie es nicht zugeben wird: Das war ein genialer Marketingschachzug. Das nächste Mal solltest du uns nur vorher Bescheid geben. Angela macht den halben Tag nichts anderes als Anrufe zu beantworten und Anfragen abzuwehren."
Nachdem ich mir bei Tom nie sicher bin, wie er die Dinge meint, die er sagt, sehe ich ihm ins Gesicht und versuche herauszufinden, ob es sich um Sarkasmus handelt oder nicht. Es hilft nicht. Kein Anzeichen in die eine oder andere Richtung. Stattdessen ist er bereits mit etwas anderem beschäftigt: Er hat den Tabak gefunden und dreht sich eine Zigarette.

Ein kurzer fragender Blick, ein Nicken von mir und keine Minute später stehen wir vor der Tür. Die Sonne scheint uns ins Gesicht während wir ein paar Sekunden lang schweigend nebeneinander stehen und entspannt den Rauch in die Gegend blasen.

„War das ein Scherz vorhin?", frage ich ihn.

Er zuckt mit den Schultern.

„Keine Ahnung."

Ich lasse die Zigarette sinken und betrachte ihn stumm. Ein Mann zwischen 40 und 50 Jahren, Aufnahmeleiter, Musikproduzent. Super Gehör, fast perfekter Mischer und alles in allem immer noch in erster Linie ein Musikliebhaber. Menschen, die Tom das erste Mal sehen, stecken ihn meistens in die Schublade „alter, übrig gebliebener Hippie". Das entspricht allerdings nicht der Wahrheit. Tom ist weder ein Hippie noch ist er übrig geblieben. Im Gegenteil. Tom ist der einzige Mensch den ich kenne, der seit dreißig Jahren verheiratet ist, zwei Kinder hat (zwei Töchter) und der in all der Zeit, noch nie auch nur ein einziges schlechtes Wort über seine Frau verloren hat.

Tom ist ein Phänomen für mich. In vielerlei Hinsicht.

„Wie kannst du nicht wissen, was du gemeint hast?"

Tom zuckt mit den Schultern, zieht an seiner Zigarette und bläst den Rauch in den Himmel.

„Kennst du das, dass man hin und wieder einfach etwas laut aussprechen muss, um zu merken, ob man es meint oder nicht meint?"

Ich nicke.

„Dann kennst du vielleicht auch die Momente, in denen man etwas gesagt hat, mit dem Gesagten ganz zufrieden ist, aber selbst noch nicht genau weiß, wie man es gemeint hat?"

Ich überlege kurz.

„Nein", sage ich dann. „Eigentlich nicht."

Er blickt mich überrascht an.

Dann grinst er.

„Erinnerst du dich an *diese eine* Weihnachtsfeier?"

Der abrupte Themenwechsel überrascht mich, aber
sofort schießen mir Bilder in den Kopf.

„Bruchstückhaft."

Ich grinse zurück.

Tom nickt zufrieden.

„Unser Streit?", frage ich ihn.

Er zieht an seiner Zigarette und nickt.

„Ich weiß bis heute nicht, was ich dir sagen wollte,
aber es hat mir sehr gut getan, dich einfach mal ein
wenig anzuschreien."

Ja, ich kann mich erinnern. Keine schöne Szene und
auch kein Glanzlicht in meiner Karriere. In dem
Lokal haben wir heute noch Hausverbot.

„Ehrlich gesagt, war es völlig egal, was du gesagt
hast."

„Korrekt", stimmt Tom mir zu. „Aber ich hatte so
eine Wut auf dich, das musste einfach mal raus. Es
waren alles nur Kleinigkeiten und wenn du mich
heute danach fragen würdest, dann könnte ich dir
nicht eine einzige davon nennen."

Er sieht mich ernst an.

„Manchmal muss man ein Gefühl rauslassen,
einfach, damit es weg ist."

Ich verstehe plötzlich was er meint.

Mir fällt das Interview ein, das ich gestern gegeben
habe.

Erstaunlich, was ein paar Worte ausrichten und anrichten können.

Worte, nur Worte.

Man sollte meinen, dass man über den Dingen steht. Dass es völlig egal ist, was jemand sagt, denn es sind trotzdem nur Worte. Worte. Nichts weiter. Vielleicht liegt es an mir. Vielleicht geht es allen so, keine Ahnung. Aber Worte ... das ist hartes Zeug. Das kann sich in die Seele brennen und deine Stimmung verdammt rasch in die falsche Richtung drücken.

Ich weiß nicht, ob es tatsächlich die Worte sind, oder das, was sie in uns auslösen, aber es ist schwer. Echt schwer.

Wenn ein falsches Wort reicht, dass jemand beginnt Faustschläge auszuteilen. Wenn ein falsches Wort reicht, dass jemand mitten im Gespräch aufsteht, mit der Faust auf den Tisch schlägt und abhaut. Wenn ein falsches Wort reicht, langjährig aufgebautes Vertrauen auf einen Schlag zu zerstören.

Dann ist es vermutlich besser, nichts zu sagen.

Vor allem kann man niemals wissen, was welches Wort in welcher Person auslöst.

Ein völlig banaler Satz kann zur Katastrophe führen, weil die Person, an welche er gerichtet ist, etwas völlig anderes darin hört, versteht, oder weil es Saiten in der Person zum Schwingen bringt, die man nicht einmal kannte.

Tom mustert mich, immer noch rauchend.

„Was denkst du gerade?"

Ich verziehe das Gesicht und rümpfe die Nase.
„Wie verdammt gefährlich es sein kann, ein
Gespräch zu führen."
Tom lacht auf, dämpft die Zigarette im
Aschenbecher aus und dreht sich wieder in
Richtung Büro um.
Bevor er die Tür öffnet und mich alleine in der
Sonne stehen lässt, klopft er mir aufmunternd auf
die Schulter:
„Es muss nicht mal ein Gespräch sein", sagt er.
„Worte sind auch auf Papier gefährlich."
Dann zwinkert er mir zu und lässt mich alleine
stehen.
Ich will einen Zug an der Zigarette machen, stelle
aber fest, dass sie ausgegangen ist.
Eine, zwei Sekunden überlege ich, sie wieder
anzuzünden und in Ruhe fertig zu rauchen. Dann
fällt mir ein, dass mein Feuerzeug auf dem Tisch im
Büro liegt und ich ohnehin versuchen muss
gesünder zu leben.
Oder überhaupt zu leben.
Es ist alles so relativ.
Verdammte Scheiße.

II

Angela blickt nicht einmal auf, als ich mich neben
sie stelle und ihrem Telefonat zuhöre. Vermutlich
hat sie mich reinkommen gehört oder gesehen.
„Nein", sagt sie gerade. „Er steht für keine
weiteren Gespräche zur Verfügung."

Sie greift nach einem Stift und macht auf einem Zettel, der vor ihr liegt, einen Strich. Ich sehe genauer hin und blinzle überrascht.

Dreiundzwanzig Striche.

Sonst steht nichts darauf.

„Natürlich richte ich es ihm aus. Ja, ich habe Ihre Nummer notiert", sagt Angela gerade und macht auf einem anderen Zettel einen Strich. Damit sind es fünfzehn Striche.

Dann legt sie auf, dreht sich doch zu mir um und mustert mich anklagend.

„Tut mir leid", murmle ich.

Sie sagt nichts, aber ihr Blick spricht Bände.

Sofort spüre ich Schuldgefühle in mir aufkeimen und versuche Ausreden dafür zu finden, warum ich mich absolut nicht schuldig fühlen muss. Leider finde ich keine passenden, von den üblichen „Er hat angefangen" und „Er hat es verdient" abgesehen.

Wir alle wissen, dass genau diese beiden die am meisten benutzten Ausreden sind und auch jene, welche der Bedeutung des Wortes zu einhundert Prozent gerecht werden.

Eine Ausrede ist genau das: Der Versuch einer Rechtfertigung, obwohl man genau weiß, dass es keine Rechtfertigung gibt.

Angela schweigt mich immer noch an, aber zumindest ist ihr Blick nicht mehr ganz so streng.

Schließlich seufzt sie, macht eine wegwerfende Handbewegung und schiebt dann die beiden Zettel in meine Richtung.

„Diese hier", sagt sie und zeigt auf den oberen mit den dreiundzwanzig Strichen. „Diese wollten Interviews mit dir führen."

Dann fährt ihr Finger zum anderen Zettel.

„Und diese wollten, dass du sie zurückrufst."

Ich betrachte den Zettel und suche dann den Schreibtisch nach Kontaktdaten oder Namen oder Nummern ab. Nichts dergleichen.

Ein kurzer Blick von mir genügt. Ich muss nicht einmal eine entsprechende Frage stellen.

„Nein, ich habe von niemand die Nummer notiert."

Sie steht auf und geht zur anderen Seite des Raums wo ihre Kaffeemaschine steht. Sie drückt die Tasten, der Automat beginnt die Bohnen zu mahlen. Ihr nächster Satz geht im Lärm des Reibens unter.

„Bitte?", frage ich nach.

Das Getöse der Maschine stoppt. Kaffee läuft in ihre Tasse. Es sind Mumins drauf. Manchmal vergesse ich, was für ein Nerd diese Frau ist.

„Ich sagte, dass ich nicht wusste, was du für eine Berühmtheit bist."

Mit einem Kopfschütteln setze ich mich auf den Tisch und lasse die Beine baumeln.

„Bin ich auch nicht."

Sie nimmt ihren Kaffee und deutet auf die Zeitung, die nicht weit entfernt liegt.

„Doch", widerspricht sie mir. „Sieh dir mal den Beitrag an."

Mir ist nicht danach, den Artikel zu lesen. Ich weiß auch so genau, was drin steht. Der Reporter hat vermutlich über die Stränge geschlagen und mich als irren Idioten hingestellt, der ihn grundlos attackiert hat.

Grundlos.

Dass ich nicht lache.

Der Kerl hat es auf alle Fälle provoziert.

Aber verdient hat er es nicht. Sicher nicht.

Ich habe ihm genau das gegeben, was er wollte.

„Du hast recht", murmle ich. Angela nimmt wieder auf dem Sessel neben mir Platz, während ich weiterhin betreten die Beine baumeln lasse und den Boden anstarre.

„Womit?", will sie wissen.

„Ich bin tatsächlich der größte Idiot, der auf dieser Erde herumläuft."

Ein kurzes Lächeln entkommt ihr und ich fühle mich besser.

Angela ist eine dieser Frauen, deren Lebensfreude alle im Raum sofort fröhlicher macht. Ein Lächeln, das die Welt ein klein wenig freundlicher, besser, lebenswerter erscheinen lässt. Es gibt nicht viele Frauen, die das können. Es liegt nichts Sexuelles darin. Nichts ... Materielles, Physisches. Es ist wie ein Sonnenaufgang.

Kein Mensch hasst den Sonnenaufgang.

Und wenn es solch einen Menschen gibt, dann will ich mit ihm nichts zu tun haben.

Sie wird sehr rasch wieder ernst.

„Ja, das bist du."

Sie beugt sich nach vor, greift über meine Beine nach der Zeitung und legt sie vor sich auf den Tisch.

Für einen kurzen Augenblick atme ich ihren Duft
ein. Sie riecht gut.

Ich kann ihren Nacken sehen, ihre glatte Haut, ihr
Haar, wie es über ihre Schultern hängt und spüren,
wie es meine Beine streift.

Ich muss an eine andere Frau denken. Eine Frau,
von der ich nicht weiß, was aus ihr wurde, wo sie
ist und wie ich ihr jemals wieder in die Augen
sehen könnte.

Dann ist der Moment vorbei und ich bin wieder im
Hier und Jetzt.

„Du hast noch nicht einmal einen Blick darauf
geworfen, oder?", fragt Angela mich.

Ich schüttle den Kopf.

„Kein Interesse", behaupte ich.

Sie nickt, trinkt von ihrem Kaffee und schlägt die
Zeitung auf.

„Was machst du?", will ich wissen.

Sie ignoriert mich und blättert auf die richtige
Seite, zeigt auf die Überschrift und ich wende den
Blick ab.

„Nein", sage ich bestimmt, stoße mich mit den
Händen von der Tischplatte ab und lande auf
meinen Füßen. „Ich will es nicht wissen."

Meine Schritte führen mich zielstrebig in Richtung
Tür, aber ich höre ihre Worte nur zu deutlich:

„*...der vor kurzem noch unter Mordverdacht stand,
ist bereit in die Welt der Wirtschaft
zurückzukehren*", liest sie mir eine Zeile aus dem
Artikel vor.

Ich bleibe wie angewurzelt stehen.

„... *dessen Exfreundin mit herausgerissenem Herzen in einer Mülltonne gefunden wurde. Viele Tote später wurde der Tatverdacht aufgrund von Videobeweisen gegen eine Bande Krimineller fallen gelassen.*

Nach dem schrecklichen Ausgang unseres harmlosen Interviews stellt sich jedoch die Frage, ob der Staat solch einen Menschen tatsächlich frei herumlaufen lassen sollte, selbst wenn er an den Todesfällen damals unschuldig gewesen sein soll.

Offensichtlich handelt es sich bei diesem Mann um einen aggressiven Gewalttäter, der auch in aller Öffentlichkeit und im hellen Tageslicht nicht davor zurückschreckt, einen unschuldigen Reporter zu attackieren.

Man kann wohl von Glück sprechen, dass er nicht auch wie ein wildes Tier auf die anderen Gäste des Lokals ..."

„Es reicht", hauche ich tonlos.

Angela hört auf vorzulesen.

Ich drehe mich nicht um, starre nur die Tür an.

Alles in mir ist kalt. Mein Magen verkrampft sich.

Ich kann mein Herz rasend schnell schlagen hören und meine Hände ballen sich zu Fäusten, lockern sich wieder und ballen sich erneut zu Fäusten.

Ich schließe die Augen, zähle innerlich bis zehn und öffne sie erneut. Ich konzentriere mich auf meine Atmung, versuche die Beherrschung zu behalten und zu verarbeiten, was ich soeben gehört habe.

Langsam drehe ich mich um und setze mich wieder neben Angela auf den Tisch.

Das hat Tom gemeint. Worte auf Papier.
Gefährliche Worte.
Ich kann es beinahe nicht glauben.
Angela sieht mir schweigend zu.
„Er hat also tatsächlich alles ausgegraben", stelle ich fest.
Ich schließe die Augen.
Meine Fäuste ballen sich so fest, dass ich spüre, wie sich meine Fingernägel in meine Handflächen bohren.
Ich schlucke schwer, öffne die Augen, in denen sich langsam Tränen der Wut bilden, und nicke Angela zu.
Sie sieht mich fragend an, um sicherzugehen, dass ich es ernst meine.
Ich nicke nochmals.
Sie liest weiter.
„..., *dass er nicht auch wie ein wildes Tier auf die anderen Gäste des Lokals losgegangen ist. Von seiner ehemaligen Komplizin fehlt seit seinem Rückzug aus der Gesellschaft jede Spur. Unsere Recherchen haben ergeben, dass sie ein Flugzeug bestiegen hat, aber nie in ihrem Hotel angekommen ist. Es darf spekuliert werden, was geschehen ist ...*"

SIMON

I

„... vielleicht ist sie nur das Letzte in einer langen Reihe von Opfern. Bis heute unbekannt. Bis heute verschwunden. Polizeiprotokollen zufolge hatte er damals behauptet von Wölfen verfolgt worden zu sein. Die erwähnte Videoaufzeichnung zeigt keine Wölfe, aber einen mit dem Rücken zur Wand am Boden liegenden Mann, der die Frage seiner Peiniger wen sie töten sollen, mit „Sie" beantwortet. Sie. Nicht ihn. Auf Nachfrage unsererseits in diversen Krankenhäusern wurde uns keine Auskunft erteilt, aber es kann wohl mit gutem Gewissen davon ausgegangen werden – es handelte sich ja um einen Freispruch – dass niemals eine Therapie auch nur in Erwägung gezogen wurde. In welcher Gesellschaft leben wir, die solche Menschen frei herumlaufen lässt? Eine Frage, die wir uns wohl von heute an jeden Tag stellen sollten."

Sein Boss nickte freudig, faltete das Blatt zusammen und legte es zur Seite. Er strahlte Simon über das ganze Gesicht grinsend an.

„Gute Arbeit, Mann, gute Arbeit", sagte er zum wiederholten Male, warf nochmals einen Blick auf den Bericht.

„Und das sind tatsächlich alles Fakten?", fragte er.

Simon nickte bestätigend.

„Alles belegt."

Ein Lächeln umspielte die Lippen seines Chefs. Ein Anblick, den Simon noch nie gesehen hatte. Er kannte seinen Chef nur mit strengem Blick, fluchend, mit den Händen fuchtelnd oder Stress verursachend.

Nein, das stimmte nicht ganz.

Wenn er Regina oder Frank zu ihrer Arbeit gratulierte, dann hatte er auch bereits mehrfach gezeigt, dass er zu Emotion fähig war. Aber Simon hatte es zum einen noch nie aus nächster Nähe gesehen und zum anderen noch nie in seine Richtung zu spüren bekommen.

Wann immer sein Chef Wohlwollen ausgestrahlt hatte, dann immer in eine Richtung, die von Simon *weg* gezeigt hatte. Es war ein gutes Gefühl.

Wenn auch ein klein wenig seltsam.

„Gute Arbeit", wiederholte sein Chef.

Und damit war alles gesagt.

Simon machte kehrt, verließ das Büro, schloss die Tür hinter sich und nahm wieder an seinem Schreibtisch Platz. Er war zufrieden. Sehr zufrieden. Ein Blick durch das Büro zeigte ihm, dass die anwesenden Kollegen und Kolleginnen ihm aufmunternd zunickten. Zumindest jene, die an Lektorat und Layout arbeiteten. Jene, die selbst vor Ort waren, die selbst Artikel zu schreiben hatten, wirkten nicht ganz so erfreut. Mehr un-erfreut. Oder genau genommen: ziemlich sauer.

Tja, dachte Simon. *So geht es, wenn man sich mit dem Besten anlegt.*

Er suchte den Raum nach Regina ab, die – wie gewohnt – am Türstock zur Kaffeeküche lehnte und ihn mit Blicken musterte, die Simon unbekannt waren. Er runzelte die Stirn, versuchte aus ihnen schlau zu werden, konnte sie jedoch nicht zuordnen.

Entweder wollte sie wilden Sex haben oder ihn umbringen.

Er beschloss, der Sache auf den Grund zu gehen, erhob sich und ging betont lässig in ihre Richtung, grinste sie freundlich an und blieb vor ihr stehen.

„Na, Kollegin", begann er. „Alles okay bei dir und deinen Flüchtlingen?"

Er zwinkerte ihr zu.

Für den Bruchteil einer Sekunde hatte er das Gefühl als ob sie ihm an die Gurgel springen würde, so düster, kalt und bösartig wurde ihr Blick, aber dann hatte sie sich wieder im Griff und lächelte ihn genauso freudestrahlend wie verlogen an.

„Alles in bester Ordnung, Simon. Danke der Nachfrage."

Sie hob die Hand und spielte mit einer ihrer Haarsträhnen, wie Frauen es gern tun, wenn sie Männer ablenken wollen. Zumindest verstand Simon diese Geste immer nur auf diese eine Art und Weise.

„Ich habe deinen Artikel gelesen", sagte sie dann – immer noch verlogen lächelnd. „Der ist richtig gut geworden. Respekt."

Sie sprach das Wort „Respekt" aus als würde sie sagen „Friss Scheiße und stirb!"

„Wie lange hast du daran gearbeitet?", wollte sie wissen.

Simon fielen die Stunden ein, welche er in der Nacht gebrütet hatte. Die vielen Versionen, die Details, die er mühsam zusammengesucht, die Formulierungen, an denen er so lange gefeilt hatte, bis er und die Zeitung nicht mehr Gefahr liefen, verklagt zu werden und alle Fakten richtig zugeteilt waren.

Erst jetzt bemerkte er, wie müde er war. Er hatte die ganze Nacht kein Auge zugetan.

„Ach", meinte er gespielt heiter. „Zwei Stunden. Maximal."

Regina hörte auf mit ihrer Strähne zu spielen und starrte ihn ungläubig an.

Er lächelte sein bestes Siegerlächeln und strich sich die Haare aus dem Gesicht. Sie waren noch fettiger als am Vortag.

„Aber du weißt ja, wie das ist: Wer kann, der kann."

Mit diesen Worten drehte er sich um und ging zurück an seinen Platz.

Wenn hier jemand Scheiße fressen und sterben wird, dann du, blöde Schlampe, fuhr es ihm durch den Kopf.

Er kämpfte gegen den Drang sich umzudrehen und ihren zerstörten Anblick in sich aufzusaugen. Erfolgreich. Ohne sie nochmals eines Blickes zu würdigen nahm er wieder an seinem Schreibtisch Platz und dachte darüber nach, wie er seine Story noch toppen konnte.

Hätte er aufgesehen, dann hätte er erkannt, dass Regina keineswegs zerstört war. Sie schien nicht ansatzweise deprimiert oder gar verlegen zu sein. Im Gegenteil.

Ihre Körperhaltung war straffer geworden. Ihr Blick härter. Und ein geheimnisvolles Lächeln umspielte ihre Mundwinkel.

Sie wirkte kampflustig. Kampfbereit.

Wie Simon sehr bald feststellen sollte.

RENÉ

III

Der Tag kann nur besser werden. Zumindest war das meine Einstellung nachdem mir Angela den Bericht vorgelesen und ich mich erst mal in den Pausenraum verzogen hatte, um einen klaren Kopf zu bekommen.

Aber mein Kopf ist nicht klar.

Er wird nie wieder klar sein.

Ich kann mich an alles erinnern. An den Moment, den einen Moment, der mich nachts nicht schlafen lässt.

Die Stimme der Bestie hallt durch meinen Kopf. Sie fragt mich, wen sie töten soll. Mich oder sie.

Willst du ein Held sein?

Ich schließe erneut die Augen, versuche die Stimme zu verdrängen, mich auf etwas anderes zu konzentrieren.

Es funktioniert nicht.

Willst du ...
Die Frage ist da. Laut und stark. Sie verspottet mich. Sie verhöhnt mich.
Und ich bin ihr machtlos ausgeliefert.
... ein Held ...
Meine Antwort brennt in meiner Seele. Die Worte, die ich nicht aussprechen will, die aber von selbst ihren Weg über meine Zunge in die Welt da draußen finden.
Willst du ein Held sein?
Ich lege den Kopf in meine Hände. Tränen bilden sich. Ich kann die Nässe spüren. Fühlen, wie sie meine Wangen hinabläuft. Erst versuche ich dagegen anzukämpfen, bemerke, dass es keinen Sinn hat und lasse die Tränen laufen.
... ein Held ... willst du ein Held sein?
Natürlich würde ein Held sich opfern. Natürlich wollen wir alle Helden sein. In unseren Köpfen sind wir es auch. Alle anderen sind dumm, ignorant und haben keine Ahnung. Wir wissen es besser. Haben die Wahrheit mit Löffeln gefressen und wir scheißen die Weisheit bereits beim Frühstück auf den Teller.
... ein Held ... willst du ... willst du ein Held sein?
Tatsache ist, dass das nicht stimmt. Dass wir alle Helden sind. Dass wir alle wissen, was das Beste für die Welt ist, was das Beste für uns ist. Dass wir alle immer wissen, was richtig und falsch ist ... es ist eine Lüge, die wir uns erzählen. Die wir glauben wollen.
Wir wissen nichts.

Überhaupt nichts.

Willst du ein Held sein?

Nein.

Wir können nicht alle Helden sein.

Niemals.

Sie. Nimm sie.

Es dauert nicht allzu lange und ich bin wieder ruhig.
Die vielen Nächte, die ich mir um die Ohren
geschlagen habe, fast erdrückt vom Gefühl der
Schuld. Von der Last und der Erkenntnis, dass ich
kein Held bin.

Und auch keiner sein will.

Ein Held würde aufstehen. Würde einen Weg
finden, wie er mit dem Typen von der Zeitung fertig
wird. Er würde die Schuldgefühle mit einem
Schulterzucken abtun und darauf hinweisen, dass
es nur eine Finte war. Er würde behaupten, auf
einen passenden Moment gewartet zu haben.
Einen Moment in dem die Bestie ihm den Rücken
zudreht, immerzu angespannt und bereit sie zu
vernichten.

Nicht ich.

Niemals ich.

Vielleicht kann ich mir das irgendwann einreden,
doch tief in mir, in meiner Seele werde ich immer
wissen, dass ich es genauso gemeint habe.

Nimm sie.

Ich bin kein Held.

Die Tatsache, dem Reporter fast an die Gurgel
gesprungen zu sein, zeigt mir schon, wie wenig ich
mich unter Kontrolle habe. Die Vergangenheit

scheint mir immer noch mehr zuzusetzen als ich mir eingestehen will.

Tatsache.

Ich lebe aber nicht in der Vergangenheit. Ich kann Dinge, die geschehen sind, nicht ändern.

Ich lebe jetzt.

Hier und heute.

Dann dämmert es mir.

Wenn ich kein Held bin, brauche ich auch nicht zu denken wie ein Held.

Es gibt keinen Grund, diesen Kampf fortzuführen und ihn gewinnen zu wollen. Zu einem Kampf gehören immer zwei. Für einen Angriff reicht einer.

Simon hat mich angegriffen.

Ich habe mich gewehrt.

Es war ein Kampf.

Aber ich werde es nicht zum Krieg kommen lassen.

Ich blicke mich im Pausenraum um, kann durch das Fenster im Studio sehen, dass Tom gerade die Mikrofone richtet – in Kürze wird eine Band kommen, um einen neuen Song aufzunehmen. Tom blickt geistesabwesend und nachdenklich durch die Gegend, kratzt sich am Kopf und nickt sich dann selbst zu als er das letzte Mikrofon entdeckt, das er in der Ecke liegen gelassen hat. Er nimmt es, steckt es ein und verlässt den Raum, um zum Mischpult zu gehen. Auf dem Weg zur Tür wirft er einen Blick in meine Richtung, winkt und verschwindet im Technikraum.

Ich durchsuche meine Tasche nach meinem Telefon, finde es und ziehe es heraus. Für ein paar

Sekunden wiege ich es in der Hand und überdenke meine Idee nochmals.

Dann entscheide ich mich dafür.

Man soll nur kämpfen, wenn man auch gewinnen kann, heißt es.

Auch wenn ich nicht weiß, wer das gesagt hat.

Vermutlich ein Verlierer.

SIMON

II

Das läutende Telefon riss ihn aus seinen Gedanken. Er brauchte einen Moment, um wieder im Hier und Jetzt anzukommen. Simon fuhr sich über die Augen, gähnte herzhaft und schüttelte sich, um die Müdigkeit loszuwerden. Er war mit offenen Augen vor dem Bildschirm eingeschlafen. Die einzige Hoffnung, die er hatte, war, dass niemand es gesehen oder mitbekommen hatte.

Er hoffte außerdem, nicht geschnarcht zu haben. Das war ihm einmal passiert und die Kollegen hatten ihn wochenlang damit aufgezogen.

Das hatte ihm nicht gefallen.

Ein weiteres Klingeln.

Sein Blick wanderte zum Telefon und er überlegte, woher er die Nummer kannte. Sie war ihm bekannt. Sicher sogar. Auch wenn ihm für den Augenblick entfallen war, aus welchem Kontext. Im Grunde war es egal.

Er griff nach dem Hörer, stellte sich vor und fragte, was er für den Anrufer tun konnte.

Als sein Gesprächspartner antwortete, blieb ihm der Mund vor Staunen offen stehen.

„Sie haben *was* gemacht?", hakte er ungläubig nach. Er schüttelte den Kopf, blinzelte den Rest an Schlaf aus seinen Augen und spürte, wie die Kraft in seinen Beinen nachließ. Zum Glück saß er bereits, sonst wäre er wohl umgefallen.

Der Anrufer wiederholte seine Antwort. Simon ließ den Hörer sinken, legte ohne ein weiteres Wort auf.

Er starrte stumm den Bildschirm an. Mehrere Möglichkeiten schossen ihm durch den Kopf, aber im gleichen Moment tat er sie bereits wieder als nicht durchführbar ab, bis er zu dem Schluss kam, dass er keinen Plan hatte, wie er mit dieser neuen Situation umgehen sollte.

War es ein Trick? Es musste ein Trick sein.

Eindeutig. Eine Falle.

Auch wenn er nicht wusste, was für eine Art Falle es hätte sein sollen.

Kurz: Simon war überrumpelt.

„Er hat eine Selbstanzeige gemacht?", fragte er sich selbst, immer noch verblüfft. Dann begann der Rest zu sickern. Er räusperte sich lautstark, setzte sich aufrecht hin und konzentrierte sich, um auch nichts zu verpassen und auch nichts falsch zu verstehen. Nachdem er ein Blatt Papier zu sich gezogen hatte, begann er aufzuschreiben, was der Mann ihm erzählt und vorgeschlagen hatte.

Dann legte er den Stift zur Seite.

Fünf Minuten lang blieb er stumm und starr sitzen. Seine Augen wanderten immer wieder über das Papier und seine Mitschrift. Er konnte kaum glauben, was er las. Er hatte mit viel gerechnet. Mit einer Klage, mit einem Gerichtsverfahren, dem Wunsch nach einer Gegendarstellung, was auch immer, aber ... ein Treffen? Eine Entschuldigung? Eine Selbstanzeige?

Simon hatte den Typen in seinem Bericht indirekt, wenn auch nicht ganz subtil, als mehrfachen Mörder bezeichnet ... und – auch wenn er das nie zugegeben hätte – gehofft, dass der Kerl sich wieder so leicht provozieren ließ, wie bei dem Interview, aber ... aber ... das war nicht okay. Das war einfach nicht okay so.

Eine Entschuldigung.

Das Geräusch einer eingehenden E-Mail riss ihn aus seinen Gedanken. Er klickte auf seinen Posteingang und öffnete die Mail.

Erneut starrte er den Bildschirm stumm an, ungläubig die Zeilen betrachtend, die da vor seinen Augen bewiesen, dass er nicht geträumt hatte.

Das Mail war an ihn und in Kopie an seinen Chef gegangen.

Er hatte die Mail in Kopie an seinen Chef geschickt. Keine Beschwerde, keine Kampfansage, sondern eine nüchterne Zusammenfassung der Fakten: Der Interview-Termin. Sein Zögern zuzusagen, weil er sich nicht sicher gewesen war, ob er wieder bereit war an die Öffentlichkeit zu treten. Dann die

Fragen von Simon, die gut recherchiert gewesen waren – Simon stöhnte auf. Der Typ lobte seine Recherche. Seine gottverdammte, gemeine und ihm Sachen unterstellende Recherche! – und sprach ihm große Kompetenz zu. Leider war er, René, nicht so weit gewesen, wie er gedacht hatte und die absolut berechtigten Fragen über seine schlimme Vergangenheit - mit denen er hätte rechnen müssen - hatten ihn aus dem Konzept gebracht und ihn sehr nervös gemacht. Was bei ihm leider – seit den Vorfällen damals – zu aggressivem Verhalten führte. Er würde eine Therapie beginnen und möchte sich nochmals entschuldigen. Er erwähnte die Tatsache, dass er dankbar dafür war, dass Simon ihn nicht angezeigt hatte – er sich aber gezwungen gesehen hatte, sich selbst anzuzeigen, weil er solch ein Verhalten wie er es an den Tag gelegt hatte weder von seinem Umfeld noch von sich selbst dulden würde. Sollte der Reporter – also Simon – ein weiteres Interview wünschen – zur Sicherheit auch in Begleitung, René würde das verstehen – dann wäre er dazu bereit, würde aber klarerweise auch nachvollziehen können, wenn dies nicht gewünscht sei.

Simon las das Mail drei Mal, dann stand er auf, ging ein paar Schritte in Richtung Tür, hielt inne, drehte sich um, ging zurück zum Tisch und las es ein viertes Mal. Seine Atmung war schnell. Er schwitzte und er konnte spüren, wie seine Unterlippe bebte.

Verdammt, verdammt, verdammt.

Gottverdammt.

Scheiße.
Damit hatte er nicht gerechnet. Das war … das war
einfach nicht okay. Das war nicht der Plan
gewesen. Der Plan war gewesen … war gewesen …
Simon hielt im Auf-und-Ab-Gehen inne und stellte
völlig überrascht fest, dass er keinen Plan gehabt
hatte. Sein Plan hatte mit dem Artikel geendet und
der Überzeugung, einen Skandal ausgelöst zu
haben, der ihm Ruhm und Ehre brachte. Immerhin
hatte er einen wahnsinnigen, vermutlich
kriminellen Bürger aufgedeckt.
Der Typ hatte ihm nichts getan.
Überhaupt nichts.
Sein Chef hatte ihm den Auftrag für ein
langweiliges Interview gegeben und er hatte
daraus einen Skandal produzieren wollen. Sicher
war die Hintergrundgeschichte eine spannende.
Werwölfe. Flucht. Morde. Banden. Eine irre Sache.
Aber René hatte ihm, Simon, nichts getan.
Er kannte ihn ja nicht einmal wirklich.
Und jetzt hatte er sich entschuldigt.
Die Tür vom Großraumbüro wurde aufgerissen und
Regina stürmte in den Raum, machte nicht einmal
Halt um sie hinter sich ins Schloss zu werfen,
sondern raste förmlich mit rotem Kopf, breitem
Grinsen und … schmutzigem Rock? … an ihm vorbei
ins Büro des Chefs, dessen Tür sie ohne
anzuklopfen öffnete, das Büro betrat und die Tür
wieder hinter sich zuschlug.
Alle im Büro starrten verwirrt die Tür an.

Für eine oder zwei Minuten war es totenstill im Raum. Niemand wagte etwas zu sagen, alle sahen sich fragend gegenseitig an, nur um dann mit den Schultern zucken zu müssen.

Keine Ahnung, sagten die Gesichter. *Keine Ahnung*.

Dann wurde die Tür erneut aufgerissen und der Chef stand vor ihnen. Er grinste genauso breit wie Regina, die hinter ihm stand.

„Alles auf Halt", rief er euphorisch. „Wir haben eine neue Seite eins!"

Simon klappte die Kinnlade sprichwörtlich auf den Boden.

Nach einem kurzen Blick zu Regina, die daraufhin bestätigend nickte, wandte sich der Chef wieder an die Kollegenschaft: „Und Seite drei und vier haben wir auch!"

Er zeigte mit den Fingern auf zwei Kollegen und eine Kollegin.

„Was immer ihr auch gerade tut, lasst es bleiben. Ihr seid Regina zugeordnet. Recherche, Foto und Layout. Hop-hop-hop. Aber dalli."

Regina trat an ihm vorbei und deutete den dreien ihr zu folgen.

Als der Chef sich wieder in Richtung Büro umwandte, fing Simon seinen Blick auf. Simon erkannte darin, dass auch er das Mail von René gelesen hatte. Und er schien nicht erfreut zu sein – auch wenn er nichts dazu sagte.

Dann fiel die Tür hinter ihm ins Schloss.

Simon starrte ins Leere.

Seite eins, dachte er. *Und zwei und drei*.

Es war die Hölle. Die Hölle.

Sein Blick fiel auf den Bildschirm und das Mail.

Dann auf seine Notizen aus dem Telefonat. Er blieb auf dem Terminvorschlag von René für das zweite Interview hängen.

Seine Augen wurden zu schmalen Schlitzen.

Eine Woche.

Er hatte eine Woche Zeit für die Vorbereitungen.

Nach einem letzten Blick in Richtung Reginas Schreibtisch hatte er seinen Entschluss gefasst.

Simon nahm Platz, atmete tief durch, sagte per Mail dem Termin zu und zog den Zettel wieder näher zu sich.

Eine To-Do-Liste.

Er brauchte eine To-Do-Liste, denn es gab tatsächlich viel zu tun.

Kapitel 3: Hypnotisiert (I)

„Slowly the dust cloud fades away …
one counts the bodies of the death toll of today. "
– Aquarian Age „hypnotized"

I

Mit zittriger Hand des Nachts auf ein Blatt Papier
gekritzelt:

Sie können nicht zurück sein
Waren sie doch nie verschwunden
Tatenlos
Schweigend
In Ruhe ihre Zeit abwartend
Ihre Wunden leckend
Und geduldig

Sieh ihre mordlüsternen Augen in der Dunkelheit
leuchten
Der Mond steht am Himmel
Er nickt dir zu
Er träumt von dir
Dann wacht er auf
Und ist blutrot

Ihre Tage sind gezählt
Die Schatten sind nicht mehr ihr Zuhause
Langsam dämmert es
Die Nacht weicht
Der Tag kommt zurück
Er lächelt dich an

Aber seine weißen Zähne sind blutbefleckt
Er hat den Mond geküsst
Er hat den Mond geküsst
Und der Kuss hat ihm gefallen

II

Ein Fernsehbericht. Live vor Ort. Im Vordergrund
eine Reporterin. Gefasst. Trocken. Sachlich. Ernst.
Im Hintergrund ein brennendes Haus. Die
Feuerwehr ist vor Ort und versucht es zu löschen.
Blaulichter blitzen und erhellen die Nacht immer
wieder für einen kurzen Moment. Die Flammen
schlagen hoch.

„... sind die genauen Umstände noch ungeklärt,
aber der Anschlag scheint nicht von langer Hand
geplant gewesen zu sein. Viel mehr wirkt es so, als
ob die Täter – man geht davon aus, dass es
mehrere Täter waren -, also, dass die Täter spontan
gehandelt haben ...“

Ein Krachen, als ein Balken im Haus nachgibt,
einbricht und das Dach zum Teil mit einstürzt.
Funken sprühen. Die Kamera zoomt heran.

„... das Feuer wurde von den Nachbarn entdeckt,
die behaupten, sie hätten drei Gestalten gesehen,
welche nach einem lauten Knall lachend und laut
jubelnd das Gelände verlassen hätten. Eine

Beschreibung kann zum aktuellen Zeitpunkt nicht gegeben werden ...“

Wieder ein Krachen. Die Balken brennen. Das Feuer knistert. Die Sirenen tönen in der Ferne. Die Kamera schwenkt auf eine Gruppe Menschen, die hinter einer Absperrung stehen und dem Feuer zusehen. In ihren Gesichtern ist keine Regung zu erkennen. Sie starren stumm die Flammen an. Die Kamera schwenkt zurück zur Reporterin, an deren Seite nun ein Mann Mitte fünfzig steht und verlegen in die Kamera grinst. Er scheint sich zu freuen, dass er in den Nachrichten zu sehen ist. Sein Name ist eingeblendet, darunter steht „Augenzeuge“. Die Reporterin stellt ihn vor und fragt ihn, was er gesehen hat. Er lächelt in die Kamera, versucht dann ernst und betroffen zu wirken, es entkommt ihm jedoch immer wieder ein kurzes Grinsen.

„... also, wie ich so, also im Wohnzimmer sitze und mir im Abendprogramm meine Serien anschaue, da höre ich Stimmen da draußen. Nichts Lautes“,

beeilt er sich zu versichern.

„Ich habe auch nicht verstanden, was sie gesagt haben, weil ich ja meine Serien geschaut habe, aber sie haben irgendwas gerufen und dann hat etwas geklirrt und dann gekracht.“

Er räuspert sich, sieht um Verzeihung bittend die Reporterin an, die ihm sachlich, seriös und ohne jede Emotion zunickt, dass er fortfahren soll. Er wendet sich – erleichtert, dass er keinen Mist gebaut hat – wieder in Richtung Kamera.

„Zuerst habe ich mir gedacht, dass das ein paar Ausländer sind, die mir einen Stein durch das Fenster geworfen haben. Ich bin also aufgesprungen und bin zum Fenster gestürzt. Aber das war nicht kaputt. Da habe ich draußen gesehen, dass ein paar Leute weggelaufen sind. Aber nicht, dass sie denken, ruhig und unauffällig, nein, die haben geschrien und gejubelt."

Er hält inne, blickt nach rechts an der Kamera vorbei, scheint jemanden in der Menge hinter der Kamera zu erkennen, nickt dieser Person zu, zieht triumphierend die Augenbrauen hoch, als würde er sagen wollen „Siehst du? Ich habe es ja gewusst!" und blickt wieder ernst und betroffen in die Kamera. Er will weitersprechen, hat aber den Faden verloren. Die Reporterin ist ein Profi und hilft ihm auf die Sprünge.

„Sie waren der Meinung, dass Ausländer ihr Fenster eingeschlagen haben?"

Der Mann nickt kurz, um der Reporterin für das Stichwort zu danken und fährt dann fort.

„Genau. Das war mein erster Gedanke. Das liest man ja immer wieder, dass das passiert. In den Zeitungen und so. Bei uns hier ist das zwar noch nie passiert, aber man weiß ja, wie die sind. Da war ich natürlich erstaunt, dass mein Fenster noch heil war. Das wäre ja auch eine schöne Schererei gewesen. Anzeige gegen unbekannt, die Versicherung ..."

Die Reporterin bemerkt, dass er abschweift und schreitet ein, um ihn wieder zurück auf die Spur zu bringen.

„Aber Ihr Fenster war ganz. Was haben Sie stattdessen gesehen?"

Er ist kurz irritiert aufgrund der Unterbrechung. Eine Sekunde lang denkt er nach, dann fällt ihm auf, wie sehr er vom Thema abgekommen ist und nickt ihr nochmals dankend zu.

„Also da sind diese drei Leute, diese drei Jungs, ich glaube, es waren Jungs, weil ... ich meine, ich konnte sie ja nicht wirklich gut sehen, es ist ja dunkel und so und ... die drei sind also, wenn es drei waren, vielleicht waren es mehr, aber drei habe ich sicher gesehen, da habe ich die drei weglaufen und jubeln gehört und gesehen. Ich mache also das Fenster auf und schreie ihnen nach, dass sie das Maul halten ... also, dass, ... äh, ich bitte sie, leiser zu sein, weil man will ja des Nachts seine Ruhe

haben und dann bemerke ich, dass da drüben etwas flackert."

Die Reporterin nickt ihm aufmunternd, aber weiterhin emotionslos zu.

„Ich bin mir zuerst nicht sicher, was es ist, vielleicht täusche ich mich ja und ich habe es mir nur eingebildet. Als ich aber das Fenster wieder zumachen will, sehe ich, dass dort tatsächlich etwas flackert. Dann bemerke ich, dass es Feuer ist. Die haben irgendwas dort drüben ins Fenster geworfen und dann hat es drinnen zu brennen begonnen."

Er stockt, überlegt, was er weiter sagen soll, damit seine Zeit im Rampenlicht länger dauert, aber die Reporterin übernimmt bereits wieder das Ruder. Sie nickt ihm zu, bedankt sich bei ihm und die Kamera zoomt auf ihr Gesicht. Der Mann bemerkt nicht, dass er fertig ist und bleibt stehen. Sein rechtes Ohr ragt noch in den Bildausschnitt. Die Reporterin tut als würde sie es nicht bemerken und klärt die Zuseher auf:

„Was wir hier hinter uns sehen, ist ein leerstehendes Gebäude, das erst vor kurzem restauriert wurde. Das Land wollte es als Übergangswohnhaus für Asylanten zur Verfügung stellen. Die Arbeiten daran waren erst vor ein paar Tagen abgeschlossen worden, als bekannt wurde, wofür das Haus genutzt werden sollte. Es wäre das

*erste Heim für Asylanten in diesem Stadtteil. Ein
rechtsradikaler Hintergrund kann nicht
ausgeschlossen werden. Erste Wortmeldungen von
den zuständigen Stellen sprechen aber von einem
dummen ‚Jungenstreich' oder von rivalisierenden
Ausländerbanden, die aus mit den Flüchtlingen
verfeindeten Ländern kommen. Nähere
Informationen erhalten Sie hier, sobald es
Neuigkeiten gibt und ..."*

Die Frau nennt ihren Namen, dann den Namen
ihres Senders und verabschiedet sich von den
Zusehern und Zuseherinnen. Die Kamera zoomt
zurück, um das brennende Haus zu zeigen. Die
Flammen sind bereits weniger als zu Beginn des
Beitrages. Die Feuerwehr wird im Einsatz gezeigt.
Sie hat alles unter Kontrolle Der Mann, der
interviewt wurde, steht mit dem Rücken zum Haus,
grüßt jemanden in der Menge, deutet dann auf die
Kamera und hält fröhlich grinsend den Daumen
nach oben. Es wird zurück ins Studio geschnitten.

III

Leserbrief in einer aktuellen Tageszeitung:

*Natürlich darf man sich als braver Österreicher
nicht wundern, wenn diese Dinge passieren. Diese
Leute kommen hierher, wollen auf unsere Kosten
leben ohne uns etwas zu geben und nehmen dann
ihren Krieg auch noch mit in unser Land. Ich will*

nicht verteidigen, dass jemand einen Molotow-Cocktail durch das Fenster eines Gebäudes wirft – man denke nur daran, was passiert wäre, wenn die Nachbarhäuser Feuer gefangen hätten! -, aber man muss und sollte die Wut unserer Bürger doch auch verstehen! Unsere Politik ist gefragt, diese Art von Vandalismus zu unterbinden! Wo kommen wir hin, wenn die jetzt auch noch anfangen sich bei uns gegenseitig umzubringen!
Unterfertigt mit vollem Namen und Wohnort

IV

Ein weiterer Leserbrief aus einer aktuellen Tageszeitung:

Bei all dem Lärm um Flüchtlinge und Quoten und Unterbringungen darf man nicht vergessen, dass es sich hier um Menschen handelt! Menschen, die Schutz brauchen, hilflos sind, zu uns kommen, weil sie in ihrer Heimat nichts mehr haben. Die Strapazen, die sie auf sich genommen haben, um es bis zu uns zu schaffen und dann das – da stecken ein paar Halbstarke ein Haus in Brand und plötzlich sind wir hier alle Nazis! Das geht zu weit! Wer weiß denn, ob das überhaupt welche von uns waren? Das können ja auch welche von denen gewesen sein. Man weiß ja, dass die dort immer noch Blutrache haben, wo die herkommen. Wir brauchen mehr Polizei, kontrollierte Zuwanderung und ein hartes Durchgriffsrecht!

Unterfertigt mit vollem Namen und Wohnort

V

Leserbrief aus einer weiteren aktuellen
Tageszeitung

*Es ist ein Skandal! Da kommen Menschen zu uns,
die unsere Hilfe brauchen und wie empfangen wir
sie? Anstatt sie mit Nächstenliebe und Wärme zu
begrüßen, stecken wir ihre Häuser in Brand,
nehmen ihnen ein neues Zuhause, da sie ihre
Heimat aufgrund von Krieg verlassen mussten und
beschweren uns auch noch darüber, dass ohnehin
zu viele da sind. Das kann doch nicht sein? Wo ist
die Nächstenliebe? Wo sind unsere Werte
hingekommen, dass wir Menschen auf diese Art
und Weise empfangen? Ich schäme mich ein Teil
dieser Nation zu sein.*
Unterfertigt mit zwei Titeln, vollem Namen und
Wohnort

VI

Posting auf Facebook. Das Bild eines brennenden
Hauses. Darüber hat jemand folgende Worte
hingeschrieben: „Wenn ihr den Krieg zu uns
bringen wollt, dann bleibt Zuhause!"
143 Gefällt mir, 2 Kommentare

Kommentar 1:

Bist du völlig irre? Da können doch die Flüchtlinge nichts dafür, dass ein paar Idioten zu wenig Hirn haben und da gleich Brandsätze reinwerfen. Du wärst auch froh fliehen zu können, wenn hier Krieg wäre.
3 Gefällt mir 1 Antwort

> Antwort:
> Hier ist aber kein Krieg. Und wer sagt, dass das welche von den unseren waren, die den Brandsatz geworfen haben?
> 9 Gefällt mir

Kommentar 2:
Sollen Zuhausse bleiben, die Sotsialschmarotzer. Dann kann auch keiner niemand „ihre" Heuser in anzünden
7 Gefällt mir 8 Antworten

> Antwort 1:
> Lern doch erst mal die deutsche Sprache, bevor du dich hier überhaupt zu Wort meldest, du Penner.
> 3 Gefällt mir

> Antwort 2:
> Du kannst mich mal, du Opfa! ich brauch keinen linkslinken pfosten der was mir sakt wie ich was

schreiben soll ich schreip wies mir
passt und wenn du mich nicht
verstest, dann musst DU halt
deutsch lernen da kannst du gleichzu
deinen Asylantenfreunden ins
Ausland fahren DA ghörst du
wascheinilch eh hin.
11 Gefällt mir

Antwort 3:
Ihr habt doch beide einen an der
Waffel. Du, weil dich seine
Rechtschreibung stört, aber nicht
der Inhalt und du, weil du scheinbar
einfach eine dumme Nuss bist, die
nicht begreift, um was es hier
eigentlich geht.
1 Gefällt mir

Antwort 4:
was heisst hier ich weiss nicht um
was es geht es geht darum dass die
uns überschwemmen mit ihren
Männern und die kommen alle
hirher und wollen unsre frauen
fi**en und dann unsere jobs haben
und überhaupt das weiss man doch
alles schon lengst und da gibts auch
beweise nur weil du zu blöd bist das
zu merken kann ja ich nix dafür
5 Gefällt mir

Antwort 5:
Beweise? Ach. Welche denn? Wo hast du die her? Was sind deine Quellen? Hast du sie überprüft oder glaubst du alles, was man dir erzählt?
2 Gefällt mir

Antwort 6:
Beweise sicher gibt es beweise die wirst du halt in der linkslinken lügenpresse nicht finden weil die das alles vertuschen genau wie alles andere was diese sceinasylanten da sonst so machen wenn du ach so schlau bist dann schau doch selbst im googel nach aber du willst ja ohnehin sicher nur glauben was deine linken freunde dir erzählen also was red ich überhaupt mit dir
19 Gefällt mir

Antwort 7:
Tut mir leid, aber du redest nicht mit mir. Wir schreiben auf FB miteinander. Reden ist etwas anderes. Außerdem glaube ich – im Unterschied zu dir – nicht alles, was ich lese, sondern mache mir, so gut es geht, selbst ein Bild. Aber dir das

zu erklären ist wohl zu mühsam.
Glaub am besten was du glauben
willst. Wenn du dich dann besser
fühlst, bitte. Aber hör um Himmels
Willen auf, deine
Verschwörungstheorien zu
verbreiten oder leg zumindest
Fakten und (glaubhafte) Quellen vor.
1 Gefällt mir

Antwort 8:
Dir brauch ich nix vorzulegen wenn
du eh alles weisst und so schlau bist
dann schau selbst nach ich weiß was
ableuft und was der plan von denen
ist dass du nur in deinem rosaroten
weltchen leben willst ist mir doch
schnuppe du wirst schon sehen wir
holen uns unser land wieder zurück
und da gibt es nichts du wirst schon
sehen was dir deine beleidigungen
dann bringen

VII

Lied. Musik und Text von der Band GEISTERBAHN,
Titel: „Begegnungen im Nebel" Aufgenommen,
gemischt und produziert von Tom. Veröffentlicht
von Motion Records.

Der Morgen ist trübe, der Tag noch ganz frisch

Ich atme die Luft, die mich eiskalt erwischt
Ein kurzes Frösteln und mir wird wieder klar
Alles wie immer – nichts wie es war

Die Sonne am Himmel betrügt das Bild
Sie ist fern nur erkennbar und unheimlich still
Die Vögel schweigend, der Tag völlig stumm
Meine Schritte sind fest, doch ich sehe mich um

Bridge:
Fremde Gesichter und neue Gestalten
Der Irrsinn so nah und so gut erhalten
Als wäre er Zukunft, Heimat und Glück
Einmal gefangen geht es nie mehr zurück

Refrain:
Wie ein neuer Morgen nach einer endlosen Nacht
Ich lag so lange wach und habe nachgedacht
Wie ein neuer Morgen nach einer endlosen Nacht
Was ist das für eine Welt in der ich erwacht

Die Feuer sie brennen doch wärmen sie nicht
Gestalten passieren mich, sehen mir nicht ins
Gesicht
Der Zorn in Bewegung auf seinem Weg
Sie rasen voran, wissen nicht wohin es geht

Stehen stramm, lächeln und tanzen umher
Sie wollen Fakten doch vertrauen dem Seher
Er wählt seine Worte sehr mit Bedacht
Hat am Ende des Satzes uns zu Feinden gemacht

Bridge:
Fremde Gesichter und neue Gestalten
Der Irrsinn so nah und so gut erhalten
Als wäre er Zukunft, Heimat und Glück
Einmal gefangen geht es nie mehr zurück

Refrain:
Wie ein neuer Morgen nach einer endlosen Nacht
Ich lag so lange wach und habe nachgedacht
Wie ein neuer Morgen nach einer endlosen Nacht
Was ist das für eine Welt in der ich erwacht

Break:
Als die Nacht wieder neu ist und dieser Tag vorbei
Kehre ich heim, bleibe mir treu
Ich sah viele Menschen, die mir vertraut und
bekannt
Aber sie sehen mich als Fremden in diesem Land
Ausweichende Schritte wenn sie mich sehen
Ohne ein Wort zu sagen lassen sie mich stehen
Kein Wort zur Begrüßung, kein Nicken für mich
Gestern warst du noch meine Heimat
Heute bist du zu gut für mich

Bridge:
Fremde Gesichter und neue Gestalten
Der Irrsinn so nah und so gut erhalten
Als wäre er Zukunft, Heimat und Glück
Einmal gefangen geht es nie mehr zurück

Refrain 2:
Wie ein neuer Morgen nach einer endlosen Nacht
Ich lag so lange wach - Ich lag so lange wach
Wie ein neuer Morgen nach einer endlosen Nacht
Ich höre sie kommen - Sie kommen heute Nacht

Es kommt kein neuer Morgen nach dieser Nacht
Ich kann ihn hören wie er laut lacht
Es kommt kein neuer Morgen nach dieser Nacht
Der Seher laut lacht
Sie haben sein Werk für ihn vollbracht

Kapitel 4: Institution (I)

„What have I done to deserve this?
They say that I am different, that I am odd."
– Aquarian Age „institution #1"

RENÉ

I

Mein Weg führt mich dieses Mal durch die Stadt.
Vor einiger Zeit wurden die Schienen der
Straßenbahn teilweise unterirdisch verlegt. Seither
gibt es Menschen, die behaupten, wir hätten eine
Untergrund-Bahn. Das mag so stimmen. Meiner
Ansicht allerdings in einer anderen Bedeutung, als
es jene meinen, die dieses Wort benutzen.
Lange Monate habe ich versucht, Menschen aus
dem Weg zu gehen und mich zu isolieren. Das hat
eine gewisse Zeit gut funktioniert. Wer in dieser
Stadt seine Ruhe haben will, muss nur ein paar
Orte meiden. An den restlichen Plätzen wird er von
der Stadt gemieden. Ich möchte nicht sagen, dass
es dubiose Gegenden sind, aber was weiß ich
schon? Fakt ist, diese Gegenden gibt es in jeder
Stadt. Sie haben einen schlechten Ruf, meist
bedeutet das aber nur, dass dort die Dinge, die
überall sonst in der Stadt auch passieren, entdeckt
werden, während sie an anderen Orten
schweigend hingenommen, toleriert oder sogar
vertuscht werden. Jedem das Seine.
Heute will ich mich aber nicht verstecken.
Heute will ich, dass die Leute mich sehen.

Heute will ich mich den Menschen dieser Stadt stellen.

Also nehme ich anstatt des Autos die Straßen- oder Untergrundbahn und begebe mich ins schmutzige Nest. Die Untergrundbahn hat einen Vorteil gebracht: Die Reise durch die paar Stationen unter der Stadt bringt die wahren Gesichter der Menschen zum Vorschein.

Während oberhalb die Welt weitergeht, sogar die Sonne scheinen mag, herrscht hier die Finsternis. Das künstliche Licht in den einzelnen Teilen der Bahn reflektiert sich in den dunklen Fenstern. Draußen zieht die Dunkelheit des Grabes vor den Augen aller vorbei und all die künstliche Fröhlichkeit geht mit dem Neonlicht verloren.

Selbst wenn man den Menschen nicht direkt ins Gesicht blickt, kann man während dieser paar Stationen ihre Reflektionen auf den Fensterscheiben betrachten und sie lesen. Kann die Stimmung aufsaugen. Hier, wo sie alle Masken fallen lassen, in die Dunkelheit tauchen und ihre wahren Gefühle zeigen. Meist ohne es zu bemerken. Jene, die eine Station vorher, an der Oberfläche, noch gelacht haben, tauchen hier in die Ebene darunter und lassen ihre Masken unbewusst oben zurück. Andere wiederum setzen neue Masken auf, aber ihre Augen können die Wahrheit nicht verbergen.

Ihre Augen lügen nie.

Dort steht ein junger Mann, der breit lächelt. Seine Augen jedoch suchen die Menschen rund um ihn

herum ab. Sie springen rasch von einem zum anderen. Sie verweilen nie lange an einem Ort. Er ist nervös. Sein Lachen unecht. Er hat Angst.
Nicht weit entfernt sitzt eine junge Frau, einen Rucksack auf dem Schoß. Im Licht der Sonne zwei Stationen zuvor stand er noch unbeachtet auf dem Boden vor ihr und sie betrachtete freudestrahlend den blauen Himmel. Jetzt drückt sie ihn an sich, starrt auf den Boden vor sich und vermeidet jeden Blickkontakt. Auch sie scheint nervös.
Ich sehe mich weiter um. Mein Eindruck bestätigt sich.
Alle hier, alle Menschen rund um mich, wirken nervös, verunsichert, betroffen. Als hätte man ihnen die Lust am Leben ausgesaugt. Strahlten sie noch vor wenigen Minuten so etwas wie Lebensfreude aus, so waren sie jetzt blass, vereinsamt und stumm. Die Gespräche, oben noch so lebhaft, sind weniger geworden. Leiser. Bedeckter. Als hätte die Erde, die uns nun umgibt, ihre Offenheit erdrückt, zerquetscht und ganz allgemein ihren Horizont verengt.
Ich hoffe, dass es nichts mit mir zu tun hat. Vermutlich haben sie alle gelesen, was ich vorgestern getan habe und wenn auch nur ein paar davon mich erkannt haben, dann denken sie vermutlich, dass ich jederzeit wie ein wildes Tier herumspringen und einen von ihnen verletzen könnte.
Natürlich fühle ich mich unwohl. Keine Frage.

Obwohl ich derjenige bin, der beobachtet, komme auch ich mir beobachtet vor. Vorsichtig sehe ich mich um, versuche in den Reflektionen im Glas auszumachen, welche der anwesenden Personen es ist.

Die Frau mit dem Rucksack? Nein, sie starrt noch immer auf den Boden.

Der Kerl, der so breit lächelt, aber Angst in den Augen hat? Nein, auch er hat den Blick mittlerweile zu Boden gesenkt und scheint in Gedanken versunken.

Der schwarze Mann, der sich nachdenklich am Kopf kratzt und dabei nervös von einem Bein auf das andere tritt?

Die Frau mit dem Kopftuch, deren Augen von einer Person zur nächsten springen, nie lange verweilen und die bei jedem lauteren Geräusch sofort nach der Quelle spähen?

Nein. Niemand.

Vielleicht bilde ich es mir nur ein.

Die Straßenbahn hält. Menschen drängen an mir vorbei nach draußen. Ich versuche so gut es geht auszuweichen und Platz zu machen, aber jeder Versuch, Körperkontakt zu vermeiden ist dazu verdammt, schief zu gehen. Zu viele Leute wollen herein, zu viele wollen hinaus.

Ohnmächtig mich groß zu wehren, lasse ich mich hin und her schieben und versuche nicht weiter aufzufallen. Genervt blicke ich zur Decke und dann dämmert mir, weshalb ich mich verfolgt fühle.

Eine Kamera.

Eine verdammte Kamera.

Ein Mann, der aussieht als würde er irgendwo aus dem Süden kommen, folgt meinem Blick und schüttelt den Kopf.

„Inaktiv", sagt er dann. Ich wende meinen Blick und hebe fragend die Brauen.

„So?", hake ich nach.

Er nickt und erklärt: „Es gab eine Anfrage im Stadtrat, ob sie nicht aktiviert werden sollen, weil sie ja ohnehin schon da sind."

Ich lege den Kopf schief und denke nach.

„Das habe ich nicht mitbekommen", stelle ich fest.

Eine Frau neben uns schaltet sich ein.

„Stand letzte Woche in der Zeitung", stimmt sie dem Mann zu.

Er nickt.

„Der Sicherheitsbeauftragte oder Sicherheitsrat oder wie immer das heißt, meinte, dass wir die Dinger einschalten sollten, um Verbrechen zu verhindern."

Er lacht auf. Es liegt kein Humor darin.

Die Frau und ihre Sitznachbarin schütteln ebenfalls stumm den Kopf.

Ich verstehe die Bitterkeit nicht.

„Was ist das Problem?", will ich wissen.

Der Mann grinst breit, aber es ist kein fröhliches Grinsen, sondern passend zu seinem Lachen ein sehr bitteres.

„Seit wann verhindern Kameras Verbrechen?", fragt er dann.

Die Frau schaltet sich erneut ein.

„9/11 haben sie auch nicht verhindert. Und Paris auch nicht."

Ich weiß nicht, was ich dazu sagen soll. Es kommt mir ein wenig extrem vor, meinen kleinen Zwischenfall mit dem Reporter mit der Sprengung von zwei Türmen in Amerika oder einer Anschlagserie von Selbstmordattentätern in Paris zu vergleichen, bemühe mich aber, mir das nicht anmerken zu lassen.

Andere Leute scheinen unserem Gespräch zu folgen, ohne sich etwas anmerken zu lassen. Ihren angespannten Gesichtern kann man jedoch ansehen, dass sie zuhören und sich selbst ihre Gedanken machen. Niemand will etwas hinzufügen.

Die Stimmung ist mürrisch, traurig und voller Besorgnis.

Niemand spricht mehr ein Wort.

Irgendwo weiter hinten weint ein Kleinkind und die Mutter beruhigt es mit „Sch-Sch".

Es klingt wie der letzte Teil einer Grabrede.

„Sch-Sch."

Schweig.

„Sch-Sch."

Bevor sie dich für immer zum Schweigen bringen.

Mir wird übel. Mein Magen krampft ein wenig und ich spüre einen leichten Brechreiz in mir aufsteigen.

Als die Bahn das nächste Mal hält, steigen wieder ein paar Leute aus und ein paar andere ein. Einer der neuen Passagiere ist ein Mann mit dunkler

Hautfarbe. Er hat einen Vollbart und trägt einen
Turban. Das sieht man hier selten. Zwischendurch
immer wieder einmal, aber immer noch so selten,
dass es auffällt.
Der südländische Mann neben mir starrt den
neuen Fahrgast an. Ich runzle die Stirn.
Bilde ich es mir nur ein, oder hatte er vorhin
weniger Haare? Ich blinzle und sehe genauer hin.
Auch sein Kinn kommt mir verändert vor. Als wäre
es ein wenig nach vor geschoben. Sein Magen
scheint zu knurren. Zumindest glaube ich, dass es
sich um seinen Magen handelt. Ich sehe mich um,
ob auch andere das Geräusch hören, aber niemand
außer mir scheint es zu bemerken.
Dann fällt mein Blick auf seine Hand, mit welcher er
sich oberhalb am Griff festhält. Seine Nägel sollten
wieder einmal geschnitten werden. Sie sind relativ
lang. Klauen fast.
Mein Magen krampft noch mehr. Ich unterdrücke
einen Brechreiz und es scheint fast, als hätte mein
Gesicht viel an Farbe verloren.
„Ist alles in Ordnung?", fragt der Mann mit den
Klauen mich und ich zögere kurz bevor ich ihn
ansehe, aus Angst davor, dass ich noch mehr
Details bemerke, die ich zuvor nicht gesehen habe.
Meine Angst ist unbegründet.
Er hat völlig normale Nägel. Auch die Haare und
das Kinn ... alles nur Einbildung.
Eine Erinnerung sucht mich heim. Ich denke an ...
sie. An Tod. An Mord. An ... eine Zeit, die ich bereits
lange hinter mir gelassen habe. Hoffe ich. Bete ich.

Die Bahn hält und ich dränge nach draußen.

Als ich aussteige nicke ich meinen beiden Gesprächspartnern kurz zum Abschied zu und der Mann aus dem Süden murmelt ein „Viel Glück, Mann", bevor sich die Türen wieder schließen und die Menschen mit der Straßenbahn in die Dunkelheit davon brausen.

Das mulmige Gefühl, welches die Stimmung in der Bahn in mir ausgelöst hat, wird nicht weniger.

Im Gegenteil.

Die Menge an Menschen um mich herum ist stumm, die Häupter sind zu Boden gesenkt und die wenigen Worte, die gesprochen werden, sind gemurmelt, getuschelt und geflüstert. Als würde sich jeder von jedem belauscht vorkommen. Trotzdem ist es unglaublich laut. Die Menge an geflüsterten Gesprächen verbindet sich zu einem Schwall an Wortfetzen, die ich allesamt so gut es geht ignoriere.

Ich habe vor, den Bahnhof zu verlassen und passiere einen Teil, der früher ein Lokal beherbergt zu haben scheint. Die Glasfronten sind zugeklebt, um den Blick hinein zu verhindern.

Gedankenverloren und primär um mich abzulenken und zu beruhigen, bleibe ich stehen und betrachte einen Zettel, der dort hängt.

Darauf steht, dass Zahnpasta, Hygieneprodukte (auch für Frauen, bitte keine Tampons), Shampoos und Ähnliches benötigt werden. Außerdem noch weitere Dinge. Säfte und Essen für Kinder. Pullover. Wintermäntel.

Ich bin verwirrt, weil ich nicht genau weiß, wer das wozu braucht.

Man scheint es mir anzusehen.

Ein älterer Herr bleibt neben mir stehen, mustert mich von der Seite und scheint in meinem Gesicht lesen zu wollen. Als er meine Verwirrung entdeckt, wirkt er zufrieden und flüstert mir zu: „Alles Schmarotzer. Das ist eine Invasion. Eine subtile Invasion. Da steckt ein Plan dahinter."

Ich wende mich ihm zu.

Er ist dem ersten Blick nach zwischen sechzig und siebzig. Gepflegte Haare, wenn auch nur sehr wenige. Er trägt eine Brille, ist frisch rasiert und seine Augen sind wach. Er ist nicht betrunken. Seine Hose wirkt, als wäre sie gebügelt worden. Seine Hände sind faltig. Er verreibt Handcreme zwischen seinen Handflächen. Seine Schuhe glänzen hochpoliert und er trägt unter seiner Jacke einen Pullover.

„Was für ein Plan?", frage ich ehrlich verwirrt.

Der Mann zieht eine Braue hoch, macht ein verächtliches Geräusch und tritt ein bisschen näher an mich heran. Er flüstert.

„Die schicken alle ihre Verbrecher zu uns. Alle. Dann, wenn wir genug unterwandert sind, dann werden die Bomben hochgehen. Alle Bomben. Überall. Genau wie in Paris."

Ich starre ihn an. Hauptsächlich, weil ich keine Ahnung habe, wovon er spricht.

Das mag auch daran liegen, dass ich völlig reglos dastehe und ihm nur entsetzt dabei zusehen kann,

wie seine Ohren länger werden und sein Gesicht ...
eine Schnauze bekommt. Geifer rinnt ihm aus dem
Mundwinkel. Er greift nach einem Taschentuch, das
er aus der Jackentasche holt, und wischt ihn
gedankenlos weg. Seine Augen ... ich starre ihn an.
Unfähig mich zu bewegen.

Nein, denke ich. *Das ist alles vorbei. Alles hinter
mir. Alles ganz weit weg. Ganz. Weit. Weg.*
Vermutlich könnte man mich ignorant nennen,
aber wenn es um meine geistige Gesundheit geht,
dann hat diese für mich weit größere Priorität als
alles andere was zeitgleich auf der Welt passiert.
Wer einmal erlebt hat, wie es ist, seinem eigenen
Kopf nicht trauen zu können, lernt rasch, die Welt
auszublenden und sich auf das Wesentliche zu
konzentrieren. Ich kämpfe gegen die Starre an und
versuche mit aller Gewalt etwas zu sagen. Etwas,
das ihn nicht dazu bringt, sich auf mich zu stürzen
und mich zu zerreißen.

Natürlich weiß ich, dass ich mir das nur einbilde.
Ich weiß, dass dieser Mann hier nicht ... ich weiß,
dass ...

„Wer schickt wen warum wohin?", frage ich und
hoffe, dass der Mann das Zittern in meiner Stimme
nicht bemerkt. Wenn ich keine Schwäche zeige,
dann wird er ... dann ... ich konzentriere mich auf
meine Atmung: flach halten, nicht panisch werden,
ganz ruhig bleiben. Einatmen. Ausatmen.

Aber der alte Mann starrt mich nur eine Sekunde
lang an, dann dreht er sich wortlos um und
verschwindet in der Menge. Ich versuche ihm mit

den Augen zu folgen, aber ich verliere ihn rasch.
Erst als ich mir sicher bin, dass er mir nicht in den
Rücken fällt, sondern wirklich verschwunden ist,
atme ich auf.

Was zum Teufel ist hier los?, frage ich mich. Mein
Blick wandert zurück zu dem Zettel.

Ich bin mehr verwirrt als zuvor.

Wer braucht Zahnpasta? Warum hängt das hier?
Was habe ich versäumt? Was ist in den paar
Monaten passiert? Und warum habe ich es nicht
mitbekommen? Welche verdammte Invasion? Und
warum sollte irgendjemand hier Bomben
hochgehen lassen?

Klar, ich habe keine Zeitungen gelesen und keine
Nachrichten gesehen, aber wenn etwas wirklich
Weltbewegendes passiert wäre, dann hätte ich das
wohl auch irgendwie mitbekommen müssen. Oder?
Paris ging schließlich auch nicht an mir vorbei.

Bevor ich mir einen Reim darauf machen oder die
nächstbeste Person danach fragen kann, klopft mir
jemand auf die Schulter.

Ich zucke zusammen und fahre herum, atme aber
erleichtert auf, als ich einen jungen Mann vor mir
stehen sehe. Er lächelt mich beruhigend an.

„Hey, ganz ruhig, Mann", sagt er und deutet in die
Richtung, in welche der alte Mann vorhin
verschwunden ist.

„Mich machen solche Typen auch immer ein wenig
nervös", fügt er dann erklärend hinzu. Ich nicke
nur, folge seinem Blick in die Menge und atme
nochmals tief durch. Der junge Mann betrachtet

mich interessiert und scheint dann zufrieden zu sein.

„So ist es richtig", lacht er. „Tief durchatmen."
Er betrachtet mich und zwinkert mir verschwörerisch zu.

„Ich kann dich verstehen", sagt er dann.

„So?", frage ich vorsichtig. „Kannst du?"
Er greift in seine Tasche, dreht eine Zigarette und bietet mir eine an. Ich lehne dankend ab. Er steckt sie hinter sein Ohr und seine Augen suchen die Bahnhofshalle ab.

„Man weiß nie, welche Typen sich hier herumtreiben", beginnt er. „Die meisten Leute sind vermutlich völlig okay, aber unter uns gesagt – ich hasse diese Art von Menschen."
Ich schweige.

„Diese Art von Menschen" wiederholt er und fährt erklärend fort: „Die glauben, dass diese Welt nur unsere Welt sein soll. Diese Bastarde. Am meisten gefällt mir, wenn sie da stehen mit ihren teuren Uhren und Kleidungsstücken, sich über die neuesten Autos unterhalten und wie viel sie nicht bei welchem Händler den Preis drückten und sich dann darüber beschweren, dass sie vom Staat beschissen werden und ihnen kein Geld bleibt."
Ich sage weiterhin nichts. Vor allem deshalb, weil ich keine Ahnung habe, worauf der Typ hinaus will. Ganz ehrlich gesagt weiß ich auch nicht, warum er mir das erzählt. Und warum er auf die Idee kommt, dass ich es hören will.

Tragischerweise sind meine Füße noch immer so zittrig, dass ich Angst habe, ein paar Schritte zu machen. Meine Gedanken rasen. Drehe ich wieder durch? Beginne ich wieder Dinge zu sehen, die nicht da sind? Habe ich einen Rückfall? Vielleicht bin ich zu rasch zurückgekehrt? Vielleicht hätte ich meine Isolation weiterführen sollen? Vielleicht lag ich in meiner Annahme, wieder für die Welt bereit zu sein, falsch? So viele Dinge schießen durch meinen Kopf, dass ich fast nicht höre, wie der junge Kerl vor mir sagt:

„Am meisten kotzt es mich an, wenn sie einen Satz mit ‚Ich bin ja kein Nazi, aber …' beginnen, nur um dann irgendeinen stumpfen Mist nachzuschieben, der zu einhundert Prozent auch von einem Nazi kommen könnte."

Mein Kopf brummt und schwirrt. Nazis? *Was zur Hölle?*

Was ist mit der Welt passiert? Im Ernst. Was ist passiert? Warum Nazis? Welche Invasion? Bis heute Morgen war ich der Meinung, dass die Welt, vor der ich mich vor einigen Monaten zurückgezogen habe, kompliziert ist, aber mir zumindest *bekannt*.

Jetzt, nur wenige Stunden später, bin ich mir nicht mehr ganz so sicher.

Ich will den Kerl fragen, was los ist, was er meint und wie er darauf kommt, aber ich komme nicht dazu, denn es passiert zum dritten Mal.

Der Kerl sieht noch immer in die Menschenmenge. Er knurrt.

Er starrt die Leute, die rund um ihn ihre Wege gehen, böse an und murmelt: „Wenn man nur irgendwie feststellen könnte, wer von diesen ganzen Leuten dort in Wahrheit ein Nazi ist. Es wäre so einfach ...“

Seine Worte verhallen in meinem Kopf, stoßen auf keine Resonanz, denn ich bin viel zu entsetzt von dem, was sich vor meinen Augen abspielt.

Aber ich kann mich noch retten, bevor ich es wirklich *sehen* kann.

Ich drehe mich ohne ein Wort um, meine Beine machen sich von selbst auf den Weg nach draußen. Ich renne.

Auch wenn ich zittere und mich bei jedem einzelnen Schritt wundere, warum meine Füße mich tragen, so schaffe ich es hinaus. Ich weiß nicht, was der Kerl noch gesagt hat, aber ich bin mir sicher, dass es besser für mich ist, wenn ich so weit wie möglich von ihm wegkomme.

Draußen lehne ich mich gegen eine Wand, atme durch, sehe eine Holzbank und setze mich hin, um mich zu sammeln.

Ich höre Schritte hinter mir und drehe mich um, in der Hoffnung, dass es nicht der Kerl ist, der mir gefolgt ist.

Ist es nicht.

Es ist eine Frau. Sie hält mir ein Kind unter die Nase.

„Nein“, sage ich aus Reflex. „Das ist nicht von mir.“

Natürlich weiß ich wie peinlich diese Reaktion ist. Mir ist nicht nach Witzen zumute und ich bin tatsächlich ziemlich verstört. Aber die Flucht in Sarkasmus hilft mir oftmals. Da nicht viele Leute damit umgehen können, lassen sie einen nach einem schlechten Witz meist in Ruhe.

Dann erst sehe ich, dass die Frau offensichtlich nicht versteht, was ich sage.

Unsere Blicke treffen sich.

Ihre Augen werden groß. Sie starrt mich mit einem kurzen Aufflackern von Angst und Entsetzen an. Ich schüttle erneut reflexartig den Kopf.

Sie tritt erschrocken einen Schritt zurück.

Ich bleibe sitzen, sehe sie nur an, traurig, zitternd.

Daraufhin entspannt sie sich, tritt wieder näher an mich heran und legt mir ihre freie Hand – auf der anderen schläft das Kind – auf die Schulter.

Sie lächelt mich unsicher an. Ich habe das Gefühl, dass sie Mitleid mit mir hat.

Beunruhigt und entsetzt wende ich mich ab, stehe auf und mache mich so rasch wie möglich auf den Weg ins Büro.

Erst als ich die Frau mit dem Kind und den Bahnhof hinter mir gelassen habe, fällt mir auf, dass die Frau keine der üblichen Bettlerinnen gewesen zu sein scheint, die man sonst im Stadtzentrum trifft.

Es ist keine Äußerlichkeit, die mich diesen Gedanken fassen lässt.

Es ist ein Gefühl.

Diese Frau hat den Tod gesehen. Sie hat ihn gespürt, gefühlt, wurde von ihm verfolgt. Angst um ihr Kind, ihre Familie.

Angst um ihr Leben.

Sie ist entkommen.
Die Aura des Todes umgibt sie noch immer.
Ich weiß nicht, was sie in meinen Augen gesehen
hat, aber sie ist erschrocken.
Und *sie* wollte *mich* trösten.
Ohne etwas dagegen tun zu können, steigen mir
Tränen in die Augen, während ich meine Schritte
weiter in Richtung Büro lenke.
Ich rede mir ein, dass der kalte Wind der Grund
dafür ist.
Der kalte Wind.
Nicht die Kälte in mir.
Natürlich nicht.
Für eine Sekunde glaube ich es sogar.

II

Die Tür fällt hinter mir ins Schloss und ich atme tief
aus und ein. Mit dem Rücken ans Holz gelehnt
schließe ich für einen Moment die Augen, nur um
Angela vor mir stehen zu sehen als ich sie wieder
öffne.
Ohne ein Wort zu sagen tritt sie näher heran und
umarmt mich. Sie drückt mich fest und legt ihren
Kopf auf meine Schulter.
Ich bin überrascht, freue mich aber über dieses
Zeichen von Verständnis und erwidere die
Umarmung. Für ein paar Sekunden stehen wir still
so da. Genießen beide die Wärme und Sicherheit,
welche der andere ausstrahlt. Genießen das Gefühl

der Geborgenheit, bevor die Welt uns wieder einholt.

Meinetwegen könnte der Moment Stunden dauern.

Dann lässt Angela mich los, tritt einen Schritt zurück und sieht mich an. Sie hat meine Hände in den ihren und in ihrem Blick liegt Dankbarkeit.

Ein Lächeln entkommt mir und sie nickt mir zu.

„Das habe ich gebraucht", sagt sie, lässt nun auch meine Hände los und wendet sich ab, um wieder an ihren Arbeitsplatz zu gehen. Ich sehe ihr nach und vermutlich grinse ich ein wenig, denn meine Mundwinkel fühlen sich komisch an.

Tom erscheint in der Tür, wirft mit abwertendem Grunzen eine Zeitung in die Mülltonne und verschwindet wieder. Ich weiß nicht, ob er mich gesehen hat. Es macht auch keinen Unterschied.

Dieser Tag hat seltsam begonnen und ich habe das Gefühl, dass er nicht weniger seltsam weitergehen wird.

Ich setze mich in den Pausenraum, vergrabe den Kopf in meinen Händen und seufze laut. Für eine Weile bleibe ich ruhig sitzen, verharre ruhig und lasse meine Gedanken kreisen.

Was zum Geier ist hier los? Was ist *schon wieder* los?

Bin ich ein geistiges Wrack? Bin ich tatsächlich so neben der Spur, dass ein verdammter Artikel und die Erinnerung an vergangene Geschehnisse mich so sehr verunsichern, dass mein Hirn sich sofort

wieder auf Sonderurlaub nach Horrorhausen
begibt?

Offensichtlich.

Es gibt keine Werwölfe. Ich habe das Video
gesehen. Ich weiß, dass sie nicht existieren.

Warum sehe ich sie dann? Warum am Bahnhof?
Warum einen alten Mann, der irgendwas von einer
Invasion schwafelt? Warum einen linken Hipster,
der mir eine Zigarette anbieten will? Und warum
hat eine Frau, die scheinbar aus einem Kriegsgebiet
kommt, zuerst Angst und dann Mitleid mit mir?

Ja, ich habe viel erlebt.

Meine Exfreundin wurde tot in einer Tonne
aufgefunden. Ihr Herz wurde ihr aus dem Leib
gerissen. Als wäre das nicht schon schlimm genug –
sie hatte herausgefunden, dass eine Bande von
Vollidioten, die sich offensichtlich für besser und
stärker als der Rest der Welt hielt, damit begonnen
hatte, Leute umzubringen. *Nachtschwärmer*
nannten sie sich. Dann war da noch diese junge
Frau, Susi, welche eine längere Geschichte mit
diesen Irren verbindet. Verbunden hat.

Sonnenglaster.

Das Wort treibt mir einen eiskalten Schauer über
den Rücken hinab. Ein einziges Wort – und es hat
mein Leben in die Hölle verwandelt. Am Ende hat
Susi mir das Leben gerettet. Vermutlich mehr als
einmal. Und ich habe sie verraten.

Alles, wenn man es mal nett formuliert, ein wenig
außergewöhnliche Umstände.

Ich hebe meinen Kopf und starre die Wand an.

Ein Gedanke kommt mir, der mir so zuvor noch nicht gekommen ist.

Ich sitze immer noch hier.

Damit meine ich nicht diesen Sessel oder dieses Zimmer.

Damit meine ich mich selbst. Hier. Jetzt.

In diesem Moment.

All das liegt hinter mir. Meine fünf Sinne zumindest großteils beisammen. Arbeitsfähig. Ein wenig leicht zu provozieren, das muss ich zugeben, aber wer wäre das nicht. Vielleicht auch ein klein wenig ängstlicher als früher. Aber wer wäre das nicht.

Und mir fallen viele Leute ein, die nach solch einem Schlag nicht mehr aufgestanden wären, sondern k.o. in den Seilen gehangen hätten.

Eigentlich, möchte ich festhalten, schlage ich mich verdammt gut.

Ohne dass ich bewusst darüber nachdenke zaubert mir der Gedanke ein breites Grinsen ins Gesicht.

Ich fühle mich besser. Gut. Stark. Sogar ein klein wenig stolz auf ... nein, ehrlich gesagt mehr als nur ein klein wenig, stolz auf mich.

In genau diesem Moment betritt Angela den Raum, blickt mich an, wie ich noch immer gedankenverloren dasitze und sie verzieht abwertend das Gesicht.

„Du siehst beschissen aus", stellt sie fest.

„Danke", sage ich.

Soviel zu meinem Höhenflug.

Kapitel 5: Café Depresso
„Try to go to bed but soon tomorrow comes with sorrow waiting"
– Aquarian Age „Café Depresso"

SIMON

I

Der Tag war lang und hart gewesen. Es war ihm schwergefallen, seinen Chef davon zu überzeugen, dass seine Story es wert war, in die Zeitung zu kommen. Das Mail von René hatte fast funktioniert. Keine Ahnung, was sein Plan war, aber Simon hatte ein paar Anrufe gemacht, ein wenig herumgefragt und soweit er in Erfahrung bringen konnte, hatte René keine Selbstanzeige gemacht. Ha. Damit hatte er ihn. Sicher sogar.

Simon hatte einen Artikel verfasst. Er erwähnte die Entschuldigung des Angreifers und dessen Idee eine Selbstanzeige machen zu wollen. Allerdings fügte er auch ein, dass dies erst noch geschehen müsse und er nicht glaubte, der ... Schläger würde das tatsächlich tun, denn dafür benötigte man Schuldeinsicht. Ein so offensichtlicher Täter wie dieser René würde wohl nur große Töne spucken und dann nicht dahinter stehen.

Simon war tatsächlich dieser Ansicht.

An die Tatsache, dass er es gewesen war, der René dazu gebracht hatte auf ihn loszugehen, konnte er sich nur noch vage erinnern, soweit war sie in seinem Kopf bereits in den Hintergrund gerückt.

Was ihm aber noch sehr stark präsent war, war der Blick von Regina nachdem die heutige Ausgabe erschienen war.

Seite Eins.

Und Drei.

Und Vier.

Verdammte Brandstifter.

Alles Vollidioten, die sich in ihrem Zorn in Dinge verstiegen, die absolut nichts mit der Realität zu tun hatten. Aber Regina hatte die Story super aufgezogen. Das musste er ihr lassen. Sie verstand ihr Handwerk.

Auch wenn die Geschichten, die sich rund um sie abspielten, vermutlich nicht ihr Zutun verlangten. Sie war einfach verdammt oft mit Glück zur richtigen Zeit am richtigen Ort.

Gottverdammtes Glück.

Es war zum Kotzen.

Simon schob die Gedanken an diese Frau beiseite und sah sich in der Straßenbahn um.

Die Leute waren unruhig, aber still. Ein paar tippten am Handy. Ein paar sahen aus dem Fenster. Irgendwo weiter hinten telefonierte jemand lautstark in einer fremden Sprache, die er nicht zuordnen konnte und lachte dabei mehrmals laut auf.

Einige der Fahrgäste warfen ihm bereits böse Blicke und sich gegenseitig eindeutige Gesten zu, die wohl besagen sollten, dass sie ihm gerne das Maul stopfen würden.

Er blickte ebenfalls aus dem Fenster.

Die Lichter der Nacht waren schön. Die Schaufenster erstrahlten in ihrem besten Glanz. Ein neues Mobiltelefon um 800,- Euro. Ein Fernseher um 2.500,- Euro. Schuhe um 120,- Euro.

Die Welt zeigte sich von ihrer besten Seite.

Als die Straßenbahn hielt stieg ein Mann mit Vollbart ein. Er sah sich im Wagon um und erspähte den anderen Mann, der weiter hinten telefonierte. Mit strengem Blick sah er ihn an und ging schnurstracks auf ihn zu.

Die Straßenbahn setzte sich wieder in Bewegung. Simon dachte an den morgigen Tag.

Morgen hatte er frei. Sein freier Tag. Hoffentlich würde morgen nichts Interessantes passieren. Aber wem machte er etwas vor? Die interessanten Dinge passierten immer an seinen freien Tagen, fast so, als ob das Universum ihm den Mittelfinger zeigen wollte.

Am Rande seiner Wahrnehmung hörte er, wie die beiden Männer sich in der fremden Sprache lautstark unterhielten. Es war schwer zu beurteilen, ob sie sich stritten oder nicht. Schließlich lachte einer der beiden und klopfte dem anderen freundlich auf die Schulter.

Womit zumindest das geklärt gewesen wäre.

Vor ihm hatte eine junge Frau damit begonnen, ebenfalls zu telefonieren und lenkte ihn ab, denn sie erzählte, wie Simon vermutete, einer Freundin ihr halbes Leben. Dabei hörte ihr mehr oder weniger unfreiwillig – und das war zu einhundert Prozent sicher -

die halbe Straßenbahn zu. Sie erzählte, wie froh sie war, dass ihr Ex endlich aufgehört hatte eine andere zu ficken. Immerhin hatte er ja bereits ein Kind mit ihr und das wusste er - gottverdammtnochmal – ja auch. Selbst wenn sie dieses Arschloch nie wieder sehen wolle, so war es doch eine absolute Sauerei von dem Kerl, zu glauben, er könne munter in der Gegend herumvögeln, während sie mit dem *stinkenden Fratz* Zuhause sitzen musste. Simons Blick glitt nach unten und er konnte zwei kleine Beine auf dem Sitz neben der jungen Frau baumeln sehen. Das Kind war noch zu klein, um aufrecht sitzend über die Lehne zu ragen, aber scheinbar hatte sie den kleinen „Fratz" neben sich.

Simon runzelte die Stirn.

Das war kein Verhalten.

So neben einem Kind zu sprechen. Und dann noch *so* über das Kind zu sprechen, während es daneben saß und alles hörte ... das war einfach nicht in Ordnung. Er überlegte, ob er etwas sagen, die Frau auf ihr Verhalten hinweisen sollte, aber in diesem Moment hielt die Straßenbahn wieder an und die Frau stand auf, verpasste dem Kind einen leichten Schlag auf den Hinterkopf, damit sie seine Aufmerksamkeit ergatterte und deutete mit dem Kopf in Richtung Tür. Es war wohl auch zu kompliziert, für einen Moment nicht über ihren Exfreund und das Ficken zu sprechen, um mit dem Kind normal zu reden.

Simon wurde sauer.

Das war einfach *absolut nicht* in Ordnung. Obwohl er eigentlich noch ein paar Stationen fahren musste, machte er sich auf den Weg der Frau nachzugehen und sie anzureden. Bevor er ihr jedoch nach draußen folgen konnte, ertönte weiter hinten in der Straßenbahn ein Schrei.

Simon fuhr herum und erkannte sofort, worum es sich handelte.

Die beiden fremden Männer.

Der eine, der telefoniert hatte, stand in der Mitte der Straßenbahn und hielt abwehrend die Hände hoch, Angst in seinen Augen, während der andere Mann, der später zugestiegen war, am Boden lag und aus der Nase blutete.

„Kein Problem", sagte der stehende mit schwerem Akzent. „Kein Problem. Alles gut, alles gut."

Vor dem Kerl stand ein weiter Mann, mit dem Rücken zu Simon, weshalb dieser sein Gesicht nicht sehen konnte. Der Mann hatte seine linke Faust geballt. Seine rechte Hand zeigte mit ausgestreckten Finger auf den am Boden liegenden Mann, der sich die Nase hielt, die immer noch blutete.

Rings um die drei herum standen und saßen andere Menschen. Die meisten blickten stur nach vorne oder weiter auf ihre Telefone. In manchen Gesichtern sah Simon ein belustigtes Grinsen und vereinzelt sogar sehr offensichtlichen Zuspruch. Eine Person weiter hinten – Simon erkannte nicht, ob es ein Mann oder eine Frau war – schrie „Hau ihm nochmals in die Fresse!"

Er erstarrte und betrachtete fasziniert die Szene.
Der Kerl, der den anderen niedergeschlagen hatte,
griff nach dem noch stehenden Typen, schnappte
ihn am Kragen und zog ihn näher zu sich heran, um
ihm dann laut ins Gesicht zu schreien: „Wenn du
schon hier sein musst, dann lern gefälligst Deutsch,
du dummer blöder Wichser!"
Die Angst im Gesicht des anderen wurde noch
größer. Er breitete als Zeichen seiner
Ungefährlichkeit die Hände aus, nickte panisch und
stammelte immerzu „T'schuldigung.
Entschuldigung."
Das schien sein Gegenüber aber nur noch
aggressiver zu machen, denn er holte mit der Faust
aus und schrie wieder: „Und hör auf dich dauernd
zu entschuldigen!"
Dann krachte dem Fremden die Faust ins Gesicht
und auch er ging zu Boden. Die Straßenbahn stand
noch immer. Die ganze Szene hatte keine Minute
gedauert.
Der große, starke Angreifer trat nach vor und zog
die beiden am Boden Liegenden am Kragen nach
oben. Als er sich über sie beugte, zuckten beide
erschrocken zusammen. Ein paar der Fahrgäste
lachten belustigt auf.
Dann schubste er sie nach draußen und klopfte
seine Hände zusammen, als hätte er gerade etwas
Schmutziges angegriffen, von dem er sie reinigen
musste.
Die Türen der Straßenbahn schlossen sich.

In zwei oder drei Gesichtern erkannte Simon Missfallen.

Niemand sagte ein Wort.

Der große, starke Mann – dessen Gesicht Simon jetzt erkennen konnte – blickte einmal provokant in die Runde und sagte dann so laut, dass alle es hören konnten: „Diese Scheiße brauche ich nicht. Ich habe eh genug Stress den ganzen Tag in der Arbeit". Dann setzte er sich zufrieden hin.

Ein paar rings herum Sitzende nickten bekräftigend. Eine hinter ihm sitzende Frau klopfte ihm auf die Schulter und sagte etwas, das Simon nur zum Teil verstand, aber es klang, als hätte sie ihm gratuliert, weil man „solchen Leuten ohnehin keine Kultur mehr beibringen kann."

Simon sah sich in der Straßenbahn um. Blasse Gesichter. Müde. Traurig. Verbittert. Auf Bildschirme starrend. Entweder auf jene in ihren Händen oder auf jene, die den Fahrplan und so genannte „redaktionelle Beiträge" zeigten. Was nur ein anderes Wort für „Werbung" war, aber besser klang und andere – finanzielle – Vorteile hatte. Ein paar blickten in ihre Zeitungen.

Das war die Welt in der Simon lebte.

Er hasste sie dafür. Keine Person im Speziellen aber die Welt im Allgemeinen.

Die nächsten paar Minuten herrschte absolutes Schweigen in der Straßenbahn. Von kurzen Raschelgeräuschen wenn jemand umblätterte und den klassischen Tippgeräuschen bei Smartphones abgesehen.

An seiner Station stieg Simon aus, zog die Jacke ein wenig enger und sah der Straßenbahn nach, als sie sich entfernte. In Gedanken versunken wandte er sich ab und machte sich auf den Weg nach Hause. Dann dämmerte es ihm und er verfluchte sich: Er hätte etwas tun sollen.

Stattdessen war er wie gelähmt dort gestanden, hatte zugesehen und sich keinen Millimeter bewegt. Das war er von sich nicht gewohnt. Er hatte die Lage meist im Griff, unter Kontrolle. Selbst wenn *die Lage* nicht unter Kontrolle war, dann hatte er zumindest *sich selbst* unter Kontrolle.

Aber dieses Mal hatte er es übersehen.

Verdammt. Verdammt. Verdammt.

Sein Gewissen begehrte kurz auf. Er hätte wirklich etwas tun sollen.

Das stand außer Frage.

Aber jetzt war es ohnehin zu spät.

Er suchte seine Taschen ab und fand schließlich sein Telefon.

Gottverdammt.

Er hätte die Sache filmen oder fotografieren können.

Das hätte morgen gut in die Zeitung gepasst.

Aber nein, er hatte es ja verpennen müssen.

Er fluchte trat nach einem Stein und verfehlte ihn, was ihn dazu brachte, noch mehr zu fluchen.

Regina hätte sicher reagiert.

Er hasste diese Frau.

REGINA

I

Die Welt war nicht nur im Wandel - sie war im Umbruch. Völlig egal, was irgendjemand irgendwo erzählte. Regina wusste, dass es keine Kleinigkeiten waren, die da um sie herum passierten. Sie fühlte es, spürte es bis in die Knochen. Hier gab es kein „vielleicht" oder „möglicherweise". Gerade jetzt wurde Geschichte geschrieben.
Und sie hatte daran teil, gestaltete, formte sie mit. Nun, vielleicht nicht die Geschichte an sich, aber zumindest, wie sie wahrgenommen wurde. Es war ein gutes Gefühl. Ein schönes Gefühl.
Beruflich konnte sie sich über nichts beschweren – sie war dort, wo sie hingehörte. Genau dort. Der Beruf der Journalistin war genau das gewesen, wonach sie jahrelang gesucht hatte und letzten Endes war sie mehr hineingestolpert als dass sie tatsächlich bewusst diesen Schritt gewählt hatte. Aber das Recherchieren. Das Festhalten der Momente. Das Aufzeigen der Stimmungen, der versteckten Dinge, der Kleinigkeiten, die doch tatsächlich Großes bedeuteten: Das war ihre Welt. Sie hatte ein gutes Auge für diese Dinge. Außerdem ein sehr, sehr feines Gespür.
Als Journalistin war es ihr nicht vergönnt einfach nur spazieren zu gehen, durch die Stadt zu streifen oder mal abzuschalten. Die nächste gute Story konnte jederzeit passieren. Die Schwierigkeit war

weniger, auf sie aufmerksam zu werden – alle paar
Minuten entdeckte sie etwas, das sich mit der
richtigen Herangehensweise als Story entpuppen
konnte -, sondern viel eher zu überlegen, welche
der vielen Geschichten die Leute interessierte.
DAS war der tatsächlich mühsame Teil.
Es gab Tage, an denen fragte sie sich jedoch
ernsthaft, ob ihr Job ihr Freude machte. Ob es nicht
zu mühsam war, all dieses Leid und die
Grausamkeit aufzuzeigen. Die Undankbarkeit der
Welt sichtbar zu machen. Die Korruption ans
Tageslicht zu zerren. Hinter die Kulissen zu blicken
und einen Scheinwerfer auf all den Dreck und
Abschaum zu richten, der sich nicht bereits beim
ersten kleinen Anzeichen von Licht aus dem Staub
gemacht hatte.
Das waren die großartigen Momente.
Von denen es leider viel zu wenige gab.
Im letzten Jahr waren große Geschichten dünn
gesät gewesen. Hier gab es einen kleinen Skandal,
dort eine Verhandlung, dann ein oder zwei
tragische Morde. Nichts Weltbewegendes.
Aber dann war das neue Jahr angebrochen. Und
mit ihm kam der Strom fremder Menschen.
Verunsicherung plagte das Land. Angst vor dem
Fremden, vor den Massen, vor der Unmöglichkeit
der eigenen Flucht.
Regina selbst spürte nichts.
Ihr war es egal. Es waren Menschen, die Hilfe
brauchten und ihrer Ansicht nach sollten sie diese

auch bekommen. Frauen, Kinder und ... Männer.
Nun. Gut.

Die Männer machten ihr ein wenig Angst.

Es war einfach ein komisches Gefühl, in der Menge
zu stehen und so viele junge Männer zu hören, die
sie aufgrund der fremden Sprache nicht verstand.
Sie fühlte sich schon ein wenig unbehaglich, wenn
sie nachts alleine nach Hause ging und hinter ihr
ein oder zwei Männer schlenderten, die scherzten
und lachten.

Aber sie war guter Dinge.

Ihr war klar, dass die meisten dieser Menschen
gute Leute waren. Ängstliche Leute. Leute, die aus
ihrer Heimat flüchten wollten oder mussten, weil
ihre Häuser, ihr Hab und Gut – ihre ganze Zukunft
in Trümmern lag. Das konnte sie verstehen.

Die meisten waren gute Menschen.

Dann gab es aber jene, die keine guten Menschen
waren.

Die sich schlecht benahmen, die keine Manieren
hatten, die ganz einfach ... was. Ganz einfach, was?
Sie hielt inne und dachte nach.

Was waren diese Leute? Undankbar? Blöd?
Dumm? Arrogant? Oder böse?

Sie hatte keine Antwort.

Fest stand, dass sie diese bestimmten Leute nicht
mochte.

Das war eine generelle Ansicht ihrerseits. Sie
konnte Menschen mit schlechtem Benehmen
einfach nicht ausstehen.

Vielleicht war es eine dieser Frauensachen, die sie nicht nachvollziehen konnte, die aber scheinbar – diverse Mode- und Frauenzeitschriften zufolge – allgemeingültig zu sein schienen. Gut möglich. Zum Beispiel fanden viele ihrer Kolleginnen und Kollegen Frank nett. Und Tom war ein Chauvinist erster Güte. Er hielt einer Frau die Tür auf, wenn er dachte, dass sie das mochte und mit ihm vielleicht in die Kiste steigen würde. Er lächelte freundlich und zog einen dabei mit seinen Augen aus. Er ließ die Frau zuerst durch die Tür gehen, damit er ihr auf den Hintern glotzen konnte. Er machte Komplimente über Kleider, aber nur deshalb, weil er dann einen guten Grund hatte einem auf den Busen zu starren.

Er war ... ein Idiot. Ein abscheulicher Kerl. Auch wenn er – das musste sie zugeben – verdammt gut aussah.

Simon dagegen war ... anders. Er wirkte dreckig, abgenutzt und als würde er aus dem letzten Loch pfeifen. Aber er war nicht ... falsch. Er war direkt. Ehrlich. Vielleicht manchmal ein wenig zu sehr auf Ironie und Sarkasmus unterwegs, aber das zumindest sehr offensichtlich. Er war manchmal ekelhaft. Auch unhöflich.

Aber er war kein Arschloch.

Das war ja zumindest schon mal ein Anfang.

Außerdem war er einer der weniger Männer, die „Emanzipation" genau so verstanden wie sie. Simon war es schlichtweg egal, ob man ein Mann oder eine Frau war. Wenn man seinen Job gut machte, dann respektierte er einen. Zugegeben, dieser Respekt offenbarte sich eher öfter als seltener in Form von Beschimpfungen und Wettstreit, aber hey - das war gesund. Das war ein ehrlicher Wettkampf. Das war völlig okay so. Manchmal verlor man(n) und manchmal gewann man(n).

Sie kicherte über ihr eigenes Wortspiel und kramte in ihrer Tasche nach dem Schlüssel zu ihrer Wohnungstür. Bevor sie ihn jedoch fand, stellte sie erstaunt fest, dass die Tür zu ihrer Wohnung offen stand.

Nicht völlig, aber einen oder zwei Zentimeter.

Sie blickte sich im Treppenhaus um. Das Licht flackerte weiter hinten. Eine Lampe schien zerbrochen. Staub lag auf dem Boden. Die Wände waren beschmiert.

Das war alles nicht neu.

Die offene Tür war neu.

Vorsichtig und bemüht, kein Geräusch zu verursachen, trat sie näher heran, betrachtete das Schloss und entdeckte starke Kratzer.

Jemand hatte sie aufgebrochen.

Sie runzelte die Stirn.

Warum sollte jemand in ihre Wohnung einbrechen?

In ihre Wohnung? In dieser dreckigen Gegend?

Nein. Absolut *nicht* verständlich.

Sie schlich ein paar Schritte retour zur letzten Tür und betrachtete diese. Keine Spuren. Verschlossen. Auch die anderen Türen waren unbeschädigt.

Sie dachte nach.

Hatte jemand *bewusst* in ihre Wohnung eingebrochen? Absurd.

Niemand wusste von dieser Zweitwohnung.

Es war ja nicht einmal ihre Zweitwohnung. Es war nur eine abgefuckte Bruchbude, die sie angemietet hatte, um nicht immerzu pendeln zu müssen. Sie hatte eine kleine Kochnische, ein Bett und einen Tisch auf welchem der Drucker stand.

Mehr war nicht darin.

Außer mein USB-Stick und meine Mappe mit den gesammelten Unterlagen. Die Art von Unterlagen, die ich nicht im Büro lassen will, dachte sie.

War es möglich, dass jemand hinter diesen Dingen her war? Nein. Auch das war absurd. Sie war nur eine kleine Reporterin. Nur ein Rädchen in einem System. Und sie war auch keiner großen Sache auf der Spur.

Während sie noch grübelte, erklang ein Geräusch. Es schien aus ihrer Wohnung zu kommen. Regina entschied sich rasch dafür, die Sache selbst in die Hand zu nehmen.

Das Treppenhaus zu verlassen und mit dem Mobiltelefon die Polizei zu kontaktieren war wohl die kluge Variante, aber bis die hier eintraf, konnte die Person in ihrer Wohnung bereits verschwunden sein. Ein Telefonat im Treppenhaus zu führen hielt sie für zu gefährlich: Die Person in der Wohnung könnte sie hören und durch das Fenster verschwinden.

Nein. Sie musste jetzt handeln.

Sofort – den Täter überraschen und stellen. Irgendwie ausschalten und danach die Polizei informieren.

Ihre Hand fuhr, ohne dass sie darüber nachdenken musste, in die Tasche und holte ihren Pfefferspray hervor. Emanzipiert zu sein bedeutete nicht, zu glauben, man sei auf allen Ebenen gleichauf. Es bedeutete nur, die Sachlage realistisch zu betrachten und dafür zu sorgen, die gleichen Chancen zu haben.

Langsam trat sie vor die Tür und schob sie sanft auf.

Glücklicherweise quietschte sie nicht.

Regina machte ein paar Schritte in die Wohnung hinein. Sie stand im Vorraum. Rechts von ihr befanden sich das Bad und WC, beide in einem Raum, und links von ihr das Wohnzimmer, das auch als Schlafzimmer und Küche diente. Die Tür rechts war geschlossen. Die andere stand offen.

Ein kurzer Blick verriet ihr, dass jemand in dem Raum etwas gesucht hatte. Das Bett war zerwühlt. Das hatte sie garantiert nicht so hinterlassen. Auch lagen Zeitungen und Zettel am Boden verstreut herum. Der Gedanke, den ganzen Mist wieder ordnen und sortieren zu müssen, kam ihr – und sie ärgerte sich. Zuerst über den Inhalt ihrer Gedanken und dann über den Zeitpunkt.

Dummerweise konnte sie vom Vorraum aus nur einen Teil des Wohnzimmers überblicken. Niemand zu sehen. Also musste die Person gleich um die Ecke stehen, außerhalb ihres Blickfelds.

Nun gut.

Sie atmete tief ein und aus, konzentrierte sich, hob den Pfefferspray und betrat das Wohnzimmer mit den Worten: „Bleib stehen oder ich mache dich fertig!"

Ihre Stimme war fest, klar und bestimmt.

Ihre Körperhaltung angespannt.

Sie war kampfbereit.

Dennoch dauerte es zwei, drei Sekunden bis sie verstand, was sie vor sich sah.

Dann fiel ihr der Pfefferspray aus der Hand.

Der Mund blieb ihr offen stehen. Die letzten Worte waren nur noch ein Flüstern.

Ihre Augen wurden groß.

Es war kein Einbrecher, kein Räuber, kein fremder Mann oder eine fremde Frau.

Es war nicht einmal ansatzweise das, womit sie gerechnet hatte.

Vor ihr stand ein Wolf, der sich auf die Hinterbeine aufgerichtet hatte und sie anstarrte.

Regina verließ aller Mut.

Dass sich hinter ihr die Tür zum Bad öffnete, hörte sie bereits nicht mehr, denn ihr Geist gab auf. Ihr wurde schwarz vor Augen.

SIMON

II

Der Eindruck, verfolgt zu werden, hielt an. Obwohl er sich immer wieder kurz umsah, konnte er niemanden entdecken, der sich auffällig verhielt. Es waren ein paar Leute unterwegs, keiner von ihnen benahm sich verdächtig oder schien groß Notiz von ihm zu nehmen.

Dennoch ließ ihn das Gefühl nicht los, dieses nagende, bohrende Gefühl, dass jemand oder etwas ihn verfolgte.

Die Schaufenster nutzend, um sich immer wieder in der Gegend rund um ihn herum umzusehen, setzte er seinen Weg weiter fort, aber es blieb dabei: Nichts und niemand.

Er schüttelte das Gefühl ab.

Es war ein seltsamer Tag gewesen. So ein Vorkommnis wie in der Straßenbahn erlebte man nicht oft.

Es ärgerte ihn immer noch, so tatenlos herumgestanden zu haben, während sich vor seinen Augen eine Tat abspielte, die er morgen in der Zeitung hätte lesen können. Nun – darüber schreiben konnte er immer noch, aber es war einfach anders, wenn man Bildmaterial hatte.

Ein Phantombild. Das wäre sicher eine Möglichkeit ... aber was sollte er tun damit? Wenn niemand den Kerl anzeige, dann war es völlig nutzlos. Ein Bild von vielen. Ohne Hintergrund, ohne Substanz, ohne *Geschichte*. Vielleicht zeigte ja einer der geschädigten den Typen an? Er konnte ja morgen bei der Polizei anrufen und nachfragen. Aber Simon wusste er würde nicht anrufen. Hauptsächlich deshalb nicht, weil es keine Anzeige geben würde.

Er kannte diese Art von Vorkommnissen. Er wusste, wie damit umgegangen wurde.

Er war lange genug im Geschäft um zu wissen, wie schlecht Fakten sich verkauften. Fakten konnte man im Internet nachlesen. Zahlen. Daten. Fakten. Alles war abrufbar. Was die nüchternen Zahlen jedoch nicht vermitteln konnten, waren die Emotionen dahinter.

Einen kurzen Moment lang kam ihm die Idee den Kerl selbst anzuzeigen, aber er ließ ihn rasch wieder fallen. Das war die Mühe nicht wert. Außerdem war es seltsam, wenn er den Typen anzeigte, nur um eine Story zu haben. Es würde ein schlechtes Bild machen, so wirken, als müsse er sich seine Beiträge selbst inszenieren. Keine gute Idee. Schlechtes Image. Und Image war viel wert in diesem Geschäft.

Dass er und seine Kollegenschaft immer wieder den Nerv der Zeit trafen, bewiesen die vielen E-Mails und Leserbriefe – erstaunlich viele davon immer noch mit der Hand geschrieben –, die sie in der Redaktion bekamen.

Positive wie negative Reaktionen. Irgendjemand hatte immer etwas auszusetzen. War einer der Verfasser der Meinung, ein Thema sei zu kurz abgehandelt worden, so gab es sicher einen zweiten, welcher der Meinung war, man hätte die Sache kürzen können.

Klar.

Es war immer eine Entscheidung, aber letztlich ging es nie um die Fakten. Es ging immer um die Emotion dahinter. Die Geschichte. Das *Gefühl*. Während er gedankenverloren zu pfeifen begann, hatte er das Gefühl, diese Woche würde eine sehr spannende Woche werden.

Ihn fröstelte.

Der Wind war kälter geworden.

Schnee ließ auf sich warten, aber die Temperaturen begannen langsam zu fallen.

Die Nächte wurden kälter.

Die Welt wurde kälter.

Im Westen nichts Neues.

Kapitel 6: Kreuze (I)

„Do you hear the green grass grow just because your timeline told you so?
Do you know what is really the truth just because you heard it in the news?"
– Aquarian Age „crosses "

RENÉ

I

Wobei das Wort Höhenflug an sich ja natürlich bereits eine Übertreibung ist. Ich würde das Gefühl, nicht völlig hilflos zu sein, nicht unbedingt als Höhenflug bezeichnen. Auch wenn der Aufstieg von „Ich armes Würstchen" hin zu „Ich kriege es in den Griff" emotional ein großer Sprung ist.

Angela hat sich mir gegenüber auf den Boden gesetzt, irgendwo einen Aschenbecher aufgetrieben – und das obwohl ich mir sicher bin, irgendwann in irgendeinem Vertrag festgehalten zu haben, dass Rauchen im Studio nicht erlaubt ist. Dazu gibt es den Aschenbecher draußen im Freien.

Sie bemerkt meinen Blick.

„Du warst ein Jahr weg", sagt sie dann, als würde das alles erklären.

Was es eigentlich auch tut.

Ganz abgesehen davon war ich während meiner Zeit hier nicht einmal ein strenger Boss. Das ist das Gute daran, wenn man Mitarbeiter hat, die ihre Arbeit mögen. Man braucht nicht immer aufzupassen, ob sie gut arbeiten beziehungsweise überhaupt arbeiten, weil sie es ja gerne tun. Ein paar Regeln schaden grundsätzlich nie, aber wenn ich in den letzten Monaten vier Mal diese Räumlichkeiten betreten habe, dann war es bereits viel. Kein Wunder also, dass Tom und Angela ihre eigenen Regeln aufgestellt haben.

Apropos ...

„Tom?", frage ich.

Sie zündet ihre Zigarette an und bläst mir den Rauch entgegen. Ich gehe von keiner bewussten Provokation aus und lasse es daher durchgehen. Außerdem fühle ich mich nicht in der Stimmung über eine so banale Kleinigkeit zu diskutieren.

„Nach Hause gegangen. Schon vor einiger Zeit."

Mein Blick fällt auf die Uhr und ich stelle fest, dass es bereits lange nach Dienstschluss ist. Sofern es so etwas in einem Aufnahmestudio gibt. Tatsächlich haben wir immer versucht unsere Termine unter Tags einzuteilen, um nicht abends arbeiten zu müssen. Am Anfang war das anders. Da haben wir oft eine ganze Woche hier verbracht. Essen liefern lassen, an Sounds und Tonmischung gearbeitet, getüftelt und geackert – abwechselnd schlafend, nur damit Person A die Dinge ausbessern konnte, die Person B davor verbockt hatte und umgekehrt. Irgendwann haben wir bemerkt, es funktioniert so nicht und uns fixe Aufgaben zugeteilt. Und fixe Schlafzeiten. Und Öffnungszeiten. Euphorie und Ehrgeiz in Ehren, aber nach 70 Stunden ohne Schlaf kann man keine Arbeit mehr gut machen.

Das ist schlichtweg nicht möglich.

Angela betrachtet mich schweigend und rauchend.

Eine oder zwei Minuten lang sagen weder sie noch ich ein Wort.

„Du wirkst, als hättest du eine Frage", breche ich das Schweigen.

Sie überlegt wie sie beginnen soll und sagt dann vorsichtig:

„Es ist eine große Frage."

Ich warte. Es dauert ein paar Sekunden bis sie weiterspricht.

„Die letzten Tage ... versteh mich nicht falsch. Schön, dass du wieder hier bist. Aber diesen ... Publicity-Stunt, wie Tom es nannte, können wir eigentlich überhaupt nicht brauchen. Es hilft niemandem, wenn die Leute dich für einen Irren halten."

Zuerst will ich widersprechen und ihr irgendetwas erzählen. Einfach nur, damit sie nicht recht hat und ich mich wie ein Gewinner fühlen kann. Ich tue es nicht. Stattdessen stimme ich ihr, schweren Herzens, zu.

Die Zeit, sich Dinge einzureden, ist vorbei.

Es wäre mal eine nette Abwechslung, wenn ich die Sachlage nüchtern betrachte. Und wer weiß, vielleicht hilft ein zweites Hirn ja, Ordnung ich mein Chaos zu bringen.

„Du hast recht", sage ich, während ich überlege, wie und wo ich beginnen soll.

Angela zieht an ihrer Zigarette, klopft die Asche in den Aschenbecher und wartet darauf, dass ich zu erzählen beginne.

Es ist nicht einfach, all die Gedanken und Gefühle der letzten Tage in Worte zu fassen. Mein Kopf ist zum Bersten voll mit Dingen. Zu allem Übel spielen auch die Vorkommnisse von vor einem Jahr immer noch eine große Rolle und ...

„Ich sehe *sie* wieder", sage ich dann.

Angela bekommt einen Hustenanfall als sie vor Schreck den Rauch der Zigarette schluckt. Ich will aufstehen, um ihr zu helfen, aber sie streckt die Hand aus um mir zu deuten, dass ich bleiben soll, wo ich bin. Nach ein wenig Husten räuspert sie sich und hat sich wieder im Griff.

„Du was?", fragt sie, um sicherzugehen, dass sie sich nicht verhört hat.

Ich wiederhole den Satz: „Ich sehe *sie* wieder."

„Die Wölfe?", will sie wissen.

Meine Bestätigung bringt sie dazu, sich an die Wand zurück zu lehnen und den Hinterkopf am kühlen Beton rasten zu lassen. Sie betrachtet mich stumm. In ihren Augen und ihrem Gesicht erkenne ich widersprüchliche Gefühle. Angst. Interesse. Ärger.

Schließlich siegt die Neugier.

Angela weiß Bescheid. Sie und Tom wissen über alles Bescheid. Ich dachte mir damals, dass es Sinn hätte, wenn ich die beiden in meine Erlebnisse einweihe. Nicht in die offizielle Version, sondern in *meine* Version. Immerhin besteht die Möglichkeit, dass sie für einen psychisch kranken Irren arbeiten. Meiner Ansicht nach sollten Mitarbeiter das wissen

und die Möglichkeit haben, selbst zu entscheiden
ob sie bleiben oder gehen wollen.

Die beiden würden bleiben. Ich war mir sicher
gewesen. Sie sind mehr als Mitarbeiter. Sie sind
meine Freunde.

Tom und Angela haben genauso viel Herzblut in
diese Firma gesteckt wie ich, vielleicht sogar mehr.

„Seit wann?", unterbricht sie meine Gedanken.

„Die Nacht vor dem Interview", antworte ich.

„*Vor* dem Interview?"

Angelas Augen wandern durch den Raum. Das
macht sie immer, wenn sie nachdenkt. Ich glaube,
dass sie das nicht einmal bemerkt – fast, als würde
sie in allem, was sie sieht, einen Hinweis auf die
Lösung ihrer Gedankengänge finden. Angeblich –
das hat Tom mir erzählt – hatte sie früher, in einem
anderen Leben, wie er es nannte, „Aussetzer". Die
beiden kennen sich schon eine Weile und waren
bereits Freunde bevor sie hier zu arbeiten
begonnen haben. Ich kannte nur Tom. Ebenfalls
durch Zufall. Das Leben ist so voll von Zufällen,
welche alles verändern können, dass man sich
manchmal im Stillen und klammheimlich fragt, ob
es nicht doch Schicksal ist.

Jedenfalls meinte Tom, dass Angela früher Phasen
hatte, in denen sie völlig „weg" war. Wenn sie
unter enormem Stress stand, dann hatte sie
Blackouts. Saß herum wie eine Puppe und war weg.
Auf einem anderen Stern, zu einer anderen Zeit.
Therapien haben geholfen.

Aber davor ist irgendetwas passiert. Irgendetwas – Tom wollte mir nicht sagen was, da er meinte, er kenne selbst nur Bruchstücke und wenn Angela der Meinung sei, es habe Sinn, wenn ich davon erfahre, dann würde sie mir sicher irgendwann davon erzählen.

Guter Tom.

Guter, loyaler Tom.

Wie konnte man so einen Menschen nicht mögen?

„Was hast du gesehen vor dem Interview?"

Ich komme zurück ins Jetzt und rufe mir die Nacht vor dem Interview in Erinnerung.

„Eine Zeitung. Ich bin aufgewacht und es war viel zu früh am Morgen. Also dachte ich, vielleicht ist die Zeitung schon da."

Ich wische mir mit der Hand über die Augen. Es zu erzählen ist viel schwerer als ich dachte. Vielleicht liegt es an meinem Unwillen. Ich will in Angelas Augen nicht wie ein Irrer dastehen, der Halluzinationen hat. Ich will von niemandem für einen Irren gehalten werden.

Über etwas zu sprechen, das vorbei ist, ist viel einfacher als über etwas zu reden in dem man gerade mittendrin steckt.

„Die Zeitung war da. Als ich sie aufheben wollte, habe ich das Titelbild gesehen. Es war Uschi." Ich schlucke schwer, zwinge mich aber, es zu sagen.

„Es war ein Bild ihrer Leiche. Und andere Leichen. Opfer der Nachtschwärmer."

„Ein Albtraum?", schlägt sie vor. Ich höre sie in ihrer Tasche kramen. Sie zieht eine neue Packung

Zigaretten hervor. Das Feuerzeug klickt wieder. Ich kann den Rauch riechen.

„Nein", wehre ich ab. „Kein Albtraum. Dann habe ich etwas gehört. Schritte. Tapsen. Ich habe mir eingebildet, dass es Pfoten waren. Dachte, ich höre Wölfe in meiner Wohnung."

Angela sitzt angespannt vor mir. Sie bewegt sich nicht. Ihr Brustkorb hebt und senkt sich zwar, aber ihre Hand ist mit der Zigarette auf halbem Weg zum Mund stehengeblieben. Sie lässt sie ohne daran zu ziehen wieder sinken.

„Hast du sie *gesehen*?"

Ihr Interesse macht mich ein wenig nervös.

Ich schüttle den Kopf.

„Nein. Die Wohnung war leer. Ich bin dann zurück und wollte die Zeitung mitnehmen, aber sie war weg."

Sie legt ihren Kopf schief und mustert mich.

„Was meinst du mit ‚weg'? War die ganze Zeitung weg?"

„Ja,", antworte ich, während sie nachdenklich weiterraucht.

„Du hast also die *wirkliche* Zeitung in die Wohnung geholt."

Mir fällt wieder ein, wie damals alles begonnen hat. Der Zeitungsbericht. Ein Bericht, der von der Toten in einer Mülltonne gesprochen hat. Ein anderer Artikel, gleiche Zeitung, gleiches Datum, gleicher Autor und sogar gleiches Foto, berichtete über einen Autounfall. Es hat eine Weile gedauert, bis mir klar gemacht wurde, dass der Artikel mit dem

Autounfall nie existiert hat. Es gab immer nur den Artikel, der von einem Mord berichtete.

„Nein. Da war keine Zeitung mehr. Aber siehst du nicht? Es beginnt genau wie damals. Mit einem verdammten Zeitungsartikel. Wenn alles wieder so läuft, dann sitze ich in einer Woche in einem Meer von Blut und die Welt geht den Bach runter."

Angela lacht auf.

„Nicht böse sein, aber nur, weil du in einem Meer von Blut sitzt, geht die Welt nicht unter."

Ich werfe ihr einen bösen Blick zu, sehe aber das verschmitzte Grinsen in ihrem Gesicht und weiß, dass sie nur einen Scherz machen wollte. Auch wenn es kein guter Scherz war.

„Warte", sagt Angela dann. „Da war *keine* Zeitung?"

„Nein", antworte ich. Gedanklich noch immer gefangen in der Zeit vor einem Jahr. Das schlimmste Jahr in meinem ganzen Leben. Das Ende von vielen anderen Leben. Die Hölle auf Erden. Monster, Bestien. Alles in meiner Einbildung. Außer den Toten. Die gab es wirklich. Glaube ich.

Angela sagt irgendetwas, das ich nicht verstehe. Zu sehr beschäftigen mich die Bilder in meinem Kopf. Eine junge Frau, die einem Werwolf ein Nagelbrett in den Kopf schlägt und den Toten über die Dachkante schiebt. Als ich aber nach unten gesehen habe, war da kein Werwolf mehr. Es war ein Mensch.

Mir wird schlecht.

Die Bilder sind real, sind nah und ich kann sogar noch die Nachtluft auf meiner Wange fühlen.

Angela sagt nochmals was.

Ich hebe den Blick, aber sie sitzt nicht mehr vor mir, sondern steht bei der Garderobe und zieht ihre Jacke an. Überrascht runzle ich die Stirn und versuche mich daran zu erinnern, was sie gerade gesagt hat.

Sie dreht sich zu mir und breitet einladend die Arme aus.

„Kommst du?", fragte sie dann.

Als ich aufstehe, komme ich nicht umhin, die Frage zu stellen: „Wohin? Und warum?"

Sie drückt mir meine Jacke in die Hand und geht in Richtung Ausgang.

„Zu dir", sagt sie, während sie die Tür öffnet.

„Hörst du mir nicht zu?"

„Tut mir leid", entschuldige ich mich, ziehe meine Jacke an und versuche mit ihr Schritt zu halten. „Ich hatte leider ein paar Bilder von Leichen vor meinem geistigen Auge. Da fällt es mir ein wenig schwer mich auf andere Dinge zu konzentrieren."

Sie bleibt stehen, dreht sich zu mir und gibt mir einen Klaps ans Ohr.

„Au", sage ich. „Wofür?"

„Für den Sarkasmus", meint sie. „So schlecht kann es dir nicht gehen."

Wir treten hinaus in den Abend. Es wird bereits dunkel.

Ohne weiter darauf einzugehen, mache ich mich auf den Weg in Richtung ihres Autos. Angela schließt die Tür hinter uns ab und holt dann zu mir auf.

„Was machen wir bei mir?", frage ich sie.

Sie drückt auf den Knopf ihres Schlüssels. Der Wagen piepst. Die Lichter blinken kurz auf. Sie öffnet die Tür, wirft ihre Tasche auf den Rücksitz und steigt ein.

„Wir befragen deine Nachbarn", meint sie dann. Ich setze mich auf den Beifahrersitz, schließe die Tür und greife nach dem Gurt.

„Worüber?"

Sie steckt den Schlüssel ins Schloss, startet aber den Motor nicht, sondern wendet sich mir zu. Ernst liegt in ihrer Stimme, ihrem Gesicht und ihrer ganzen Haltung.

„Hör mir jetzt mal genau zu: Ich weiß, dass du einen verdammt schlechten Start in dein neues-altes Leben hattest, aber es würde dir sicher nicht schaden, mal aus deinem Selbstzweifel und Selbstmitleid auszubrechen und dein verdammtes Hirn einzuschalten."

Da ich darauf keine Antwort habe, starre ich sie nur sprachlos an.

Vielleicht steht mein Mund ein wenig offen vor Staunen. Angela bemerkt, dass ich ihren Gedankengängen nicht folgen kann. Gut, die Aufforderung verstehe ich, aber sie will auf etwas hinaus, soviel ist offensichtlich.

Sie seufzt.

„Du hast doch dein Zeitungsabo erst vor drei Wochen abgeschlossen, oder?"

Ich nicke.

„Wo ist dann die Zeitung?", fragt sie.

Langsam werde ich ärgerlich. Mir vorzuwerfen, dass ich nicht richtig zuhöre, aber selbst genauso wenig zuhören, wenn *ich* etwas erzähle. Die Zeitung habe ich mir eingebildet, da war keine ... mir fällt es wie Schuppen von den Augen.

„Oh", sage ich und verstehe endlich, was sie mir sagen will.

„Richtig", stimmt sie mir zu. „Oh."

Sie startet und legt den Rückwärtsgang ein, während ich den Gedankengang zu Ende bringe.

Wenn da keine Zeitung ist, dann gibt es nur drei Optionen:

Entweder wurde keine geliefert, was sich rasch rausfinden ließe. Oder die Nachbarn haben sie genommen: Die kann man fragen. Oder – und das ist der Teil, der mich gleichzeitig nervös und neugierig macht: Jemand hat die Zeitungen ausgetauscht und nachdem ich meine Panikattacke bekommen habe, das Beweisstück entfernt, dabei aber vergessen, das Original wieder hinzulegen.

Das wiederum würde bedeuten, dass ich nicht verrückt bin und wieder Gespenster sehe. Das würde bedeuten, dass *wirklich* jemand im Haus war und mit mir gespielt hat.

Kein schöner Gedanke.

Aber lieber ein Feind außerhalb meines Hirns als innerhalb.

Meine Nachbarn befragen. Wer weiß, vielleicht haben sie ja sogar jemanden im Treppenhaus gesehen?
Das könnte interessant werden.
Sehr interessant.

SIMON

I

Ja, es war ein Fehler gewesen nur dazustehen und zuzusehen. Ein großer Fehler. Was geschehen war, war geschehen. Nichts konnte es ungeschehen machen. Er konnte nur darauf hoffen, dass die nächsten Tage wieder etwas passieren würde, was ihn das vergessen ließ.
Regina hatte die Story mit dem brennenden Haus bekommen. Sie war in der Nähe gewesen. Wie immer. Wie jedes Mal.
Simon kratzte sich müde am Kopf, betrachtete seinen Entwurf, den er über die kurze Episode in der Straßenbahn verfasst hatte, und lehnte sich in seinen Sessel zurück.
Ohne Foto, ohne Bild würde er das Ding nie in die nächste Ausgabe bekommen. Nichts womit er rechtfertigen konnte, einen Artikel darüber zu bringen.
Stinknormale Vorkommnisse in der Straßenbahn.
Aber war das normal gewesen? Kam so etwas öfter vor?

Simon konnte sich nicht daran erinnern, wann er eine solche Szene schon einmal live miterlebt hatte. Ja, natürlich hatte er davon gehört, aber er hatte das immer als Panikmache abgetan. Bei so einem Vorkommnis dabei zu sein ... das war neu für ihn.

Der Artikel und das Interview mit René fielen ihm ein.

Mittlerweile tat ihm ein wenig leid, was er da geschrieben hatte, aber wer wusste schon, wozu es gut war. Vielleicht war der Typ wirklich ein Schläger. Er hatte ja nichts erfunden. Sicher – er gab unumwunden zu, dass er ihn provoziert hatte. Er wollte René dazu bringen, Sachen zu sagen, die er in seinen Bericht einbauen konnte. Sachen, die ihm rausrutschten, neue Erkenntnisse, irgendwas. Dass er gleich auf Simon losging ... nun, das hatte er nicht vorausgesehen.

Was, wenn seine Spekulationen richtig waren? Wenn er einem Mörder gegenüber gesessen hatte? Hatte der Typ vielleicht wirklich alle diese Leute umgebracht? Hatte er ... nein. Das war nicht möglich, oder? Simon hatte das Video gesehen. Diese Bande hatte ihn und die Frau umstellt. Sie waren wehrlos gewesen.

Aber Simon wusste natürlich nicht, was *davor* gewesen war.

Vielleicht gab es eine Geschichte davor, die niemand kannte. Und auch diese Frau war nirgends mehr aufzufinden. Vielleicht war sie auch tot?

Vielleicht hatte dieser René dafür gesorgt, dass sie nichts mehr verraten konnte?

Ein kalter Schauer lief ihm über den Rücken.

Konnte der Kerl so schräg sein? So irre?

Möglich war alles.

Vielleicht hatte er auch vor, Simon etwas anzutun?

Nein.

Er schüttelte den Kopf.

Das war Unfug. Simon war nur ein kleiner Reporter, der sich für einen tätlichen Angriff mit einer – möglicherweise gemeinen, aber gut recherchierten Geschichte – ein klein wenig gerächt hatte. Keine dramatischen Ereignisse. Keine schlimme Sache. Oder?

Es gab keine Garantien. Es gab für nichts Garantien. Wer weiß, vielleicht saß der Kerl draußen im Garten und wartete. Beobachtete ihn, wie er hier saß, sich mit einem Artikel abmühte und ...

Vielleicht saß der Kerl draußen im Garten.

Simon bekam ein mulmiges Gefühl.

Sein Blick wanderte langsam zu den Fenstern. Die Jalousien waren oben. Draußen war es dunkel. Er saß am Schreibtisch. Die Stehlampe brannte. Er saß im Licht.

Da er im Erdgeschoß wohnte, war es für jedermann ein Leichtes, im Garten in der Dunkelheit zu stehen und ihn zu beobachten.

Sein Magen verkrampfte sich.

Was, wenn dem tatsächlich so war? Was, wenn dieser Irre dort draußen saß, ihn beobachtete und sich für die Story, die Simon verfasst hatte, rächen wollte?

Seine Augen wanderten von einem Fenster zum anderen. Er versuchte in der Dunkelheit etwas zu erkennen. Nichts. Auch dort nichts. Hier nichts. Und dort drüben ... hatte sich da etwas bewegt?

Nein.

Gut so.

Nur ein Streich seiner Gedanken.

Oder doch nicht.

Da war es wieder.

Ein Ast im Wind? Wehte der Wind überhaupt?

Seine Unruhe nahm zu.

Natürlich war das alles Blödsinn. Sein Hirn spielte ihm Streiche. Sein Kopf machte ihm etwas vor. Trotzdem stand er auf und schlenderte betont lässig aus dem Arbeitszimmer in den Vorraum und überprüfte, ob die Tür verschlossen war.

Ja. War sie.

Ein Geräusch. Hinter ihm. Vom Garten her. Als hätte etwas gegen das Fenster geschlagen.

Was sollte er tun?

Herumfahren? Nachsehen? Wenn dort jemand war, dann würde diese Person sofort merken, dass sie sich verraten hatte.

Er ging in die Küche, nahm eine Tasse aus dem Schrank und stellte sie vor sich hin. Dann stellte er Teewasser auf und schaltete den Kocher ein. Vielleicht nicht der beste Plan, aber sicher eine Ablenkung. Wer auch immer ihn mit einer Tasse Tee in der Hand sehen würde, würde denken, er wäre entspannt und hätte nichts bemerkt. Und da das Teewasser so heiß war, konnte er es den Angreifern ins Gesicht schütten, sollte sich die Notwendigkeit dazu ergeben.

... war ein Messer nicht eine bessere Idee?

Aber ein Messer würde auch Unsicherheit signalisieren. Angst. Nein. Ein Messer war keine gute Idee.

Das Wasser kochte. Es blubberte laut. Jedes andere Geräusch wurde dadurch übertönt. Simon wurde noch eine Spur unsicherer.

Als der Kocher sich mit einem lauten „Klack" ausschaltete, war er nicht mehr sicher, ob das „Klack" wirklich der Kocher gewesen war, oder ob es nicht ein zweites „Klack" gegeben hatte. Ein leicht verzögertes.

Natürlich war das wieder nur sein Nervenkostüm, das sich auf Sachen stürzte, die überhaupt nicht passierten.

Aber was, wenn doch?

Unschlüssig stand er da, blickte den Teekocher an und fand seinen Plan saublöd.

Alles Paranoia.

Er würde hinübergehen, wie ein erwachsener Mann die Jalousien schließen, damit konnte ihn niemand mehr beobachten und dann würde er zu Bett gehen. Seine überbordende Fantasie mit einer guten Portion Schlaf bekämpfen.

Aber er rührte sich nicht.

„Ach, verdammt", murmelte er, griff nach einem Teebeutel und hängte ihn in die Tasse.

Dann leerte er das Wasser hinein und nahm sie von der Anrichte.

Er hielt sie so, dass er sie notfalls in Richtung einer angreifenden Person schütten konnte – auch wenn er sich ziemlich blöd dabei vorkam.

Besser blöd vorkommen, als unvorbereitet zu sein.

Nach einem tiefen Luftholen ging er langsam und angespannt zurück ins Arbeitszimmer.

Alles wie davor.

Niemand hier.

Er atmete auf.

Dann entdeckte er einen weißen Fleck an einem der Fenster.

Er runzelte die Stirn, kniff die Augen zusammen und überlegte, ob das Teil vorhin schon da gewesen war. Nein. Ziemlich sicher nicht. Was war es?

Bevor ihm noch klar war, was er tat, hatte er das Deckenlicht aufgedreht. Das Licht flutete das Zimmer. Erstarrt wartete er ein paar Sekunden, aber nichts passierte.

Der weiße Fleck im Fenster – es war ein Zettel.

Da hing ein Zettel an seinem Fenster.

Neugierig ging er darauf zu und betrachtete ihn. Tatsächlich.

Ein A4-Zettel, den jemand an seine Fensterscheibe geklebt hatte. Von außen. Seltsam.

Im nächsten Augenblick wurde ihm klar, was das bedeutete.

Da war jemand im Garten gewesen.

Er hatte sich nicht getäuscht.

Da war wirklich ein zweites Klacken gewesen. Jemand hatte gewartet bis der Wasserkocher sich ausschaltete um zeitgleich eine Nachricht an sein Fenster zu kleben.

Panisch sprang er nach vor, die Tasse fiel ihm aus der Hand und er zog alle Jalousien zu.

Dann trat er ängstlich ein paar Schritte zurück.

Der Zettel.

Er hing draußen.

Sollte er ihn lesen? Nachdem er die Jalousien panisch zugezogen hatte, verdeckte diese ihm nun den Blick auf den Zettel. Er musste die eine wohl oder übel wieder öffnen, wenn er ihn lesen wollte.

Sein Herz schlug laut und er hörte das Blut in seinen Ohren rauschen.

Nervös kaute er auf seiner Unterlippe.

Er wartete.

Minuten vergingen.

Nichts passierte.

Kein Geräusch. Keine Bewegung. Gar nichts.

Simons Neugier siegte und er entschloss sich, es zu wagen.

Er trat zum richtigen Fenster, zog die Jalousien wieder hoch und trat einen Schritt zurück. Nichts. Absolut nichts passierte.

Dann holte er Luft, öffnete das Fenster – immer darauf gefasst, dass ihn jemand oder etwas aus dem Schatten ansprang. Aber niemand fiel ihn an. Das Fenster öffnete nach innen. Simon riss mit zittrigen Fingern den Zettel ab, schloss es rasch und zog die Jalousie nach unten.

Seine Hände zitterten so stark, dass er anfangs Mühe hatte, das Ding zu lesen. Nach ein paar Versuchen schaffte er es.

Es war eine Adresse, die ihm vage bekannt vorkam. Auf der Rückseite war nichts.

Der Klebestreifen baumelte lose an der Oberkante des Papiers. Simon betrachtete ihn näher. Kein Fingerabdruck. Selbst wenn? Was hätte das gebracht?

Verwirrt drehte er den Zettel hin und her.

Dann fiel sein Blick auf Flecken, die am unteren Ende der Seite zu sehen waren.

Er hielt das Papier näher ans Gesicht und drehte es so, dass er es im Deckenlicht besser sehen konnte.

War das ... war das Blut?

Er ächzte.

Was für ein verdammter, makaberer Scherz war das?

Und was für eine Adresse war es überhaupt?

Wo hatte er die schon einmal ... Regina.

Das war die Adresse von Reginas Pendlerwohnung. Er kannte sie, weil ... weil ... nun, er kannte sie eben.

Warum hatte jemand ein Blatt Papier an sein Fenster geklebt mit der Adresse von Reginas Pendlerwohnung und noch dazu mit ... Flecken darauf. Flecken, die doch tatsächlich ein wenig wie Blut aussahen.

Aber er war natürlich kein Profi.

Woher sollte er wissen, wie Blut aussah? Auf Papier? Das konnte alles sein.

Aber es ließ ihm keine Ruhe.

Es dauerte keine fünf Minuten und er saß angezogen im Auto. Alle Vorsicht war vergessen. Wenn es sich tatsächlich um Blut handeln sollte, dann musste er rasch sein.

Die Polizei anzurufen war natürlich auch eine Option, aber er wischte sie weg. Was, wenn es sich nur um einen dummen Streich handelte? Dann würde er schön blöd dastehen.

Zuerst nachsehen. Die Polizei konnte man immer noch anrufen.

Und wehe diesem Miststück, wenn es sich um einen Scherz von ihr handelte.

Sein Gefühl sagte ihm jedoch, dass es bitterer Ernst war.

Kapitel 7: Institution (II)

„They give me hell if I don't do what they want
And they say what they want is to empower me"
– Aquarian Age „institution #1"

RENÉ

I

Es gibt kein anderes Wort als „umwerfend".
Wirklich nicht. Das ist das einzige Wort, das auch
nur annähernd an das herankam, was Angela an
diesem Abend und in dieser Nacht war.
Ich weiß nicht, wie sie es gemacht hat. Ich weiß
nicht, woher sie das kann, aber sie war einfach ...
umwerfend.
Hätte ich die gleichen Dinge gemacht wie sie –
neunzig Prozent aller Türen wären vor meiner Nase
zugefallen. Die anderen zehn Prozent wären nicht
zuhause gewesen.
Keine Ahnung, ob man es merkt, aber ich bin keine
„Kann-gut-mit-Menschen"-Person. Ganz anders
Angela. Sie läutete oder klopfte bei den Türen,
lächelte auf eine bestimmte Art und Weise die
Gucklöcher an, sobald sie merkte, dass jemand
dahinter stand und dann – nach einem ganz, ganz
kurzen Blick auf den Menschen, der zum Vorschein
kam – begann sie mit der absolut richtigen Stimme
und den passenden Worten zu sprechen und meine
Nachbarn auszufragen, ob ihnen in den letzten
Nächten etwas Seltsames hier im Haus aufgefallen
war.

Die alte Frau ein paar Türen weiter wollte sie nach zehn Minuten Gespräch mit ihrem Enkel verkuppeln. Ein ganz liebenswerter Mann, wie sie ihr versichert hatte, und sie ließ Angela auch erst gehen, nachdem sie sich seine Nummer notiert hatte.

Mit dem Heavy-Metal-Pärchen im unteren Stock begann sie so rasch ein so nettes Gespräch, dass diese sie nach fünf Minuten bereits eingeladen hatten, im Sommer mit auf ein Festival zu fahren. Der Mann, der neben ihnen wohnte und Pendler war, sprach mit ihr über die Probleme des Benzinpreises, der Pendlerpauschale und der Tatsache, dass Pendlerwohnungen schlicht zu teuer waren für einen Job, wie er ihn hatte, aber das konnte man sich nun nicht aussuchen.

Die Ausländer auf der anderen Seite gaben ihr am Ende des Gesprächs eine Kostprobe einer selbstgemachten Mehlspeise – zumindest glaube ich, dass es so etwas war.

Ich kann es nur wiederholen: Umwerfend.

Angela kannte nach einer Runde durch mein Haus - in dem ich nun doch schon ein paar Monate wohnte – meine Nachbarn besser als ich. Und die Leute mochten sie. Nach gerade mal zehn oder maximal fünfzehn Minuten Gespräch.

Es war eine Gabe.

Während sie vor mir sitzt und mir erzählt, was sie alles in Erfahrung gebracht hat, frage ich mich, was ich falsch mache, um die Menschen so auf Distanz zu halten. Anfangs war ich noch dabei gewesen, aber wie sich rasch herausstellte, beäugten mich die Leute skeptisch. Also haben wir beschlossen, ich würde in meine Wohnung zurückkehren und sie allein weitermachen lassen.

Sie. Allein weitermachen.

In dem Haus in dem *ich* wohne.

Und sie als Fremde wird behandelt als würde sie schon immer hier leben.

Es sind Momente wie diese, während derer ich mich wirklich frage, ob ich zu viel Zeit mit mir selbst verbringe und meine sozialen Fähigkeiten tatsächlich so verkümmert sind.

Diese Gedanken fetzen durch meinen Kopf und ich bin so davon in Besitz genommen, dass ich nicht bemerkt habe wie sie in die Küche ging um Tee zu machen und nun sehe, wie sie zur Tür reinkommt, sich eine Tasse einschenkt und mir gegenüber Platz nimmt. Erst als sie mich konkret anspricht, registriere ich sie, lächle verschmitzt und versuche mich auf sie zu konzentrieren.

Aber meine Bewunderung hindert mich daran.

Wie macht diese Frau das?

Die Frage pocht die ganze Zeit über in meinem Hirn.

Weshalb ich natürlich kein Wort von dem verstehe, was sie mir eben erklären will, also hebe ich die Hand, um zu signalisieren, dass ich etwas sagen möchte.

Sie unterbricht ihren Redefluss und nickt mir auffordernd zu.

„Sprich", sagte sie.

Ich kaue auf meiner Unterlippe, überlege, wie ich es formulieren soll und halte es dann simpel.

„Wie?", frage ich.

„Wie *was*?", antwortet sie mir.

„Wie machst du das?", formuliere ich näher aus.

„Wie mache ich *was*?", hakt sie nach.

„Wie machst du das? Mit den Leuten so leicht und locker ins Gespräch zu kommen?"

Angela grinst. Es scheint ihr zu gefallen, dass ich beeindruckt und sprachlos bin. Nun gut, wem gefällt es nicht, andere zu beeindrucken?

Eben.

„Die Augen", sagt sie dann.

Ich kann ihr nicht folgen, was man mir sehr deutlich ansehen dürfte.

„Ich glaube, dass es an den Augen liegt. Wenn du Menschen in die Augen siehst, dann vertrauen sie dir mehr. Außerdem schadet es nicht, generell Menschen zu mögen. Die Leute spüren das", erklärt sie mir.

Nach kurzem Nachdenken komme ich zu einer Schlussfolgerung:

„Du weißt es selbst nicht", stelle ich fest.

Sie lacht laut auf, klatscht in die Hände und zeigt mir den Daumen hoch. Das universelle Zeichen für „Sehr gut". Von ein paar Ländern, in denen es „Leck mich" und noch Schlimmeres heißt, abgesehen.

„Keinen blassen Schimmer. Ich konnte eben schon immer gut mit Leuten."

Ich nicke.

Eigentlich egal. In diesem Fall zumindest.

Es ist jedenfalls ein unglaublich beeindruckendes Talent. Noch beeindruckender natürlich, wenn man es live mit eigenen Augen erlebt.

„Also", sagt Angela dann. „Was sagst du dazu?"

Ich schrecke kurz auf, weil ich das Gefühl habe, die Antwort auf eine Frage geben zu müssen, deren Inhalt mir gänzlich unbekannt ist.

„Ich ...", fange ich an. „Ich finde es gut."

An ihrem Blick erkenne ich, dass es die falsche oder zumindest unpassende Antwort war.

„Du findest es gut?"

Ganz sicher kann ich mir nicht sein, aber angesichts der Temperatur meiner Wangen kann ich wohl annehmen sie glühen rot.

„Tut mir leid", gestehe ich. „Meine Gedanken waren wo völlig anders."

Sie schweigt für ein paar Sekunden.

Es fällt mir schwer zu lesen, was in ihr vorgeht, aber mein erster Eindruck lässt mich darauf schließen, dass sie gerade darüber nachdenkt, ob sie mir eine Standpauke darüber halten soll, weil sie sich hier den Hintern für mich aufreißt und ich ein wenig Interesse zeigen sollte, oder einfach aufstehen und gehen.

Was zeigt, wie wenig Ahnung ich von Frauen – oder zumindest von Angela – habe, denn sie sagt:

„Verständlich. Dir muss ziemlich viel durch den Kopf gehen."

Ganz ehrlich: Ich weiß wirklich nicht, was ich darauf sagen soll.

Mein erster Gedanke ist es, sie einfach zu küssen. Es ist ein Reflex. Mein Körper und mein Geist schreien danach. Die Stimmung im Raum ist passend. Es fühlt sich richtig an. Alles in mir verlangt es.

Es gibt keine Worte, die jetzt wichtig sind. Stille entsteht.

Die einzig richtige Reaktion, die es jetzt geben kann ist, sie an mich zu drücken ihr durchs Haar zu fahren und sie zu küssen.

Aber wenn ich das tun würde, dann wäre der Anfang eine Ohrfeige und das Ende vermutlich eine Kündigung.

Was mir nur nochmals verdeutlicht, wie wenig Ahnung ich habe.

Also küsse ich sie nicht, sondern lächle verschmitzt, mache „Hm" und der Moment ist vorbei.

Innerlich schreie ich laut auf.

Allerdings nicht, weil alles um mich herum in Trümmern liegt und ich den Verstand verliere, sondern weil ich das erste Mal seit langen, langen Jahren wieder so etwas wie Hoffnung habe.

Hoffnung, dass es da draußen etwas Gutes geben kann.

Der Beweis sitzt vor mir und weiß absolut nichts davon.

Und natürlich werde ich mich hüten irgendetwas zu sagen. Ich weiß, wie diese Dinge enden.

Wir können nicht alle Helden sein.

Nicht alle.

Wir können nicht.

Das Leben wiederholt sich immer.

Immer.

Aber auch dieser Gedanke zeigt letzten Endes nur, wie wenig ich vom Leben weiß.

„Ich habe dich verdammt gern", kommt mir über die Lippen, bevor mir selbst noch klar wird, was ich damit sagen will.

„Ich weiß", antwortet sie ohne zu zögern. Sie nimmt einen Schluck aus der Tasse, die sie in der Hand hält und schwenkt sie danach kurz, um festzustellen, dass sie fast leer ist.

Ich warte. Starre auf den Boden und sage kein weiteres Wort.

Mein Herz pocht laut und deutlich in meinen Ohren. Ich kann so gut wie nichts anderes hören.

Als sie ohne ein Wort aufsteht, streicht sie mit der Hand über meine Schulter und geht in Richtung Küche. Ich kann hören, wie sie die Tasse auf die Anrichte stellt.

Währenddessen starre ich den Fleck an, wo sie eben noch gesessen hat und komme mir wie ein Idiot vor.

„Ich weiß", murmle ich halblaut, lasse die absolut nichtssagenden Worte wirken und komme mir wie der größte Depp auf Erden vor.

Dann fällt mir ein, dass es Angela ist, die mich immer genau das nennt.

Welch Ironie.

Es dauert nicht lange und sie kommt zurück, nimmt mir gegenüber mit einem Glas Wasser in der Hand Platz und sieht mich abwartend an.

Nach einer oder zwei Minuten hat sich mein Herzschlag wieder so weit beruhigt, dass ich sprechen kann.

„Was?", frage ich.

Sie zuckt mit den Schultern. In ihren Augen erkenne ich Unsicherheit. Das beunruhigt mich ein wenig. Vielleicht war ich zu direkt. Oder zu subtil. Oder ich habe die Sachlage falsch eingeschätzt. Oder ich kann meinen eigenen Gefühlen nicht trauen. Oder ... ach, es gibt so viele Möglichkeiten.

„Ich weiß nicht, wo das hinführen soll", sagt sie schließlich.

Mein Blick scheint mehr als tausend Worte auszudrücken, denn sie senkt den Kopf und ich kann sehen, dass ihre Gedanken darin herumwirbeln. Sie ist verwirrt. Verständlich. Ich würde lügen, würde ich behaupten, dass ich alles klar sehe. Aber eine Sache sehe ich klar.

Sie zweifelt. An mir.

Ich nicke.

„Gib mir Zeit", sagt sie. „Da ist etwas passiert ... ich glaube nicht, dass ... ich ..."

Sie bricht ab und nimmt einen Schluck Wasser. Ihre Augen werden wässrig.

Ich verstehe.

Denke ich.

„Natürlich", entgegne ich. In meinem Kopf schreie ich mich selbst an. Ersticke die Idee, die in mir aufkeimt, schimpfe mich einen Narren, dass ich in einer Zeit wie dieser an so etwas Banales, Dummes und ... Schönes wie Verliebtsein denke.

Als ob ich nicht wüsste, dass die Welt nur aus Hass und Schmerz besteht. Wie könnte da Platz für Hoffnung sein?
In meiner Welt gibt es keinen Platz für Hoffnung.
Gab es noch nie.

REGINA

I

Sie öffnete langsam die Augen. Alles war verschwommen. Ihre Gedanken waren leer. Da war kein Platz für irgendetwas anderes als eisige Kälte.
Ihr war kalt.
Sehr kalt.
Müde schloss sie die Augen wieder, wollte sie mit der Hand auswischen, aber sie konnte nicht. Ihre Hände gehorchten ihr nicht.
Seltsam, dachte sie.
Aber ihre Gedanken waren genauso verschwommen wie ihr Blick. Die Augen fielen zu.
Sie war so müde. So verwirrt.
Ihr war so kalt.
Wo befand sie sich?
Sie wusste es nicht.
Das letzte Bild, an das sie sich erinnern konnte, war ein Wolf. Ein Wolf auf zwei Beinen, der in ihrem Arbeitszimmer stand und sich knurrend zu ihr umwandte.
Sie wartete.
Nichts.

Eigentlich hatte sie damit gerechnet, dass sie zumindest ein wenig erschreckte, aber in ihr war alles leer. Kein Entsetzen. Kein Schock.

Noch seltsamer.

Sie blinzelte, versuchte die Augen zu öffnen.

Was sah sie?

Weiß.

Kacheln.

Striche.

Die Augen fielen ihr wieder zu.

Gott, war das kalt.

Sie drehte den Kopf zur Seite und – tauchte unter.

Für eine Sekunde war sie nun doch wie gelähmt, ob des Schocks, dass sich ihr Kopf unter Wasser befand, aber sie drehte ihn rasch wieder nach oben und schnappte nach Luft.

Ihr Rücken schmerzte. Sie spürte ihre Hände kaum, versuchte sie zu bewegen.

Es gelang nicht.

Doch.

Ein kleines Stück, nur ein klitzekleines Stück.

Witzigerweise konnte sie nicht genau sagen, wo ihre Hände sich befanden. Sie spürte, dass ihre Fingerspitzen Porzellan berührten. Aber welches Porzellan? Und wieso Porzellan?

Langsam verknüpfte ihr Kopf die Informationen: Sie lag offensichtlich im Wasser. Ihre Finger berührten Porzellan. Wenn sie die Augen öffnete, dann sah sie Weiß und Kacheln.

Badewanne, schoss es ihr durch den Kopf. *Ich liege in meiner Badewanne.*

Das waren ihre Kacheln. Die Sprünge, der leichte Schimmelansatz in der Fugenmasse. Das war eindeutig ihr Badezimmer.

Sie fragte sich, ob sie eingeschlafen war, konnte sich aber nicht daran erinnern, dass sie ein Bad genommen hatte. In keinem Fall.

Der Wolf?

Hatte sie geträumt?

Sie strengte sich an und öffnete die Augen erneut, hob den Kopf ein paar Zentimeter. Noch einen Zentimeter. Gott, war das schwer. Warum war es so schwer?

Nur ein kurzer Blick gelang ihr, bevor ihr Körper aufgab und sie mit dem Kopf wieder zurück in die gefüllte Wanne plumpste. Das Wasser spritzte hoch und ihr in die Augen. Die Wellen, die es schlug, schwappten ihr übers Gesicht. Sie prustete.

Tatsächlich.

Es war ihre Badewanne.

Aber sie trug *Kleidung*.

Und das Wasser war kalt. So kalt.

Außerdem fiel es ihr so unendlich schwer, den Kopf zu heben und ihre Hände zu bewegen.

Waren sie eingeschlafen? War sie zu lange hier gelegen? Hatte ihr Körper aufgehört richtig zu funktionieren? Aber sie spürte das typische Kribbeln nicht.

Es war verwirrend.

Ein Bild.

Da war ein weiteres Bild in ihrem Kopf.

Nein, zuerst war es ein Geräusch.

Die Tür hinter ihr.

Die Badezimmertür.

Als sie im Wohnzimmer gestanden und voller Entsetzen den Wolf angesehen hatte, da hatte sie hinter sich ein Geräusch gehört.

Und dann war der Schmerz da gewesen.

Der Wolf vor ihr ... nein. Das war kein Wolf gewesen. Es hatte nur im ersten Moment so ausgesehen: Es war ein Mensch gewesen. In einer Wolfsmaske.

Und der Schmerz ... an ihrem Hals.

Ihre Gedanken schienen wieder besser zu funktionieren.

Eine Spritze.

Sie war betäubt worden.

Müde schloss sie die Augen, seufzte und gähnte. So müde.

Aber da war noch ein Geräusch.

Irgendein seltsames, von weither kommendes Geräusch.

Was war es? Sie konnte es nicht zuordnen, aber es war beruhigend. Nett. Gleichmäßig.

Ein paar Sekunden gab sie sich dem einlullenden Plätschern hin.

Ein Wasserfall vielleicht.

Ein schöner, entspannender, idyllischer Wasserfall ... in ihrer *Wohnung*?

Schließlich schaltete ihr Gehirn doch einen Gang hoch und sie begriff, wo sie war, in welcher Gefahr sie sich befand und dass sie nichts dagegen tun konnte.

Sie lag unfähig sich zu bewegen in ihrer
Badewanne. Auf dem Rücken. Auf ihren Händen.
Das Wasser stand ihr bereits bis zum Kinn.
Der Wasserfall war der Hahn, der aufgedreht war
und weiter Wasser in die Wanne laufen ließ.
Sie riss ihre Augen auf, hob den Kopf und starrte
ans andere Ende der Wanne. Ihre Füße. Sie konnte
ihre Füße nicht fühlen. Mit aller Kraft bemühte sie
sich, ihre Hände unter ihrem Körper hervor zu
bekommen, aber sie schaffte es nicht, mehr als nur
einen oder zwei Finger zu bewegen. Oder vielleicht
auch fünf. Sie konnte den Unterschied *nicht mehr
spüren*.
Und das Wasser stieg.
Komm schon, dachte sie. *Komm schon. Das muss
doch funktionieren.*
Mit aller Kraft und Willensanstrengung versuchte
sie den Kopf zu heben, ihren Körper zu drehen – es
irgendwie zu schaffen, dass sie ihn aus der Wanne
heben konnte. Oder ihre Hände so weit, dass sie es
schafften den Hahn zuzudrehen. Oder die Füße so
stark zu bewegen, dass sie *damit* den Hahn
zudrehen konnte.
Nichts half.
Nach zehn Sekunden ließ ihre Kraft nach und ihr
Kopf sank wieder zurück auf das Porzellan.
Das Wasser lief bereits über das Kinn, den Mund
und beinahe in ihre Nase.
Gottverdammt, fluchte sie innerlich. *Ich werde in
meiner eigenen Badewanne ertrinken.*

Dann hörte sie Geräusche. Verschwommen. Durch das Wasser in den Ohren verzerrt.

Ohne darüber nachzudenken drehte sie den Kopf.

Stimmen. Das waren Stimmen.

Sie erkannte die Sprache nicht, konnte die Worte unmöglich verstehen.

Es klang ... sie war sich nicht sicher ... klang es...

Türkisch?

Es klang türkisch.

Warum?, fragte sie sich. *Warum sollte jemand...?*

Die Stimmen verschwanden, eine Tür fiel ins Schloss.

Rasch drehte sie ihren Kopf wieder so, dass ihre Nase über Wasser war. Viel fehlte nicht mehr und sie würde mit ihrem gesamten Kopf untertauchen.

Keine Atmung mehr.

Tot?

War dies, wie sie sterben würde?

Kopf hoch halten.

Müde. Erschöpft.

Kopf hoch.

Müde.

Kopf ...

So müde.

Das Wasser umschloss sie völlig.

RENÉ

II

Ich blicke Angela durch das Fenster nach und sehe sie die Straße entlang eilen. Natürlich geht sie rasch. Sie kann nicht schnell genug von hier wegkommen.

Ich verstehe sie.

Diese Erkenntnis tut mir am meisten von allen weh. Ich verstehe sie wirklich.

Es gibt nichts an mir zu lieben. Sicher: Ich bin erfolgreich. Ich sehe nicht schlecht aus. Mein Humor ist – an guten Tagen – fein. Ich kann ein Gentleman sein.

Aber meine Augen ... sie verraten mich.

Sie haben zu viel gesehen und zu viel davon war mehr als ich ertragen konnte.

Vielleicht hat sie Mitleid mit mir und will mir deshalb helfen.

Vielleicht denkt sie, ich wäre ein missverstandener Held.

Aber meine Augen ... ich kann nicht mehr beurteilen, wie sie wirken. Möglicherweise ist die Bestie in ihnen einfach zu klar sichtbar. Vielleicht ist der Zwist in mir nicht so tief unter der Oberfläche, wie ich immer dachte.

Sieht man ihn in meinem Gesicht?

In meinen Augen?

Beim besten Willen: Ich kann es nicht mehr beurteilen.

Als ich Angela die Straße hinab eilen sehe, sehe ich Uschi vor mir. Geliebte Uschi.

Tote Uschi.

Auch sie ist einst weggelaufen. Zuerst vor mir.

Dann vor etwas anderem. Auch wenn ich mir nach all der Zeit nicht mehr sicher bin, was schrecklicher war.

Der Geschwindigkeit nach, mit der sie rannte, war es wohl ich.

Sie lief weg vor mir.

Floh.

In die Arme des Todes.

Ist es meine Schuld? Habe ich sie dahin getrieben? Bin ich ein schlechter Mensch?

Diese Frage trifft mich unerwartet.

Was mir zugestoßen ist, macht mich zu einem Opfer. Klar. Aber ... macht mich das automatisch zu einem *guten* Menschen? Schlimme Dinge passieren auch schlimmen Menschen.

Bin ich ein schlechter Mensch?

Ich kann mich erinnern.

Als *sie* ... als Susi mir ihre Narben gezeigt hat. Als ich zusammengebrochen bin. Als ich ... beinahe zur Bestie wurde.

Habe ich irgendwann die Grenze überschritten?

Vor meinem geistigen Auge sehe ich Susi vor mir stehen. Sie deutet auf einen Spiegel, der sich hinter ihr befindet. Mein Blick folgt ihrem Fingerzeig.

Ich betrachte mein Spiegelbild, sehe genau hin ... betrachte mein Gesicht, sehe mir selbst in die Augen und ... zucke zurück.

Ich will es nicht sehen. Noch nicht. Vielleicht nie.

Ängstlich blicke ich auf die Straße.

Dort unten – Susi. Sie flieht vor mir. Sie ... Nein.

Es ist nicht Susi. Es ist immer noch Angela.

Sie ist nur noch ein kleiner Punkt.

Schließlich ist sie hinter einer Hausecke verschwunden.

Ich weiß, dass sie niemals wiederkommen wird.

So wie alle Frauen, die mir etwas bedeutet haben.

So wie alle Menschen, denen ich nahestand. Und ich habe keine Ahnung, weshalb.

Habe ich etwas Falsches gesagt? Getan? Ich weiß nicht.

Traurig wende ich meinen Blick ab und setze mich wieder auf die Couch. Ich starre die Decke an und verfluche mich. Oder vielleicht bin ich bereits verflucht?

Was habe ich getan?

Was wurde mir angetan?

Vor den Bestien. *Vor* Sonnenglaster. Vor ... *ihr*.

Meine Gedanken schweifen in eine Vergangenheit, die ich tief in mir vergraben hatte.

Die Frage bleibt: Ich stand am Abgrund. Zu fallen hätte bedeutet, zur Bestie zu werden.

Vielleicht bin ich auch gefallen? War eine Bestie und habe es nur nie bemerkt.

Ich dachte, ich hätte mich *dagegen* entschieden.

Mich gerade noch gerettet.

Hab ich mich geirrt?

Was hat mich dazu gebracht in den Abgrund zu fallen?

Ich denke an den Moment, in dem ich meinen toten WG-Kollegen entdeckt habe.

Meine Reaktion. So kalt, so hart.

Und sie war nicht gespielt.

Sie war *echt*.

Wann, verdammt, bist du so kalt geworden?

Ich weiß es nicht.

Eine Tür neben meinem Schlafzimmer öffnet sich langsam.

Ohne den Blick zu wenden, weiß ich, was passieren wird.

Ich starre weiter an die Decke und versuche den Luftzug zu ignorieren.

Die Tür schließt sich wieder. Die Schritte kommen näher.

Ich kann das Gewicht auf der Couch neben mir spüren. Fühlen, wie die Sitzpolster eingedrückt werden.

Der Kopf legt sich auf meinen Schoß.

Ich hebe die Hand und streiche durch das Haar.

Langsam. Ruhig. Unendlich traurig.

Mein Herz schlägt schneller.

Mein Puls rast.

Ich beginne zu schwitzen.

„Angst?", fragt mich die Stimme, aber ich gebe keine Antwort.

Unmöglich, eine Antwort zu geben.

Meine Ohren hören nichts, außer der Atmung.

Meiner Atmung. Und der Atmung auf meinem Schoß.

Die Stimme ertönt in meinem Kopf.

Nur in meinem Kopf, sage ich zu mir selbst.

Meine Sicht verschwimmt.

Tränen laufen meine Wangen hinab. Ich kann sie nicht stoppen.

Will sie nicht stoppen.

„Angst?", wiederholt die Stimme. „Vor mir? Vor ... uns?"

Meine Lippen beben. Kein Wort bringe ich hervor. Kein Wort, das auch nur annähernd passen würde.

Ein verächtliches Schnauben.

„Du hast den Mond geküsst", flüstert die Stimme. Ich erkenne Gier darin. Lust. Verlangen. „Du hast den Mond geküsst und es hat dir gefallen."

Dann folgt etwas, das wie ein Kichern klingt.

Nur. In. Meinem. Kopf.

Mein Blick bleibt an die Decke gehaftet. Ich sehe nicht hinab, vermeide den Blick in den Abgrund.

Meine Augen schließen sich von selbst.

Ich atme den Geruch ein. Der Körper neben mir auf der Couch riecht genauso, wie ich ihn in Erinnerung habe.

Mein Kopf schmerzt.

Ein kurzes Ächzen, der Körper hebt sich, und schließlich sitze ich wieder allein auf der Couch.

Nur. In. Meinem. Kopf, denke ich. *Nur dort.*

Die Tür ins Schlafzimmer öffnet und schließt sich.

Ich atme auf.

Immer noch laufen Tränen über meine Wangen.

Ich werde diesen Raum nicht betreten.

Der Weg in die Welt da draußen war niemals auch nur annähernd so schwer wie der Weg dort hinein.

161

Ich weiß, irgendwann muss ich ihn gehen.
Ich weiß, sie haben mich damals nicht aus Zufall gefunden.
Ich werde dieses Zimmer nicht betreten.
Ich werde mich dieser Frage nicht stellen.
Heute nicht.
Ich kann kein Held sein.

SIMON

I

Hand aufs Herz. Ohne Navigationsgerät hätte er rascher zum Ziel gefunden. Auch er war einer von denen, die sich mehr auf die Technik als auf seine Instinkte verließen. Dumm. So dumm. Dabei war es doch gerade Zeit, die wichtig war. Zeit.
Sollte sich die Nachricht als Scherz herausstellen, dann würde sich seine Angst rasch wieder verziehen und er würde sehr, sehr ärgerlich werden. Das würde nicht sehr angenehm sein – zumindest nicht für die Person, die sich den Scherz erlaubt hatte. Aber das machte nichts.
Alles war dem aktuellen Gefühl von Panik vorzuziehen.
Mehrmals war er beinahe in ein anderes Auto gefahren. Mehrmals hatte er nur noch mit Mühe und Not rechtzeitig gebremst, obwohl die Ampeln alle auf Rot gestanden hatten. Er war unkonzentriert. Nervös.
Und er hatte Angst.

Eine *Scheiß*-Angst, dass wirklich etwas hinter
diesem verdammten Papier stecken konnte.
Die Frage, wer dieses Papier an sein Fenster
geklebt haben konnte, ging ihm nicht aus dem Sinn.
Und zu welchem Zweck? Vielleicht war es Regina
selbst gewesen – aber wozu? Sie waren Kollegen.
Sicher, es gab einen gesunden Wettbewerb und
wenn sie wüsste, was er hin und wieder im Stillen
dachte, dann ... nun ja, dann würde sie vermutlich
kein Wort mehr mit ihm sprechen. Außerdem ...
okay, er musste zugeben, dass er sie im Grunde
mochte. Er war beeindruckt von ihrer Leistung,
ihrem Tatendrang und der absolut professionellen
Art und Weise, wie sie ihre Berichte verfasste.
Immer nah dran. Immer die Emotion treffend.
Und, ja, okay ... mehr als einmal hatte er ihr die
Pest an den Hals gewünscht. Mehrmals. Und
Schlimmeres. Jetzt, da ihm einfiel, was ihr in
seinem Kopf bereits alles hätte passieren sollen,
bekam er ein ganz, ganz schlechtes Gefühl.
Seine Freundin ist in einer Tonne gefunden worden.
Ohne Herz. Und kurz davor hat er ihr noch
nachgeschrien, dass er ihr wünscht, ihr möge doch
bitte jemand eines Tages das Herz rausreißen. Und
das hat er auch noch der Polizei genau so erzählt!
Simon konnte fühlen, wie an seinem ganzen Körper
der Angstschweiß ausbrach.
Ist es meine Schuld?
Wenn ihr etwas passiert ist, ist das dann meine
Schuld, weil ich es ihr wünschte? Ist das überhaupt
möglich?

Schwer zu sagen. Das Universum schien solche Spielchen manchmal zu lieben. Uns zu testen. Um zu sehen, ob wir damit zurechtkamen oder untergingen.

Da – da war der Wohnblock.

Eine schäbige Gegend. Er fragte sich, ob sein Auto noch hier sein würde, wenn er ausstieg und hochging. Oder genauer: ob es noch in seiner Gesamtheit hier sein würde. Er hielt es für wahrscheinlich, dass die Reifen und andere Teile fehlen würden.

Gleichzeitig wusste er, dass seine Gedanken von billigen Klischees gesteuert wurden, die er nur aus amerikanischen Filmen kannte und die er so noch nie im realen Leben kennen gelernt hatte. Er musste über sich selbst lachen.

Dumm. So dumm.

Er suchte einen Parkplatz und fand rasch einen. Nur wenige Leute hier schienen ein Auto zu besitzen.

Sein Blick glitt die Mauer hinauf. Hoch zu dem Fenster, von dem er wusste, dass sich dahinter die Wohnung von Regina befand. Licht. Sie war Zuhause.

Oder *jemand* war Zuhause.

Ein interessanter Gedanke. Was, wenn die Person, die den Zettel an sein Fenster geklebt hatte, hier war? Oder Komplizen hier waren? Hätte der Täter oder die Täterin nicht hier angerufen? Bescheid gegeben, dass er am Weg war?

Andererseits ... er hätte überall hinfahren können.
Vielleicht wusste ja niemand, dass er *hierher*
gefahren war.
Verfolgt. Der Gedanke traf ihn überraschend. Er
zuckte zusammen und sah sich panisch um. *Die
könnten mich verfolgt haben.*
Aber da war niemand.
Alles was er sah, waren zwei Männer, die sich in
Richtung der anderen Straße von ihm
fortbewegten. Sie unterhielten sich. Einer lachte
laut. Der andere johlte irgendetwas.
Weiter oben öffnete sich ein Fenster und eine Frau
schrie nach draußen, dass hier jetzt aber endlich
mal Ruhe sein sollte.
Simon verstand nicht, was die Kerle antworteten,
aber in Anbetracht der Gesten, die sie in Richtung
der Frau machten – und aufgrund ihres Blickes als
Reaktion darauf – war es offensichtlich nichts
Nettes.
Er atmete ein und aus. Holte nochmals tief Luft, um
sicher zu gehen, und stieg aus dem Auto.

RENÉ

III

Niemand hat die Zeitung weggenommen. Das hat
Angela noch gesagt, bevor sie in die Nacht
verschwand. Oder flüchtete. Oder beides.
Niemand.
Da war keine Zeitung gewesen.

Also, natürlich war da eine Zeitung gewesen, aber jemand hatte sie mitgenommen. Offensichtlich.
Also spielte jemand ein Spiel mit mir. Es war nicht mein Kopf, der ... nun, es war nicht *nur* mein Kopf, der mir etwas vorgaukelte. Jemand hatte sich vorgenommen, mich verrückt zu machen. Mir etwas in den Kopf zu setzen und mich langsam zum Durchdrehen zu bringen.
Aber wer?
Und warum?
Was könnte irgendjemand davon haben, mich verrückt zu machen?
Ich weiß es nicht.
Ganz, ganz ehrlich.
Ich habe keine Ahnung, was sich irgendjemand davon versprechen könnte. Aber es scheint, als wäre es einen großen Aufwand wert. Immerhin hatte diese Person eine Zeitung drucken lassen mit dem Titelbild ... mit einem Titelbild ... mit ...
Ich verdränge die Bilder aus meinen Kopf.
Langsam. Atmen. Atmen. Immer mit der Ruhe.
Jemand hat eine Zeitung drucken lassen.
Sie sah aus wie eine richtige Zeitung. Papier und alles.
Also musste es jemand sein, der die Ressourcen dazu hatte. Jemand, der Zugang zu Zeitungspapier und einer Druckerei hatte.
Klar.
Die Wahrscheinlichkeit, dass jemand all diese Strapazen auf sich nimmt, nur um mich ein

bisschen irre zu machen ... ich kann es nicht glauben.

Die Wahrheit ist viel eher, dass einer meiner Nachbarn die Zeitung genommen hat und es nicht zugeben wollte. Das ist sehr viel wahrscheinlicher. Dennoch ...

Der Gedanke, dass es da draußen jemanden gibt, der das alles machen würde und ... wofür? Für ein wenig ...

Ein wenig ...

Kann es der Reporter gewesen sein? Dieser Simon? Hatte er die Möglichkeit dazu? Konnte er das allein durchziehen? Hatte er Komplizen?

War es nur ein Zufall, dass die Zeitung genau in der Nacht vor dem Interview vor meiner Tür lag? Komischer Zufall.

Nein.

Ich bin mir ziemlich sicher, dass es mit dem Interview zusammenhängt.

Auch wenn ich nicht weiß, warum?

Für eine Schlagzeile?

Dafür, dass er seinen bescheuerten Artikel über mich schreiben kann? Wen juckt dieser Artikel? Niemand.

Die Leute in der Stadt sehen mich nicht anders an als davor. Sie reagieren nicht auf mich.

Es kennt mich ja schließlich auch niemand.

Also warum sollte er so etwas tun?

Der Gedanke, dass der Kerl vielleicht psychisch krank ist, kommt mir in den Sinn. Ist ja möglich.

Kommt vor. Ist ja nicht so, als ob ich damit nicht Erfahrung hätte.

Oder ... er ist einer von *ihnen*.

Diese Option macht mir Angst.

Aber es scheint mir mehr als wahrscheinlich.

Er hat den Mond geküsst, schießt es mir durch den Kopf. *Und es hat ihm gefallen.*

Ganz plötzlich ist mir kalt.

Meine Hände zittern.

Dann wird alles dumpf in mir. Jede Emotion ist fern, weit weg, alles ist egal.

Ich bin völlig klar.

Sehe die Welt so klar, wie schon lange nicht mehr.

Hatte ich wirklich gedacht, dass es so einfach sein würde?

Dass Raffaela und ihre Bande die einzigen sein würden?

Nein.

So dumm kann ich nicht sein. Kann ich nicht gewesen sein.

Ich habe es nur vor mir weggeschoben.

Die Bestien sind unter uns.

Da draußen.

Und sie sehen aus wie Menschen.

Ich denke an das Zimmer neben dem Schlafzimmer, das ich nie betrete und korrigiere mich.

Die Bestien sind nicht nur da draußen. Sie sind auch hier drin.

Wir sehen alle aus wie Menschen.

SIMON

II

Das Haus war ruhig, als er die Tür aufschob.
Üblicherweise musste man bei irgendeiner
Wohnung anläuten, um ein Wohnhaus betreten zu
können. Hier hatte jemand ein Holzscheit zwischen
die Tür und den Rahmen geklemmt. Vermutlich
jemand, der keinen passenden Schlüssel hatte.
Simons Augen suchten den Gang ab.
Alles ruhig. Keine Anzeichen von irgendwelchen
Leuten, Gestalten oder Schatten, die ihn
anspringen und zerfetzen konnten.
Er blieb stehen, lauschte in die zwielichtige Stille
und wartete.
Irgendwo lief ein Fernseher. Es roch nach
Zigarettenrauch. Schuhe standen vor den Türen. An
den Wänden hingen Puzzles, die auf Karton
aufgeklebt waren. Bilder von Pyramiden, von
Wäldern und ... vom klaren Sternenhimmel mit
Mondeslicht.
Simon schluckte den dicken Kloß, den er im Hals
hatte, hinunter und bewegte sich vorsichtig in
Richtung Reginas Wohnung.
Die Tür war geschlossen.
Er wartete.
Wenn er sich nicht täuschte, dann konnte er etwas
hören. Es klang nach laufendem Wasser. Er blickte
auf die Uhr.

Reichlich spät für ein Bad, aber wer war er, um das zu beurteilen?

Mit einem Mal wurde er sich schmerzlich seines Aussehens bewusst.

Wann war ich das letzte Mal duschen?, fragte er sich. Das war bereits ein paar Tage her. Er sah an sich hinab. Schmutzige Kleidung. Dreckige Hände. Ohne sich selbst in einem Spiegel betrachten zu können, wusste er dennoch, dass seine Haare ungepflegt und fettig waren. Er stand in einer nicht sehr tollen Gegend, in einem Haus, das viele Leute meiden würden und sah aus wie jemand, der im Treppenhaus schlief, weil er keine eigene Wohnung hatte.

Wie lange war das bereits so? Dass er sich nicht um sich kümmerte?

Wie lange war er sich bereits egal?

Es war ihm nicht möglich, einen konkreten Moment auszumachen. Seine Augen wurden wässrig.

Es war ihm noch nie aufgefallen.

Noch nie so konkret aufgefallen, wie in diesem Moment.

Plätschern drang aus der Wohnung.

Regina badete wohl.

Es war dumm von ihm gewesen, hierher zu kommen. Mitten in der Nacht. Aussehend als ... als ... nun, so wie er eben aussah.

Die feine Dame nahm ein Bad. Er stand im Gang und lauschte.

Eigentlich konnte er nur hoffen, dass niemand ihn gesehen hatte und sich still und heimlich wieder auf den Weg nach Hause machen. Dumme Sache. Peinliche Sache.

War ja nichts passiert.

Mit hängenden Schultern drehte Simon um und machte sich auf dem Weg zurück zum Auto.

Aber schon nach drei Schritten blieb er wieder stehen.

Der Zettel.

Die Adresse.

Das Blut daran.

Nein.

Er würde nicht gehen. Nicht, ohne sicher zu sein, dass hier alles in Ordnung war. Er konnte sich beim besten Willen nicht mehr vorstellen, weshalb Regina ihm eine Nachricht an sein Fenster kleben sollte oder konnte – mit Flecken darauf, die wie Blut aussahen – nur um dann in diese Wohnung zu fahren und ein Bad zu nehmen.

Das war völlig absurd.

Völlig absurd.

Fast so absurd, wie hier im Gang herumzustehen und zu glauben, der verrückte Musikheini würde ihm als Rache für den Artikel einen Streich spielen wollen. Aber woher würde er Reginas Wohnung kennen? Oder Regina? Woher würde er wissen, dass sich Simon tatsächlich auf den Weg machte, um nachzusehen? Woher ...

Er seufzte, schob alle Gedanken beiseite, drehte wieder um und ging auf die Tür zu.

171

Er betätigte die Klingel, aber nichts rührte sich.
Er drückte nochmals. Dann nochmals.
Sie machte kein Geräusch.
Kaputt.
Wie passend.
Also klopfte er.
Ebenfalls keine Reaktion.
Er konnte danach nicht mehr sagen, warum, aber
anstatt wieder zu gehen, versuchte er die Klinke.
Die Tür öffnete sich.
Für einen Augenblick blieb er stehen, unsicher, was
er tun sollte, aber dann raffte er sich auf und rief
Reginas Namen.
Nichts.
Außer Plätschern in der Wanne.
„Tut mir leid, wenn ich einfach so reinkomme, aber
die Tür war offen und …"
Er brach ab.
Durch die Badezimmertür sah er die Badewanne.
Das Wasser lief.
Jemand lag darin und rührte sich nicht mehr.
Ohne zu zögern eilte er ins Bad, drehte den Hahn
ab und griff nach der Person, die in der Wanne lag,
hob ihren Kopf über den Wasserspiegel und
erschrak, weil die Frau so kalt war.
Atmete sie?
Er blickte an ihr hinab. Sie trug Kleidung. Sie war
voll bekleidet in der Badewanne gelegen und …
hatte sie versucht sich zu ertränken?

Sie war weder gefesselt noch sonst etwas, hatte aber keine Anstalten gemacht, sich aus ihrer Lage zu befreien. Sie hing leblos in seinen Armen.

„Regina?", sprach er sie an.

„Regina?"

Er strich ihr das nasse Haar aus dem Gesicht und tätschelte ihre Wange.

Als sie sich nicht rührte, hob er sie aus der Wanne, verfluchte sich selbst, weil er nicht mehr Muskelmasse hatte und trug sie ins Wohnzimmer. Rasch sah er sich um, stellte verwundert die Abwesenheit eines Schlafzimmers oder Bettes fest und beschloss, Regina auf die Couch zu legen.

Ihr Brustkorb hob und senkte sich.

Immerhin.

„Regina?", versuchte er es nochmals.

Panisch suchte er nach seinem Mobiltelefon. Er hatte es nicht dabei. Dumm. Schon wieder so dumm.

Also sah er sich im Raum um, fand ihre Tasche und durchsuchte auch diese nach einem Telefon. Ja. Da war es.

Er zog es heraus und drückte die Taste, die ihm erlaubte, die Notfallnummern zu wählen.

Regina murmelte etwas Unverständliches.

Erleichtert atmete Simon auf, ließ das Telefon sinken und trat wieder zu ihr.

Ihre Augen waren leicht geöffnet. Sie sah ihn an, schien ihn zu erkennen und ein leichtes Lächeln entkam ihr. Ein gutes Zeichen. Sie freute sich, ihn zu sehen.

Das war mehr als an den meisten anderen Tagen.
Ihre Lippen bewegten sich, aber er konnte die
Worte nicht hören, weshalb er sich über sie
beugte, sein Ohr ihrem Gesicht zugewandt.
Das Wort, das sie murmelte, ließ ihn erstarren. Sein
Herzschlag setzte einen Moment lang aus. Er
richtete sich auf, sah sich sicherheitshalber in der
Wohnung um und trat einen Schritt zurück.
Ihre Augen folgten ihm, wenn auch nur mit Mühe.
Sie schien müde. Oder betäubt.
Simon schluckte, eilte zur Tür, schloss sie und
drehte den Schlüssel, der innen steckte.
Erst dann durchsuchte er die restliche Wohnung –
was sehr rasch ging, immerhin war sie sehr klein
und obwohl er bereits in alle Räume hatte blicken
können, wollte er zu seiner Beruhigung nochmals
sichergehen.
Nachdem er sich völlig, völlig sicher war, dass sie
allein waren, kniete er sich wieder zu der Frau.
Er räusperte sich.
Schluckte schwer.
Und wiederholte, was sie eben gesagt hatte:
„Wölfe?", fragte er.
Sie nickte schwach.

Kapitel 8: Hypnotisiert (II)

„Because of the screaming wall of fear
No one can hear the single cries that would come near"
– Aquarian Age „hypnotized"

I

Ein Traum. Tief in der Nacht. Tief vergraben im Innersten. Verdeckt von der Grausamkeit der Welt und den Sorgen des Alltags.

Eine Hand auf der Schulter.
Eine Träne im Auge.
Die Liebe in ihren Augen stirbt.
Als wäre sie nie da gewesen.
Als wäre alles nur ein Spiel gewesen.
Ein grausames Spiel.

Reißt ihr das Herz raus.
Sie hat es verdient.

Das Lächeln.
Die Träume.
Die Krallen. Die Schreie. Der Tod.
Die Erinnerung brennt sich ins Hirn.
Verdrängt.
Zerstört.
So kann es nicht gewesen sein.
So ist es nicht gewesen.

Du weißt es.
Spürst es.

Aber du gibst es nicht zu. Willst es nicht sehen.
Du suchst Schutz.
Der Graben, den du ausgehoben hast, ist tief
genug.
Niemand wird den Schatz je heben.
Du hast keine Karte gezeichnet.
Keine Spuren zurückgelassen.
Und am Ende der Nacht hast du die Erinnerung
ersetzt.
Mit Tod.
Mit Entsetzen.
Mit scharfen Klauen und blutigen Händen.

Immerfort wissend, dass du es warst.
Dass sie es waren.
Es war eine Falle.
Eine Falle.
Sie hat dir nie einen Grund gegeben ihr nicht zu
vertrauen.
Aber Vertrauen hängt nicht immer an einer Person.
Vertrauen trägst du in dir.
Zerbrechlich.
Silbern.
Wie eine Kugel.

Alles was hilft.
Alles was dich retten kann, trägst du bereits in dir.

Die Hoffnung stirbt zuletzt.
Aber sie stirbt.

Wenn der falsche Wolf genährt wird.
Wenn die Wut und der Hass zu viel sind.
Wenn das Herz vereist und der einzige Weg
weiterzuleben den Namen des Vergessens trägt.

Sie kann nichts dafür.
Das weißt du.

Aber die Erinnerung.
Sie hätte euch beide retten können.
Noch lange bevor es soweit gekommen ist.

II

Schlagzeilen in diversen Zeitungen, am nächsten
Morgen:

DRITTER ANSCHLAG INNERHALB EINER WOCHE
Weiteres Asylwerberheim brennt. Täter nicht
gefasst. Augenzeugen sprechen von einer Gruppe
Männer im Alter zwischen Zwanzig und Vierzig.
(Großbericht)

PENSIONSREFORM WIRD NEU GEDACHT – ERSTE
SCHRITTE NÄCHSTES JAHR ANGEKÜNDIGT *Laut*
Finanzministerium ist die aktuelle Reform darauf
zurückzuführen, dass das Pensionssystem in der
jetzigen Form nicht mehr leistbar ist. Scharfe
Schnitte sind zu befürchten. (Großbericht)

MORD IN WIEN – ZWEI TOTE IN WOHNUNG GEFUNDEN *Kein Motiv bekannt. Es wurde nichts gestohlen. Ermittler gehen von Bandenkrieg aus. Es wird vermutet, dass die beiden für eine größere Organisation Drogen schmuggelten, dies aber vor ihren Komplizen verheimlichten und das Geld selbst behalten wollten. (Großbericht)*

NEUER STAR WARS FILM BRICHT ALLE EINSPIELREKORDE *Die Macht (mythische Magie im Star Wars-Universum) ist mit diesem Film. Bereits vor Start hat der Film alle Verkaufsrekorde gebrochen und ist nun drauf und dran „Avatar" mit dem besten Einspielergebnis einzuholen. (kurze Randnotiz)*

ZWEI TOTE IN SEE GEFUNDEN *Tathintergründe noch unbekannt. Tote mit Steinen beschwert in See geworfen. Kopf einer der Leichen fehlt. Es darf davon ausgegangen werden, dass es sich um keinen natürlichen Tod handelt. (Großbericht)*

FLÜCHTLINGSSTROM REISST NICHT AB – POLITIK RATLOS *Die Kapazitäten für Flüchtlingsunterkünfte sind knapp. Viele nur auf der Durchreise nach Deutschland. Politik greift auf Notfallplan zurück – der erst erarbeitet werden muss. (Großbericht)*

LEMMY VERSTORBEN – MOTÖRHEAD-LEADER VERSTIRBT MIT 70 *Der „Sänger" der selbst*

ernannten Rock n' Roll-Band verstirbt unerwartet in seiner Wohnung. Der 70-
Jährige fiel seinem Krebsleiden zum Opfer. (kleine Randnotiz)

WIR MÜSSEN LERNEN MIT DER ANGST ZU LEBEN *Nach den Terroranschlägen in Paris ist Europa endlich wach. Die Terrorgefahr ist weit größer als Experten zugeben wollen. Der Ruf nach Verstärkung der Sicherheitsmaßnahmen und einem Aufnahmestopp von Flüchtlingen wird lauter. (Sonderbericht – Mehrseitig)*

GOLDEN GLOBES NOMINIERUNGEN BEKANNT: KOPF-AN-KOPF-RENNEN *Endlich sind die Nominierungen für die Golden Globes bekannt. Das diesjährige Rennen um die begehrten Trophäen dürfte knapp werden. Viele bekannte Stars sind nominiert, alle sind sich sicher eine große Chance zu haben. (kurze Randnotiz)*

FLÜCHTLINGE VERWÜSTEN BAHNHOF – ANRAINER VERÄNGSTIGT *Flüchtlinge, die nur auf Zwischenstation in einer Sammelstelle in der Nähe des Bahnhofs untergebracht wurden, haben ihre Schlafstätten verwüstet. Was zu den Unruhen geführt hat, ist noch unklar. (Großbericht)*

NEUER KONKURS – GROSSFIRMA LÖST SICH AUF – 300 ARBEITSPLÄTZE VERLOREN *Wieder eine unserer großen Firmen löst sich auf. Nachdem das*

Unternehmen letztes Jahr von einem bekannten Branchenriesen aus Amerika gekauft wurde, hat man nun beschlossen, die Niederlassung in Österreich aus Kostengründen aufzulassen. (Großbericht)

BEKOMMT DIE PRINZESSIN EIN BABY? *Alle Welt blickt auf die neuen Fotos der Prinzessin. Sie, die üblicherweise hautenge Kleidung trägt, hat ihren Kleidungsstil radikal geändert. Gerüchten zufolge, um einen Babybauch zu überdecken. Die Familie will dazu noch kein Statement abgeben. (kurze Randnotiz)*

ANGST UM DIE ZUKUNFT – NEUE UMFRAGE BELEGT STEIGENDE TENDENZ *Die Erkenntnisse einer IMAS-Umfrage sind ernüchternd: Laut Auswertung haben mehr als zwei Drittel der Bevölkerung Angst vor der Zukunft. Zentrales Thema ist laut Studie die Angst vor Übervölkerung und Überfremdung. (Großbericht)*

III

Fernsehbericht. Live. Aufnahme vor einem Wohnhaus. Nacht. Im Hintergrund Polizei und Rettungswagen. Sanitäter gehen entspannt hin und her. Durch die Tür eines Rettungswagens verdeckt sehen wir, wie eine Frau auf einer Bahre in den Wagen gehoben wird. Im Vordergrund ein Reporter. Schick. Mitte Vierzig. Souverän.

„... können wir noch nicht genau sagen, was in diesem Haus passiert ist. Soweit unsere Informationen reichen, wurde in die Wohnung einer ..."

Der Reporter pausiert, hält die Hand ans Ohr und hört hin. Er wirkt kurz verblüfft und sprachlos, hat sich aber rasch wieder im Griff.

„Wie ich soeben erfahren habe, ist die Identität des Opfers bekannt. Es handelt sich um eine Kollegin aus den Printmedien. Um ihre Sicherheit zu wahren, werden wir keinen Namen nennen. Ihre bekanntesten Berichte handelten in letzter Zeit von den Zuständen in den Erstaufnahmezentren und Massenquartieren der Flüchtlinge. Es kann nicht ausgeschlossen werden, dass es sich bei diesem Einbruch um einen Vergeltungsschlag für ihre kritischen Artikel handelt."

Der Reporter dreht sich zur Seite und deutet auf die Rettungswagen und die Polizei, die hinter ihm den Tatort sichert. Er versucht, sich nicht von den Kameras und der Presse ablenken zu lassen.

„Wie wir sehen können, wird der Tatort soeben gesichert und ..."

Der Reporter erkennt jemanden. Einen Augenblick später tritt ein Mann, der aussieht als würde er auf der Straße schlafen und tagelang nicht geduscht haben, hinter dem Krankenwagen hervor. Er scheint in Gedanken versunken, während er ohne es zu bemerken auf die Kamera zugeht. Der Reporter deutet seinem Kameramann, den auftauchenden Kerl zu filmen und tritt näher zu ihm hin, hält ihm das Mikrofon unter die Nase.

„Simon, Simon!"

Der Reporter ruft den Namen, der verwahrloste Mann hebt lethargisch den Kopf, erkennt den Reporter, lächelt kurz schwach und nickt ihm zur Begrüßung zu. Er scheint ihn aber nicht als Reporter, sondern nur als Bekannten wahrzunehmen.

„Was ist passiert? Geht es ihr gut?"

Die Frage des Reporters wirkt einen Moment lang mitfühlend. In seinem Gesicht zeichnet sich tatsächlich für einen Augenblick so etwas wie Sorge ab. Der Mann vor der Kamera nickt. Ganz offensichtlich erleichtert.

„Ja, es geht ihr gut. Sie ist nur unterkühlt, aber ein paar Minuten später ..."

Er schüttelt den Kopf. Mitgenommen. Traurig. Erschüttert.

„Wenn ich nicht gekommen wäre, wäre sie jetzt tot. Kannst du dir das vorstellen?"

Der Reporter zieht überrascht die Augenbrauen hoch.

„Du hast sie gefunden und gerettet? Hat sie etwas gesagt?"

Der Mann blickt weiterhin zu Boden. Er überlegt. Er ist noch immer geschockt, wirkt ein wenig verwirrt. Seine Augen fixieren keinen Punkt, sondern bewegen sich sprunghaft durch die Gegend. In seinem Kopf scheint viel vorzugehen.

„Sie sagte etwas über ‚Wölfe' und ... ich bin mir nicht sicher, aber sie hat auch etwas mit ‚grau' gesagt ... ich bin mir nicht ..."

Er fährt sich durch das fettige Haar, schließt einen Moment die Augen und seufzt. Der Reporter nutzt die Chance, dreht sich in Richtung Kamera und beginnt seine Arbeit sachlich und professionell fortzuführen.

„Sehr geehrte Damen und Herren, wie wir eben aus erster Hand und von einem Augenzeugen hörten, scheint es sehr wahrscheinlich, dass eine Bande namens ‚Graue Wölfe' für den Einbruch und den offensichtlichen Anschlag auf das Leben der Kollegin verantwortlich ist. Eine Verbindung mit der

bekannten Extremistengruppe ‚Graue Wölfe' ist derzeit noch nicht gesichert."

Der verwahrloste Mann hebt den Kopf. Seine Augen sind klar. Er blickt direkt in die Kamera, scheint kurz einen Punkt darauf zu fixieren, dann wird er noch bleicher als er bereits ist. Sein Kopf schnellt zu seinem Kollegen vom Fernsehen, er starrt ihn entsetzt an.

„Bist du auf Sendung?"

Der Reporter wendet sich kurz zu ihm und nickt. Er will fortfahren zu sprechen, aber der Mann neben ihm wird plötzlich rot und verzieht wütend sein Gesicht. Er prescht nach vor, greift den Reporter am Kragen und schreit.

„Bist du völlig irre geworden?! Da drin ist gerade ..."

Er erinnert sich an die Kamera, lässt vom Reporter ab und geht auf die Kamera zu. Die Hand hält er vor das Objektiv, um so den Zusehern den Blick zu verwehren. Das Bild flackert, als er mit der Hand die Kamera zur Seite schiebt und – Schnitt zurück ins Studio.

IV

Diverse Postings in den Sozialen Medien von unterschiedlichen Gruppen und Privatpersonen:

STATISTIK. Ein Bild von zwei Balken. Der eine sehr groß, der andere sehr klein. Der größere Balken trägt den Titel: Verbrechen von Neonazis im letzten Jahr. Der kleinere Balken trägt den Titel: Verbrechen von MigrantInnen im letzten Jahr.
28 Gefällt mir   12 Mal geteilt

FOTO. Ein Bild auf dem Menschen aus südlichen und östlichen Ländern zu sehen sind. Sie lächeln. Sie wirken nett. Es sind alles Männer. Jemand hat mit Photoshop Waffen in ihre Hände retuschiert. Darunter der Begleittext: „Sehen so Menschen aus, die hilflos zu uns kommen? Ich glaube nicht."
37 Gefällt mir   90 Mal geteilt

FOTO. Eine Gruppe Menschen steht um eine Frau herum, die sehr offensichtlich Angst hat. Sie wird von der Menge bedrängt. Alle Männer auf dem Bild sind südlicher Herkunft. Text unter dem Bild: „Unsere Frauen sehen sie nur als Objekte! Weil sie Zuhause nicht ran dürfen glauben sie, ihre Triebe hier ausleben zu müssen! Abschiebung! Mehr Sicherheitsmaßnahmen! Behaltet eure Verbrecher!"
21 Gefällt mir   45 Mal geteilt

185

BILD. Weißer Hintergrund. Roter Rahmen.
Schwarze Schrift. Text im Bild: „Nicht Ausländer
gefährden unsere Gesellschaft! ARSCHLÖCHER
gefährden unsere Gesellschaft."
27 Gefällt mir   95 Mal geteilt

VIDEO. Eine Katze tätschelt einer anderen den
Kopf. Das Video dauert 20 Sekunden. Kein
Begleittext.
1.405 Gefällt mir   432 Mal geteilt

Kapitel 9: Kreuze (II)

„Show us a picture. Give us a story. We love to be manipulated."
– Aquarian Age „crosses"

RENÉ

I

Es ist nur ein kleines Leuchten, aber hell genug, dass es hängen bleibt. In meinen Gedanken, vielleicht auch in meiner Seele. Klein. Dämmrig. Aber es ist da. Wie der Rest eines Lagerfeuers. Die Flammen sind fort, aber dort – mitten in der Asche - glüht noch ein letzter Rest.

Was ist es? Was will es mir sagen?

Mein Kreuz schmerzt. Ich bin auf der Couch eingeschlafen und mir tut alles weh. Noch dazu im Sitzen. Und ... irgendetwas stupst mich ins Gesicht.

Im Halbschlaf öffne ich die Augen und sehe eine Katze auf meinem Schoß sitzen. Sie ist jung, sehr klein und scheint mich anzugrinsen.

Katzen.

Sie sind kuschlig.

Klein.

Niedlich.

Ich hebe die Hand und streichle ihr über den Kopf, was sie zum Anlass nimmt mich erneut mit ihrer Nase anzustupsen. Ich kann nicht anders als zu lächeln.

Mein Kopf kippt wieder zurück und ich schließe die Augen.

Das Kätzchen scheint dies als Zeichen zu nehmen, auch wieder schlafen zu gehen. Ich kann spüren, wie sie auf meinem Schoß ihre Runden dreht, mit den Pfoten herumdrückt und sich zufrieden zusammenrollt. Mehr aus Reflex als mit Plan und völlig ohne einen geistigen Beitrag meinerseits hebe ich die Hand und streichle sie.

Sie beginnt zu schnurren.

Ich mag Katzen.

Ihr Schnurren beruhigt mich.

Nette, kleine, niedliche Tierchen.

Vor allem diese hier ist wirklich kuschlig. Und sie schnurrt sehr intensiv.

Angenehm.

Sehr angenehm.

Ich drifte zurück in den Schlaf, zu faul um aufzustehen. Ich genieße das Gefühl, den Moment der Ruhe und Stille. Der absoluten Normalität, den Katzen für mich immer bedeuten. Ruhe. Zen. Fast schon meditativ.

Ich gähne.

Ich habe keine Katze.

Warum liegt eine Katze auf meinem Schoß und schnurrt?

Irritiert öffne ich die Augen, mühe mich ab, meinen Kopf zu heben und blicke an mir hinab.

Tatsächlich.

Da liegt ein rot-oranges Kätzchen auf meinem Schoß, genießt die Streicheleinheiten und schnurrt vor sich hin.

Ich blinzle die Müdigkeit weg, gähne nochmals und frage mich, wo das Tier herkommt.

Das Fenster ist offen.

Habe ich es offen gelassen? Vielleicht wollte ich nochmals lüften, bevor ich zu Bett gehe und bin eingeschlafen bevor ich mich von der Couch losreißen konnte? Kann sein. Soll schon vorgekommen sein.

Nun. Immerhin.

Es ist nur eine Katze. Nichts Dramatisches.

Scheint nicht sehr ängstlich zu sein, das Tierchen.

Ich gähne nochmals, lasse den Kopf wieder nach hinten fallen und bevor ich bis fünf zählen kann, bin ich bereits wieder eingeschlafen.

II

Ein Geräusch dringt in meine Gedanken. Es ist ein bekanntes Geräusch. Ein schönes Geräusch. Ein Lied. Es ist ein sehr, sehr gutes Lied.

Natürlich hat es eine „meiner" Bands aufgenommen.

Gute Gruppe. Spitzen Musiker. Super Texte. Schöne Melodien.

Aber warum höre ich das Lied jetzt? Was bringt ... oh. Richtig. Ich habe meinen Klingelton umgestellt. Es ist mein Telefon.

Mühsam öffne ich zum zweiten Mal an diesem Tag die Augen und sehe mich verschlafen in der Wohnung um.

Dort drüben. Das Telefon liegt auf dem Couchtisch. Nur ein paar Zentimeter von meinen Füßen entfernt, die ich offensichtlich vor dem Einschlafen hochgelagert habe.

Das Kätzchen hat zwar seine Position gewechselt, liegt aber noch immer auf meinem Schoß. Wenn ich das Telefon erreichen will, muss ich die Mietze wohl oder übel wecken.

Ich kämpfe mit mir, betrachte das zusammengerollte und noch immer schnurrende Fellbündel, das völlig entspannt und zutraulich auf meinem Schoß liegt.

Ein Gefühl von wohliger Wärme durchströmt mich. Wie kann ich ein schlechter Mensch sein, wenn dieses Tier sich offensichtlich richtig wohlfühlt bei mir? Katzen sind meistens scheue Wesen.

Neugierig, ja. Aber nicht so zutraulich, dass sie sich den nächstbesten Menschen suchen, um zufrieden auf dessen Schoß zu schlafen.

Ich gebe auf.

Nein, ich kann mich nicht dazu durchringen, das Kätzchen zu wecken. Wenn ich nach dem Telefon greife, dann würde ich mich zu sehr bewegen, das Tier aufschrecken und aller Wahrscheinlichkeit nach würde ich es dadurch verjagen.

Aber das will ich nicht.

Zum ersten Mal seit langer Zeit fühle ich mich ... fühle ich mich ...

Ja, es ist traurig, aber zum ersten Mal in einer sehr langen Zeit fühle ich mich bedingungslos geliebt.

Ich weiß, es ist sentimental. Ich weiß, es ist nur ein

Tier, aber ... hey, man nimmt, was man bekommen kann. Menschliche Nähe ist ja nun nicht unbedingt eine Sache, die mir im Überschwang zur Verfügung stehen würde. Tatsache. Die Umarmung von Angela war die erste liebevolle Berührung, die ich seit Monaten hatte.

Ein deprimierender Gedanke, aber was will ich vom Leben erwarten? Verkrieche mich in meinen vier Wänden und lasse alles andere draußen.

Natürlich bin ich einsam.

Allein.

Was sonst?

Natürlich habe ich Angela gestern erschreckt. Wie könnte es anders sein? Ich habe ihr gesagt, dass ich sie gern habe. Das ist in etwa das verbale Gegenstück zu einer Statue, die Spaziergänger anspricht, dass sie schöne Kleidung haben. Und ich meine nicht die „Lebenden Statuen" oder Pantomime-Künstler, die man hier und da treffen kann. Nein, ich meine die Dinger aus Stein, die keine Seele und kein Leben haben und ... ach. Jetzt beginne ich also, mich mit einem Stein zu vergleichen.

Ich sollte wohl an meinem Selbstwert arbeiten.

Wäre wichtig.

Was aber nichts daran ändert, dass ich in diesem Fall recht habe.

Kein Wunder, dass Angela geflüchtet ist.

Der gestrige Abend fällt mir ein.

Ich bemerke, dass ich ein ziemlich romantisches Bild von ihr in meinem Kopf habe. Während meiner

Isolation habe ich hauptsächlich mit ihr und Tom Kontakt gehabt. Angela ist also seit Monaten die einzige Frau in meinem Leben. Witzig.

Primär deshalb, weil ich sie noch nie ... als Frau gesehen habe. Angela war bis jetzt immer nur Angela. Sächlich. Die Angela-Person. Die Angela-Kollegin. Die Angela-Bekannte. Aber noch nie Angela-die-Frau.

Angela, die überaus charmante, witzige, kluge, aktive, interessante und hübsche Frau.

Ich runzle die Stirn ob meiner Gedanken.

Das bin ich nicht gewohnt. Ich denke an sie als ob, als ob ... hm.

Das Kätzchen rührt sich, streckt seine kleinen Pfoten und fährt sich ungelenk damit übers Gesicht. Dann liegt es wieder ruhig und schnurrt unbekümmert weiter.

Wow.

Weit habe ich es gebracht.

Ich schlafe auf der Couch ein, mir tut alles weh, vergesse das Fenster zu schließen, ein Kätzchen kommt mich besuchen, schnurrt ein wenig und ich werde sentimental.

Angela.

Ein weiterer Gedanke drängt sich in meinen Kopf.

Es ist ein wenig peinlich, aber ... ich habe keine Ahnung, ob es in Angelas Leben einen Mann gibt.

Ich grinse.

Und als ich bemerke, dass ich grinse, grinse ich noch breiter.

Es fühlt sich gut an.

Sehr gut sogar.

Man könnte fast meinen, dass ich Gefühle habe.

Das bringt mich noch breiter zum Grinsen.

Dann läutet das Telefon wieder.

Obwohl ich weiß, dass es genau der gleiche Ton, beziehungsweise das gleiche Lied ist, klingt es dieses Mal genervt. Nicht nervend. Genervt.

„Tut mir leid, Mietze", sage ich laut, während ich die Decke, die sonst immer auf der Couch liegt, zusammenrolle und neben mich lege. Dann hebe ich sanft das Tierchen auf und bette es darauf. Es öffnet kurz die Augen, mustert mich verschlafen und lässt die Umsiedlung geschehen.

Aber die Art und Weise, wie ich sie hingelegt habe, scheint ihr nicht zu passen. Sie streckt sich, steht auf und tritt mit ihren kleinen Pfoten die Decke in eine Form, die ihr passt, bevor sie sich wieder zusammenrollt und hinlegt.

Ich sollte wohl ein Foto machen, ausdrucken und im Haus fragen, ob sie jemandem in der Nachbarschaft gehört. Ich nehme meine Beine vom Tisch – die kribbeln, denn sie sind mir eingeschlafen – und beuge mich zum Telefon.

Foto. Richtig.

Aber zuerst nachsehen, wer mich angerufen hat.

Als ich die Nummer sehe, kann ich es kaum glauben.

Er wagt es.

Er wagt wirklich, mich anzurufen.

Ein spöttisches „Genau" entkommt mir, bevor ich noch etwas dagegen tun kann.

Ich drücke den Anruf weg und schalte das Telefon auf lautlos.

Dieser verdammte Reporter.

Dieser gottverdammte Reporter.

Das kann doch nicht sein Ernst sein.

Ich lege das Telefon zur Seite, werfe einen letzten, liebevollen Blick auf die Katze und stehe auf, um das Fenster zu schließen.

Es klingelt an der Tür.

SIMON

I

Als wäre die gestrige Nacht nicht bereits beschissen genug gewesen. Erst der Zettel an seinem Fenster. Dann Regina in der Wohnung finden. Überfall. In der Badewanne. Dann murmelte sie auch noch grenzdebiles Zeug von wegen Wölfe und irgendetwas mit „grau" und dann kommt auch noch der verblödete Kollege und hält ihm die Kamera ins ... Simon atmete tief ein und aus. Er knirschte mit den Zähnen, ohne es zu merken. Wut. Ziemliche Wut. Seine Hände zitterten ein wenig. Der Grund dafür war weniger in seiner Erschöpfung zu finden, sondern in der grenzenlosen Wut, die sich in ihm aufgestaut hatte. Die Rettung, die Polizei. Endlose Fragen, warum er in die Wohnung gekommen war. Wie er in die Wohnung gekommen war. Als wäre er ein Verdächtiger. Sicher. Er würde zuerst versuchen

Regina umzubringen und dann die Rettung und die Polizei rufen.

Verdammte Idioten.

Eine kleine, leise Stimme in seinem Kopf sagte ihm zwar, dass auf der Welt bereits seltsamere Dinge passiert waren, aber er ignorierte sie.

Als er früh am Morgen völlig erschöpft nach Hause gekommen war, war auch die Polizei bereits dort gewesen, hatte Spuren gesichert und war wieder verschwunden. Allerdings nicht, ohne eine gewisse ... Unordnung zu hinterlassen. Seine Gedanken waren völlig durcheinander gewesen und alles, was er tun konnte, um sich zu beruhigen, war ein Bad zu nehmen. Ein langes, ausgiebiges Bad.

Badewanne. Regina.

Keine zwei Sekunden später entschied er sich doch für eine Dusche. Danach versuchte er ein wenig Schlaf zu bekommen. Da er aber ohnehin alle paar Minuten erschrocken aufwachte und sich unsicher im Zimmer umsah, beschloss er aufzustehen.

Immerhin fühlte er sich ein wenig besser.

Ein Blick in den Spiegel sagte ihm, dass es auch wieder Zeit für einen Friseurbesuch war. Also machte er sich auf den Weg in die Stadt, betrat den erstbesten Friseursalon, der keine Terminvereinbarung forderte, und ließ sich so etwas wie eine Frisur verpassen. Da er schon dabei war, beschloss er auch, sich neue Kleidung zu kaufen. Etwas Modisches. Etwas zur Frisur Passendes.

Als er wieder aus dem Geschäft trat, fühlte er sich wie ein neuer, frischer Mensch. Er fühlte sich ... gut. Lebendig. Wertvoll.

Mit einem zufriedenen Lächeln ging er zur Arbeit. Dort wurde sein Enthusiasmus sofort von seinem Chef zerstört, der ihm eine lange Standpauke hielt, da er exklusive Informationen an einen Fernsehsender weitergab und nicht für die Zeitung zurückgehalten hatte. Das war natürlich ein Faux-Pas. An anderen Tagen hätte Simon sich vermutlich auch wirklich über sich selbst geärgert , aber in diesem Fall nicht.

In diesem Fall hatte er die Augen zu schmalen Schlitzen zusammengepresst, war einen Schritt auf seinen Chef zugetreten und hatte ihm den Zeigefinger ins Gesicht gehalten, während er ihm – völlig ruhig, aber sehr eindringlich – erklärt hatte, dass er nicht zum Scherzen aufgelegt war, sehr wenig geschlafen hatte und er gestern seiner Kollegin, übrigens eine gottverdammte Mitarbeiterin dieser gottverdammten Zeitung, das Leben gerettet hatte und – DANKE der NACHFRAGE – ja, ihr ging es gut.

Das hatte seinen Chef wohl ein wenig überrascht, denn um ein Exempel zu statuieren, hatte dieser beschlossen, Simon im Großraumbüro vor allen Kollegen zur Rede zu stellen. Was sich aufgrund Simons Reaktion als schlecht für den Chef herausstellte. Bevor dieser sich noch erholen konnte, drehte sich Simon um und ließ ihn stehen. Nach zwei Schritten hielt er jedoch inne, drehte sich nochmals um und sagte laut und deutlich: „Bevor ich es vergesse. Ich habe ab heute zwei Wochen Urlaub. *Bezahlten* Urlaub."

Das war zu viel des Guten gewesen. Simon konnte sehen, wie sich Röte in das Gesicht seines Chefs stahl und er kurz davor war, Simon zurechtzuweisen, aber Simon hatte damit gerechnet, trat einen Schritt näher, blickte seinen Chef an und sagte – nochmals betont langsam, laut und deutlich: „Das war keine Bitte."

Spätestens jetzt hätte er gefeuert werden müssen, aber irgendetwas in seinem Blick brachte seinen Chef dazu, weiß zu werden und einen Schritt zurückzuweichen.

Simon wartete noch zwei Sekunden auf eine Antwort, aber es kam keine. Also nickte er, drehte sich um und verließ das Gebäude ohne nochmals zurückzublicken.

Spätestens morgen rechnete er mit einem Anruf und seiner Kündigung.

Nein.

Das ging nicht.

Sein Chef würde warten, bis er wieder im Büro war, damit er es vor allen machen konnte. Dieses Mal auf seine Reaktion vorbereitet. Simon war es egal.

Zwei Wochen.

Das war viel Zeit. Da konnte viel geschehen.

Als er auf der Straße stand, erlaubte er sich das erste Mal an diesem Tag nachzudenken. Darüber nachzudenken, was eigentlich los war.

Hatte er der Polizei gegenüber seine Vermutung geäußert, dass dieser Irre namens René ihm diese Falle gestellt haben könnte? Dass er es gewesen war, der Regina ...

Nein. Hatte er nicht. Er hatte kein Wort darüber verloren.

Vielleicht sollte er dem Kerl einen Besuch abstatten.

Er holte sein Telefon hervor, überlegte, ob er ihn vorwarnen und anrufen sollte. Oder einfach auftauchen.

Nun. Da er nicht glaubte, dass René mit irgendeiner Aktivität von ihm rechnete, entschied er sich, ihn einfach einmal anzurufen.

Einmal.

Zweimal.

Das Telefon klingelte fröhlich vor sich hin, aber es meldete sich nur die Sprachbox.

Also gab er auf und beschloss stattdessen, Regina im Krankenhaus zu besuchen.

Als er, zwar nicht fröhlich, aber zielstrebig, elegant und gepflegt die Straße entlangging, folgten ihm vereinzelt die Blicke von Passantinnen.

Simon bemerkte es nicht, aber es hätte ihm gefallen.

Auf dem Weg zu Regina machte er in einer Trafik halt und kaufte ein paar Tageszeitungen. Er blätterte sie durch, fand aber nur ein paar kurze Artikel, die ihn interessierten.

Über gestern Nacht fand er erstaunlich wenig.

Aber was er fand, war einfach ... einfach irre.

Spekulationen über „graue Wölfe", eine –
zumindest soweit Simon wusste – nationalistisch
angehauchte oder gefärbte Gruppe von Türken, die
ein großes, gemeinsames Staatsgebiet unter
Herrschaft der Türken wollte. Turan oder so ähnlich
sollte das Gebiet heißen. Feindbilder waren ... nun,
Simon war kein Experte, aber soweit er es
verstanden hatte: Alle anderen. In kurzer Form.
Warum diese Gruppe allerdings Regina hätte töten
wollen, war Simon ein Rätsel. Es gab viele
Überlegungen in den Zeitungen. Es wurde gegen
die Türkei gewettert, die Flüchtlingsfrage kam ins
Spiel (Das Wort „Flüchtlingsfrage" ließ Simon einen
eiskalten Schauer den Rücken hinablaufen) und
noch ein paar andere Dinge.
Kein Wort von René. Kein Wort über Simon.
Kein Wort davon, dass Simon erst vor ein paar
Tagen von einem Typen offen im Gastgarten auf
dem Hauptplatz niedergeschlagen wurde, weil er
ein paar Fragen zu genau diesem Thema, „Wölfe",
gestellt hatte.
Lauter Idioten, die sich Sachen aus den Fingern
saugten, die mit der Realität wenig zu tun hatten.
Lauter Anfänger.
Wenn die auch nur ein klein wenig recherchiert
hätten, dann wüssten sie, dass er, Simon, sie
gefunden hatte, weil jemand einen
scheißverdammten, blutverschmierten Zettel mit
der Adresse von Regina auf seinem
gottverdammten Fenster hinterlassen hatte.
Er hatte der Frau das Leben gerettet.

Außerdem ... warum sollte irgendeine Gruppe – völlig egal, wofür sie kämpfte – Regina betäuben, in eine Badewanne werfen und darauf hoffen, dass sie ertrank? Und warum sollte man ihm die Chance geben, sie zu retten?

Es sei denn ...

Unabhängig von diesem Religions-, Glaubens-, Nationalitäten-Unsinn, der jeden Tag in den Medien stand – und Simon wusste, dass es Mist war, er selbst hatte, wenn nicht gerade Regina das machte, kurze Berichte darüber geschrieben – stellte sich die Frage, warum dieser Zettel bei ihm aufgetaucht war.

War es möglich, dass ...

Nun. Es gab zwei Möglichkeiten. Die eine lautete, er hatte die Chance bekommen sollen, Regina zu retten. Auch wenn ihm das jetzt, im Licht der Sonne und ohne Angst und Panik, doch sehr unwahrscheinlich schien.

Die zweite Möglichkeit lautete, die Überbringer der Nachricht hatten gehofft, auch ihn zu erwischen. Vielleicht hatten sie gedacht, er würde früher dort ankommen? Hatten eine Weile auf ihn gewartet, um ...

Ihm wurde übel.

Hatte er zu lange gebraucht? Waren sie unsicher geworden? Waren sie früher gegangen?

Was, verdammt, war gestern Nacht passiert?

Die Polizei hatte ihm mehr Fragen gestellt als er Antworten hatte und jetzt, wo er ein wenig

durchatmen konnte, tauchten diese Fragen mit
Verstärkung wieder auf.

Es half nichts. Es half alles nichts.

Er musste mit Regina sprechen. Sie musste ihm
erzählen, was gestern geschehen war, bevor er sie
gefunden hatte. Vielleicht half ihm das.

Vielleicht half *ihnen* das.

Denn eine Sache war völlig klar: Regina und er
saßen nun im selben Boot. Seit gestern Nacht
waren ihre beiden Leben verbunden, verwoben.

Egal, ob sie das nun wollten oder nicht.

Simon fluchte laut, warf die Zeitungen in die
nächstbeste Papiertonne und ging auf direktem
Weg ins Krankenhaus.

Im Vorbeigehen betrachtete er sich immer wieder
in diversen Schaufenstern. Er konnte es selbst
kaum glauben, wenn er sich darin sah.

Er sah ... schick aus.

Ein sogenannter schicker, fescher Kerl.

Simon lächelte.

Aber nur, bis er Regina im Krankenhaus erreichte.

Ab diesem Moment lächelte er nicht mehr.

RENÉ

III

Besuch. Unangemeldet. Wie toll. Wie jeder andere
Mensch liebe ich das außerordentlich. Da es sich
aller Wahrscheinlichkeit nach nicht um einen
Geldboten handelt, der mir mitteilt, dass ich

Millionen gewonnen habe, oder – was noch besser wäre – mir meinen Verstand wiederbringt, ächze ich, schließe das Fenster und gehe missmutig zur Tür.

Der Blick durch den Türspion ist völlig unnötig, weil die Person, die geläutet hat, nicht im Blickfeld steht. Noch besser.

Eine Person vor der Tür, die nicht gesehen werden will.

Wie toll.

In meiner Welt kann das nur bedeuten, dass es entweder jemand ist, der oder die mir ein paar aufs Maul geben will, oder – mit größerer Wahrscheinlichkeit – irgendein Monster, das mich angrinst, mir zuwinkt und dann die Kehle oder das Herz rausreißt.

Ich beschließe, nicht zu öffnen und drehe mich wieder um, aber es klingelt erneut.

Ich seufze, blicke nochmals durch den Spion.

Niemand.

Wirklich. Das nervt.

Mein Blick wandert zur Katze, die noch immer auf meiner Couch liegt und schläft. Wachen diese Tiere normalerweise nicht auf bei sowas? Oder zucken mit den Ohren? Oder irgendwas anderes in der Art?

Nicht dieses Tier.

Es wirkt noch immer zufrieden und entspannt.

Andererseits ... eine Katze ist kein Wachhund.

Also drehe ich wieder um und gehe zur Tür. Der Gedanke, mich zu bewaffnen, kommt mir. Auf Nummer Sicher gehen.

Verrückt?

Vielleicht.

Aber nicht blöd.

(Und das erste Mal seit langer Zeit bemerke ich, dass ich am Leben sein möchte)

Eine Erinnerung streift mich.

Die Nacht als ... sie und ich durch die Stadt gejagt wurden von diesen Bestien.

(Vertraust du ihr?)

Sie hat mir nie einen Grund gegeben, ihr nicht zu vertrauen. Nie.

Und ich habe sie verraten.

Ich schüttle den Gedanken ab, frage mich, weshalb mir das gerade jetzt einfällt und gehe in die Küche. Da ich keine Waffen zuhause habe – ich hasse Waffen – bleibt mir keine Wahl, als ein Messer aus dem Messerblock zu nehmen. Ich hätte mit dem Bogenschießen anfangen sollen, wie Tom es mir empfohlen hatte. Dann hätte ich jetzt eine Waffe hier.

Die man mit zwei Händen bedienen muss. Hm.

Auch nicht sehr hilfreich.

Aber es ist ohnehin egal, da ich keinen Bogen und keine Pfeile habe.

Mein Blick wandert über das Messer.

Es fühlt sich nicht gut an. Ich habe einen Kloß im Magen.

Hatte ich ... damals ein Messer? Habe ich jemals ein Messer in der Hand gehabt, um mich zu verteidigen? Keine Ahnung mehr.

Ein witziger Gedanke kommt mir. Ich bin zwar umgezogen, aber ich habe weder meine Möbel noch mein Geschirr, noch meine anderen Sachen ausgetauscht. Den Ort gewechselt. Aber nicht den Raum.

Jetzt, da ich mich bewusst umsehe, merke ich erst, wie sehr meine neue Wohnung der alten Wohnung gleicht. Als wollte ich Veränderung, konnte sie aber nicht zulassen.

Ein schräger Gedanke. Ein seltsamer Gedanke.

Es klopft an der Tür. Klingt genervt.

Vielleicht ist es der Reporter?

Der würde sich vor mir verstecken, würde nicht im Spion gesehen werden wollen. Das könnte passen.

Ich drehe das Messer in meiner Hand und überlege, was er wohl sagen oder schreiben würde, wenn ich ihm mit einem Messer in der Hand die Tür öffne.

Nach kurzer Überlegung beschließe ich aber, dass mir das egal ist. Lieber peinlich als unsicher und gefährlich.

Natürlich komme ich auf die Idee, überhaupt nicht zu öffnen, aber ... ganz ehrlich: Meine Neugier ist zu groß.

Langsam greife ich nach der Klinke, lege die Hand darauf und halte mit der anderen das Messer hinter meinem Rücken.

Ich stelle mich so, dass man es nicht sehen kann, aber so gedreht, dass – sollte es notwendig sein – es nur den Bruchteil einer Sekunde dauert und ich zustechen kann.

Die Perversität dieses Gedankens und der absolute Irrsinn, der sich dahinter verbirgt, sind mir völlig bewusst. Mir ist aber auch bewusst, dass ich schon so lange im Irrsinn lebe, dass die Normalität wohl eher ein Problem darstellen würde.

Darstellt.

Wem mache ich etwas vor.

Mit dem realen Leben komme ich nicht mehr klar, seit ich einen Fuß nach draußen gesetzt habe.

Immerhin ist der Irrsinn rasch zurückgekommen: Hallo, alter Freund, ich habe dich vermisst. Ui, du hast deinen Freund Sarkasmus mitgebracht. Wie schön. Euch beide kenne ich ja eigentlich nur im Doppelpack. Willkommen Zuhause.

Wenn ich jetzt noch Selbstgespräche führe, mir einen Ring kaufe, mich auf den Boden werfe und immerzu „gollum, gollum" mache, dann ist alles perfekt.

Oder so.

Das Klopfen an der Tür reißt mich aus meinen Gedanken.

Zum Glück.

Ich hole nochmals Luft, versuche erneut – ja, mir ist klar, dass es nichts bringt – durch den Spion einen Blick auf die Person da draußen zu erhaschen, aber ich sehe – ja, ich weiß, dass das völlig klar war – niemanden.

Also gut.

Ich drücke die Klinke nach unten und reiße die Tür auf.

Dann bleibe ich wie versteinert stehen.

Das Messer fällt mir aus der Hand.

Es landet klirrend am Boden.

Ich traue meinen Augen kaum. Mein Herz hört auf zu schlagen.

Ich beginne zu zittern.

Mein Herz setzt wieder ein - mit einem Rumms, der mich ein paar Schritte zurücktaumeln lässt.

Ich stoße mit dem Rücken an die Wand, halte mich fest und blinzle mehrmals, aber das Bild bleibt dasselbe.

Dann schließe ich die Augen, zähle bis zehn und öffne sie wieder.

Immer noch da.

Tränen schießen in meine Augen. Es dauert keine Sekunde und ich heule wie ein Schlosshund, der am Grab seines Herrchens sitzt und nicht glauben kann, dass er weg ist.

Durch den Vorhang aus Wasser blicke ich in Richtung Tür, sinke dabei – mit dem Rücken immer noch an der Wand – nach unten und sitze schließlich heulend wie ein kleines Kind am Boden.

Das. Ist. Nicht. Möglich.

Nicht. Möglich.

Nicht.

„Ja", sagt die Stimme, die allzu bekannte Stimme. „Das habe ich erwartet."

Susi betritt meine Wohnung und sieht mich halb lächelnd und halb skeptisch an.

„Wenn du dann mit Heulen fertig bist, könntest du mir eine Tasse Kaffee anbieten", fügt sie hinzu.

Mein Weinen geht in ein hysterisches Lachen über.

Sie stimmt nicht mit ein.

Wie könnte sie auch.

Ich bin der Verrückte.

Sie ist die Heldin.

Dann fällt ihr Blick ins Wohnzimmer und ihr Gesicht beginnt doch noch zu strahlen.

„Seit wann hast du eine Katze?", fragt sie und geht an mir vorbei.

Ich sage nichts. Ich kann nichts sagen.

Nichts.

Außer, dass ich gerne ein Held gewesen wäre.

Damals.

In diesem anderen, anderen Leben.

Aber ich bringe die Worte nicht über die Lippen.

Ich bringe keine Worte über meine Lippen.

Ich kann nur dasitzen und hoffen, dass dieser Wahnsinn irgendwann ein Ende nimmt, anstatt immer schlimmer zu werden.

Der zweite Gedanke ist beruhigender.

Susi ist hier.

Alles wird gut.

Alles. Wird. Gut.

TEIL 2

MITTERNACHTSSONNE

Kapitel 10: Klarheit (in aller) (II)

„Wenn es draußen dichtet, drinnen regnet (...) dann hat sich das Raum-Zeit-
Kontinuum irgendwie verschränkt."
– Aquarian Age „klarheit (in aller)"

JEMAND

Die Schatten wurden von der untergehenden
Sonne an die Wand geworfen und sie sickerten mit
Genuss in den Boden, breiteten sich aus und
fühlten sich wohl dabei. Der Spielplatz war
halbleer. Die Schaukel war unbesetzt und bewegte
sich leise vor sich hin quietschend in der
Abendsonne.

Im Sandkasten lag Spielzeug, das die Kinder, die vor
noch nicht einmal einer Stunde dort gespielt
hatten, liegen gelassen hatten. Vergessen und
verloren in der Zeit.

Der Anblick war traurig.

Ein Spielplatz ohne Kinder war ein Loch in der Zeit.

Ein Ort ohne Liebe.

Der Inbegriff der Traurigkeit.

Als der Mann und die Frau den Ort schweigend
betraten, gingen sie zielstrebig und ohne sich
abzusprechen zur Sandkiste, nahmen auf einer der
Bänke dort Platz und sahen der Sonne beim Sinken
zu.

Melancholie lag in der Luft.

Schuld lag in der Luft.

Die Sekunden wurden zu Minuten. Nur das Atmen
der beiden unterbrach die geheimnisvolle Stille,
während hinter ihnen auf der Straße, weit weg,

ganz weit weg, die Welt weiterhin ihren regulären Lauf nahm.

Bis die Stille gebrochen wurde.

„Denkst du, dass es ein Fehler war sie anzurufen?", fragte die Frau, den Blick immer noch in Richtung Sonnenuntergang gerichtet.

Der Mann wandte sich nicht um, blieb stumm, wartete.

Vielleicht sah die Frau dieses Schweigen als Aufforderung weiterzusprechen. Vielleicht hatte sie auch einfach lange genug geschwiegen und hielt es nicht mehr aus, ihre widersprüchlichen Gedanken für sich zu behalten.

Ohne noch länger auf eine Antwort zu warten fuhr sie fort:

„Ich hielt es für eine gute Idee", meinte sie dann. „Weil ich glaube ... ich glaubte, dass es nur gut sein kann. Ich glaubte, dass es helfen würde."

Noch immer keine Reaktion. Sie hatte nicht damit gerechnet. Sie war noch nicht fertig, ihre Worte mussten noch klarer werden, ihre Gedanken mussten sich sortieren und dazu brauchte es keinen Dialog. Es brauchte einen Zuhörer. Der Mann schien das zu spüren.

„Vielleicht habe ich mich zu weit nach vor gewagt", gab sie zu. „Vielleicht war es nicht an mir, das zu entscheiden."

Ihre Gedanken schweiften in die Vergangenheit. An den Anruf. An die Reaktion auf den Anruf. Dann nahmen sie Anlauf und sprangen nach vor. In die Zukunft. Zu den möglichen Konsequenzen.

„Wird sie ihm wehtun, was denkst du?"
Obwohl es eine Frage war, die sie gestellt hatte,
war sich der Mann immer noch klar darüber, dass
er keine Antwort zu geben brauchte. Seinen Blick
der Sonne zugewandt schloss er die Augen und
brummte wohlig. Er genoss diese letzten Stunden
des Abendlichts.
„Natürlich wird sie ihm wehtun. Wer würde das
nicht ..."
Die Frau blickte auf ihre Hände, die sie nervös rieb.
Sie bemerkte, dass sich ihre innere Unruhe auf den
Körper übertrug, versuchte die Hände ruhig zu
halten und gab auf, als sie sah, dass dies nur dazu
führte, dass sie mit den Beinen zu wippen begann.
„Viel gesagt hat sie nicht", meinte die Frau dann
langsam, ihre Hände wieder ihre Verwirrung in
Energie umsetzen lassend.
„Was hätte sie auch viel sagen können?", fügte sie
dann nachdenklich hinzu. „Es ist ja nicht so, als ob
sie alles wüsste, was auf der Welt vorgeht."
Der Mann grummelte etwas Unverständliches,
aber die Frau machte sich keine Illusion darüber,
eine Antwort oder gar einen wichtigen Kommentar
zur aktuellen Situation zu erhalten. Nein. Es war
einfach nur das typische Geräusch, das er machte,
wenn er sich wohlfühlte und den Moment genoss.
Ob er die Sonne genoss, die Strahlen auf seinem
Gesicht oder ob er ihre Unsicherheit und Zweifel
angenehm fand, war schwer zu sagen. Vermutlich
war es eine Mischung aus beidem. Sie kannte ihn
lange genug. Er hatte bereits mehrmals betont, sie

würde sich zu oft in Dinge einmischen, die nicht ihr Problem waren. Sie wusste auch, dass er wusste, dass sie das wusste. Was ihm zu gefallen schien. Die Frau dachte für ein paar Sekunden nach, hielt die Stille dann aber doch nicht aus.

„Ich meine, was hätte ich denn tun sollen? Daneben sitzen und hoffen, alles wird sich wieder von selbst einrenken? Nichts renkt sich jemals wieder von selbst ein. Nie. Wir alle müssen uns bemühen, müssen versuchen mit dem, was uns passiert ist, klarzukommen. Wir alle werden hin und wieder verraten und wir alle müssen versuchen zu vergeben. Uns. Den anderen. *Uns selbst*. Das ist kein Geheimnis."

Sie blickte den Mann an, der immer noch schwieg. Immerhin bewegte er sich ein wenig, auch wenn er nur in seine Jackentasche griff um eine Pfeife hervorzuholen. Er ging nicht auf die Worte, die indirekte Frage oder den durchdringenden Blick der Frau ein. Stattdessen stopfte er die Pfeife, zündete sie an und begann genüsslich zu rauchen.

„Ich weiß, ich weiß", gestand sie schließlich, während sie ihm zusah, wie er Ringe in die Luft blies. Die Sonne war fast untergegangen. Die Schatten waren lang und dunkel. Das Licht in weiter Ferne. Verblassend. Allein. Schweigend.

„Ich bin zu weit gegangen", murmelte sie.

Jetzt wandte ihr der Mann doch den Kopf zu. Er blickte sie schweigend an, rauchte seine Pfeife und seine Augen suchten ihr Gesicht ab. Er sah die Tränen, die ihre Wangen hinabliefen, auch wenn sie den Kopf senkte, um ihm den Blick darauf zu verwehren. Er sagte noch immer nichts.

Minuten vergingen. Tränen flossen hinab und verschwanden. Die Traurigkeit nahm überhand. Die Gewissheit, sich in Dinge eingemischt zu haben, die sie nichts angingen und über die sie keine Macht hatte, nahm Gestalt an. Die Erkenntnis: Sie war jetzt wirklich Teil von etwas, wovon sie nie ein Teil werden wollte.

Und warum das alles?

Weshalb?

Was war der Grund dafür, dass sie sich eingemischt hatte? Der Grund für ihre Tätigkeiten im Verborgenen? Der Grund dafür, dass alles seinen Lauf nahm und genommen hatte?

Es war immer der gleiche Grund.

Seitdem es Leben gab, war es immer der gleiche Grund.

Der für Hass und Trauer sorgte. Für Wut und Angst. Für Freude und Glück.

Alle Optionen standen immerzu offen.

Und der Grund war immer der gleiche.

Ihre Tränen versiegten. Sie wandte ihren Blick der Sonne zu, schloss die Augen und sagte leise: „Liebe."

Der Mann lächelte wissend, senkte sein Haupt um dem Augenblick genüge zu tun, dachte eine oder zwei Sekunden nach und stand dann auf. Er sagte noch immer kein Wort, drehte sich um und ließ die Frau allein am Spielplatz zurück.

Die Sonne war verschwunden.

Die Nacht angebrochen.
Die Schatten hatten wieder gewonnen.

JEMAND ANDERS – WOANDERS

Das Licht war gedimmt. Er mochte es so. Die
anderen, die um den Tisch herum saßen, nickten
sich kurz zu. Die Stimmung war mittelmäßig. Es
hatte schon erfolgreichere Tage gegeben.
Erfolgreichere Pläne. Aber dieser hier. Nun. Er
funktionierte. Mehr schlecht als recht, aber er
funktionierte.
Simons Auftritt im Fernsehen war ungeplant
gewesen, aber er hatte einen positiven Schub
bewirkt. Die Stimmung war gestiegen.
Zumindest seine Stimmung. Die Stimmung der
anderen ... nun, das war nicht seine Angelegenheit.
Worum er sich kümmern musste, war die Tatsache,
dass nichts, aber auch überhaupt nichts, zu ihm
zurückzuverfolgen war.
Die Sache mit der Reporterin, ja, das war eine
fantastische Idee gewesen. Die beiden Kerle, die
das gemacht hatten – Anfänger. Ja. Aber sehr ...
euphorisch in ihrer Arbeit.
Nun, die Sache war nach Plan gelaufen.
Der Zettel an Simons Fenster – die Blutspuren
darauf ... es war perfekt.
Wer hätte gedacht, dass es so einfach sein könnte?
Das Interview mit diesem Werwolf-Musikfritzen
war ebenfalls eine großartige Sache gewesen. Dann

ging dieser Typ auch noch auf Simon los. Besser hätte er es nicht planen können.

Jetzt war es nur noch eine Frage der Zeit, bis die beiden „rasenden Reporter" auf diesen René zukamen und ihn fertigmachten. Und wenn alles so lief, wie es laufen sollte, dann würde es wohl eher dieser René sein, der die beiden fertig machte.

Er hatte das Video gesehen.

Das Polizeivideo.

Als dieser René seine ... Freundin? Begleitung? Komplizin?

Egal, in welchem Verhältnis sie zu René gestanden hatte – der Typ hatte es in sich. Verrat in solch einem Moment.

Er lachte innerlich auf und konnte sich ein breites Grinsen nicht verkneifen.

Sich vorzustellen, dass diese Sache für Regina und Simon gut ausging – das war ein Ding der Unmöglichkeit. Immerhin hatte er Sicherheitsvorkehrungen getroffen.

Außerdem war es ohnehin völlig egal.

Er war unangreifbar.

Kugelsicher.

Alles war in seiner Hand und es gab nichts und niemanden, der sich ihm in den Weg stellen konnte oder auch nur daran dachte, sich mit ihm zu messen. Es war nicht klug, sich mit dem mächtigsten Mann der Welt anzulegen.

Nein, er hielt sich nicht für den Präsidenten der USA. Auch nicht für den Boss von Russland oder etwas in der Art.

217

Wahre Macht hatte, wer im Verborgenen agierte.
Wer unerkannt war.

Wenn niemand sein Gesicht oder seinen Namen
kannte. Wenn niemand wusste, dass er es war, der
tatsächlich bestimmte, was vorging, dann konnte
auch nichts geschehen.

Die erlesene Runde, die um den Tisch Platz
genommen hatte, wusste nicht, wer er tatsächlich
war.

Und das war gut so.

Die Welt war in seinen Händen und er würde sie
ausquetschen wie eine Zitrone.

Ein kaltes Lächeln stahl sich in sein Gesicht.

Der Mann, der dort vorne seinen Vortrag gehalten
hatte, blickte ihn fragend an.

„Gibt es etwas, worüber wir alle grinsen sollten?",
wollte der Mann von ihm wissen.

Aber er schüttelte nur entschuldigend und
reumütig blickend den Kopf.

Der Mann nahm seinen Vortrag wieder auf.

Vor seinem Inneren Auge sah er, wie er diesen
fetten, blöden Bastard einen Stoß aus dem Fenster
gab, ihn beobachtete, wie er am Asphalt ein paar
Stockwerke tiefer zerplatzte.

Ein schönes Bild.

Ein beruhigendes Bild.

Er lächelte, hielt sich dieses Mal jedoch die Hand
vor den Mund, um nicht dabei ertappt zu werden.

Oh ja. Er würde zudrücken und zudrücken bis kein
Tropfen Flüssigkeit mehr aus dieser Welt
herausging. Dann würde er sie zu Boden werfen,

darauf herumtrampeln, sie anspucken und dann nochmals darauf herumtrampeln.

Die verdammte Welt gehörte ihm.

Ihm.

Die Leute rings um ihn herum erhoben sich und verließen den Raum.

Er schloss sich nachdenklich an, ohne deren Gesprächen zu lauschen.

Diese alltäglichen Floskeln, die rund um ihn herum ausgetauscht wurden, waren für ihn völlig uninteressant.

Und bald würden das auch alle erfahren.

In seinem Kopf sah er ein Bild vor sich: Er griff in seine Jacke, holte eine Maschinenpistole darunter hervor und mähte sie alle lachend nieder.

Aber das würde er nicht tun.

Nicht wirklich.

Er würde das eleganter tun.

Viel eleganter.

Er ließ die anderen hinter sich und stieg in den Lift.

Als er auf die Straße trat sah er sich zufrieden um.

Er atmete tief, genoss die reine Luft und die Freiheit, die damit einherging.

So ein verdammt, unglaublich tolles, einfaches Land.

Alles was man hier brauchte, war Geld. Dann war der Rest kein Problem. Absolut kein Problem. Und Geld – nun, das hatte er.

Dann fiel ihm die Sache mit der Badewanne ein. Ein kleines Detail, aber ... das war nicht die Anweisung gewesen, die er gegeben hatte.

Sicher nicht.

Warum nur, warum musste es immer Leute geben, die der Meinung waren, dass sie selbst denken sollten? Warum gab es diese Kerle überall?

Er bezahlte niemanden zum Denken. Er bezahlte sie, damit seine Anweisungen ausgeführt wurden. Konkrete, klare und absolut verständliche Anweisungen.

Trotzdem gab es immer wieder irgendwelche Idioten, die dachten, dass sie interpretieren mussten, was er denn meinte.

Interpretieren?

Was sollte der Mist? Schrieb er verfickte Gedichte? Er glaubte nicht. Er war sich ziemlich sicher, dass er ANWEISUNGEN gab.

Aber das konnte man diesen verdammten hirnamputierten Drohnen einfach nicht klarmachen. Es gab IMMER mindestens einen, der dachte, man würde es anders meinen. Und wenn man extra darauf hinwies, dass man es GANZ. GENAU. SO. MEINTE. Wie man es sagte, dann schien das nur ein versteckter Hinweis darauf zu sein, dass man es DOCH NICHT so meinte.

Es war wirklich frustrierend.

Wenn irgendwann jemand herausfinden sollte, wie man diesen Scheiß im Hirn der Leute abschalten konnte – das wäre doch mal was. Scheiß auf Krebsforschung. Scheiß auf Stammzellen-Zeug. Findet lieber den „ich glaube, ich weiß, was er WIRKLICH meint"-Knopf im Hirn dieser Idioten und erforscht, wie man ihn abschalten kann.

Es war zum krank Werden.

Jetzt war sie im Krankenhaus.

Vielleicht sollte er sich darum kümmern.

Es war unsauber und würde Aufsehen erregen, aber das war im Grunde auch schon egal.

Wichtig war, dafür zu sorgen, dass es keine Zeugen gab.

Keine Zeugen gab es meistens bei Sprengungen.

Aber wer sollte sich dafür zur Verfügung stellen?

Wer würde sich in einem Krankenhaus in die Luft jagen, wenn … ein Gedanke kam ihm.

Dann musste er wieder lachen.

Es war so einfach. So verdammt einfach.

Geld.

Und Hoffnung.

Beides zusammen machte Menschen gefügig. Sie würden fast alles dafür tun.

Geld hatte er.

Hoffnung konnte man in diesem Land kaufen.

Ja. Er hatte eine Idee.

Alles was er noch brauchte, war der Sprengstoff.

Aber selbst da wusste er Rat.

Auch wenn niemand anders es jemals erfahren würde, so musste er doch vor sich selbst ganz ungeniert zugeben, dass er ein Genie war.

Ein Anschlag.

In einem Krankenhaus.

Mit dem richtigen Täter würde nie jemand daran denken, dass jemand wie er dahinterstecken konnte.

Es war so einfach.

Er kicherte.

Vielleicht hätte er in die Politik gehen sollen.

Dann schüttelte er den Kopf.

Nein.

Lieber nicht.

Was er wollte, war Macht – nicht der Anschein davon.

Wirkliche Macht hatte mit Politik nichts zu tun.

REGINA

Die Bomben hatten das Haus völlig zerstört. Der einzige Grund, weshalb sie noch am Leben war, war Glück. Reines Glück. Auch wenn sie es nicht als Glück bezeichnen würde. Niemand würde es so nennen, der sah, was sie mit ihren Augen nun in sich aufnehmen musste.

Teile ihres Mannes waren unter den Trümmern zu sehen. Die Hände dort drüben. Auf der anderen Seite war ein Fuß zu sehen. Sie waren zu weit voneinander entfernt, um noch Teil des gleichen Körpers zu sein. Aber sie erkannte ihren Mann.

Sie erkannte die Kleidung, die er noch kurz zuvor getragen hatte.

Sie erkannte die Hose, die sie ihm geschenkt hatte. Das Hemd, das sie ihm am Morgen auf das Bett gelegt hatte, damit er es zur Arbeit anzog.

Er hatte immer so gut darin ausgesehen.

Jetzt war sie froh, dass sie ihn nicht länger ansehen musste.

Etwas anderes, wichtigeres verlangte nach ihrer Aufmerksamkeit.

Eine kleine Hand zog an ihrer Schürze. Sie riss daran, panisch, ängstlich.

Jetzt, wo das Pfeifen in ihren Ohren nachließ, konnte sie auch das Weinen des Kindes an ihrer Seite hören. Das Donnern der Explosionen dort draußen.

Und die Schreie der Frauen und Männer, die um ihre Kinder, Eltern und Geliebten weinten.

Sie beugte sich hinab, hob das Kind hoch und wandte sich um.

Dann explodierte die nächste Bombe direkt vor ihr, und alles, was sie tun konnte während die Splitter auf sie zugeschleudert wurden, war, daran zu denken, dass es nun keinen Schmerz mehr geben würde.

Meistens wachte sie in diesem Moment auf. Aber nicht immer. Manchmal war sie so fest im Traum versunken, dass ihre Hände nach vor sausten, um ihr Gesicht zu schützen und manchmal konnte sie noch spüren, wie sich einer der Splitter in ihr Bein bohrte.

Aber heute nicht.

Heute wachte sie auf.

Mit offenen Augen blieb sie liegen, lauschte der Stille im Saal und fragte sich, nicht zum ersten Mal, wie es so weit kommen konnte. Sie war in einem fremden Land. Umgeben von hunderten Menschen, die wie sie aus ihrer Heimat vertrieben worden waren, einfach nur deshalb, weil sie nicht für einen

sinnlosen und brutalen Krieg sterben wollten. Einen Krieg, den sie nie gewollt hatten. Einen Krieg, bei dem es für sie nichts zu gewinnen gab.
Die Decke war nicht weiß.
Sie war grau, silbern. Durchzogen von Metallstreben, die – wie ihr von einem Fremden, der aus ihrem Land kam oder zumindest ihre Sprache sprach, mitgeteilt wurde – dazu dienten, die Halle zu stabilisieren. Das hier war kein Hotel.
Es war kein Ort für Menschen.
Es war ein Ort für Dinge.
Das war von Anfang an klar gewesen. Manchmal kamen Leute und holten andere ab. Ohne ein Wort zu sprechen oder in einer Sprache sprechend, die sie nicht verstand, wiesen sie Leute neben ihr an, aufzustehen, ihre Sachen zu packen und mitzukommen.
Niemand von ihnen kam je wieder.
Anfangs hatte sie Angst gehabt, hatte Angst davor gehabt, dass sie auch mitgenommen werden würde, aber sie war immer zurückgeblieben. Immer versteckt. Unsichtbar.
Irgendwann hatte sie begriffen, dass die Leute, die abgeholt wurden, nicht in ein Lager gesteckt wurden. Gerüchte hatten die Runde gemacht, dass diese Leute in ein anderes, besseres, schöneres Land gebracht wurden. Wieder andere wurden in der Nähe in Häusern untergebracht. Häusern, die Zimmer hatten, in denen man sich mit fließendem Wasser waschen konnte, kochen durfte. Die Tür schließen konnte.

In Häuser, die nicht von Bomben zerfetzt waren.
Häuser, in denen nicht die Überreste des Ehegatten
unter Trümmern hervorlugten.
Sie drehte sich zur Seite und blickte direkt in die
Fratze eines Wolfs.
Dann wachte sie wirklich auf und blickte sich
panisch um. Alles war gut. Sie war sicher. Sie war in
Sicherheit. Alles war gut, alles war okay, schön,
passend. Sie war am Leben. Alles war in bester,
bester Ordnung.
Dann bemerkte sie, dass sie Krankenhauskleidung
trug. Das war nicht normal. Sie sah sich nochmals
bewusst um. Okay. Soweit sie das beurteilen
konnte, lag die Krankenhauskleidung, die sie trug,
zu einem sehr großen Teil daran, dass sie sich
offensichtlich *tatsächlich* in einem Krankenhaus
befand.
Zumindest versprühte das Zimmer einen
klassischen Krankenhauscharme. Sie war allein.
Neben ihr war ein Nachtkästchen. Ebenfalls mehr
auf praktisch als auf stilsicher ausgelegt.
Passend.
Krankenhaus. Österreich. Sicherheit.
Sie atmete durch und beruhigte sich.
Der Krieg, vor welchem sie geflohen war, war lange
vorbei. Er lag lange zurück. Die Flucht lag lange
zurück. Sie hatte den Tod hinter sich gelassen. Sie
hatte etwas tot hinter sich gelassen. Für den
Bruchteil einer Sekunde blitzte das Bild eines
kleinen Mädchens vor ihrem Inneren Auge auf,
aber dann war es vorbei.

Ihre Atmung beruhigte sich.

Erst jetzt erkannte sie, dass sie doch nicht allein war. Neben ihrem Bett stand ein Sessel und darauf zusammengerollt und schlafend lag ein Mann.

Regina schloss die Augen und zählte bis zehn, um sicherzugehen, dass ihre Atmung wirklich wieder ruhig war und ihre Nerven ihr keinen Streich spielten. Als sie ihre Augen wieder öffnete, fielen ihr noch andere Details auf.

Da waren Blumen auf dem Nachtkästchen.

Karten.

Genesungskarten.

Bin ich krank?, fragte sie sich. Sie konnte sich nicht daran erinnern. Nein. Sie war gesund. Aber was machte sie im Krankenhaus? Warum war sie hier?

Es dauerte nicht lange, bis sich die Puzzleteile in ihrem Kopf wieder zusammengefügt hatten und sie an die gestrige Nacht denken musste. Die Badewanne. Das Wasser. Die Unmöglichkeit sich zu bewegen.

Dann – eine Stimme. Rettung.

Das Bild war verschwommen, aber es war ein Mann gewesen. Sie war sich nicht sicher, wer es gewesen sein konnte oder warum der Mann in ihrer Wohnung war, aber sie verdankte ihm ihr Leben.

Mann.

Sie wandte sich in Richtung Sessel und versuchte herauszufinden, wer dort schlief. Das Gesicht war auf die Brust gefallen und er schnarchte leise vor sich hin. Aber Regina würde ihn überall erkennen.

Frank. Es war Frank. Ganz offensichtlich.

Regina lächelte still.

Damit hatte sie nicht gerechnet. Was machte der
Kerl hier? War er sie besuchen gekommen? Hatte
er sich Sorgen gemacht? Das passte nicht zu ihm.
Frank ist ein Arschloch, ging ihr der Gedanke durch
den Kopf. Was aber nichts an der Tatsache änderte,
dass er hier neben ihr auf dem Sessel saß und
schlief. Bei genauerer Überlegung gab es sicher
noch weitere Gründe, die ihn hierher geführt
haben konnten. Auftrag vom Boss: Ein Interview,
sobald sie aufwacht. Ich will einen Exklusivbericht.
Punkt. Oder etwas in der Art. Das schien passend.

Sie rümpfte abfällig die Nase.

Blumen. Sie roch die Blumen.

Wer hatte die gebracht? Doch wohl nicht auch
Frank.

Sie griff nach den Karten. Sie waren von
Kolleginnen und Kollegen. Nett.

Besserungswünsche und so Zeug. Belanglos und
austauschbar.

Daneben lagen ein paar Zeitungen.

Sie griff nach der erstbesten und ging die
Meldungen durch. Dann fand sie einen Artikel, der
von dem Überfall auf sie handelte. Vom Einbruch.
Von ... sie stutzte. Von „Grauen Wölfen"? Was
hatten die damit zu tun? Wer hatte denn ...?

Ach, verdammt. Dieser verdammte Idiot. Dieser
gottverdammte Idiot hatte im Fernsehen erwähnt,
dass ...

Sie ließ die Zeitung sinken und überlegte, wie sie Simon auf möglichste qualvolle Weise körperliche Schmerzen zufügen konnte. Dieser verdammte Idiot hatte doch tatsächlich ... sie spürte, wie ihr Puls schneller wurde und versuchte sich wieder zu beruhigen. Welchen Sinn hatte es, sich jetzt aufzuregen, wenn Simon nicht hier war, um ihm gehörig die ...

In diesem Moment öffnete sich die Tür und Simon betrat freundlich lächelnd den Raum.

„Oh", sagte er. „Du bist wach. Schön ich ..."

Dann fiel sein Blick auf ihren Gesichtsausdruck und das Lächeln fror ein. Er wurde kreidebleich, wich einen Schritt zurück und murmelte entschuldigend „Ich kann auch später wiederkommen ..."

„Oh nein", fauchte Regina. „Du bleibst schön hier", fuhr sie fort, hob die Zeitung in die Höhe und deutete mit der freien Hand auf den Artikel. „und erklärst mir DAS!"

Simon folgte ihrer Geste, erkannte den Artikel und nickte.

„Das kann ich gut erklären. Sehr gut sogar."

Er holte tief Luft und begann: „Nachdem ich dich aus der Badewanne gehoben habe ..."

Regina unterbrach ihn.

„Du hast was?", wollte sie wissen. Sie musterte ihn von oben bis unten. Dann kam die Erinnerung zurück. Das Gesicht. Der Mann. Ja, es war Simon gewesen. Er hatte sie vor dem Ertrinken gerettet. Seinem Lächeln nach konnte er erahnen, was sich in ihren Gedanken abspielte. Beruhigt trat er näher und wollte das Bett umrunden, um im Besuchersessel Platz zu nehmen, als er entdeckte, dass Frank darin schlief.

„Im Ernst?", fragte er Regina. „Was macht dieser Kerl hier?"

Sie zuckte mit den Schultern. In ihrem Kopf ratterten noch immer die Räder und sie verdaute die Information, hier in Gestalt von Simon ihrem Retter gegenüber zu liegen. Simon seufzte.

„Na gut", sagte er dann missmutig. „Dann kann ich ihn auch gleich aufwecken. Immerhin brauche ich dann nicht alles zweimal erzählen."

Kapitel 11: Kreuze (III)

„Do you think that ignorance is bliss – why should I think when there is an app for this?"
– Aquarian Age „crosses"

RENÉ

I

Es scheint mir fast nicht möglich zu sein. Nach all dieser Zeit. All den Fragen, die ich mir gestellt habe und all den Vorwürfen, die immer und immer wieder durch mein Hirn gedrungen sind. Die Nächte, in denen ich schreiend aufgewacht bin – nicht, weil ich mich vor den Wölfen fürchte. Das war nie der Grund. Der Grund für meine schlaflose Nacht, für mein Fernbleiben von der Gesellschaft, für meine Isolation – es war die Schuld.

Die Schuld, die mich erdrückt hat.

Das Wissen, dass sie mir nie vergeben wird. Ich sie niemals wiedersehen werde und mir auf ewig die Vergebung verwehrt bleibt, die doch das einzige ist, was mir meine Freiheit und geistige Gesundheit wiedergeben kann.

Sie war fern.

Unendlich fern.

Aber nicht mehr.

Nachdem ich mich halbwegs beruhigt, die Tür geschlossen und das Messer weggeräumt habe, bin ich nochmals ins Wohnzimmer gegangen. Einfach, um wirklich, wirklich sicher zu sein, dass sie es ist, die hier sitzt.

Sie, die mich gerettet hat.

Sie, die ich verraten habe.

Ja. Da sitzt sie. Erhaben und schön wie immer. Sie wirkt zufrieden, wie sie so auf meiner Couch sitzt (die immer noch dieselbe ist), ihre Füße auf dem Couchtisch hochlagert (immer noch derselbe), einen Polster im Rücken hat (ja, auch immer noch derselbe) und dabei die Katze streichelt (die ist neu).

Ich bleibe für ein paar Minuten nur stehen und starre sie an, unfähig, irgendetwas Produktives zu denken. So viele Gedanken, Worte, Bilder fegen durch meinen Kopf, dass ich nichts tun kann, außer da zu stehen und weiter zu atmen in der Hoffnung, dass ich nicht einfach zusammenbreche und nie wieder aufstehe.

So muss sich das erste Weihnachtsfest für ein Kind anfühlen.

Der erste echte Kuss.

Das Gefühl in mir ist unbeschreiblich.

Susi scheint das zu wissen. Sie sagt nichts, wartet, lässt ihr Auftauchen auf mich wirken, lässt mir Zeit, mich daran zu gewöhnen, dass sie es ist. Dass sie da ist.

Gute, alte, weise Susi.

Du warst mir schon immer voraus.

Irgendwann – mir kommt es wie eine Ewigkeit vor, aber es kann sich nur um ein paar Minuten gehandelt haben – drehe ich mich um, gehe in die Küche und hole Kaffee.

Kurz darauf komme ich mit zwei Tassen und allem, was wir brauchen, zurück ins Wohnzimmer.

Ich stelle alles auf den Couchtisch, von dem Susi wohlweislich ihre Beine entfernt hat, und sie sieht mir zu, wie ich ihr Kaffee einschenke. Sie lächelt.

Sie starrt mich nicht böse an.

Sie rammt mir kein Messer in den Bauch oder jagt mir eine Kugel durch den Kopf.

Sie schreit mich auch nicht an.

Nichts.

Wenn ich mich nicht gänzlich täusche, dann liegt sogar so etwas wie Wiedersehensfreude in ihrem Blick. Ich kann es kaum glauben.

Nicht nur kaum.

Ich kann es eigentlich überhaupt nicht glauben.

Jetzt, wo ich darüber nachdenke, erscheint mir das als zu großer Zufall. Als Wahnsinn. Als ... als ... Fiebertraum.

Sie scheint meine Gedankengänge zu spüren, steht auf und tritt um den Tisch herum. Ich habe ein wenig Angst vor dem, was jetzt kommen könnte, aber sie steht nur da, betrachtet mich still und – breitet die Arme aus.

Langsam erhebe ich mich.

Wir stehen uns Angesicht zu Angesicht gegenüber.

Nur wenige Zentimeter trennen uns.

Ich kann ihren Duft einatmen.

Kann die Poren ihrer Haut sehen.

Ihre Augen.

Wir umarmen uns und es fühlt sich wundervoll an. Sie drückt mich an sich. Ich drücke sie an mich und ich fühle mich ... gesund. Heil. Gerettet.

Es ist nichts anders als vor ein paar Minuten und doch ist es eine neue Welt da draußen.

Eine gänzlich neue Welt.

Ich weiß nicht, ob mir Tränen über die Wangen laufen, aber sie sollten es. Sie sollten es auf jeden Fall, denn wer in solchen Momenten nicht vor Freude weint, hat kein Herz. Und wenn es eine Sache gibt, die ich zu einhundert Prozent weiß: Mein Herz ist groß. Riesengroß. Vielleicht war es mal ein Stein, vielleicht dachte ich, es sei verhärtet, aber in diesem Moment weiß ich, die Wahrheit sieht anders aus.

Ganz egal, was ich getan habe, ganz egal, was passiert ist.

Mein Herz ist riesengroß und ich hatte mit Sicherheit für alles einen Grund.

Auch wenn er mir nicht mehr einfällt.

Nach viel zu kurzer Zeit lässt Susi mich los, tritt einen Schritt zurück, hält meine Hände in den ihren und beobachtet mich von oben bis unten.

Dann legt sie ihre Stirn in Falten.

„Du hast zugenommen", stellt sie fest.

Ich grinse.

„Echt jetzt? Das ist der erste richtige Satz, den du zu mir sagst? Dass ich zugenommen habe?"

Sie entgegnet mein Grinsen.

„Das war nicht mein erster Satz."

Ich schüttle den Kopf, der sich anfühlt, als würde er vor Freude explodieren.

„Nein", entgegne ich. „Aber der erste, der zählt."

Sie lässt meine Hände los und nimmt wieder Platz. Ich folge ihr mit den Augen, nehme jede ihrer Bewegungen wahr. Wie ihr Haar fällt, wie grazil sie sich bewegt.

Ich atme.

Das erste Mal seit langer, langer Zeit atme ich.

(Und das erste Mal seit langer Zeit spüre ich, dass ich lebe)

„Schön, dass du zurückgekommen bist", sage ich dann.

Sie streichelt die Katze, die wieder zu schnurren beginnt und antwortet ohne mich anzusehen.

„Ich war nie weg."

Nein.

War sie nicht. Nicht wirklich. Auch wenn es mit Sicherheit nicht das ist, was sie meint.

Oder vielleicht ist es genau das, was sie meint. Schwer zu sagen. Ich kann noch immer nicht in ihr lesen, auch wenn ich es gern könnte.

Dann lässt sie von der Katze ab, blickt mich an und ich merke, dass sich etwas verändert hat. Sie wirkt ... nicht kälter, aber ernster. Düsterer. Eine Aura von Traurigkeit umgibt sie plötzlich und ich habe ein ganz, ganz mieses Gefühl.

Ich weiß, was jetzt kommen wird.

Wie oft schon habe ich dieses Gespräch bereits in meinem Kopf geführt? Wie oft habe ich diesen Dialog bereits hinter mich gebracht. In allen möglichen Varianten. In allen möglichen und unmöglichen Gesprächsversionen. Keine davon hat gut geendet. Keine einzige.

Aber jetzt ist sie hier.

Es gibt keine andere Welt.

Dies ist der Moment, der Augenblick, in dem dieses Gespräch stattfindet und was immer auch passiert, passiert.

Vielleicht kann ich ihr erklären, was vorgefallen ist.

Vielleicht kann sie es verstehen.

Und wenn auch nur die kleinste, geringste Möglichkeit besteht, dass sie mir verzeihen kann, dann ist es all die Unsicherheit und all die Scham wert.

Ich kenne die Worte, die sie ausspricht bereits bevor sie ihren Mund verlassen.

„Du hast gesagt, du vertraust mir", meint sie.

Mein Herz wird schwer. Der Stein, der erst vor ein paar Minuten davon gerollt ist, kommt mit Verstärkung zurück. Ich sinke mehr auf meinen Platz als ich mich bewusst hinsetze. Es gibt so viele Worte, so viele Dinge, die ich sagen möchte, dass ich nicht weiß, wo ich anfangen soll. Was ist der beste Anfang? Wie erklärt man das Unerklärliche? Wie macht man einem Menschen begreifbar, dass dieser Moment, dieser eine Moment – selbst wenn er eine Weile andauerte – nicht das ausdrückt, wer man ist. Nicht den eigenen Charakter widerspiegelt.

Ironie. Schon wieder.

War ich nicht immer derjenige, der meinte, dass Menschen sich durch ihre Taten und nicht durch ihre Intentionen definieren? Durch das, was sie *tun* und nicht das, was sie *denken*. Ja. Das klingt nach mir.

Ich bin in meinem eigenen Käfig, meiner eigenen Version von Schuld und Vergebung, gefangen und sie hat noch nicht einmal ein böses Wort zu mir gesagt.

„Ich vertraue dir auch", sage ich dann. Selbst in meinen eigenen Ohren klingt das hohl. Ich merke, dass sie etwas sagen will, hebe aber die Hand, um ihr zuvorzukommen. Die nächsten Worte wähle ich mit Bedacht.

„Meinem Leben", sage ich dann und wage es nicht sie anzusehen. „Meinem Leben vertraue ich nicht."

Sie schweigt. Vielleicht ist das die beste Antwort, die sie mir geben kann. Wie soll ich weitermachen? Für mich ist dieser eine Satz alles, was ich ihr bieten kann. Meine gesamte Wahrheit auf fünf Worte komprimiert.

Es ist klar, dass sie nicht wirklich verstehen kann, was ich damit meine, also versuche ich mein Bestes, um verständlich zu werden.

„Als wir dort saßen. Gewartet haben … als ich darauf gewartet habe, dass die Entscheidung fällt. Dass Rettung naht. Dass ein Wunder geschieht und … siehst du, bereits da fängt es an. Ich habe auf ein Wunder gewartet. Wann wartet man auf ein Wunder? Wenn man kein Vertrauen darauf hat, dass etwas von sich aus gut enden kann."

Ich hebe nun doch den Blick und versuche in ihrem Gesicht zu lesen. Irgendeine Regung zu erkennen. Aber alles, was ich sehe, ist Enttäuschung. Ja. Enttäuscht wäre ich auch. Es klingt nach einer billigen Ausrede.

„Mein Leben", rede ich mich weiter ins Verderben, „läuft nicht immer so, wie ich es gern hätte."

Ja, ich weiß, dass das für alle gilt. Aber in diesem speziellen Fall kann man wohl davon ausgehen, dass ich untertrieben habe. Das wird mir in dem Moment klar, in welchem ich es ausspreche. Es klingt theatralisch. Es klingt hölzern und – wir alle wissen, dass eine Erklärung eine Erklärung ist, aber keine Entschuldigung. Und nach einer Tat wie dieser ist alles, was davor passiert ist, nicht mehr relevant.

Zumindest für das Gegenüber.

Dabei macht gerade alles davor den Unterschied aus. Den großen Unterschied. Wäre alles davor nicht geschehen, wären wir nie zu diesem Moment gekommen.

Ich versuche es erneut, dieses Mal deutlicher.

„Mein Leben ging den Bach runter und ich habe es nicht gesehen. Es gab so viel. So viel Wut. So viel Zorn. So viel Hass in mir ..."

Ich breche ab, weil ich merke, dass ich die Worte nur noch flüstern kann. Ich beiße mir auf die Lippe, versuche, den Drang aus Frust zu schreien, zu unterdrücken und fahre nach ein paar Sekunden Stille fort.

„Ich glaube, dass ich sie gerufen habe ...", sage ich dann. Ohne aufzusehen, kann ich mir vorstellen, wie sie die Augenbrauen hebt und eine unausgesprochene Frage in der Luft hängt.

Sie?

„Ja, ich habe die Dämonen, die mich verfolgt haben, gerufen. Zumindest glaube ich das. Die Dunkelheit, die mich umgeben hat. All die Wut, all der Hass, all der Frust, der sich in mir gesammelt hatte ... deshalb sind sie auf mich aufmerksam geworden. Nur deshalb. Weil sie wussten, dass ich einer von ihnen werden kann."

Ich greife nach meiner Tasse und halte sie in den Händen, ohne davon zu trinken. Ich habe keinen Durst und die Menge an Kaffee, die ich bereits in mir habe, sollte mich grob geschätzt die nächsten fünf Monate davon abhalten schlafen zu können. Trotzdem fühle ich mich müde.

Und es fühlt sich gut an, sich an irgendetwas festhalten zu können. Selbst wenn es nur eine Tasse ist.

„Und wenn ich ein paar Mal knapp daran war, einer von ihnen zu werden, dann ..."

Die Worte liegen mir auf der Zunge. Sie sind da. Sie wollen nach draußen, aber ich kann sie nicht aussprechen. Sie kleben fest, zäh wie Honig. Sie kleben an meinem Gaumen, meiner Zunge und ich will sie ausspucken. Erst jetzt, wo sie vor mir sitzt, weiß ich tatsächlich, was ich sagen will. Jetzt erst weiß ich tatsächlich, warum ich mich all die Monate eingesperrt habe.

Ich muss es tun.

Jetzt.

Oder ich werde ewig so weiterleben müssen.

Also hebe ich den Blick.

Also sehe ich ihr in die Augen.

Mein Blick verschwimmt.

Ich spüre meinen Herzschlag.

Mein ganzer Körper dröhnt.

Meine Zunge ist schwerer als jemals zuvor in meinem Leben.

Das Atmen fällt mir so schwer, dass ich befürchte einfach umzufallen.

Gefährliche Worte.

Wie recht Tom doch hat.

Es dauert eine Ewigkeit, aber mit aller Kraft schaffe ich es schließlich auszusprechen, was ich so lange vor der Welt und vor allem mir selbst verheimlicht habe.

„In dieser Nacht, in diesem Moment bin ich einer von *ihnen* geworden."

Mir wird schwarz vor Augen.

Die Tasse fällt mir aus der Hand.

Und jetzt, wo die Worte ausgesprochen sind, wo ich sie endlich jemandem, der einzigen Person, die ihre Bedeutung vielleicht wirklich versteht, mitteilen kann, spüre ich, wie wahr sie sind.

Manche Dinge muss man erst aussprechen, um zu wissen, ob sie wahr sind, hat Tom gesagt.

Und es stimmt.

Es tut weh, es zu sagen.

Es schmerzt körperlich.

Was noch mehr schmerzt ist ihre Antwort darauf.
Ich sehe ihren Blick nicht.
Aber ich höre den Tonfall ihrer Stimme.
Und den Inhalt ihrer Worte.
Beides trifft mich wie ein Faustschlag in all seiner
Einfachheit.
In all seiner Klarheit.
All seiner Wahrheit.
„Nein", sagt sie.
„Das warst du bereits davor."

SIMON

I

Natürlich meinte er es nur gut. Und natürlich war
es schwer für ihn, das alles zu glauben. Und ja,
natürlich wusste Simon, dass es ein Schock für ihn
war, aber bei allem woran er glaubte, wenn dieser
Typ noch ein einziges Mal „Ich kann das alles nicht
glauben", sagte, dann würde er ihm so wahr er hier
stand, so richtig ein paar aufs Maul hauen.
Er hatte genug um die Ohren.
Sein Leben hatte einen ziemlich raschen Ruck in
Richtung „interessant" gemacht und ganz ehrlich:
In diesem Fall bedeutete „interessant" eigentlich
mehr oder weniger „gefährlich". Und zwar in
keinem halb-abstrakten Sinn wie „Rauchen kann
tödlich sein" (Simon war immer noch der Ansicht,
dass das Leben an sich tödlich war), sondern in
einem sehr direkten „Wenn du nicht vorsichtig bist,

dann bricht jemand in deine Wohnung ein und ertränkt dich in der eigenen Badewanne"-Sinn. Sehr viel realer konnte „gefährlich" nicht werden. Was er noch herausfinden musste, war, warum er bei allem im Mittelpunkt stand. Warum?

Der Gedanke, dass er sich vor kurzem noch gewünscht hatte, eine interessante Story zu finden, über die er schreiben konnte, kam ihm. Das Leben spielte Spielchen mit ihm. Aber er fand es nicht lustig. Er war sich ziemlich sicher, dass er einerseits eine Story wollte, über die er schreiben konnte, ohne dass ihn jemand zur Sicherheit der Nation in eine geschlossene und mit dicken Mauern und hohen Außenwänden gesicherte „Unterbringung" steckte. Und andererseits hatte er nicht darin *involviert* sein wollen.

Wer immer die Regeln für „Wünsche an das Universum" aufgestellt hatte, scheinbar musste man auch das Kleingedruckte beachten. Keinen Platz für Interpretation zulassen.

Nun gut, wieder etwas gelernt. Jetzt musste er nur noch dafür Sorge tragen, dass er dieses neue Wissen in Zukunft auch anwandte.

Liebes Universum, dachte er. *Ich würde das hier gern überleben.*

Eine Sekunde später fügte er hinzu: *Ich würde gerne in einem Stück, ohne Verletzungen und Narben überleben. Gesund. Körperlich und geistig, bitte, wenn das möglich wäre.*

Ein lautes Seufzen von Regina holte ihn zurück in die Realität des Krankenhauses.

Frank hatte sich gerade abgewandt um entsetzt
und völlig fertig aus dem Fenster zu sehen, was
Regina die Chance gab ihm – Simon – einen kurzen
Blick zuzuwerfen und die Augen zu rollen. Oh – er
verstand zu einhundert Prozent, was in ihr vorging.
Frank drehte sich wieder zu ihnen um.
„Ich verstehe ...", begann er und Simons Hand
ballte sich ohne sein bewusstes Zutun zur Faust.
„...was ihr mir erzählt. Und ich glaube euch. Was
ich nicht verstehe ist, wer sowas tun soll und
warum?"
Simons Faust entspannte sich.
Ein wenig.
Regina kam ihm mit einer Antwort zuvor:
„Willkommen im Club."
Ja. Simon mochte die Frau. Er hatte bis jetzt nur
wenig mit ihr zu tun gehabt, aber diese neue, ihm
unbekannte Seite, gefiel ihm gut. Sehr gut sogar.
Sie wandte sich an Simon.
„Was machen wir jetzt?", wollte sie wissen.
Wir?, fragte sich Simon und es schien ihm ins
Gesicht geschrieben zu sein, denn sie nickte
bekräftigend und wiederholte betont langsam:
„Was machen *wir* jetzt?"
Er verstand den Wink und die Getriebe in seinem
Hirn begannen wieder zu laufen. Es gab nicht viele
Möglichkeiten. Die Polizei würde hoffentlich
herausfinden, wer den Zettel an sein Fenster
geklebt hatte. Die Spurensicherung würde
vermutlich auch in der Wohnung von Regina etwas
finden. Die Masken, welche die beiden Angreifer

getragen hatten, mussten schließlich woher kommen. Im Fernsehen konnten die Detektive immer feststellen, wo welches Teil gekauft wurde. Die Dinger anhand der Haare, der Zusammensetzung des Materials oder was auch immer, identifizieren und zum Hersteller zurückverfolgen.

Klar. Das würde geschehen.

Dann schaltete sich ein Teil seines Kopfes ein, der nicht an Märchen glaubte und er zuckte mit den Schultern.

„Was können wir denn tun?", fragte er laut.

„Und warum sollten wir überhaupt etwas tun?", unterbrach Frank das Gespräch zwischen den beiden. „Wir sollten die Polizei ihre Arbeit machen lassen. Und vermutlich Polizeischutz anfordern", fügte er hinzu.

Im ersten Moment ein verlockender Gedanke. Simons und Reginas Blick trafen sich und die Entscheidung war rasch gefallen.

„Nein", sagten beide. Während Regina die Decke zurückwarf und aus dem Bett stieg öffnete Simon den Kasten und reichte ihr ihre Kleidung. Sie ging ins Badezimmer und begann sich anzukleiden.

„Was machst du?", fragte Frank einer Panikattacke nahe. „Bist du wahnsinnig? Du willst gehen? Du bist gestern fast umgebracht worden!"

Durch die dünne Badezimmertür konnte er Reginas Antwort hören.

„Richtig. Und ich will nicht hier herumliegen und darauf warten, dass sie es nochmals versuchen."

Simon schwieg, lehnte sich an die Wand, verschränkte die Arme und überlegte, was wohl ein Schritt wäre, mit welchem sie weiterkamen.

„Wir werden einen Artikel darüber veröffentlichen", sagte er schließlich. „Wir werden die Sache mit den Wölfen klarstellen und wir werden einen Finderlohn aussetzen für die Ergreifung der zwei Täter."

Als seine Gedanken erst einmal ins Laufen gekommen waren, ergaben sich die nächsten Schritte relativ rasch von selbst.

„Die Gegend ist eher ruhig. Wenn da irgendwelche Typen rumlaufen, die niemand kennt, dann fällt das vermutlich auf. Vielleicht hat ja irgendjemand ...“

Er brach ab, seine Augen weiteten sich und ein Puzzlestück fiel in seinem Kopf an den richtigen Platz.

Frank betrachtete ihn skeptisch und ängstlich.

„Du willst *was* tun? Ist das nicht ... Lynchjustiz?", fragte er.

Regina trat voll bekleidet aus dem Badezimmer, warf ihren Krankenhausmantel auf das Bett und korrigierte ihn: „Lynchjustiz wäre es, wenn wir die Typen bereits hätten und ohne fairen Prozess am nächsten Baum aufhängen würden."

Frank wirkte leicht gekränkt, weil sie ihn korrigiert hatte. Oder er war gekränkt, weil er das Wort Lynchjustiz falsch verwendet hatte. Oder weil sie ihm mehr oder weniger widersprach. Völlig egal weshalb, er wirkte gekränkt.

„Was wir tun, ist nur unsere Arbeit als wahrheitssuchende Journalisten", stellte sie zufrieden fest und wandte sich zu Simon um. Der sie mit noch immer großen, glänzenden Augen anstarrte.

„Was?", sprach sie ihn an. „Würdest du das anders sehen?"

Seine Augen wurden klarer. Erst jetzt schien er sie wieder wahrzunehmen.

„Ich glaube, ich habe die Typen gesehen", sagte er dann.

Jetzt war es an Regina und Frank ihn mit großen Augen anzustarren.

„Gestern", fuhr Simon fort. „Als ich vor dem Haus geparkt habe, sind zwei Kerle die Straße runter gegangen. Sonst war weit und breit niemand da."

Dann fiel ihm noch etwas ein.

„Und eine Nachbarin hat sie angebrüllt, dass sie endlich leise sein sollen."

Ein Gedanke kam ihm.

„Vielleicht hat die gesehen, wohin die beiden gingen?"

Regina überlegte kurz.

„Ein Anfang", stellte sie fest.

Frank hatte sich wieder gefangen. Er stand mit verschränkten Armen vor ihnen und starrte sie böse an.

„Nein", sagte er. „Ihr werdet das der Polizei melden und die wird sich darum kümmern", bestimmte er.

Die beiden warfen sich nicht einmal einen kurzen Blick zu, sondern wandten sich in Richtung Tür.

Simon öffnete sie und ließ Regina vor sich hindurchtreten.

„Ich erlaube es nicht!", rief Frank ihnen nach.

Was Simon dazu veranlasste, sich nochmals umzudrehen, ihn von oben bis unten zu mustern und ihm einen sehr, sehr eindeutigen Blick zuzuwerfen.

„Du bist nicht mein Boss. Und selbst wenn", stellte er fest. „Ich habe zwei Wochen Urlaub."

Dann schloss er die Tür hinter sich und folgte Regina, die bereits den Lift gerufen hatte.

„Denkst du nicht, dass du dich abmelden solltest?", meinte er und deutete in Richtung einer Krankenschwester, die soeben an ihnen vorbei ging.

Ein „Ding" ertönte und die Lifttüren öffneten sich.

„Und es jedermann, der mich sucht, so leicht machen, dass sie bereits am Telefon von meiner Entlassung aus dem Krankenhaus erfahren?"

Sie schüttelte den Kopf.

„Die wenigen Stunden, die wir haben, bis das Krankenhauspersonal mein Fehlen bemerkt, könnten uns einen guten Vorsprung geben."

Simon nickte.

Klang logisch. Billig und ein wenig nach schlechtem TV-Thriller, aber logisch.

„Was ist mit dir?", wollte sie dann wissen. „Musst du dich wo abmelden?"

Simon lachte.

„Ich kann mich schon überhaupt nicht mehr daran
erinnern, wann ich mich das letzte Mal bei
irgendjemand abmelden musste."
Regina musterte ihn.
„Das ist fast ein wenig traurig", sagte sie
schließlich, während der Lift sich in Bewegung
setzte. Ihre Stimme klang sanft. Aufrichtig.
Simon schluckte den Kloß, den er plötzlich im Hals
hatte, hinunter.
„Ich weiß", gab er dann zu. „Ich weiß."

RENÉ

II

Das warst du bereits davor.
Die Worte treffen mich nicht wie ein Faustschlag.
Es ist keine Erkenntnis, die mich von den Socken
wirft. Keine Eingebung, die plötzlich alles, was
davor war, in völlig neuem Licht erscheinen lässt.
Nichts davon.
Es ist ein Satz, ein Inhalt, eine Behauptung, die
langsam in mein Hirn sickert. Langsam, aber stetig.
Ich drehe und wende ihn, sehe ihn mir an, blicke
dahinter und denke sachlich und fast ein wenig
distanziert darüber nach, ob dem so sein kann.
Das warst du bereits davor.
Wann davor?
Selbst wenn, wie kann sie das wissen?
Die kurze Zeit, die wir gemeinsam verbracht
haben? Die wenigen ... Tage? Waren es tatsächlich

nur Tage gewesen? Mir kam es so viel länger vor.
Als hätte ich sie schon immer gekannt. Als hätte ich
mein ganzes Leben mit ihr verbracht.
*Als wäre sie das einzig Reale in meinem Leben
gewesen.*
Mein Anker.
Der Fels in der Brandung.
Nicht das Licht in der Dunkelheit, sondern die
Licht*quelle* in der Dunkelheit.
Und ja.
Jetzt, da ich mir die Frage stelle, ob diese
Behauptung wahr sein kann, bemerke ich erst, was
sie meint. Wie sehr mein Leben bereits von Angst
und Wut zerfressen war, noch bevor sie daran
teilgenommen hatte.
Ich bin aufgewacht in ihrer Wohnung. Nach einer
Nacht in der ich mich so dermaßen betrunken
hatte, dass ich mich an nichts mehr erinnern
konnte. Sicher. Aus gutem Grund, aber ... war das
die Reaktion eines gesunden Menschen?
War das die Reaktion eines Menschen, der gerade
so mit dem Leben davongekommen war?
Was war davor? Weiter vor, was war dort?
(Dann pass auf, dass es dir nicht jemand rausreißt.)
Wer wünscht seiner Exfreundin so etwas? Wie
bitter muss ein Mensch sein, der so etwas denkt
und es *ernst* meint?
Ich kann versuchen mir einzureden, dass dem nicht
so war. Dass dies nur eine Redewendung war. Frust
und Schmerz haben diesen Satz aus mir

hinausgepresst, aber ich weiß, tief in mir drin *weiß* ich, dass das nicht stimmt.

(Nein, ich würde ihr die Pest an den Hals wünschen)

Sie hatte ihrem Exfreund, der sie wie Müll behandelt hatte, viel Glück und alles Gute gewünscht. Und alles was ich dazu zu sagen hatte, war, dass sie irre sei. Das sie völlig neben der Spur war, weil sie ... verzeihen konnte.

(Ich würde ihr die Pest an den Hals wünschen)

Und das habe ich.

Ich habe ihr gewünscht, dass ihr jemand das verdammte Herz rausreißt.

Davor. Was war davor geschehen?

Was ist davor geschehen?

(Was ist mit mir geschehen?)

Ich hebe langsam den Blick. Die Erkenntnis reift heran. Susi sitzt mir gegenüber. Sie sagt kein Wort, beobachtet mich vorsichtig, verfolgt jede meiner Bewegungen. Erst jetzt sehe ich, dass sie angespannt ist, ihre Beine stehen auf dem Boden, ihre Körperhaltung – sie ist bereit dazu, innerhalb einer Sekunde aufzuspringen und in Richtung Tür zu laufen.

Sie hat Angst. Vor mir.

Mein Herz wird noch schwerer als es zuvor war. Vor meinen Augen verschwimmt alles. Mir wird schlecht. Ich lehne mich zurück, nehme eine Hand als Stütze und fahre mir mit der anderen übers Gesicht.

(Was ist mit mir geschehen?)

Die Frage, ob sie recht hat, stellt sich nicht mehr.

Ich weiß es jetzt.

Endlich weiß ich, warum mein Leben einen dunklen Pfad entlang zu gehen scheint.

(Ich bin schon lange einer von ihnen.)

Nur habe ich es nie gesehen.

Die Augen davor geschlossen.

Die Erkenntnis weggesperrt.

Die Tür zu dem Zimmer, das ich nie betreten werde, geht auf.

Ich werfe einen Blick hinein.

Es ist dunkel.

Ich höre ein Schnauben.

Ich höre das Tapsen von Pfoten.

Ich spüre den heißen Atem des Todes.

Ich kann das Fell riechen. Das Blut an den Lefzen erahnen.

Hinter der Tür ist kein Raum.

Hinter der Tür ist ein Spiegel.

Und ich blicke dem Wolf in die Augen.

SIMON

II

Die Frau hatte alles gesehen. Das war natürlich ein großer Bonus. Allerdings meinte die Zeugin damit, dass sie tatsächlich *alles* gesehen hatte. Alles, was in den letzten Tagen, Wochen und Monaten im Haus, in der Straße, im Land und überhaupt auf der ganzen Welt schief gelaufen war.

251

Das Gespräch hatte schon so lange gedauert, dass Simon sich fragte, ob er nicht einfach im Stehen einschlafen sollte. Das würde alles erträglicher machen.

Er war sich darüber bewusst, dass die Stimmung im Land düster war. Das war kein Geheimnis.

Immerhin verkaufte diese Stimmung ihre Zeitung jeden Tag. Aber dass Leute wie Frau Ivranovic (keine Ahnung, wie man es richtig aussprach) so sehr in einer dunklen und düsteren Welt lebten ... das war ihm nicht klar gewesen.

Die glaubten doch tatsächlich, dass die Dinge, die sie in ihrer Zeitung (und vermutlich auch in anderen) lasen der Alltag waren.

Das war doch irre.

Selbst Simon wusste, dass es Situationen und Momente waren, die *außergewöhnlich* waren. Die eben nicht Alltag waren. Über den Alltag schrieb doch *niemand*.

Trotzdem hatte diese Frau ein paar sehr seltsame Ansichten über diese, ihre Welt.

Seltsam.

So richtig seltsam.

Simon sah in Reginas Gesicht, dass auch sie so dachte, denn wann immer sie konnte, warf sie ihm einen Blick zu, der nur allzu deutlich ausdrückte, dass sie Frau Ivranovic für durchgeknallt hielt.

Unter anderem war Frau Ivranovic der Meinung, dass die islamischen Staaten die europäische Welt mit Flüchtlingen fluteten von denen 90 Prozent Wirtschaftsflüchtlinge waren. Von diesen 90

Prozent waren nochmals 90 Prozent versteckte Schläfer für den Terrorismus, die sich in den europäischen Ländern niederlassen und eine Familie gründen sollten, um zu einem bestimmten Zeitpunkt zu den Waffen zu greifen und die ursprünglichen Europäer auszulöschen. Außerdem flogen die amerikanischen und russischen Flugzeuge Kurven über Europa, um dort Chemikalien zu versprühen, die alle unfruchtbar und verrückt machen sollten. Die Kinder heutzutage nahmen alle Drogen und konnten mit ihren Telefonen in die Gehirne von anderen Leuten eindringen und sie fernsteuern. Es gab keinen Krieg auf der Welt, das waren alles nur Dinge, welche die Medien sie glauben machen wollten und McDonalds war schuld daran, dass der Regenwald starb. Politiker waren alle Strohmänner. Was für sie nur ein anderes Wort für „Roboter" war. Wenn man nämlich genau hinsah, dann erkannte man, dass die alle gleich aussahen und nur andere Augenbrauen und Perücken hatten. Und teilweise Polster, um sie dicker aussehen zu lassen. Viele Polster. Ganz viele Polster. Ganz abgesehen davon, dass sie alle bereits ausgetauscht worden waren – teilweise hatte man ihnen die Hirne von Amerikanern eingepflanzt (das waren jene, welche die Wirtschaft entfesseln wollten) und teilweise hatte man ihnen islamische Hirne eingepflanzt (das waren jene, die den Flüchtlingen helfen wollten) und deshalb vergaß man auch völlig auf die „eigenen Leute".

Ja. Simon wusste, dass ein Teil davon fast richtig war. Fast.

Auch, wenn er der Meinung war, dass die Formulierung „Hirn einpflanzen" ein wenig zu positiv klang. Aber das war eine andere Sache.

Er dachte einen Moment lang darüber nach und sammelte all die Dinge in seinem Kopf, von denen er mit Bestimmtheit sagen konnte, dass sie sich in den letzten Monaten positiv verändert hatten, um sie ihr ins Gesicht zu schleudern, aber dann besann er sich eines Besseren. Wozu? Außerdem – und das wurde ihm erst jetzt bewusst – hatte von all den positiven Dingen nichts in den Zeitungen gestanden.

Hm.

Jedenfalls hatte sie – nach ihren langen, langen Reden – erzählt, sie hätte zwei Männer aus der Wohnung von Regina kommen sehen – natürlich habe sie nicht spioniert – und sich über deren Lautstärke beim Verlassen des Hauses aufregen müssen. Diese Männer hatten beim Rausgehen laut geschrien und gejohlt. Selbst auf der Straße unten hatten sie nicht aufgehört laut zu sein, was Frau Ivranovic dazu veranlasst hatte, aus dem Fenster runter zu brüllen, um für Ruhe zu sorgen. Die Reaktion der beiden waren allerdings keine netten Worte gewesen.

Simon hörte zu, nickte vor sich hin und dann entkam ihm ein: „Ach, du Scheiße."

Regina und Frau Ivranovic warfen ihm einen Blick zu.

Er lächelte die beiden entschuldigend an und deutete Regina dann, mit ihm ein paar Schritte zur Seite zu kommen.

Sie folgte seiner Aufforderung und die beiden traten in den Vorraum.

„Was?", wollte sie wissen. „Wenn du etwas weißt, dann spuck es aus, ich drehe nämlich bald durch mit dieser Frau."

Simon nickte zustimmend.

„Ja, die ist nicht ohne." Er hielt kurz inne. „Dir ist schon bewusst, dass die diesen Mist aus unserer Zeitung hat, oder?"

Regina starrte ihn für einen Augenblick sprachlos an. Dann sagte sie: „Ja, und es interessiert mich nicht. War es das, was du mir sagen wolltest?"

Er schüttelte den Kopf.

„Nein, ich wollte sagen, dass ich mir gerade eine nicht unwesentliche Frage gestellt habe."

Regina schien nicht zu verstehen, was er meinte.

„Du hast *was*?"

Simon seufzte theatralisch.

„Als ich gestern bei dir angekommen bin, da sind zwei Typen die Straße runter gegangen. Das müssen die beiden gewesen sein, das habe ich schon gesagt."

Regina ballte ihre Hände zu Fäusten. Sie war ungeduldig.

„Ich weiß. Deshalb sind wir hier."

Simon nickte.

„Aber jetzt halt mal kurz die Luft an und hör mir zu."

Regina holte Luft, um etwas zu sagen, aber Simon hob den Finger und deutete ihr zu schweigen. Es war augenscheinlich, dass sie von dieser Geste und auch von seiner Aufforderung nicht viel hielt, aber sie sah ihn beherrscht und abwartend an.

„Wenn zwei Kerle bei dir in der Wohnung auf dich gewartet haben, dann stellen sich da schon mal ein paar Fragen. Was mich jetzt gerade aber viel mehr beschäftigt, ist die Tatsache, dass die Typen schreiend und johlend aus deiner Wohnung gekommen sind."

Regina blickte ihn weiter an. Sie schwieg.

Es war offensichtlich, dass sie nicht verstand, worauf er hinauswollte, also versuchte er zu erklären.

„Warum schleichen sich zwei Mörder nicht aus einer Wohnung. Warum sind sie laut? Warum johlen sie?"

Regina schüttelte verständnislos den Kopf.

Simon seufzte.

„Verstehst du nicht? Die *wollten* gesehen werden. Die *wollten* erwischt werden."

Regina dachte nach, aber in ihrem Kopf ergab das keinen Sinn.

„Warum sollten die Kerle versuchen mich umzubringen um dann erwischt zu werden?"

Simon zuckte mit den Schultern. Irgendein Puzzleteil fehlte. Ein kleines Stück, das nicht passte. Aber er würde es noch herausfinden.

„Ich weiß noch nicht, aber überlege doch mal. Warum sollten die so einen Radau machen, nur um

dann draußen von dieser Irren angeschrien zu werden? Das muss doch Absicht gewesen sein."
Regina hatte keine Antwort darauf. Sie starrte nachdenklich zu Boden, als Frau Ivranovic plötzlich zu ihnen in den Vorraum trat.
„Das wirklich Seltsame", sagte sie. „War, dass sie im Treppenhaus türkisch gesprochen haben und dann draußen deutsch."
Simon sah sie fragend an.
„Was ist daran ungewöhnlich? Viele Leute sprechen zwei Sprachen. Viele Leute in Österreich haben Deutsch nicht als Muttersprache und ..."
Frau Irvanovic warf ihm einen Blick zu, der ihn dazu brachte zu verstummen, einen Schritt zurück zu machen und abwehrend die Hände hochzuhalten.
„Wenn du so klug bist, dann verrate mir mal, warum die beiden dann keinen einzigen korrekten Satz in Türkisch geschafft haben!"
Reginas Kopf fuhr hoch und sie starrte Frau Ivranovic mit offenem Mund an.
„Sie haben *was* nicht geschafft?"
Frau Ivranovic wandte sich Regina zu, aber nicht ohne Simon vorher noch einen sehr, sehr bösen Blick zuzuwerfen. Dieser beschloss für den Rest des Gesprächs den Boden anzustarren.
„Fräulein, ich mag alt sein, aber ich lebe schon eine Weile in diesem Haus. Ich bin auch nicht völlig blöd. Ich habe Kontakt mit den meisten meiner Nachbarn." Sie hielt Regina mit ihrem anklagenden Blick gefangen. „Zumindest mit jenen, die sich nicht abschotten oder mich für irre halten." Regina

zuckte schuldbewusst zusammen, während Frau Ivranovic fortfuhr. „Und ich kenne genug Leute hier im Haus, um zu wissen, dass diese Kerle keine wirkliche Sprache gesprochen haben."

In Reginas Gesicht konnte Simon erkennen, dass sie absolut keinen Plan hatte, worauf die Frau hinauswollte. Keine wirkliche Sprache? Was sollte das bedeuten?

„Diese Kerle haben einfach irgendwelche Worte, die sie für ausländisch hielten, zusammengereiht und gedacht, dass wir sie für Ausländer halten."

Simon starrte zwar immer noch zu Boden, fragte aber dennoch: „Woher wollen Sie das wissen?"

Ohne ihn eines Blickes zu würdigen antwortete sie: „Weil ich meine Nachbarn gefragt habe, Schlaumeier. Wir haben sechzehn Nationen hier im Haus. Viele davon waren früher Flüchtlinge" - an dieser Stelle sah sie erneut Regina an – „und alle haben die beiden gehört. Was immer die beiden dachten, dass sie sprechen: Es war keine von diesen Sprachen. Aber ich wette um viel Geld, dass sie dachten, dass irgendwelche Durchschnittsösterreicher sie für eine Sprache aus dem Ostblock oder Syrien halten. Die meisten Leute können ja noch nicht einmal Rumänisch und Bulgarisch auseinanderhalten."

Trotz seines Vorsatzes, weiterhin sicherheitshalber den Boden zu betrachten, starrte Simon die Frau völlig sprachlos und – zugegeben – sehr beeindruckt an.

„Sie haben im Haus herumgefragt wer die Sprache erkannt hat?"

Sie nickte.

Regina und Simon sahen sich an. Sie hatten beiden dieselbe Frage. Regina war schneller.

„Warum?", wollte sie wissen.

Frau Ivranovic verschränkte die Hände vor dem Oberkörper und lehnte sich an den Türstock. Sie blickte sehr ernst und ein wenig gekränkt.

„Vielleicht bin ich manchen Leuten im Haus nicht gut genug für einen persönlichen Umgang", meinte sie dann – den Blick wieder sehr betont auf Regina gerichtet, die ihm nicht standhielt und an Frau Ivranovic vorbei ins Leere starrte – „aber das ist immer noch mein Haus. Und wenn es hier rund geht, dann will ich wissen wer das war. Und als ich gehört habe, dass eingebrochen wurde und sogar ein Mordversuch ... nun. Das darf ja wohl nicht wahr sein. Hier im Haus? Sicher nicht. Soweit kommt es noch, dass diese Flüchtlinge unser Land überlaufen und dann vielleicht sogar noch mich und meine Nachbarn überfallen. Dann waren die Polizei und die Rettung da und ich dachte, vielleicht befragt mich ja jemand, aber es ist niemand gekommen. Niemand. Als wären wir hier in dieser Gegend keine Untersuchung wert. Als wäre es völlig egal, ob hier in unserem Haus eingebrochen ..."

„Es hat sie niemand befragt?", versicherte sich Regina.

Die Frau schüttelte den Kopf.

Simon konnte es kaum glauben. Die Frau wohnte genau gegenüber von Regina. Das wäre doch die erste Adresse gewesen, um mit Fragen zu beginnen.

Unglaublich.

Ein Gedanke kam ihm.

„Auch vom Fernsehen oder von der Zeitung war niemand hier?"

Die Frau lachte laut auf.

„Die schreiben doch sowieso immer nur was sie wollen. Wozu sollten die sich die Mühe machen zu recherchieren?"

Simon versuchte die Information zu verarbeiten und sein Gehirn blieb bei einer Frage hängen.

„Sie sagten, dass in diesem Haus viele Bewohner früher einmal Flüchtlinge waren?"

Sie nickte.

„Ich ja auch", meinte sie dann.

„Warum haben Sie dann Angst davor, dass die ... äh, neuen ... Flüchtlinge, hier im Haus einbrechen sollten?", fragte er verwirrt. „Haben *Sie* damals wo eingebrochen?"

Frau Ivranovic winkte entsetzt ab.

„Ich? Um Himmels Willen – Nein!"

Simon bekam Kopfschmerzen. Die Frau war ein Flüchtling gewesen, hatte sich scheinbar vor vielen Jahren hierher gerettet und Asyl bekommen und war offensichtlich in diesem Land geblieben. Ihrer Sprache und Stimme merkte er keinen Akzent mehr an. Und jetzt hatte sie Angst vor ... Leuten wie sich selbst? Das schien ihm ... er wusste nicht

genau, wie er es nennen sollte, aber zumindest war
es komisch.

„Wieso...?", begann er, aber Frau Ivranovic
unterbrach ihn schroff.

„Weil wir gute Leute waren. Die was da jetzt
kommen: Das sind doch alles Verbrecher und
Mörder. Haben ihren Lebtag noch nie eine nackte
Frau gesehen und wollen das jetzt alles bei uns
auslassen. Vergewaltiger! Alle!"

Simons Mund blieb offen stehen. Darauf wusste er
keine Antwort, auch wenn alles in ihm danach
schrie, irgendetwas zu erwidern, aber Frau
Ivranovic schien ohnehin nicht weiter über das
Thema reden zu wollen.

„Und jetzt macht, dass ihr hier rauskommt. Ich
habe sehr wohl gehört, was ihr über mich gesagt
habt", murrte sie und warf ihnen einen weiteren
bösen Blick zu, während sie die beiden mehr oder
minder durch die Tür aus dem Vorraum ins
Treppenhaus hinausschob.

Regina und Simon wehrten sich nicht. Letzterer,
weil er froh war wegzukommen und Regina, weil
sie in Gedanken versunken war.

Bevor die Tür hinter ihnen ins Schloss fiel, konnte
Simon noch hören wie Frau Ivranovic sagte:
„Verdammte Lügenpresse. Alles lauter Lügner."

Dann war es still.

Simon wusste, dass es deshalb hinter der Tür still
war, weil die Frau ihr Ohr an die Innenseite der Tür
gepresst hatte und wartete, ob sie mithören
konnte, was er und Regina besprechen würden.

Er entschied sich, ihr diesen Gefallen nicht zu tun, packte Regina an der Hand und zerrte sie mit sich nach draußen. Er schob sie mehr ins Auto als dass sie selbst einstieg und setzte sich selbst auf die Fahrerseite.

Erst nachdem er die Tür ins Schloss hatte fallen lassen, erlaubte er es sich aufzuatmen und kurz die Augen zu schließen.

Die Frau war wirklich anstrengend gewesen. Er fühlte sich, als hätte jemand sein Hirn aus dem Kopf genommen, es auf einer Wäscheleine fixiert und einen neuen Teppichklopfer darauf eingeweiht bevor es wieder in seinen Kopf zurückgeknallt wurde.

Diese Leute.

Diese gottverdammten Leute, die doch tatsächlich jeden Mist glaubten, den sie lasen. Und nicht nur glaubten. Sie zogen auch noch Rückschlüsse. Multiplizierten eine Information mit der anderen, zählten ein Gerücht dazu, trafen ihren Nachbarn, der sie im Treppenhaus nicht grüßte und plötzlich waren alle Menschen Terroristen. Dann fehlte vielleicht noch ein Stück Wäsche von der Wäschespinne und dann waren es nicht mehr nur Terroristen, sondern *perverse* Terroristen und Diebe.

Als ob in früheren Zeiten nie Wäsche verschwunden wäre.

Simon konnte sich noch daran erinnern, dass er hin und wieder Unterwäsche von der Nachbarin geklaut hatte. Einfach so. Es war interessant gewesen. BHs sah man als kleiner Junge am Land nicht alle Tage. Geschweige denn, dass man einen in der Hand hielt. Aber das war vor dem Internet gewesen. Vor tausend Zeitungen und Plakatwänden, die einem Jugendlichen und sogar den Kindern fast nackte Tatsachen ins Gesicht warfen. Damals musste er noch bis spät in die Nacht wachliegen und dann ins Wohnzimmer zum Fernseher schleichen um einen Blick auf eine Frau in Unterwäsche zu bekommen. Oder an guten Tagen musste er aus dem Fenster steigen und auf den Baum im Nachbargarten klettern, um eine bestimmte Nachbarin beobachten zu können, die hin und wieder vergaß, die Jalousien in ihrem Schlafzimmer zu schließen. Sicher. Sie war alt gewesen (vor allem im Vergleich zu ihm), aber Himmel – immerhin eine Frau.

Heutzutage reichten drei Klicks am Handy und er konnte mehr Brüste sehen als er zählen konnte. Und er konnte sehr weit zählen.

Dafür hatte viel davon an Faszination verloren. Manchmal kam ihm ein seltsamer Gedanke: Wenn er damals nicht so sehr damit beschäftigt gewesen wäre die Natur seiner Sexualität zu erkunden, was wäre dann gewesen? Wenn er nicht ewig gebraucht hätte, um sich endlich fragen zu trauen, was denn Strapse oder Dildos (ganz früher war er der Meinung gewesen, Dildos wären komische, kleine Vögel, bis ihn sein Vater darauf hinwies, dass die Vögel Dodos hießen) waren, was hätte er dann mit seiner Zeit gemacht?

Hätte er alle Fragen, all die Dinge, die ihn
faszinierten, die er nach und nach erst lernen
musste (manche davon durch sehr praktische
Übungen und andere davon durch sehr, sehr
peinliche Momente) sofort auf einen Klick zur Hand
gehabt ... hätte er dann auch Zeit gehabt sich all
diese Verschwörungstheorien auszudenken?
Vermutlich.

Was hätte er sonst mit all der Langeweile gemacht?
Wenn Sex kein Mysterium in seiner Jugend
gewesen wäre, dann hätte er ... er wusste es nicht.
Ehrenkodex? Banden? Saufen? Alles Sachen, die
ihm fremd waren. Das Saufen nicht. Aber er hatte
meist nur getrunken, um mutig zu werden und
Mädchen ansprechen zu können.

Wenn er jetzt hin und wieder des Nachts durch die
Stadt ging und Jugendliche sprechen hörte, dann
fragte er sich, wozu diese Alkohol brauchten.

Worte wie „Hure" oder „Ficken" oder „Pussy"
schienen so im Sprachgebrauch verankert, dass es
nicht mehr mutig war, sie zu benutzen, sondern
eigentlich schon peinlich.

Schrieben diese Kids noch Gedichte?

Oder Lieder für ihre Mädels?

Brachten Sie ihnen noch Blumen?

Oder mussten sie jemand die Fresse polieren um
als echter Mann zu gelten?

Er stellte fest, dass er keine Ahnung hatte.

Seltsam.

Dabei hatte er sich immer für jung gehalten, aber jetzt ... jetzt sah er, dass es eine andere Welt war als jene, in welcher er gelebt hatte.

Eine Welt, in der Menschen wie Frau Ivranovic alle existierenden Information zur Verfügung hatten. Informationen, die sie nicht ordnen konnten. Die zu viel waren. Zu selektiv waren.

Und alles wurde dunkler, ging es ihm durch den Kopf. *Brutaler, dunkler und bedrohlicher.*

Wann war das passiert?

Wann war dieser Umschwung geschehen und warum?

Eine Weile lang versuchte er sich zu erinnern, wann er das letzte Mal eine Nachricht über etwas Positives verfasst hatte. Er wusste es nicht mehr. Es war jedenfalls schon eine Weile her. Was war es noch gewesen?

Ach ja, diese Frau hatte einen Preis gewonnen, weil sie ... weil sie ... den schönsten Busen bei der Miss-Wahl gehabt hatte.

Er seufzte.

Soviel zum Mysterium.

Die letzte gute und positive Nachricht.

Komm schon, das kann nicht so schwer sein, bemühte er sich.

Ha – da war es. Der Quartalsgewinn einer großen Firma war um 40 Prozent gestiegen. Ha! Er wusste doch, dass ... nein. Doch nicht. Das stand zwar im Artikel, aber die Schlagzeile war gewesen, dass 100 Leute entlassen wurden. Was ja der Grund für den Gewinn gewesen war.

Ach verdammt.

Er fühlte sich schlecht und beschissen.

Wirklich beschissen.

Als er die Augen wieder öffnete sah Regina ihn mit einem bedenklichen Funkeln in den Augen an.

„Was?", fragte er.

Sie lächelte.

Aber das Lächeln gefiel ihm nicht.

Kapitel 12: Institution (III)

„I am the man in the middle who is sitting between all chairs.
My life is most important for the ones who look the other way"
– Aquarian Age „institution #1"

RENÉ

I

Frage: Was ist Liebe?
Antwort: Das Wissen, etwas wert zu sein. Für sich selbst und andere.
Frage: Was ist Wut?
Antwort: Die Erkenntnis, eines von beiden oder beides nicht zu haben.
Frage: Was ist Hass?
Antwort: Jemand anderem dafür die Schuld zu geben.

So lange.

So lange ist es her, dass ich vor dem Spiegel stand und mich angesehen habe. Spiegel machen mir Angst. Nicht schon immer. Erst seit diesem Abend. Seit dieser Nacht bei der Hütte. Sie machen mir Angst, weil ich mich darin sehen kann. Mich selbst. Wie ich bin. Nicht, wie ich glaube, zu sein. Nicht, wie ich hoffe, zu sein oder wie ich sein will, sondern so, wie ich bin.

Und wirklich traurig ist die Tatsache, dass ich immer das gleiche sehe. Immer mich selbst. Aber an manchen Tagen kotzt mich an was ich sehe. An anderen Tagen finde ich es hinreißend. Meistens aber finde ich es einfach nur okay.

Zumindest war es einmal so.

Die letzten Monate habe ich versucht alle Spiegel zu meiden.

Was ich darin gesehen habe, hat mehr über meinen Verstand und meinen Zustand ausgesagt, als alles, was ich mir jemals zusammenreimen hätte können.

Man kann sich alles einreden. Alles.

Ich hätte einen gutherzigen Menschen erkennen können, der in einem Zustand der Angst, des Wahnsinns und der Panik vor dem Tod einen Fehler gemacht hat.

Ich hätte einen Heuchler sehen können, der sich auf die Fahnen geschrieben hat, die Welt retten zu wollen, aber eigentlich nur an sich selbst dachte.

Natürlich hätte ich auch einen coolen Actionhelden sehen können, der nur nie die Chance hatte seinen Plan umzusetzen. Seinen Plan, die Bösen zu täuschen und dann im richtigen Moment zuzuschlagen.

Auch hätte ich ein Häufchen Elend sehen können, das völlig verwirrt und am Rand der Hysterie die Botschaft des Todes ein Stück weiter aufschieben wollte.

Alles, was ich darin gesehen habe, war ich.

Ich selbst.

Ohne Wenn und Aber.

Ich habe einen Menschen gesehen, der von Vertrauen gesprochen hat und dieses dann doch nicht geben konnte. Der auf ein Wunder hoffte und daran zerbrach.

Eine Frage, die ich mir oft gestellt habe, ist:
Warum?
Warum hätte ich sie dem Tod ausgeliefert und
nicht mich?
Warum?
Es war so klar, dass sie uns beide vernichten
wollten. Es machte keinen Unterschied. Es hätte
keinen Unterschied gemacht.
Außer in meinem Kopf.
Außer in ihrem Herzen.
Taten sprechen mehr als alle Gedanken. Das weiß
ich.
Das werde ich immer wissen.
Der Blick zurück öffnet eine Tür.
Und der Blick in den Spiegel offenbart mir
Erinnerungen, die ich lange Zeit verdrängt habe.
Die Tür führt auf eine Straße, die sich durch Täler,
Berge und Wüsten schlängelt. Immer weiter
zurück, weiter zurück und an den Rändern dieser
Straße sehe ich Dörfer, Momente meiner
Erinnerung, die wie Geisterstädte am Wegesrand
liegen.
Verlassen.
Brach.
Leer und verloren.
Als ich die Straße hinabgehe, kehrt Leben in die
Geisterstädte zurück.
Lang vergessene Gespenster tauchen hinter den
Fassaden auf, nicken mir zu und grinsen mich an.
Manche freundlich. Manche bösartig. Manche starr
und ausdruckslos.

In einer Stadt sehe ich, wie ein junger Mann von einer ein wenig älteren Frau geküsst wird. Sie lächelt. Als der junge Mann geht, wölbt sich ihr Bauch und es ist klar, dass sie schwanger ist. Das Kind ist nicht von ihm. Das weiß er. Aber er würde Verantwortung dafür übernehmen. Er würde es hüten. Würde alles hinschmeißen. Einen Job annehmen und ein Vater sein. Aber die Entscheidung obliegt nicht ihm.

Die Frau beginnt zu trinken. Viel und ausgiebig.

Bis sie das Kind verliert.

Der junge Mann erfährt es von einem Freund.

Er lässt die Frau zurück.

Liebe ist der Tod, der ohne zu fragen eintritt und die freudige Erwartung in blanken Horror umkehrt.

Weiter, weiter – zurück in der Zeit, nach vor in der Zeit.

Die Straße folgt keinem Muster.

Die Zeit spielt keine Rolle.

Die Bilder aus meiner Vergangenheit kommen und gehen, eine Erinnerung knüpft in ihrer Ähnlichkeit an eine andere an und schwemmt mich mit sich fort.

Ein Freund, der die Hand schüttelt, sich umdreht und nach einem Messer greift, um es in den ahnungslosen Rücken zu rammen.

Liebe ist der Verrat eines Freundes.

Ein Bekannter, der mit der Liebe deines Lebens das Weite sucht, nur um sie ein paar Wochen später zerbrochen und innerlich tot am Wegesrand zurückzulassen. Nie aus Liebe zu ihr, sondern aus Hass dir gegenüber.

Liebe ist der Schmerz, der aus Genuss zugefügt wird.

Ein anderes Bild: Eine Frau. Eine wundervolle Frau. Die Lust, sie anzusprechen. Der Wunsch, ihr nahe zu sein. Sie von der Ferne bewundern und sich darüber freuen, dass sie existiert. Dann ein Abend am Wochenende. Man sieht sie unerwartet in einer Bar, kämpft stundenlang mit sich, versucht den Mut zu finden, sie anzusprechen, aber man schafft es nicht, bis sie schließlich das Lokal verlässt. Egal. Man wird es nächste Woche schaffen. Freunde kennen ihren Namen, wissen, in welchen Lokalen man sie finden wird.

Am nächsten Tag liest man in der Zeitung, dass sie bei einem Autounfall ums Leben kam. Würde sie noch leben, wenn man sie angesprochen hätte? Hätte sie das gerettet?

Fragen. So viele Fragen.

Momentaufnahmen.

Liebe ist der Tod, der eintritt, wenn du zögerst.

Eine Ohrfeige, weil man den besten Freund bei einer bösen Tat gedeckt hat. Der Freund, der dich auslacht und allen erzählt, dass du es gewesen bist.

Liebe ist Vertrauen, das betrogen wird.

Berührungen von Menschen, die man nicht kennt, die dir einen Schauer den Rücken hinabjagen, weil du es nicht gewohnt bist, berührt zu werden. Die Angst, was passieren kann, wenn du sie dich berühren lässt, geht in deinen Körper, deinen Geist über.

Liebe ist, die anderen aus Furcht von sich fernzuhalten.

Eine Nacht. Sternenhimmel. Das Drama beginnt erneut.

Das Versprechen einer Zukunft, der Liebe geweiht, vereint vor Gott und der Welt. Ein Ring am Finger zeugt von einer besseren Welt. Einer gemeinsamen Welt. Eines Wertes.

Es zeigt, dass du jemandem etwas wert bist.

Kurz davor der Rückzug.

Die Hand wird zurückgezogen. Der Ring entschwindet und die Dunkelheit zieht ein in die Heimat.

Am Ende bleibt die Trennung, und nur die Finsternis im Herzen überlebt.

Liebe ist ein gebrochenes Versprechen auf Glück und Zukunft.

So viele Momente, so viele kleine, unwichtige und in sich geschlossene Tragödien.

Jeder erlebt sie.

Alle haben diese oder ähnliche Dinge hinter sich.

In der einen oder anderen Ausprägung.

Und doch ...

Dies hier ist anders. Dies hier ist düsterer. Dies hier ist ... der Weg in die Dunkelheit.

Der Weg zur Wut.

Der Weg zu Hass.

Von Kettenglied zu Kettenglied führt die
Dunkelheit, umreißt alles, bis letztlich nur noch die
Finsternis bleibt.

Da.

Da ist es.

Das letzte Glied der Kette.

Der letzte Moment, der den Wall brach, den
Staudamm zerstörte und mich mit sich gerissen
hat.

Der die Wut und den Hass entfesselt hat.

Der Grund, weshalb die Antwort

(Wir können nicht alle Helden sein)

immer nur die eine Antwort sein konnte, die ich
gegeben habe.

(Sie)

Es gab nie eine andere Möglichkeit in meiner Welt.

(Nimm sie)

Der letzte Dolchstoß, der meine Welt in den
Abgrund riss.

Mich zur Bestie machte.

Ich stehe davor.

Ich kenne die Szene. Ich kenne die Mauern. Ich
kenne die Gegend.

Es ist Nacht.

Mülltonnen.

Eine Nachricht von Uschi. Ich erinnere mich.

Ich ging, um ihr zu helfen.

Ihr, die mir das Herz brach.

Ihr, die sich Hilfe suchend an mich wandte.

Ihr, der ich gewünscht hatte, dass ihr jemand das Herz rausreißt und die ich dennoch genug geliebt habe, um ihrem Hilferuf zu folgen.

Sie steht vor mir.

Aber sie ist unverletzt.

Sie lächelt mich an.

Bewegt sich sinnlich, langsam und verführerisch auf mich zu.

„Ich habe gewusst, dass du kommen würdest", sagt sie, haucht sie in mein Ohr.

Ich nicke.

Ein Kribbeln läuft meinen Nacken hinab.

Es fühlt sich gut an. Erotisch. Und ein wenig gefährlich.

Etwas ist falsch hier.

Als ich sie gefunden habe, als ich an jenem Abend in die Gasse ging ... da war sie bereits schwer verletzt. Sterbend. Blind.

Dies hier ist nicht, wie es passiert ist.

Dies hier ist ...

Ist ...

Der Moment, der mich gerettet und zerstört hat.

Dies hier ist der Moment, der Augenblick, in welchem das letzte Messer in meinen Rücken gestoßen wurde.

Der Moment, der mir nur einen einzigen Weg als Zuflucht gelassen hat.

Die Welt hat mir den Rücken gekehrt.

Alles, was ich erfahren habe, alles, was ich mir gemerkt habe aus meinem Leben, ist die Tatsache, dass sie mich alle irgendwann verraten.

Die kleine, winzige Hoffnung, dass dem nicht so sein muss, steht vor mir.

Etwas ist anders.

Sie lebt.

Sie ist unverletzt.

So war es nicht.

Es ist ...

Dies hier ...

Und dann fällt mir ein, was damals *wirklich* passiert ist.

Nicht, was mein Hirn, mein kaputter Kopf, mir einreden wollte.

Ich stehe vor dem Spiegel.

Sehe mir selbst in die Augen.

Sie sind geweitet

„Mein Gott", flüstere ich. „*Ich* war es."

Ich falle auf die Knie und starre auf den Boden, auch wenn ich ihn nicht sehe. Mein Kopf, meine Augen, meine Ohren – alles ist in der Vergangenheit verloren. Alles dreht sich um diese eine Nacht.

Ich erinnere mich.

Dieses Mal an *alles*.

Ohne die Illusion, ein guter Mensch zu sein.

Susis Worte, ihre Erkenntnis, dass ich bereits eine Bestie war, bevor ich sie verraten habe – sie bringen die Erinnerung daran zurück, was damals *tatsächlich* passiert ist.

Nicht, woran ich mich erinnern *wollte*.

Sondern woran ich mich erinnern *kann*.

Ich war es.

Ich habe Uschi getötet.
Frage: Was ist Liebe?
Antwort: Zu töten, was dich töten will.
Frage: Was ist Wut?
Antwort: Die letzte Hoffnung auf ein Überleben.
Frage: Was ist Hass?
Antwort: Die einzige Emotion, die man der Welt
entgegenbringen kann.

ANGELA

I

Sie hasste Krankenhäuser. Diese verdammten, riesengroßen Einrichtungen voller Menschen, die krank waren, dachten, dass sie krank sind oder die krank werden würden. Wenn die alle wüssten, was unter diesen Dächern tagtäglich passierte. Übermüdete Ärzte, unterbezahlte Schwestern und neureiche Patienten, die immerzu etwas forderten, während die anderen, die weniger gut gestellten, stundenlang warten mussten, bis ihnen zumindest immerhin jemand sagte, *wie lange* sie noch warten mussten. Warten darauf, gesagt zu bekommen, wie lange man noch warten muss. Das war ein Krankenhaus in ihrer Definition.
Nicht, dass den Menschen hier nicht geholfen wurde.
Vielen Menschen wurde geholfen, keine Frage.
Aber der Gedanke in diesen Mauern von

Verletzungen und Tod umgeben zu sein ... das war
bedrückend. Deprimierend.

Sie hasste es.

Dazu kam der Geruch.

Bereits beim Eintreten stieg er in ihre Nase und sie
musste sich zusammenreißen um sich nicht zu
übergeben. Es war eine Qual. Eine verdammte
Qual.

Dennoch.

Sie hatte kommen müssen.

Immerhin war sie es gewesen, die Regina in die
Sache hineingezogen hatte.

Angela war klar, dass sie damit vermutlich das
Vertrauen von René gebrochen hatte, aber sie
konnte nicht anders. Sie hatte nichts anderes tun
können, als sich einzumischen. Es war ihr einfach
nicht möglich, ihm dabei zuzusehen, wie er sich
selbst in den Abgrund beförderte. Er war so
gefangen in der Vergangenheit, dass er keine
Sekunde an die Gegenwart verschwendete.
Schuldgefühle machten das mit einem.

Angela wusste das.

Sie selbst hatte lange gebraucht, um sich zu
vergeben.

Es war lange her. Fühlte sich noch länger an. Wie
eine Ewigkeit. Ein anderes Leben. Ein Leben, das sie
nur aus Erzählungen und aus Zeitungsberichten zu
kennen schien.

Kellnerin erschießt Amokläufer.

Das war die Schlagzeile gewesen damals.

Sie hatte es auch damals schon gewusst: Der Kerl war nur in ihr Café gekommen, weil er sterben wollte. Er hatte seine Geschichte erzählt. Seine selbstgerechte Geschichte. Sie kannte die Berichte aus den Zeitungen. Lange Zeit waren diese ihre Wegbegleiter gewesen. Sie hatte alle gesammelt und in ihrer Wohnung gehabt. Hatte sie aufbewahrt, wie einen Schatz. Etwas, das nie vergessen werden durfte.

Ein Mann hatte das Café betreten.

Er hatte eine Waffe gehabt. Hatte sie gebeten, abzuschließen und die Polizei zu rufen. Während sie warteten, hatte er seine Geschichte erzählt. Davon, wie er Unschuldige beschützt hatte. Indem er – wie er es nannte – böse Menschen ermordete. Ein Irrer. Ein völliger durchgeknallter Irrer.

Doch es war mehr dahinter gewesen. Dieser Mann war mit ihr verknüpft gewesen. Mit ihrer Vergangenheit. Angela hatte viel erlebt als sie jung gewesen war. Sie war Opfer einer Vergewaltigung gewesen. Durch einen Polizisten.

Und scheinbar hatte der Mann sie von früher gekannt. In seiner Welt waren sie sogar für kurze Zeit ein Paar gewesen.

Das war nicht, woran Angela sich erinnern konnte. Aber das bedeutete nichts. Ihre Erinnerung an ihre Kindheit, ihre Jugend, war verschwommen. Auch später, als sie bereits im Lokal gearbeitet hatte, war es immer öfter vorgekommen, dass sie kurze „Episoden" gehabt hatte. Ein paar Sekunden, manchmal länger, hin und wieder kürzer, in denen

sie völlig ... abgeschaltet war. Ihr Kopf, ihr Geist, hatte sich verabschiedet. Sie war „weg" gewesen.
Wohin ihr Geist sie transportiert hatte, konnte sie niemals feststellen, aber sie hatte Erinnerungen an Blumen im Kopf. An Wasser. Einen Strand. Palmen. Vögel. Das Rauschen des Meeres und eine Melodie, die ihr das Gefühl gab „Zuhause" zu sein.
Was immer auch passiert war – sie erinnerte sich nicht.
Aber es war wohl passiert.
Der Polizist war gekommen, er hatte sich dem Kerl gestellt und – dann war etwas Seltsames geschehen. Die Geiseln, die der Fremde genommen hatte, hatten sich gegen den Polizisten verbündet, denn scheinbar war dieser es gewesen, der Angela vergewaltigt hatte. Sie konnte sich nicht daran erinnern.
Als sie wieder zu sich gekommen war, war sie mit einer Waffe in der Hand vor dem Fremden gestanden.
Er hatte sie angelächelt.
In seinem Gesicht hatte sie gesehen, dass es genau das war, was er wollte.
Sterben.
Durch ihre Hand.
Sie hatte abgedrückt.
Ihm seinen Wunsch erfüllt.
Und er hatte gelächelt.
Danach war alles so rasch gegangen. Sirenen, Polizei, Rettung – alle waren gekommen. Hatten sich um alle gekümmert und die nächsten Wochen

und Monate waren voll gewesen von Therapie. Von Krankenhäusern. Von Sitzungen.

Aber es hatte geholfen.

Sie hatte diese „Episoden" nicht mehr. Schon lange nicht mehr. Sie hatte all das hinter sich gelassen. Aber die Erinnerung daran ... der Moment, in dem sich ihr Finger gekrümmt hatte, den Abzug gezogen, die Kugel aus dem Lauf gekommen war ... das hatte sich in ihr Gedächtnis gebrannt.

Es war wie in Zeitlupe gewesen. Die Kugel, die sich den Weg durch die Luft bahnte, die kurze Distanz zwischen dem Fremden und ihr überbrückt hatte, bis sie in seinem Kopf eingeschlagen war.

Er hatte gelächelt.

Zufrieden gelächelt.

Seine Rache war vollendet gewesen.

Sein Weg zu Ende.

Und sie hatte ihm Ruhe gegeben.

Es war so lange her. So ewig lange her. Angela dachte nur mehr selten an diese Nacht, diesen Moment. Sie hatte ihr Leben wieder in geordnete Bahnen gelenkt. Alles wieder hinbekommen. Ein geregeltes Leben.

Aber immer wieder wachte sie auf und war sich bewusst getötet zu haben.

Ein Leben genommen zu haben.

Vielleicht hatte sie sich nur ein eingebildet, ihm einen Gefallen getan zu haben.

Vielleicht war es ganz anders gewesen.

Erinnerung war etwas Eigenartiges.

Sie zeigte Dinge falsch, verzerrte sie, passte sie ans eigene Weltbild an. Erinnerung war nicht objektiv. Das kannte sie aus eigener Erfahrung.

Irgendwann und mit viel professioneller Hilfe hat sie es hinbekommen, dass sie damit Leben konnte. Sich selbst verzeihen konnte.

In Filmen brachten Menschen scharenweise andere Menschen um und es schien ihnen nichts auszumachen, aber im richtigen Leben ... nun, das war eine andere Sache. Es gab einen Grund, weshalb Polizisten einen psychologischen Dienst in Anspruch nehmen sollten und mussten, sobald sie ihre Waffe abgefeuert hatten.

Weil es im realen Leben nicht so einfach war, ein Leben zu nehmen und damit klar zu kommen.

Niemals.

Warum wohl gab es ein Trainingsprogramm für Soldaten?

Damit sie lernten zu töten.

Töten war etwas zutiefst Unmenschliches. Etwas, das kein Mensch leichtfertig tun konnte.

Wenn diese Mauer erst gefallen war ... dann war man kein ganzer Mensch mehr. Dann war man ein Psychopath. Ein Irrer. Ein potentieller Mörder.

René hatte nicht getötet.

Nie.

Aber er hatte es beinahe verursacht.

Angela kannte seine Geschichte. Sie kannte die Wahl, vor die er von dieser Irren gestellt worden war.

Du oder sie?

Angela wusste nicht, wie sie reagiert hätte.

Aber René hatte auf sein Gegenüber gezeigt.

Er hatte jemand anderen sterben lassen wollen, um selbst leben zu können.

Eine zutiefst menschliche Reaktion, wie Angela fand. Keineswegs ehrenwert und auch kein Stoff für Heldengeschichten, aber menschlich.

Es gab sicher nicht viele Leute, die gesagt hätten „Nehmt mich! Lasst sie laufen!". Auch das gab es nur im Film. Der Selbsterhaltungstrieb des Menschen war zu groß. Vielleicht waren viele der Annahme, dass sie anders gehandelt hätten, aber die machten sich etwas vor. Angela machte sich nichts vor. Sie hoffte, dass sie tapfer gewesen wäre. Aber mit Sicherheit konnte sie diese Frage nicht beantworten, ohne selbst in dieser Situation gewesen zu sein.

Was sie aber wusste, war, dass diese Reporterin mit ihr Kontakt hatte aufnehmen wollen. An dem Tag, an dem René diesen Simon niedergeschlagen hatte – sie war eine von denen gewesen, die angerufen hatten. Sie hatte aber nicht mit René sprechen wollen, nein, Regina hatte mir ihr, Angela, sprechen wollen.

Natürlich hatte Angela nichts zu sagen gehabt, aber die Fragen, die Regina gestellt hatte ... es waren gute, berechtigte Fragen gewesen.

Fragen, die auch Angela selbst sich gestellt hatte.

Warum hatte René Simon niedergeschlagen?

War er noch traumatisiert und noch nicht bereit, wieder an die Öffentlichkeit zu gehen?

Brauchte er psychologische Hilfe?

Hatte Simon ihn provoziert?

Lauter Fragen, die Angela sich selbst auch gestellt hatte. Alles *berechtigte* Fragen. Sie hatte auch gemeint, dass sie einen Artikel schreiben wolle. Einen Gegenentwurf zu Simons Artikel. Eine Darstellung der Ereignisse, die Simon als Lügner und Betrüger entlarven würde, da er offensichtlich auf einen Kreuzzug gegen René unterwegs war. Warum René? Vermutlich, weil er dank seiner Hintergrundgeschichte ein leichtes Opfer war. Angela durchschaute Reginas Anfrage rasch. Es ging nicht um René. Es ging um Konkurrenzdenken. Es ging Regina offensichtlich darum, besser als ihr Kollege zu sein. Wer wusste schon, welche Geschichte sich dahinter verbarg. Es interessierte Angela auch nicht.

Sie hatte Reginas Angebot auf ein Treffen abgelehnt. Sie war der Meinung gewesen, dass das nicht notwendig war. René würde die Sache in den Griff bekommen. Dieser Simon schrieb doch nur für ein billiges Schmierblatt, was sollte schon passieren?

Womit Angela nicht gerechnet hatte, war Renés psychischer Zustand.

Sie musste zugeben – als René ihr gebeichtet hatte, dass er wieder Wölfe sah ... sie war zutiefst erschrocken gewesen. Das konnte nichts Gutes bedeuten. Unabhängig davon, dass Angela wusste, Werwölfe waren nur Einbildung und nicht wirklich

möglich, so sagte es sehr, wirklich *sehr viel* über
Renés geistigen Zustand aus.

Etwas in ihm zerfraß ihn.

Angelas Meinung nach war es das Schuldgefühl.

Deshalb hatte Angela diese Reporterin auch
zurückgerufen.

Sie hatte nachfragen wollen, ob sie immer noch
einen Artikel, diesen Gegenentwurf, schreiben
wollte, da Angela nun der Meinung war, dass es
René helfen könnte wenn dieser Reporter als
Spinner aufgedeckt wurde, der einen Feldzug –
warum auch immer – gegen René führen wollte.

Zu spät.

Sie war zu spät dran gewesen.

Laut Auskunft im Büro der Zeitung war Regina im
Krankenhaus. Jemand hatte sie in ihrer Wohnung
überfallen und hatte sie umbringen wollen.

Also beschloss Angela, sie dort zu besuchen.

Ihre Frage, ob Regina Polizeischutz hatte und ob sie
sich bei irgendjemand anmelden oder um eine
Besuchserlaubnis anfragen musste wurde am
anderen Ende der Leitung mit einem Lachen
quittiert.

Also hatte sie aufgelegt und jetzt ... jetzt stand sie
hier.

Im Krankenhaus.

Die Auskunft sagte ihr den Stock und die
Zimmernummer von Regina und bunten Linien auf
dem Boden folgend fand sie den Lift.

Gerade als sich die Lifttüren schlossen, stieg ein
Mann zu ihr in die Kabine. Er wirkte nervös und

schwitzte. Vermutlich war er gelaufen, um den Lift noch zu erwischen.

Angela lächelte ihn freundlich und aufmunternd an. Er reagierte nicht, sah sich nur weiterhin nervös um und hielt sich seinen großen und schweren Mantel zu.

Vielleicht hätte sie nicht ins Krankenhaus fahren sollen.

Vielleicht hätte sie sich aus der Sache raushalten sollen.

Dazu war es zu spät.

Angela und der Mann mit der unter seinem Mantel versteckten Bombe fuhren gemeinsam in einen oberen Stock um Regina zu besuchen.

Und sie waren nicht die einzigen beiden.

SIMON

I

Der Parkplatz war leer, abgesehen von Regina und Simon. Ansonsten standen Autos in der Gegend herum, geparkt für den Tag und keine Menschenseele war in Sichtweite.

Es war eine abgelegene Gegend, sicher, aber immerhin war es einfach, eventuelle Verfolger leicht auszumachen.

Simon hatte das Auto passend geparkt, um einen guten Blick auf alle umliegenden Wege zu haben.

Auch wenn der Motor abgeschaltet war, ruhte seine Hand weiterhin auf dem Zündschlüssel um –

sollte Gefahr auftauchen – sofort den Motor starten und losfahren zu können.

Regina hatte ihre Idee erklärt und Simon musste, auch wenn es ihm nicht gefiel, darüber nachdenken und es schien Sinn zu ergeben. Ihre Rückschlüsse waren – zumindest im ersten Moment – völlig legitim.

Auch wenn ihm diese Tatsache absolut nicht schmeckte.

„Ich glaube dennoch, dass er mit drin hängt", wiederholte Simon, aber Regina antwortete nicht mehr. Sie hatte bereits mehrfach betont, anderer Meinung zu sein.

Simon ging die Argumente nochmals durch, fand es aber schwer, sich zu konzentrieren. Also beschloss er ein letztes Mal, den Versuch zu starten mit Regina zu diskutieren.

„Warum sollte unser Boss so etwas tun?", fragte er.

Regina war sichtlich froh, endlich eine vernünftige Frage gestellt zu bekommen und wandte sich nun doch Simon zu anstatt demonstrativ aus dem Fenster zu blicken.

„Auflage", meinte sie, kurz gefasst. „Was bringt mehr Absatz als ein Reporter, der während eines Interviews attackiert wird? Dann noch ein Mordanschlag auf einen anderen ... soweit ich im Kopf habe, waren das unsere besten Zahlen seit Monaten."

Obwohl er widersprechen wollte, musste er gestehen diesen Gedanken auch bereits gehabt zu haben.

„Wäre es das wert? Glaubst du wirklich, dass er so irre ist?", hakte er nach.

Regina zuckte mit den Schultern. Glauben, nicht glauben. Es war immer schwer Menschen einzuschätzen mit denen man nur oberflächlich zu tun hatte.

„Ein Grund ist so gut wie jeder andere", meinte sie dann. „Selbst wenn es etwas anderes sein sollte ... es passt doch trotzdem. Er hat die Möglichkeiten. Er hatte das Wissen."

Simon nickte zustimmend.

Ja. Der Boss hatte Simon auf das Interview mit René angesetzt. Und René war nervös gewesen. Bereits von Anfang an war ihm vorgekommen, dass er aufgekratzt war. Simon hatte auch nicht klar verstanden, warum René ihn damals zurückgerufen und das Interview bestätigt hatte. Seine Worte waren gewesen, dass René das Interview machen würde, damit er, Simon, endlich aufhörte ihn zu nerven.

Komischerweise hatte Simon ihn nur ein einziges Mal angerufen. Er hatte selbst den Auftrag erst am Tag zuvor bekommen. Aber René hatte wirklich geklungen, als ob Simone ihn bereits tagelang mit Kontaktversuchen bombardiert hatte. Natürlich war Simon das komisch vorgekommen, aber er hatte nicht weiter darüber nachgedacht und René eben als leicht labil eingestuft.

Als er seinen Kontaktmann bei der Polizei angerufen und nachgefragt hatte, ob er Material für ihn besorgen könnte, welches das Interview ein wenig interessanter machen könnte, war Simon völlig sprachlos gewesen, als dieser ihm das Video und die Akten zu den Vorfällen vor einiger Zeit so rasch besorgen konnte.

Fast als hätten sie bereitgelegen und mein Kontakt nur auf meinen Anruf gewartet, dachte Simon.

Konnte das wahr sein? So einfach sein?

Normalerweise war es das nicht.

Normalerweise war es das nie.

„Und du hast sie wirklich angerufen?", fragte er nochmals, immer noch nicht bereit es zu glauben.

„Wie oft soll ich es dir noch sagen?" Regina seufzte.

„Es tut mir leid, aber ich wollte einfach nicht, dass du einen Kleinkrieg mit diesem Kerl anfängst. Das hätte ... nun, das hätte dich berühmter gemacht als mich ..."

Die letzten Worte murmelte sie nur noch halblaut, aber Simon verstand dennoch jedes Wort. Er lächelte still und innerlich jubelte er kurz. Er war also doch ein würdiger Vertreter seiner Zunft und war der „Besten" gefährlich geworden.

„Ich kann dir gar nicht sagen, wie oft ich dich erwürgen wollte", sagte er grinsend.

Ein Blick in Reginas Gesicht brachte ihn allerdings sofort wieder dazu, ernst zu sein.

„Nein", wehrte er rasch ab. „Das war eine Redewendung, nur eine Redewendung."

Reginas Blick sprach Bände. Es war kein Zeichen von großem Mitgefühl oder Hirnschmalz, einer Person, die gerade einen Mordanschlag überlebt hatte, zu sagen, dass man mehrmals daran gedacht hatte, sie umzubringen.

Aber Regina war Profi.

Sie wusste natürlich wie Simon es meinte.

„Touché", sagte sie deshalb und entspannte sich wieder.

Simon nickte und fasste gedanklich nochmals alles zusammen. Es passte. Irgendwie. Und irgendwie nicht. Vielleicht wollte er es auch nicht glauben.

Er mochte René nicht.

Selten hatte Simon einen so ... negativen, destruktiven und kaputten Typen gesehen. Als sie sich in dem Café getroffen hatten war sich Simon bereits von weitem sicher gewesen, welcher der Menschen dort René sein musste. Eine Aura von Dunkelheit hatte ihn umgeben. Wut. Hass. Zorn. Aber ohne Ziel. Wut ohne Ziel war gefährlich. Und wie sich herausgestellt hatte, hatte Simon ja richtig gelegen.

Okay.

Okay, okay.

Er hatte ihn auch ein wenig provoziert und er hatte gewollt, dass René etwas Schlimmes sagte, damit er auch wirklich einen großartigen Bericht schreiben konnte. Niedergeschlagen zu werden ... war nicht Teil des Plans gewesen.

Sein kaputtes Diktiergerät war sicher Glück gewesen, denn als René so aufbrausend geworden war, hatte sich Simon zu ihm gebeugt und ihn ganz direkt gefragt, wie es sich so anfühlte als potentieller Mörder.

Er hatte eine Grenze überschritten.

Klar.

Das sah er jetzt auch ein, aber zu diesem Zeitpunkt ... es fiel ihm schwer, es in Worte zu fassen, denn von René war diese Ausstrahlung ausgegangen. Etwas in Simon hatte darauf reagiert, hatte ihn wütend werden lassen, die Konfrontation suchen lassen.

Wenn er zurückdachte, dann fiel ihm erst jetzt auf, wie wütend, paranoid und ängstlich er selbst die letzten Tage gewesen war.

War das der Einfluss von René gewesen?

Sein Artikel fiel ihm wieder ein.

Er hatte René unterstellt ein Mörder zu sein. Mehrmals. Ein Psychopath. Ein Irrer. Das war nicht Simons Art. Jetzt, wo er darüber nachdachte, merkte er erst, wie sehr er René hatte zerstören wollen. Vernichten.

Er fragte sich weshalb.

Eigentlich kannte er den Typen überhaupt nicht. Auch Regina ... er hatte auch Regina mehrmals den Tod gewünscht. Nun. Öfter als sonst zumindest.

Was war los mit ihm?

Er brauchte Antworten. Rasch. Und simpel. Und ehrlich.

Simon wusste auch, wo er sie bekommen konnte.

Er startete das Auto, was Regina mit einem fragenden Blick zur Kenntnis nahm.

„Ich brauche Antworten", stellte er streng fest.

Regina fragte nicht nach.

Sie wusste, wo der Weg sie als nächstes hinführen würde.

RENÉ

II

Ich sitze noch immer mit dem Rücken an die Wand gelehnt auf dem Boden. Meine Beine sind angezogen und alles dreht sich um mich.

Die Katze ist von Susis Schoß gesprungen, hat es irgendwie geschafft, sich zwischen meine Oberschenkel zu pressen. Sie stützt sich mit ihren Vorderpfoten auf meinem Brustkorb ab, während sie ihren Kopf an meinem Kinn reibt und laut schnurrt.

Ich genieße das Gefühl.

Es beruhigt mich.

Eine Geschichte fällt mir ein. Eine alte Geschichte, die ich irgendwann, irgendwo gehört oder gelesen habe.

Ein alter Indianer sitzt mit seinem Sohn beisammen und warnt ihn vor der Zukunft. Er sagt ihm, dass im Herzen jedes Menschen zwei Wölfe gegeneinander kämpfen. Ein Wolf repräsentiert das Böse, die Wut, den Hass, den Drang alles kaputt zu machen, das Misstrauen und den Wunsch die Welt zu vernichten.

Der andere Wolf steht für alles Schöne, für alles Gute. Für Liebe, für Verständnis, für Vertrauen und den Wunsch nach Schöpfung.

Diese beiden Wölfe befinden sich ewig miteinander im Streit, umrunden sich, knurren sich an und wetteifern um den Besitz der Seele.

Der Indianersohn fragt seinen Vater, welcher Wolf den Kampf gewinnen wird, worauf der alte Indianer eine so simple wie weise Antwort gibt: „Jener, den du fütterst."

Die Katze schnurrt noch immer.

Ihr Fell ist weich und ohne es zu wollen entringt sich mir ein Lächeln.

Jener, den du fütterst.

Ich kann mich nicht daran erinnern, jemals den Wolf des Vertrauens gefüttert zu haben. Niemals.

Ich kann mich nicht daran erinnern, jemals irgendeinen Wolf gefüttert zu haben.

Eine Stimme in meinem Kopf nennt mich einen Lügner und ich muss ihr leider zustimmen. Ich weiß sehr wohl, dass ich meine Schlüsse aus meinem Leben gezogen habe, mich auf die Dunkelheit, den Hass, alles Schlechte fixiert habe. Mir ist auch aufgefallen, wie Uschi und ich damals auseinander gedriftet sind.

Sie meinte es gut. Sie wollte, dass ich etwas aus mir mache. Mich bemühe, eine Herausforderung finde. Alles, was ich sehen konnte, war ihr Drang durch mich zu mehr Geld zu kommen. Ich konnte es nicht als das sehen, was es war: Der Versuch mich dazu zu bringen, mich selbst glücklicher zu machen.

Aber ich konnte nicht glücklich sein.

Ich wollte, dass die Welt schlecht war. Dass sie unfair war.

Denn nur dann konnte ich meine Wut und meinen Hass vor mir selbst rechtfertigen.

Manchmal sind die Dinge sehr einfach, wenn man sie erst einmal erkennt.

Aber Uschi hat sich verändert.

Sehr verändert.

Die Gasse. Die Mülltonnen. Eine verführerische Uschi. Zu diesem Zeitpunkt hatte sie bereits einen neuen Freund, eine neue Liebe. Aber sie hat sich an mich gewandt.

Hilfesuchend, wie ich dachte.

Aber sie wollte keine Hilfe.

Sie wollte ein Opfer.

Was sie fand, war ein Täter.

Wer Hass sät, wird Rache ernten.

Ich hebe meinen Blick und sehe zur Couch, auf der Susi immer noch sitzt, die Füße auf dem Couchtisch, die Hände verschränkt und mich stumm musternd.

Als sie meinen Blick bemerkt, hebt sie fragend eine Braue.

Ich nicke.

„Danke", sage ich. Und ich meine es so. Ohne zu wissen, wie lange ich da gesessen bin. Ohne zu wissen, wie viel Zeit vergangen ist, seit ich meine inneren Dämonen gesehen und erkannt habe.

Die Erkenntnis, dass ich nun auch wirklich weiß, was passiert ist ... sie macht mein Leben nicht besser. Verändert die Vergangenheit nicht.

Aber es kann meine Zukunft prägend beeinflussen.

Ich schließe die Augen, genieße einen Moment lang noch das Kuscheln mit der Katze und ihr beruhigendes Schnurren, dann hebe ich sie von meinem Schoß und richte mich auf.

Meine Beine halten mich fast nicht, denn sie sind eingeschlafen und kribbeln.

Schwerfällig bewege ich mich auf meinen Hocker zu und greife nach dem Kaffee.

Er ist leer.

Meine Tasse liegt auf dem Boden, da sie mir aus der Hand fiel, als Susi ihre Wahrheit über mir ausgebreitet hat.

„Natürlich hattest du keine Zeit neuen aufzustellen", merke ich an.

Susi beugt sich ein wenig nach vor und sieht mich ungläubig an.

„Echt jetzt?", fragt sie. „Das ist der erste Satz von dir?"

Ich lächle. Auch sie lächelt und ich kann nicht anders, als zu spüren, wie mein Leben eine dramatische Wendung zum Guten nimmt.

Alles wird besser.

Leichter.

Die Welt verdient meinen Hass und meine Wut nicht.

Einerseits weil sie nicht so schlecht ist.

Andererseits weil es ihr völlig egal ist, wie ich mich fühle.

Aber um die Welt geht es nicht.

Es geht um die Menschen, die mich umgeben.

Menschen, die ich liebe.

Frage: Was ist Liebe?

Antwort: Das Wissen, etwas wert zu sein. Für sich selbst und andere.

Ich bewege meine Beine ein wenig, um wieder Gefühl darin zu bekommen und das Blut wieder in normale Bahnen zu lenken.

„Woher wusstest du, wo ich wohne?", frage ich Susi, die mir nicht direkt antwortet, sondern nur mystisch sagt: „Ich weiß immer, wo du wohnst." Nachzufragen wäre sicher interessant. Es wäre aber auch sinnlos, weil ich Susi gut genug kenne, um keine weitere Erklärung zu erwarten. Wenn sie mir hätte sagen wollen, woher sie es weiß, dann hätte sie es mir jetzt gesagt. Kein Grund weiter nachzubohren.

„Du bist im besten Augenblick gekommen. Im letzten Augenblick. Ich dachte, ich verliere den Verstand … schon wieder", gestehe ich ihr demütig.

Susi lacht auf. Es ist ein ehrliches, helles Lachen. Ich bemerke, dass die Spannung von ihr abgefallen ist. Sie scheint keine Angst mehr vor mir zu haben. Innerlich fällt mir ein Stein vom Herzen. Ich fühle mich mehrere Kilo leichter.

„Du denkst wirklich, dein Verstand hätte sich jemals erholt?"

Sie grinst. Aber ihr Grinsen gefällt mir nicht.
Es liegt etwas Dunkles darin. Eine Vorahnung.
Nein. Ich bilde mir das ein. Das ist mein altes Ich.
Mein neues Ich sieht nicht überall Dunkelheit und
Finsternis. Mein neues Ich sieht auch die positiven
Möglichkeiten.
Beschissener Optimismus.
Keine zwei Sekunden, dass wir uns gefunden haben
und schon betrügt er mich, denn im nächsten
Moment klingelt es an der Wohnungstür.

Kapitel 13: Du bist nett (II)
„I see some possibilites where you see a lack of hard fact"
– Aquarian Age „nice"

ANGELA

I

Der Mann war immer noch nervös. Angela betrachtete ihn vorsichtig, möglichst bemüht nicht zu auffällig zu sein. Er war um die dreißig Jahre alt, unrasiert und er schien schon eine Weile keinen Friseur mehr gesehen zu haben. Seine Kleidung war zwar in der für ihn passenden Größe, aber ohne wirklich stilvoll zu sein. Als wären es Kleiderspenden gewesen, die er gezwungenermaßen anziehen musste, weil er sonst nichts hatte.

Dann endlich dämmerte es ihr.

Er war ein Flüchtling.

Sie entspannte sich ein wenig und schalt sich selbst einen Narren Angst gehabt zu haben. Er war harmlos. Vermutlich fürchtete er sich mehr als sie. Sprach wahrscheinlich fast kein Wort Deutsch und war hier im Krankenhaus um Bekannte zu suchen oder vielleicht sogar Verwandte.

Angela fasste sich ein Herz und sprach ihn an.

„Suchen Sie jemanden?"

Der Mann zuckte zusammen und wich einen Schritt zurück. Er wurde noch nervöser, musterte sie von oben bis unten und wich schließlich bis an die

Kabinenwand zurück. Er zog seinen Mantel enger und sah sehnsüchtig zur Anzeige, welche ihm mitteilte, noch nicht in seinem Zielstockwerk angekommen zu sein. Sein Blick wanderte zu Angela zurück. Er lächelte verlegen und schüttelte den Kopf.

„Kann ich Ihnen sonst irgendwie helfen?", fragte Angela nochmals, bemüht, freundlich und ungefährlich zu wirken. Die Augen des Mannes blieben weit aufgerissen. Er sah sie nur stumm an. Dann schüttelte er wieder langsam den Kopf.

„Kein Deutsch, hm?", hakte sie nach. Der Mann nickte langsam. Mit schwerem Akzent und hörbarer Mühe brachte er eine Antwort hervor.

„Nicht. Sprecke. Deitsch", dann atmete er erleichtert aus. Angela nickte verständnisvoll. Wie wollte der arme Kerl hier irgendwie jemanden finden oder auch nur irgendjemand mitteilen, was er wollte, wenn er nicht einmal ein Wort Deutsch verstand. Die drei Worte, die er gerade mit sichtlicher Anstrengung rausgepresst hatte, waren sehr wahrscheinlich die einzigen Worte, die er mit Mühe und Not rasch gelernt hatte.

Angela hatte Mitleid mit ihm.

In einem fremden Land, angefeindet von vielen und – soweit sie aus den Zeitungen wusste – in Schlafsäle gepfercht ... das war kein Leben. Das war ... alles, was er die nächsten Wochen haben würde. Sie seufzte.

Der Lift blieb stehen, das klassische „Ding" ertönte und eine Computerstimme sagte ihnen, in welchem

Stockwerk sie sich befanden. Der Blick des Mannes glitt zur Nummer und wanderte weiter zu seiner Handfläche. Angela erkannte einen Zettel in seiner Hand. Jemand hatte ein Stockwerk und einen Namen darauf notiert. Welchen Namen konnte sie nicht erkennen. Das Stockwerk war dasselbe wie ihres.

Der Mann bemerkte ihren Blick, senkte die Hand und sah sie angsterfüllt an. Angela hob abwehrend die Hände, deutete auf die offene Tür und ließ ihn vor sich aussteigen.

Sichtlich überfordert blieb er im Stock stehen und sah sich um.

Es waren doch ein paar Leute mehr anwesend als Angela gedacht hatte. Die Schwestern, die von Raum zu Raum liefen. Eine Dame saß am Informationsschalter und ein paar Patienten gingen mit ihrem Besuch den Gang entlang.

Der Mann wusste nicht, wohin er sich wenden sollte, also tippte ihm Angela auf die Schulter und deutete ihm mitzukommen.

Sie ging zum Empfang und fragte die Schwester nach der Zimmernummer von Regina, der Reporterin. Es dauerte keine Sekunde und sie hatte die Information. Sie machte sich in diese richtige Richtung auf, blickte aber noch ein letztes Mal auf den verwirrten Mann zurück. Dieser sah verloren zwischen ihr und der Empfangsdame hin und her. Angela blieb stehen, seufzte und überlegte einen Moment.

Es war doch völlig egal, ob sie jetzt oder in ein paar Minuten zu der Reporterin kam. Wer wusste, ob sie überhaupt wach war, es war ja nun nicht so, als ob sie sich angemeldet hätte.

Sie fasste sich also ein Herz und kehrte um, nahm den Mann bei der Hand und zog ihn mehr oder weniger zur Schwester am Empfang. Der Fremde war zu überrascht um sich zu wehren, zuckte aber zusammen als Angela seine Hand nahm und den Zettel der Schwester hinhielt.

Zu Angelas Überraschung suchte der Mann ebenfalls die Reporterin.

Das war ja witzig.

Sie lächelte ihn an und deutete ihm mit einem Kopfnicken ihr zu folgen.

Er blieb jedoch stehen und winkte ab.

Angela sah ihn nochmals fragend an, jedoch ohne Erfolg. Also lieh sie von der Schwester einen Stift und notierte die Zimmernummer auf seinem Zettel. Vielleicht wollte er ohne Angela zu ihr. Vielleicht kannte der Mann Regina ja und es wäre peinlich gewesen mit Angela aufzutauchen. Wie auch immer. Es gab Millionen Möglichkeiten, warum er nicht mit ihr gehen wollte. Sie deutete auf die Nummer und dann auf ein Schild neben einer Patiententür.

Der Mann sah sich die Zahlen auf dem Zettel an. Dann die neben der Tür. Ein Leuchten trat in seine Augen und er nickte. Er verstand, dass die Nummer auf dem Zettel die Türnummer war.

Er winkte Angela dankbar zu. Auch wenn er immer noch sehr, sehr nervös schien. Er schien sogar nervöser zu sein als vorher. Es war seltsam.
Nun. Möglicherweise war es wirklich sinnvoll ohne ihn zu gehen. Sollte er doch einfach nachkommen, sobald sie wieder gegangen war.
Nun dann.

SIMON

I

Als die Tür aufging, war Simon ehrlich überrascht. Er hatte damit gerechnet durch den Türspion erkannt zu werden und dann unerledigter Dinge wieder von dannen ziehen zu müssen. Aber dem war nicht so.
Der Typ öffnete einfach so die Tür. Er schien nicht einmal auf die Idee gekommen zu sein, durch den Spion zu blicken. So sicher fühlte er sich also.
Wut keimte in Simon auf.
„Hi", sagte er und stieß mit der flachen Hand die Tür weiter auf, um unaufgefordert einzutreten. Der Kerl war zu verblüfft, um auch nur etwas zu sagen. Er starrte Simon nur stumm an und schien noch irritierter als Regina Simon folgte, kurz die Hand hob um ihm zuzuwinken und dann neben Simon vor ihm stehen zu bleiben.
„Bitte", sagte René schließlich. „Kommt doch einfach ungefragt rein. Das machen alle so."

Regina musste kurz grinsen, was Simon eher missfiel. Er war nicht gut gelaunt. Auf dem Weg hierher war sein Zorn auf diesen Kerl wieder von selbst nach oben gestiegen. Mit ihm hatte alles begonnen – er musste einfach die Antworten haben, die Simon so dringend suchte.

Die er so dringend brauchte.

„Das ist kein Witz, wir müssen reden", stellte Simon die Sachlage klar.

René nickte.

„Offensichtlich", meinte er dann und warf einen kurzen Seitenblick in Richtung Wohnzimmer. „Aber muss das jetzt hier und heute sein? Wir haben doch ohnehin demnächst einen Termin, oder?"

Simon entging der Blick in Richtung Wohnzimmer nicht. Er sah zu Regina und nickte in die bestimmte Richtung. Sie verstand seinen Wink und ging ohne ein weiteres Wort hinüber. René drehte sich um und wollte sie daran hindern, aber Simon stellte sich ihm in den Weg.

„Nein", sagte er drohend. „Wir bleiben hier und reden mal kurz."

René beachtete ihn nicht, denn er war zu sehr von Reginas Weg ins Wohnzimmer abgelenkt, um auf Simons Worte zu hören. Was wiederum dessen Wut noch mehr steigerte. René macht einen Schritt in Richtung Regina, woraufhin Simon nach vor sprang und ihm einen Schlag ins Gesicht verpasste. René hatte nicht damit gerechnet und kam ins Straucheln. Er taumelte zurück, prallte gegen die

Wand, stolperte dabei über die eigenen Füße und fiel zu Boden.

Keine Sekunde später stand Simon über ihm und hielt ihm eine Pistole vors Gesicht.

René rieb sich das Kinn und stöhnte.

Dann öffnete er die Augen und sah, dass Simon eine Waffe auf ihn gerichtet hatte. Er erstarrte.

Sein Blick – ängstlich – wechselte zwischen Simons Gesicht und der Waffe hin und her.

„Es tut mir leid, dass ich dich geschlagen habe", sagte René und zuckte zusammen, weil sein Kiefer bei jedem Wort Schmerzen durch seinen Kopf sandte. „Ich weiß nicht, was da über mich gekommen ist."

Simon nickte, dann wischte er das Thema mit einer Handbewegung weg.

„Um das geht es nicht", fügte er hinzu. „Es geht darum, warum du uns fertig machen willst."

René schien nicht zu verstehen oder zumindest gut zu spielen. Er suchte in Simons Gesicht nach irgendeinem Hinweis, was er meinte, konnte aber nichts finden.

„Warum ich *wen* fertig machen will?", wollte er wissen.

„Uns", antwortete Simon und nickte in Richtung Regina, die im Wohnzimmer verschwunden war.

René schien noch immer nicht zu verstehen.

Er schüttelte den Kopf.

„Wer ist die Frau?", fragte er.

Simon sah ihn ein paar Sekunden lang einfach nur an und wartete, ob noch etwas folgte. Irgendetwas.

Ein Wort, ein Satz. Irgendetwas, das ihm verriet, ob dieser Kerl ein Spielchen spielte oder ob er wirklich keine Ahnung hatte, wer Regina war.

René starrte primär die Waffe an und atmete flach. Er hob ganz langsam die Hand, um Simon nicht zu provozieren und rieb sich das Kinn. Dann wanderte sein Blick zur Wohnungstür, die noch immer offen war. Der Kerl dachte wohl an Flucht, aber nicht mit Simon. Mit dem Fuß stieß er die Tür zu. Renés Blick folgte ihm. Er seufzte, rieb sich weiterhin das Kinn, sagte aber nichts mehr und machte keine Anstalten aufzustehen oder sich irgendwie anders zur Wehr zu setzen.

Simon wurde nervös.

Vielleicht war es keine gute Idee gewesen hierher zu kommen. Wer wusste schon, was geschehen würde? War jemand im Wohnzimmer? Wo blieb Regina? Was war los? Er konnte sie auch nicht hören. Etwas klirrte. Aus Reflex wandte er den Kopf, um nachzusehen ob er erkennen konnte, was passiert war, schalt sich dann rasch einen Narren und hob die Waffe bedrohlich hoch, während sein Blick zurück zu René zuckte. Dieser machte jedoch keine Anstalten sich zu bewegen.

Simons Blick blieb auf René gerichtet, während er kleine Schritte in Richtung Wohnzimmer machte, die Waffe weiterhin bedrohlich vor sich haltend.

„Regina?", rief Simon ohne Antwort zu erhalten. Er spannte den Hahn. Die Wut wurde größer. Sein Finger am Abzug zuckte ein wenig. René hörte damit auf sich das Kinn zu reiben und versuchte,

sich nicht mehr zu bewegen, um Simon nicht dazu
zu verleiten, aus Reflex etwas Dummes zu tun.

ANGELA

II

Das Zimmer war rasch gefunden und wie sich
herausstellte, war auch nur ein einziger Name
darauf zu lesen. Scheinbar hatten Reporter auch in
Krankenhäusern eine Sonderbehandlung. Nun ja,
so war das nun einmal in dieser Welt.
Als Angela die Tür öffnete, stand sie jedoch nicht
vor Regina.
Das Bett war leer. Scheinbar hatte es jemand
benützt, denn die Decke war zurückgeschlagen und
das Leintuch war verdrückt und verrutscht, als
hätte jemand vor nicht allzu langer Zeit darin
gelegen.
Aber da war keine Frau.
Auch die anderen Betten waren leer
Stattdessen stand sie vor zwei großen Kerlen, die
sich ebenfalls verwirrt umsahen. Auch sie schienen
Regina gesucht zu haben.
Einer der beiden beugte sich gerade nach unten,
um unter dem Bett nachzusehen, völlig
übersehend, dass man sich unter
Krankenhausbetten aufgrund des Bettgestells nicht
verstecken konnte. Angela bemerkte auch, dass die
Tür zum Bad neben ihr offen war. Auch dieser
Raum war leer.

Der zweite Kerl stand vor dem Kasten und sie bemerkte ihn erst, als er die Schranktür schloss und sich zu seinem Kollegen umdrehte.

„Nein", sagte er an den ersten Mann gewandt. „Sie ist nicht hier. Verdammt. Dabei war unsere Information so sicher."

Der erste schüttelte den Kopf und seufzte. Er trug eine Tasche in der Hand und entdeckte Angela erst jetzt.

„Hallo, schöne Frau", sagte er freundlich.

Angela grüßte zurück.

„Suchen Sie auch die Reporterin?", fragte sie.

Die beiden warfen sich einen kurzen Blick zu, dann nickte der erste, während der zweite Angela bat einen Schritt zur Seite zu treten. Dann deutete er in Richtung Toilette und sie machte ihm Platz,

„Ja, die suchen wir, aber es scheint als wäre der Vogel ausgeflogen", meinte er und machte eine Handbewegung, welche den ganzen Raum einschloss. „Zumindest ist sie nicht in ihrem Zimmer."

„Laut Auskunft von der Information ist sie aber noch hier", meinte Angela und trat näher zu dem Mann, um selbst einen Blick auf das Bett zu werfen. Er zuckte mit den Schultern.

„Vielleicht ist sie eine Runde spazieren gegangen? Oder ins Café? Was weiß ich."

Er schien enttäuscht zu sein.

Angela trat zu dem Schrank, den der andere Mann vorhin durchsucht hatte und öffnete ihn nochmals. Sie trat einen Schritt zurück.

„Nein", stellte sie dann mit Sicherheit in ihrer Stimme fest.

Der zweite Mann lehnte sich an der Stelle an die Wand, an welcher sie ihn vorhin hatte passieren lassen und musterte sie mit einem Lächeln, das Angela die Nackenhaare zu Berge stehen ließ.

„Warum nicht?", fragte er viel zu freundlich, während seine Augen ihren Körper abtasteten. Sie fühlte sich sofort unwohl. Eine kleine Stimme meldete sich in ihrem Kopf zu Wort und teilte ihr zwei Fakten mit, die ihr Unwohlsein noch mehr verstärkten.

Weder war die Toilettentür geschlossen worden – das hätte sie gehört – noch hatte jemand die Spülung betätigt.

Dennoch stand der Mann jetzt hier vor ihr. Neben ihr. Zwischen ihr und dem Ausgang. Er hatte ihr also mit der Ausrede auf die Toilette zu müssen den Fluchtweg abgeschnitten.

Ihr Bauchgefühl sagte ihr, dass hier etwas ganz und gar nicht stimmte.

Diese beiden Kerle waren schlechte Neuigkeiten. Das spürte sie.

Sie beschloss, sich nichts anmerken zu lassen.

„Da ist keine Kleidung im Schrank. Er ist völlig leer."

Der erste Mann trat ein paar Schritte zur Seite, um vom Bett aus über ihre Schulter sehen zu können.

„Tatsächlich", stellte er fest und grinste seinen Kollegen abschätzig an. „Das hast du wohl übersehen, du dumme Nuss", neckte er ihn.

Allerdings klang es nicht liebevoll, sondern wie ein Vorwurf.

„Scheinbar", sagte der zweite Mann, der – wie Angela jetzt bemerkte – sehr gut gebaut war. Er schien kein Gramm Fett am Körper zu haben und sie konnte die starken Oberarme und den breiten Nacken erkennen. Er war stark. Sehr stark.

Sie war es nicht.

Schlechte Karten.

Ganz schlechte Karten.

„Alles klar", sagte sie, bemüht unbeschwert zu klingen. „Dann werde ich mal gehen und morgen wiederkommen."

Sie lächelte die beiden an und machte Anstalten aus dem Zimmer zu gehen, aber der große, kräftige Kerl ging ihr nicht aus dem Weg.

Stattdessen warf er einen Blick zu seinem Kollegen, der die Tasche, die er vorher in der Hand getragen hatte, auf das Bett stellte und sich ein wenig nach vor in Richtung Angela beugte.

„Warum so eilig?", wollte er wissen.

Angelas Blick wanderte zwischen den beiden hin und her und sie wog ihre Chancen ab, zwischen den beiden durchzukommen und den Ausgang zu erreichen bevor sie erwischt wurde. Auch der Gedanke laut zu schreien kam ihr, aber der Kräftige schien ihre Gedanken erraten zu haben und er schüttelte nur stumm den Kopf. Er stand keine Armlänge von ihr entfernt und sie vermutete richtig, dass er sehr rasch seine Hände an ihrem Hals haben könnte.

Der erste Kerl schien den gleichen Gedanken zu
haben, denn er lächelte breit.
„Du bist nett", sagte er.
 Mit seinen Augen sagte er etwas völlig anderes.
Angelas Bauchgefühl täuschte sich nur selten.
Es meldete sich nur oft zu spät.
Ganz schlechte Karten.
Ganz, ganz schlechte Karten.

SIMON

II

„Simon, hier ...", begann Regina, hielt aber inne
und blieb in der Tür stehen, als sie die Waffe in
seiner Hand entdeckte. Sie erschrak und riss die
Hände in die Höhe, als würde er sie damit
bedrohen, bemerkte aber rasch, dass er sie auf
René gerichtet hielt. Ohne lange darüber
nachzudenken stellte sie sich zwischen die beiden.
Die Pistole zeigte nun auf sie.
Simon trat einen Schritt zur Seite, um wieder auf
René zielen zu können, aber sie tat es ihm nach
und versperrte so weiterhin seine Schussbahn.
„Bist du verrückt geworden?", fragte sie ihn. „Wo
hast du die Waffe her?"
Er winkte ab und deutete ihr zur Seite zu gehen,
aber sie blieb stehen, wo sie war. René betrachtete
das Schauspiel, zu überrumpelt von Reginas
Reaktion, um irgendwie zu reagieren.

„Was soll das?", wandte sich Simon an sie. „Warum schützt du ihn?"

Regina antwortete nicht, sondern stellte eine Gegenfrage.

„Warum bedrohst du ihn?"

Simons Gedanken überschlugen sich. Was war ihre Absicht? Warum stellte sie sich ihm in den Weg? Wollte sie nicht wissen, was hier los? Wollte sie etwa keine Antworten von dem Kerl bekommen? Warum ...

Dann dämmerte es ihm. Er starrte sie eine Sekunde lang stumm an. Sein Blick brachte Regina dazu einen Schritt zurück zu machen.

Er hob die Pistole und zielte jetzt auf sie.

„Simon", sagte sie betont langsam und nachdrücklich. „Was machst du da?"

Er nickte sich selbst zu, denn jetzt hatte er endlich begriffen. Jetzt war alles klar.

„Du steckst unter einer Decke mit ihm", warf er ihr vor und grinste dämonisch. „Du gehörst dazu, nicht wahr? Ihr wollt, dass ich meinen Job loswerde, wie? Ihr wollt einen Sündenbock, stimmt doch, oder?"

Er kicherte irre.

Regina warf René einen Blick zu, den dieser erwiderte und der ihn zu einem Kopfschütteln veranlasste. Er hatte keine Ahnung, was hier vor sich ging. Das war alles ein wenig viel.

Simon kicherte nochmals.

„Natürlich", sprach er zu sich selbst. „Das passt alles zusammen. Das war gar kein Anschlag, oder?

Ihr spielt mit mir. Ihr habt zusammengearbeitet. Ihr wolltet, dass ich Regina finde, dass ich mich sicher fühle, wolltet einen passenden Moment abwarten, um mir in den Rücken zu fallen, oder etwa nicht?"
Das Kichern wurde immer unheimlicher. Selbst in Simons Ohren klang es irre. Aber es passte. Es passte alles perfekt zusammen.
Warum sonst würde Regina ihm plötzlich so ehrlich sagen, dass sie ihn als Bedrohung erlebt hatte? Warum sonst würde sie ihm mitteilen, Angst davor gehabt zu haben er könne besser werden als sie? Sie waren Konkurrenten. Sie waren Gegner. Sie hatten sich gehasst, bis er ihr das Leben gerettet hatte. Warum hatte er das getan? Warum? Wo doch so klar war, dass sie ihn betrügen wollte, so klar war ... so klar ...
Er ließ die Waffe – es war eine handelsübliche Glock – sinken.
Regina trat einen Schritt auf ihn zu; er hob die Waffe wieder, was sie dazu brachte erneut stehenzubleiben und abwehrend die Hände hoch zu halten.
Schließlich griff Simon mit der zweiten Hand zur Glock und sicherte sie. Er entfernte die Kugeln und warf sie zur Seite. Dann ließ er auch die Pistole fallen und fuhr sich mit den Händen übers Gesicht. Sein Kopf schmerzte.
Eine Ader pochte an seiner Schläfe und jeder Schlag fühlte sich an, als würde jemand mit einem Baseballschläger auf ihn eindreschen.

Eigentlich passte nichts zusammen. Nichts von dem, was eben noch in seinem Kopf gewesen war, passte zusammen.

Langsam, langsam aber sicher drehte er durch.

Das hier war nicht, was er gewohnt war. Es war nicht, was er wollte. Es war nicht, wie das Leben sein sollte. Nichts in den letzten Wochen und Tagen war so, wie das Leben sein sollte.

Eigentlich war sein ganzes verdammtes Leben nicht so, wie das Leben sein sollte.

Er holte tief Luft und sah Regina in die Augen. Dann trat er auf René zu und hielt ihm die Hand hin, um ihm aufzuhelfen.

René nahm die angebotene Hilfe dankbar an, sichtlich erleichtert, dass keine Waffe mehr auf ihn zeigte.

„Es tut mir leid", brachte Simon dann hervor und schloss die Augen. „Ich weiß nicht, was ...", begann er, aber noch bevor er fertig sprechen konnte, verpasste Regina ihm eine schallende Ohrfeige, welche seinen ohnehin bereits schmerzenden Kopf noch schlimmer dröhnen ließ.

Dann war es vorbei. Seine Kopfschmerzen waren verschwunden.

„Danke", sagte er.

Und meinte es so.

René schüttelte den Kopf.

Die Welt war voll von Irren.

Der einzig geistig Gesunde auf der ganzen Welt schien er zu sein.

Was sehr viel über den Zustand der Welt aussagte.

Für eine Sekunde kam ihm ein seltsamer Gedanke: Susi saß im Zimmer nebenan. Sie hatte sich die ganze Zeit über ruhig verhalten, war ihm nicht zu Hilfe gekommen und Regina, die das Zimmer vorhin betreten hatte, verlor kein Wort über sie. Er fragte sich, weshalb? Die Frage wurde allerdings von der Tatsache verdrängt, dass Regina Simon gerade zur Rede stellte.

René verdrängte den Gedanken und verfolgte irritiert und verwirrt den Dialog der beiden.

„Was ist nur los mit dir?", wollte Regina – sichtlich sauer – wissen.

Simon atmete tief ein und aus.

„Es gibt so viele Möglichkeiten was hier los ist. So viele Möglichkeiten ... mir schwirrt der Kopf. Keine Ahnung, wo wir anfangen sollen. Wenn er es nicht war ..." Damit deutete er auf René, der dazu keine Stellung nahm. „... wer dann? Unser Boss? Irgendjemand ganz anders? Wie sollen wir jemals dahinterkommen? Es gibt so gottverdammt viele Möglichkeiten!", fluchte er.

Regina nickte zustimmend.

„Ja. Was uns aber fehlt sind Fakten, Simon. Wir brauchen Fakten. Mit Möglichkeiten allein kommen wir nicht weiter."

Natürlich wusste er das. Das war keine Neuigkeit. Es war einfach so viel passiert. So viel. Auch wenn er gern stärker wäre. Tapferer. Besser. Heldenhafter. Er musste sich eingestehen, dass er es einfach nicht war.

Das war das Leben.

Kein Film.

Regina legte ihm verständnisvoll eine Hand auf die Schulter. Simon sah sie dankbar an.

Es war ein schöner, verbindender Moment ... den René unterbrach bevor es zu peinlich wurde.

„Wollt ihr einen Kaffee?", fragte er.

Reginas Blick sprach Bände. René zuckte schuldbewusst zusammen. Vielleicht wäre es besser gewesen keine dumme Frage zu stellen, aber in seiner Welt ließ sich mit Kaffee alles weit besser klären als ohne.

„Gern", sagte eine Stimme aus dem Wohnzimmer, was René dazu brachte, die beiden Eindringlinge im Vorraum stehen zu lassen und in der Küche Kaffee zuzustellen.

Susi ... wieder meldete sich eine leise Stimme in Renés Hinterkopf zu Wort, die ihm ein paar Details einflüstern wollte ... aber sie war zu leise.

ANGELA

III

Angela hatte bereits Erfahrung mit Geiselnahmen. Sie war selbst eine Geisel gewesen. Sie hatte den Geiselnehmer erschossen.

Dieser Fall hier war aber völlig anders gelagert. Sie war in einem Krankenhaus. Was konnten ihr diese Typen anhaben? Irgendjemand würde in nächster Zeit den Raum betreten. Jemand musste doch kommen. Die paar Minuten konnte sie die beiden schon hinhalten.

Was würde schreien schon nützen?

Vermutlich würde eine Schwester angerannt kommen und Angela wollte nicht riskieren, dass noch jemand in Gefahr gebracht wurde. Soweit sie feststellen konnte, hatten die beiden Kerle keine Waffe in der Hand, also musste sie sich darum keine Sorgen machen.

Dann sah sie den Beutel auf dem Bett stehen und eine dunkle Vorahnung machte sich in ihr breit. Der Kerl, der ihn aufs Bett gestellt hatte blickte gerade aus dem Fenster. Er schien abzuklären, wie weit es nach unten ging und ob sich die Fenster öffnen ließen.

Das war nicht gut, gar nicht gut.

Schrei einfach, sagte eine Stimme in ihr. *Schrei.* Irgendetwas hielt sie zurück. Es war dumm. Es war blöd. Es widersprach jeglichem Überlebensinstinkt – dennoch blieb sie ruhig, gefasst und sprach in normalem Tonfall.

„Ihr seid keine Freunde von der Dame, nehme ich an", sagte sie, um die Stille zu füllen.

Der kräftige Kerl lachte kurz auf.

„Das ist nett formuliert", antwortete er.

Angela nickte. Sehr gut. Zumindest war dieser bereit zu sprechen und er wirkte auch nicht so, als ob er lügen würde. Er schien zu denken, sicher zu sein.

Verdammt nochmal – jemand muss doch endlich in diesen verdammten Raum kommen, ging ihr durch den Kopf.

„Was wollt ihr dann hier?", versuchte sie das Gespräch mit dem Kerl fortzuführen. Wer sprach, tat nichts anderes. Wer sprach, war nicht dabei sie umzubringen.

Der Mann musterte sie nochmals von oben bis unten, seufzte – und die Art und Weise wie er seufzte, jagte Angela den nächsten Schauer den Rücken hinab.

„Was denkst du, Kätzchen?"

Angela zuckte betont unschuldig mit den Schultern.

„Ich bin nicht dafür bekannt viel zu denken", meinte sie dann und sah den Kerl mit großen und traurigen Augen an. Die Unschuldsmiene half oft. Große Kerle hatten dann sofort Mitleid mit kleinen, armen und hilflosen Mädchen. Der Beschützerinstinkt. Auch wenn sie eine emanzipierte Frau war – wenn es half, musste man eben auf die jahrhundertealten Methoden zurückgreifen. Sie hatten nicht umsonst die Zeiten überdauert. In diesem Fall war der Versuch aber vergebens.

„He, Helmut", sagte der Kräftige. „Sie versucht den Armes-unschuldiges-Mädchen-Blick."

Er schüttelte den Kopf und lachte.

Der Angesprochene, der offensichtlich Helmut hieß oder sich zumindest so nennen ließ, trat vom Fenster zurück und betrachtete Angela einen

Augenblick, bevor er weiterhin versuchte, das Ding zu öffnen.

„Und sie hat ihn sogar ziemlich gut drauf", stellte er fest.

Der Kräftige nickte.

„Du hast ja keine Ahnung, wie oft Frauen das bei mir versuchen", meinte er dann amüsiert. „Die denken, weil ich groß und stark bin, bin ich im Herzen ein Teddybär, der sofort kuscheln will, wenn mich ein artiges Mädchen mit großen Augen anblickt."

Er lachte nochmals.

In seinen Augen lag aber kein Humor.

Angela fluchte innerlich.

„Wart ihr es, die versucht haben, sie in der Wanne zu ertränken?", fragte Angela, entgegen besseren Wissens.

Helmut, der Mann am Fenster, drehte sich zu ihr um, jetzt interessiert an dem Gespräch.

„Wie kommst du darauf?", hakte er nach.

Angela beschloss es darauf ankommen zu lassen. Je mehr die beiden sprachen, desto mehr Zeit verging. Je mehr Zeit verging, desto eher kam jemand in den Raum und je länger die beiden sprachen, desto wahrscheinlicher würden sie sich verplappern.

„Ihr seid zu zweit. Ihr sucht die Dame. Ihr seid offensichtlich", sie suchte nach Worten. „Profis und ich glaube zu wissen, dass ihr nicht vorhabt mich hier wegzulassen."

Helmut schüttelte den Kopf. Er schien enttäuscht.

„Mädchen, wenn wir die Dame hätten umbringen wollen, dann wäre sie tot."

Er lächelte bösartig. Es war ein Lächeln, dessen Bedeutung völlig klar war. Er meinte es genauso, wie er es sagte. Er war Profi. Er hatte bereits Leute getötet. Der Einschätzung von Angela nach hatte es wohl meistens wie ein Unfall ausgesehen.

Die Gänsehaut wurde zu Eis, das sich seinen Weg ihren Rücken hinab suchte und sie nun doch nervös werden ließ. *Richtig* nervös.

„Was meinst du, Frank?", wandte sich Helmut an den kräftigen Kerl. „Sollen wir ihr sagen was Sache ist? Sollen wir ihr den Namen vom Boss sagen, oder nicht?"

Er zwinkerte Frank verschwörerisch zu.

Frank schien nachzudenken, dann grinste er.

„Klar. Wir erklären ihr den ganzen, komplexen Plan und nennen ihr alle wichtigen Details und Namen."

Er kicherte, aber seine Augen blieben kalt. Er fixierte Angela und wurde ernst.

„Wie man das eben so macht in Krimis und Actionfilmen. Man verrät immer alles, bevor man jemand umbringt."

Das eiskalte Gefühl Angelas hatte seinen Weg scheinbar bis zu ihren Zehenspitzen gefunden, denn obwohl alles in ihr danach schrie wegzulaufen rührte sie sich nicht von der Stelle. Sie stand da wie festgefroren und beobachtete stumm, wie Helmut und Frank sich im Zimmer nach einer Möglichkeit umsahen, ihren Tod nach einem Unfall aussehen zu lassen.

Frank schien seine Begutachtung des Zimmers enttäuscht zu beenden und nach einem Blick auf die Uhr schüttelt er den Kopf.

„Ich denke, es ist Zeit zu verschwinden", meinte er dann. Helmut deutete auf das noch immer geschlossene Fenster.

„Versperrt", sagte er dann mit einem Seufzer.

„Aber egal. Bei dieser Höhe hätten wir ohnehin nicht sicher sein können, dass der Aufschlag sie umbringt."

Er drehte sich wieder zu Angela um.

„Aber du, Kindchen, du wirst leider trotzdem nicht hier rauskommen."

Wann, wann kommt endlich jemand in dieses Zimmer. Es kam Angela vor als wäre sie bereits seit Stunden hier, doch tatsächlich waren es nur ein paar Minuten gewesen.

Helmut warf Frank einen sehr, sehr ernsten Blick zu.

„Badezimmer", sagte er dann. „Mach es lautlos und schnell."

Er griff nach seiner Tasche, die jedoch umkippte und eine Wolfsmaske zum Vorschein brachte. Angela fielen die Berichte über die Grauen Wölfe ein. Die Grauen Wölfe, die Regina angeblich angegriffen hatten. Ein Ablenkungsmanöver. Irgendjemand hatte alles geplant. Irgendwo saß jemand und spielte ein verdammtes Spiel mit ihnen allen.

Über den Boss reden.

Also gab es einen Boss.

Oder war das auch nur ein Ablenkungsmanöver?
Es gab so viele unbekannte Variablen. So viele
Optionen.

Sie wollte doch nur zu Regina, ein paar Fragen über
diesen anderen Reporter stellen und jetzt war sie
hier mit diesen beiden ... Mördern und ...

Frank hob seine starken Hände, um sie um Angelas
Hals zu legen. Sie holte Luft, um zu schreien, aber
sie kam nicht dazu.

Die Tür ging auf.

Helmut und Frank fuhren herum.

Angela atmete erleichtert auf, ihr Schrei im Ansatz
erstickt.

Der Mann aus dem Lift, der Flüchtling – ihr Retter!
Sie hatte völlig vergessen, dass er ja auch Regina
gesucht hatte.

Da sollte noch jemand sagen, dass Flüchtlinge dem
Staat nichts bringen.

Dann fiel ihr Blick auf den Mantel, der nun geöffnet
war.Sie konnte kaum glauben, was sie darunter
sah.

Die Schockstarre fiel von ihr ab als ihr
Überlebensinstinkt sich nun doch endlich
einschaltete und die Kontrolle übernahm: Ohne
nachzudenken machte Angela einen Schritt zurück,
riss den Kasten auf und drückte sich hinein.

Helmut und Frank brauchten zwei, drei Sekunden
länger um zu bemerken, was der Mann unter
seinem Mantel trug. Den Grund für seine
Nervosität. Den Grund dafür, dass er die ganze Zeit

darauf geachtet hatte, niemanden sehen zu lassen, was er versteckte.

Es war eine Bombe.

Eine verdammte Bombe.

In einem Krankenhaus.

Der Mann sah voller Angst die beiden Kerle vor ihm an. Er hob seine Hand in welcher er einen komischen Apparat hielt, auf dessen Oberteil ein roter Knopf zu erkennen war. Angela war keine Expertin, aber sie erkannte einen Auslöser, wenn sie einen sah.

Frank versuchte zu ihm zu gelangen und ihn daran zu hindern auf den Knopf zu drücken, aber er schaffte es nicht.

Er war zu langsam.

„Allahu akbar!", rief der Fremde. Dann senkte sich sein Daumen auf den roten Knopf und die Welt ging in Flammen auf.

Kapitel 14: Kreuze (IV)

„All have their crosses to bear"
– Aquarian Age „crosses"

RENÉ

I

Die beiden Eindringlinge betreten mein Wohnzimmer und ich kann sie verlegen flüstern hören. Simon sagt etwas wie „Was zum ...", bevor Regina ihm das Wort abschneidet. Was sie dann sagen, kann ich nicht hören, wohl aber, dass sie sprechen.

Susi schweigt weiterhin. Oder sie spricht sehr leise. Ich kann Stimmen hören, aber das können auch die von Regina und Simon sein. Sie flüstern. Keine Ahnung, warum. Einen Augenblick lang komme ich mir wie ein schlechter Gastgeber vor, da ich die drei nicht vorgestellt habe, aber dann merke ich wie absurd dieser Gedanke ist.

Regina und Simon sind mehr oder weniger hier eingebrochen. Obwohl sie jetzt in meinem Wohnzimmer sitzen sind wir noch lange keine Freunde.

Der Kaffee ist fertig und ich mache mich auf ein langes Gespräch mit vielen notwendigen Erklärungen gefasst. Von beiden Seiten.

Als ich den Raum betrete, sitzen die beiden Neuankömmlinge auf der Seite der Couch, auf welcher ich heute Morgen aufgewacht bin. Susi sitzt auf dem Teil, der im rechten Winkel dazu steht und streichelt die Katze, die es sich auf ihrem Schoss gemütlich gemacht hat.

Ich stelle den Kaffee auf den Tisch und schenke den beiden wortlos eine Tasse ein.

Dann setze ich mich, betrachte für einen Augenblick den Kaffeefleck auf dem Boden und erinnere mich an die schmerzhafte Erkenntnis, die ich vor nicht sehr langer Zeit hatte.

Aber zumindest erfüllt mich die Erinnerung daran nicht mehr mit Wut.

Ich bin erfüllt von Dankbarkeit.

Den Teufel, den man erkennt, kann man bekämpfen.

Tatsache ist, es reicht mir. Ich habe diesen Teufel zu lange mit mir herumgetragen. Es muss ein Ende finden. All der Hass und die Wut, die ich in mir trug ... sie sind verschwunden. Innerhalb von Sekundenbruchteilen hat mich diese Erkenntnis gereinigt.

Wäre da nicht noch diese eine, andere Erinnerung. Diese düstere Eingebung, dass an diesem Abend, dem Abend, der alles losgetreten hat, was damals passierte, etwas anders war, als ich dachte.

Simons Worte reißen mich aus meinen Gedanken. Zuerst räuspert er sich und dann sieht er mich mit verlegenem Lächeln an.

„Tut mir leid wegen vorhin", sagt er dann ohne mir dabei in die Augen zu sehen. Scham. Ganz offensichtlich ist er beschämt darüber, mir eine Waffe vors Gesicht gehalten zu haben. Gut so.

Regina hält ein wenig Abstand von ihm, so als
würde sie nicht sicher sein, was sie von ihm und
seinem kurzen Moment der Verzweiflung und
Verwirrung halten sollte. Ich kann nachvollziehen
wie es ihr geht.

„Du weißt, dass er es nicht so gemeint hat, oder?",
frage ich sie ziemlich direkt.

Simon scheint überrascht, dass ich das Gespräch
damit beginne, ihn zu verteidigen.

Ich deute in Richtung Fenster und fahre fort: „Die
Welt da draußen kann einen Menschen dazu
bringen irre Dinge zu tun. Dinge, die man vielleicht
nicht tun will."

Regina zieht eine Augenbraue hoch, nickt aber. Sie
trinkt von ihrem Kaffee, langsam und bedächtig,
stellt ihn dann nicht zurück auf den Tisch, sondern
behält ihn in der Hand und dreht die Tasse langsam
herum.

„Dinge, wie jemand wissentlich dem Tod
auszuliefern?", fragte sie dann.

Ich kann nicht anders als innerlich zu lächeln und
Susi einen kurzen Blick zuzuwerfen. Sie schließt auf
Reginas Aussage hin die Augen und schüttelt
verständnislos den Kopf. Ein klarer Angriff und eine
sehr direkte Anspielung auf einen Abend der lange
vergangen ist und mittlerweile wie ein ferner
Traum erscheint, wie ein Albtraum, und dann
passiert was ich nie für möglich gehalten hätte: Der
Angriff prallt an mir ab. Regina verletzt mich damit
nicht einmal am Rande. Ich kann die Wut, den Zorn

und vor allem die Angst, die hinter ihrer Aussage stehen nur allzu gut nachvollziehen.

Ich selbst hätte wohl das Gleiche gesagt.

„Ja", antworte ich dann ehrlich. „Auch das kann passieren."

Ich atme tief ein und aus.

„Wir sind alle nur Menschen", füge ich dann hinzu. Regina nickt, gibt aber keine Antwort.

Ich kann schwer beurteilen, was sie sich denkt. Aber ihr Schweigen bringt mich dazu, zu glauben, sie würde verstehen, wie ich es gemeint habe. Es ist kein Freispruch. Keine Entschuldigung. Es ist nur eine Erklärung. Eine mögliche Erklärung von vielen anderen.

Wie man es dreht und wendet – es gibt immer mehr als nur eine Option. Auch, wenn man das manchmal vergisst.

Eine peinliche Stille herrscht, die nur durch das Schnurren der Katze unterbrochen wird.

Simon starrt auf den Tisch, als würde er überlegen, weshalb sie hierher gekommen sind. Er ringt mit sich, er will etwas sagen, ich kann es ihm ansehen. Ich spüre es. Etwas hält ihn zurück.

Ich blicke aus dem Fenster.

Ein neuer Tag.

Eine gänzlich neue Welt.

Ruhe überkommt mich. Mein Wesen wird sanft. Es fühlt sich alles neu an. Anders als noch gestern. Anders als noch vor ein paar Stunden. Ein Lächeln erscheint auf meinem Gesicht. Vermutlich sehe ich wie ein Idiot aus, wie ich hier sitze und aus dem

Fenster starre, den Himmel über der Stadt mit einem glückseligen Lächeln betrachte.

Regina folgt meinem Blick, findet nichts, was meinen Gesichtsausdruck erklären könnte und stellt dann eine Frage, die ihr sichtlich auf der Seele brennt.

„Bist du auf Drogen?", will sie wissen.

Ich lache auf. Auch Susi kann sich ein Schmunzeln nicht verkneifen.

„Nein", wehre ich mich gegen den Verdacht. „Ich fühle mich nur zum ersten Mal seit vielen, vielen Jahren wieder wie ich selbst."

Regina nickt langsam. Sie versteht natürlich nicht, was ich meine. Wie könnte sie auch? Sie hat schließlich keine Ahnung, was in mir passiert ist.

Alles wird gut.

Ich weiß es.

Simon lässt sich in die Lehne zurückfallen. Ein klares Zeichen, dass er Aufmerksamkeit haben will. Es ist fast schon zu plakativ.

Nach einem lauten und demonstrativen Seufzer lehnt er sich wieder nach vor, seine Ellbogen auf seine Oberschenkel gestützt und sieht mich das erste Mal, seit wir hier sitzen, wirklich direkt an.

„Ich bin am Ende mit meinem Latein", stellt er ganz offen fest. „Ich habe keine Ahnung, was passiert und das gefällt mir überhaupt nicht."

Ich nicke zustimmend.

„Geht mir genauso", pflichtet Regina ihm bei

Ich hebe die Hand, um das Gespräch zu unterbrechen.

„Tut mir leid, aber mich würde noch interessieren", sage ich und wende mich an Regina, „wer genau eigentlich *du* bist?"

Simon winkt ab, was ihm einen Ellbogenstoß von Regina einbringt.

„Ich bin eine involvierte Kollegin", erklärt sie dann.

„Involviert?", frage ich verwundert und blicke nach einer Erklärung suchend zu Susi, die nur mit den Schultern zuckt und den Kopf schüttelt.

Regina deutet mit dem Daumen auf Simon.

„Involviert in das da", sagte sie dann. Simon wirkt gekränkt, aber Regina konkretisiert: „In das, was ihm zugestoßen ist. Und mir auch."

Ich sehe sie weiterhin verwirrt an und es dauert ein paar Sekunden, bis ich bemerke, dass sie denkt, ich wäre im Bilde, ich komme aber nicht dazu, näher nachzufragen, weil Simon wieder das Gespräch übernimmt.

„Warum hast du mich attackiert? Warum hast du mich niedergeschlagen?"

Ah – da ist sie, die große Frage. Susi zieht fragend eine Braue hoch, aber ich winke ab, was mir einen seltsamen Blick von Simon und Regina einbringt, die zwischen mir und Susi hin und her blicken.

„Ganz ehrlich", beginne ich, breche dann kurz ab und denke ein wenig darüber nach. Ich versuche es nochmals und beginne anders.

„Ich bin zwei Wochen lang mit Anrufen für dieses Interview belästigt worden. Zwei Wochen lang hat mich drei Mal am Tag jemand angerufen und mich dazu gedrängt", erzähle ich. „Natürlich habe ich die

Nummern blockiert. Ich wollte einfach meine Ruhe und meinen Frieden. Aber du hast nicht aufgegeben ..."

„Moment", unterbricht mich Simon kopfschüttelnd. „Ich habe genau ein einziges Mal angerufen. Das war an dem Tag, an welchem du mich zurückgerufen und den Termin vereinbart hast. Ich wollte dieses Interview ja noch nicht einmal führen. Ich meine", sagt er und hebt beschwichtigend die Hände, um seine Worte mit dramatischen Gesten zu unterstreichen. „Wozu mit einem kleinen Plattenstudio-Heini ein Interview führen. Es ist ja nun nicht so, dass es nicht laufend passieren würde, dass Motion Records andere Firmen kauft und – tut mir leid das sagen zu müssen -, aber wen juckt es denn, dass du dich ein Jahr verkrochen hast? Keine Sau."

Eigentlich müssten die Worte wehtun, aber sie prallen an mir ab. Ich bin mir auch sicher, Simon meint das nicht böse, sondern er spricht die Dinge eben so aus, wie er sie in seinem Kopf sortieren kann. Ich beschließe ihn später, wenn ich nicht vergesse, darauf anzusprechen – immerhin hätte er es ein bisschen netter formulieren können.

Dennoch hat er Recht. Wen juckt es? Ich glaube nicht, diese Frage mal gestellt zu haben. Ich habe mich ... okay, ich gebe es ganz ehrlich zu, ich habe mich geschmeichelt gefühlt. Wichtig. Und tatsächlich war es von Anfang an klar, dass ich früher oder später eine Zusage machen würde. Wem würde es nicht schmeicheln, von einer

Zeitung zwei Wochen lang verfolgt zu werden?
Noch dazu hatte sich der (wie ich dachte) Reporter
noch nicht einmal von blockierten
Telefonnummern und ähnlichen Vorgehensweisen
abhalten lassen, sondern war dran geblieben. Von
mir aus können wir es Ego nennen, aber – ich
fühlte mich ein klein bisschen wichtig. Elitär fast.
Dann dringt die wichtige Information von Simons
Worten zu mir durch und ich komme ins Grübeln.
„Wer hat dann angerufen und mich mit Mails
bombardiert?", will ich wissen. „Und warum?"
Die beiden schütteln nur den Kopf. Sie haben
genauso wenig Ahnung wie ich.
Dann fällt mir eine weitere Frage ein.
„Du hast auch keine Zeitung drucken und mir vor
die Tür legen lassen, oder?"
Simon starrt mich an, als hätte ich ihn gefragt, ob
er mir einen Vier-Augen-Termin mit dem Papst
verschaffen könnte. Völlig perplex.
„Ob ich *was*?" Er sieht wieder Regina an, die
ebenfalls den Kopf schüttelt und abwehrend die
Hände hebt.
„Nein, sorry", sagt sie zu Simon, der sich wieder an
mich wendet.
„Tut mir leid, Herr-ich-bin-so-Wichtig, aber warum
sollte ich das tun?"
Ja. Eine gute, eine sehr gute Frage.
In meinem Kopf regt sich etwas. Eine kleine, nicht
unwesentliche Information. Ein kleines, gut
verstecktes Detail. So klein, dass es immer wieder
aus dem Fokus gerät. Vielleicht erwische ich es

noch, aber jetzt im Moment scheint es weiterhin Katz-und-Maus spielen zu wollen.

„Gegenfrage", meint Simon. „Hast du einen Zettel mit einer Adresse auf meine Fensterscheibe geklebt?"

Ich verstehe die Frage nicht und er scheint es mir anzumerken.

„Ob du einen Zettel mit der Adresse dieser Frau ..." Hier deutet er auf Regina, die mich gekünstelt anlächelt. „... Auf meine Fensterscheibe geklebt hast?"

Ich verstehe den Sinn der Frage noch immer nicht, schüttle aber den Kopf und nehme einen Schluck vom frischen Kaffee. Susi lehnt sich nach vor, was dazu führt, dass die Katze von ihrem Schoß springt, sich neben ihr auf die Couch legt und wieder zusammenrollt. Dass ein so kleines Tier so viel schlafen kann, finde ich faszinierend.

„Ich habe ja noch immer überhaupt keine Ahnung, wer das ist", sage ich und nicke entschuldigend in Richtung Regina, die nur eine wegwerfende „Ja-das-höre-ich-öfter"-Handbewegung macht.

„Weder weiß ich wo sie wohnt noch weiß ich wo du wohnst", fahre ich fort. „Und warum sollte ich einen Zettel mit einer Adresse irgendwohin kleben? Wer bin ich denn? James Bond?"

Simon lacht kurz auf. Regina sieht meinen verwunderten Blick und zuckt mit den Schultern.

„Keine Ahnung, was da jetzt lustig war", meint sie dann und Simon schüttelt den Kopf.

„Ach – nichts", meint er noch immer leicht kichernd. „Ich finde es einfach schön, dass du James Bond als Referenz nimmst und nicht Jason Bourne."

Darauf kann ich keine Antwort geben, außer einem geheuchelten „Mhm" und einem sehr vielsagenden Blick.

Dann erkenne ich Regina erst.

„Moment", sage ich und reiße meine Augen überrascht auf. Das ist sie. Völlig klar. Ich habe es am Rande mitbekommen – die Reporterin die überfallen wurde. Die von „Grauen Wölfen" überfallen wurde! Dann dämmert mir, weshalb die beiden hier sind.

„Du", hauche ich entsetzt und zeige mit dem Finger auf sie. „Du bist die Reporterin, die in ihrer Wohnung überfallen wurde, oder?"

Sie nickt langsam.

Mein Blick wandert zu Simon, der sich beruhigt hat und mich interessiert ansieht.

„Das hat jetzt aber gedauert", murmelt er.

„Und du", fahre ich fort. „Du hast sie gerettet! Du warst im Fernsehen! Du hast behauptet, Graue Wölfe hätten sie angegriffen und die Typen dachten, du meinst diesen Verein, diesen türkischen Dings. Dabei meintest du *echte* Wölfe, nicht wahr?"

Simon blickt betroffen zu Boden. Regina hält meinem Blick stand.

„Deshalb seid ihr hier", begreife ich endlich den Zusammenhang. „Wölfe. Natürlich."

Ich schlage mir auf die Stirn und Susi schüttelt stumm und nachdenklich den Kopf.

„Ihr denkt also, ich hätte etwas damit zu tun, oder? Vielleicht sogar, ich hätte die Wölfe auf euch gehetzt?"

Ich kann nicht anders, ich muss zu lachen beginnen. Es ist so lächerlich. So einfach und plausibel, so fair muss ich sein und diese Tatsache zugeben, aber dennoch. Ich hätte etwas mit den Wölfen zu tun und ...

Mein Lachen erfriert in meinem Herzen, meinem Gesicht und sogar ein wenig in meiner Seele. Die Zeitung vor meiner Tür. Das Bild darauf. Die Wölfe, die ich gesehen habe.

All das war für einen Moment aus meinen Gedanken verschwunden gewesen, aber jetzt meldet es sich mit Pauken und Trompeten zurück.

„Wölfe", murmle ich, stehe auf und beginne im Zimmer auf und ab zu gehen. Sechs Paar Augen folgen mir, während ich – hektisch herumfuchtelnd – meine Runden drehe.

Die Puzzleteile fallen langsam zusammen.

Tatsächlich passt es irgendwie.

„In der Nacht vor dem Interview mit dir", beginne ich, an Simon gewandt, zu erzählen. „Da hat jemand eine Zeitung vor meine Tür gelegt. Uschi war darauf zu sehen."

„Seine tote Ex", murmelt Simon in Richtung Regina, die ihm ihren Ellbogen in die Seite rammt, um ihn zum Schweigen zu bringen. „Ich weiß", murmelt sie zurück.

Obwohl ich nachfragen möchte, bleibe ich weiter auf Kurs, will meine Gedanken nicht ablenken, aber nicht ohne mir – erneut – vorzunehmen, darauf zurückzukommen.

„Ich dachte, ich hätte etwas in der Wohnung gehört. Tapsen. Schnauben. Wölfe. Dann war die Zeitung weg."

Ich bleibe stehen und blicke die beiden Reporter an.

„Jemand spielt ein ziemlich beschissenes Spielchen hier", behaupte ich. „Und wenn ihr es nicht seid und ich es nicht bin ... wer dann?"

Die beiden zucken mit den Schultern.

„Das möchten wir rausfinden", gesteht Regina. „Immerhin hat jemand versucht mich umzubringen."

„Nein", widerspricht Simon. „Jemand wollte es so aussehen lassen, als solltest du umgebracht werden. Die zwei Kerle mit den Wolfsmasken ... sie haben dich absichtlich überleben lassen und wollten entdeckt werden. Sie sind lärmend durch das Treppenhaus gezogen und haben laut grölend versucht Fremdsprachen nachzuahmen."

Regina sieht Simon mit einem Blick an, der ihn dazu bringt, ein wenig von ihr wegzurutschen.

„Aha", sagt sie kalt. „Jetzt vertrauen wir diesem Typen, den wir noch vor kurzem eine Knarre vors Gesicht gehalten haben also ALLES an, was wir wissen, oder wie?"

Simon wird rot. Es ist ihm sichtlich peinlich, seinen Gedankengang laut ausgesprochen und so mit mir geteilt zu haben.

Ich bin ihm dankbar dafür.

Aus zwei Gründen: Einerseits, weil ich dadurch mehr Informationen habe und Informationen sind es, auf die es aktuell anzukommen scheint. Andererseits hat er sich scheinbar sicher genug gefühlt, um sich Verplappern zu können. Was wiederum bedeutet, dass er mich nicht mehr als Gefahr und Bedrohung, sondern als Verbündeten wahrnimmt.

Das gefällt mir.

Ich hatte schon lange keine Verbündeten mehr.

(die du wieder verraten kannst)

Ich ignoriere die Stimme in mir, nicht ohne einen schuldbewussten Blick auf Susi zu werfen, die den beiden Reportern amüsiert zusieht.

Die beiden argumentieren noch eine Zeitlang vor sich hin und werfen sich gegenseitig irgendwelche Dinge an den Kopf, die ich nicht nachvollziehen kann. Susi wirkt belustigt. Als ich ihr einen entsprechenden Blick zuwerfe, zuckt sie nur mit den Schultern und betrachtet fasziniert den Schlagabtausch der beiden Profis.

Dann passiert etwas Unerwartetes.

Draußen ertönt ein lauter Knall.

Es klingt wie eine Explosion und es scheint aus Richtung der Innenstadt zu kommen.

Simon und Regina hören sofort auf zu streiten und treten zu mir ans Fenster.

335

Rauch steigt in der Ferne auf.

„Was ist dort?", frage ich.

Simon orientiert sich kurz, überlegt, wo Norden ist und deutet dann in Richtung Rauchsäule. Wir können Sirenen hören.

„Das Krankenhaus", sagt Regina plötzlich und Simon nickt. Beide starren gebannt auf den Rauch. Meine Gedanken rasen.

„Das Krankenhaus in dem du gelegen hast?", frage ich.

Reginas besorgter Blick bestätigt meine Vermutung. Sie ist blass. Ihre Unterlippe zittert leicht. Simon nimmt sie in den Arm, oder zumindest versucht er es, aber sie hält ihn mit einer Handbewegung davon ab und tritt ein paar Schritte vom Fenster zurück. Mit zittrigen Fingern holt sie ihr Mobiltelefon aus ihrer Tasche hervor. Zittrig tippt sie eine Nummer ein und nach ein paar Sekunden lässt sie das Telefon wieder sinken.

„Keine Verbindung möglich", sagte sie tonlos. Ihre Augen suchen wieder die Rauchsäule vor dem Fenster und wenn es irgendwie möglich ist, dann ist sie noch blasser als vor dem Anruf.

Simon sieht mich besorgt an.

Dann läutet ein Telefon. Ich brauche ein wenig, um zu bemerken, dass es *mein* Telefon ist. Ich gehe ran und – es ist Tom.

„Hey", begrüße ich ihn. „Tom, weißt du ..."

Aber ich komme nicht dazu, auszureden, denn Tom fällt mir sofort ins Wort.

„Sie ist im Krankenhaus gewesen, René! Sie wollte ins Krankenhaus!", sagt er. Aufgeregt, verzweifelt. Ich habe Tom noch nie außer sich erlebt, noch nie *besorgt*.

„Wer?", frage ich, mein Hirn nach Möglichkeiten durchforstend.

„Angela", sagt Tom. „Angela ist ins Krankenhaus gefahren."

Auf diese Antwort wäre ich nicht gekommen, egal wie sehr ich gesucht hätte. Sie hat dort nichts verloren. Sie gehört dort nicht hin. Was macht sie dort?

„Bist du verrückt?", frage ich, Panik in meiner Stimme. „Was sollte sie dort tun? Warum ...", aber auch dieses Mal lässt Tom mich nicht ausreden.

„Sie wollte die Reporterin besuchen. Sie wollte dir helfen, René! Sie ist ins Krankenhaus zu der Reporterin ..."

Ich lasse das Telefon sinken. Tom sagt noch irgendetwas und ruft dann ein paar Mal meinen Namen, aber ich ignoriere es.

Mein Blick ruht auf Regina, die noch immer aus dem Fenster starrt, ungläubig, benebelt.

Ich trete zu ihr und drehe sie zu mir herum. Sie starrt mich erschrocken an und will sich aus meinem Griff befreien, aber ich halte sie fest – lasse sie nicht gehen.

„Hast du mit Angela Kontakt aufgenommen? Hat Angela dich besucht?", herrsche ich sie an, dringe aber nicht richtig durch.

„Wer? ..."

337

Sie ist verwirrt. Simon will ihr zu Hilfe kommen und tritt einen Schritt näher, aber ich strecke meine Hand in seine Richtung aus und werfe ihm einen Blick zu, der ihn sofort stehenbleiben lässt. Eine Sekunde lang steigt Furcht in seine Augen.
Reginas Augen werden klarer.
„Angela von deiner Plattenfirma?", fragt sie mich.
„Warum? Ich hatte sie angerufen, ja, aber sie war nicht im Krankenhaus, im Krankenhaus waren nur …"
Dann hält sie inne, weil sie meinen Gesichtsausdruck sieht.
Sie begreift, weshalb ich frage.
Auch Simon hat es verstanden.
Beider Blick wandert zurück zur Rauchsäule.
Die Sirenen klingen nun wie Schnitte in meiner Seele. Tiefe Schnitte. Sie zeigen mir, dass die Welt sich keinen Dreck darum kümmert, ob man ein guter oder ein schlechter Mensch ist.
Die Welt ist wie sie ist.
Und Angela war in dem Krankenhaus. Ich kann nur hoffen, dass sie weit entfernt von der Explosion war.
Simon ist der erste, der reagiert.
Er greift in seine Tasche, nimmt seinen Autoschlüssel hervor und sagt: „Gehen wir."
Ich nicke und wir machen uns auf zur Tür, als ich nochmals herumfahre und ins Wohnzimmer zurückgehe.
Susi steht am Fenster und blickt traurig nach draußen.

„Was ist?", fragt Regina mich. „Komm schon."

Sie hat sich relativ rasch relativ gut erholt.

„Kommst du nicht mit?", frage ich Susi, aber sie lächelt mich nur traurig an und noch bevor Simon die alles entscheidende Frage stellt, kenne ich die Antwort.

Die Antwort für Susis Stille.

Für ihre Ruhe.

Die Antwort auf die Frage, die sich schon seitdem die beiden Eindringlinge in meine Wohnung gekommen sind, verhalten und rücksichtsvoll von hinten an mich angepirscht hat und nun mit voller Wucht auf mich zuspringt.

Sie wird nicht mitkommen.

Sie *kann* überhaupt nicht mitkommen.

Als Simon seine Frage stellt, habe ich bereits – den Bruchteil einer Sekunde schneller als er es ausgesprochen hat – begriffen, was hier und heute passiert ist.

Jetzt habe ich zumindest Gewissheit. Weiß, warum die Blicke zwischen den beiden, zwischen Susi und mir nicht das Gewicht hatten, das sie hätten haben sollen.

Ich schließe in demütiger Erkenntnis die Augen, noch bevor er seinen Satz beendet hat.

„Mit wem sprichst du? Da ist niemand."

Ich seufze und öffne meine Augen wieder.

Das Wohnzimmer ist leer.

Es ist niemand da.

Keine Susi. Kein Kätzchen.

Niemand.

Natürlich wusste ich es.

Es war mir völlig klar.

Diese Art von Wunder passiert nicht. Nicht in meiner Welt. Nicht in meinem Leben.

Susi ist nicht hier.

Sie war nie hier.

Ich habe sie gebraucht und sie war da.

Sie hat mich geheilt.

Weil sie immer bei mir war, immer in meinen Gedanken.

(Ich war nie weg)

Natürlich nicht.

(Das warst du bereits davor)

Natürlich.

Alles Dinge, die ich bereits wusste, mir aber nicht eingestehen wollte.

Wie es aussieht, habe ich mich selbst ausgetrickst.

Mich selbst geheilt. Auf die einzige Art und Weise, die ich kenne.

Ich fühle mich, als würde ich mich in Zeitlupe bewegen.

Langsam, als würde ich durch Teer waten, drehe ich mich um zu Regina und Simon.

Alles bewegt sich langsamer als sonst. Ich sehe den Blick, den die beiden sich zuwerfen, erkenne die Sorge darin.

Aber ich kann nichts anderes tun, als an ihnen vorbei zu gehen, meine Wohnungsschlüssel zu nehmen und als erster nach unten zu eilen.

Zu Angela.

In Richtung Krankenhaus.

Die Person, die tatsächlich da ist und meine Hilfe braucht.
Wenn ich ihr noch irgendwie helfen kann.

JEMAND - WEIT ENTFERNT

Er hatte die Explosion gehört. Und bereits darauf gewartet. Es tat gut, wenn die Dinge so liefen, wie sie laufen sollten. Die Kollegen vor seinem Büro schrien auf, liefen wie eine Schar aufgeschreckte Hühner zu den Fenstern und starrten in die Ferne. Sie betrachteten voller Entsetzen die Rauchsäule, die von Weitem – vor allem von diesem hohen Stockwerk aus – zu sehen war.
Hühner, die sie waren, würden sie ihre Arbeit machen. Sie würden Freunde, Bekannte und irgendwelche anderen Leute anrufen. Sie würden versuchen herauszufinden, was passiert war und genau die Antworten bekommen, die er geplant hatte.
Ein Flüchtling war in das Krankenhaus eingedrungen, hatte „Gott ist größer" gerufen und sich in die Luft gesprengt.
Es war so einfach, wenn man nur wusste, welche Knöpfe man bei welchen Leuten drücken musste. In diesem Fall hatte es gereicht, dem Herrn zu versprechen, dass seine Familie in Sicherheit war. Die paar Papiere, die benötigt wurden, wären rasch besorgt. Mit Geld konnte man in diesem Land wirklich und wortwörtlich alles kaufen. Auch einen Aufenthalt.

Er lachte kurz laut auf, strich sich über die Stirn und versuchte sein Amüsement zu unterdrücken, aber es fiel ihm sehr schwer.

Wie einfach.

Wie tragisch und wie einfach.

Da floh ein Mensch aus einem Kriegsgebiet und kam in dieses Land. Dieses schöne, sichere Land, und wähnte sich in Sicherheit. Aber da war noch das Prozedere. Die Tatsache, dass es gewisse Gesetze gab, von wegen Familienzusammenführung, und Gespräche und Asylanträge und so weiter, war oftmals nicht bekannt. Dem Bombenleger zumindest war das nicht klar gewesen, als er sich auf den Weg ins gelobte Land begeben hatte. Dann kam jemand wie er und sprach weise Worte. Worte von Geld, Worte von einer Beschleunigung des Asylverfahrens, Worte von Sicherheit, Freiheit und – dem Wohl der Familie, die noch immer im Kriegsgebiet war und um ihr Leben fürchten musste.

Es war so einfach.

Was Menschen nicht alles taten, wenn sie glaubten ihre Familie retten zu können. Es war fast schon traurig. Wie zuversichtlich diese Menschen waren. Wie gutgläubig Hoffnung doch machte.

Das Versprechen, die Familie in dieses Land zu holen. Das Versprechen, die beiden Kinder und die Frau hierher zu bringen, rasch, unbürokratisch und mit genug Geld ausgestattet, um ihr Überleben zu sichern.

Dieses Versprechen konnte Menschen, die am Rande der Verzweiflung standen, zu allem bringen.

Manchmal brachte es sie dazu, vor Freude zu weinen.

Manchmal brachte es sie dazu, Hoffnung zu schöpfen.

Manchmal brachte es sie dazu, eine Bombe in ein Krankenhaus zu transportieren und sich selbst mit den Worten „Allahu akbar" in die Luft zu jagen.

Alles aus Hoffnung.

Alles aus Liebe.

Er lachte erneut und schüttelte den Kopf.

Ganz ehrlich – es überraschte ihn. Es überraschte ihn wirklich. Der Kerl hatte es durchgezogen.

Obwohl es keine Garantie gab, welche die Worte, das Versprechen, begleiteten. Die Worte allein. Die pure Hoffnung hatte ihn geleitet.

Und er hatte es durchgezogen.

Jetzt wäre es an ihm, sein Versprechen dem armen Opfer gegenüber einzulösen.

Tatsache war, die Möglichkeit es durchzuziehen, war vorhanden.

Ein paar Anrufe und ein wenig Geld an die richtigen Stellen und alles würde genauso über die Bühne gehen, wie er es seiner kleinen Bomber-Puppe versprochen hatte.

Die wichtige Frage – jetzt, nach dem Anschlag – war allerdings eine andere.

Die wichtige Frage war: Warum sollte er seinen Teil der Vereinbarung einhalten, wenn es niemanden mehr gab, der die Einhaltung kontrollieren konnte.

Warum sollte er das Versprechen halten? Gegeben einer Person, die von der Hoffnung auf das Überleben seiner Familie zu einer Verzweiflungstat getrieben wurde und die nichts weiter wollte, als dass ein Wort, ein Versprechen, gehalten wurde? Es gab keinen Grund, dieses Versprechen, von dem niemand sonst wusste, zu halten.

Selbst wenn jemand anderes davon wusste – wozu?

Ein Versprechen war ein Wort.

Nichts mehr.

Nichts sonst.

Worte hatten schon lange keine Bedeutung mehr für ihn.

Worte konnten nützlich sein. Sicher. Das stand außer Frage.

Aber mehr auch nicht.

Was war ein gebrochenes Versprechen? Nichts.

Außer Schall und Rauch.

Ehre?

Ha.

Ein weiteres Lachen entkam ihm.

Es war wirklich, wirklich einfach.

Mit einem Blick auf die Uhr stellte er erschrocken fest, dass er bereits zu lange gezögert hatte. Die anderen würden sicher Fragen stellen, wenn er nicht rasch betroffen aus seinem Büro stürmte und zu den anderen verwirrten, verzweifelten Menschen stieß, die nicht wussten, was da in der Stadt passiert war.

Was passiert war.

Er musste sich wirklich stark zusammenreißen, um nicht wieder in Gelächter auszubrechen

Was passiert war, lief letztlich darauf hinaus: Er hatte Millionen verdient. Dieser kleine Anschlag, diese kleine Bombe und die daraus resultierenden Konsequenzen würden ihm eine Menge Geld bringen.

Nicht mehr und nicht weniger war passiert.

Aber es war zu früh, um sich darüber zu freuen. Stattdessen setzte er eine betretene, betroffene Miene auf und betrachtete sich ganz kurz im Spiegel. Ja. Das ging so. Das würden ihm die Leute glauben.

Er grinste nochmals kurz, dann wurde er ernst, riss die Tür auf und rief voller Schrecken:

„Oh mein Gott – habt ihr das gehört? Was ist passiert?"

Die Reaktionen der anderen waren genau so, wie er erwartet hatte. Sie erklärten ihm was sie gesehen und gehört hatten. Die Explosion. Die Rauchsäule. Das Krankenhaus. Da war ein Anschlag im Krankenhaus passiert!

Und sein Blick war perfekt.

Er sank auf einen Stuhl, presste die Hände an die Schläfen und murmelte halblaut, damit es auch sicher jemand mitbekam: „Nein – alles, nur nicht das Krankenhaus!"

Innerlich lachte er noch immer.

Es war einfach köstlich.

Diese Idioten.

Alles Idioten.

345

Und er blieb dabei – bei allem was ihm heilig war:
So einfach.
Es war so schrecklich einfach.

RENÉ

II

Es dauert ein wenig bis wir endlich beim Krankenhaus ankommen. Der Verkehr ist blockiert und viele Schaulustige stehen herum. Dazwischen Menschen, die sich umarmen. Manche weinen, andere starren nur stumm mit offenen Mündern auf das zerstörte Gebäude. Wieder andere halten ihre Mobiltelefone in die Luft und filmen das Chaos.

Aus dem Stockwerk, in welchem die Bombe explodiert ist, lodern Flammen. Trümmer liegen verstreut herum. Teile der Wände wurden von der Wucht durch die Gegend geschleudert und sind auf der Straße verteilt. Kaputte Autos, weinende und verletzte Menschen.

In vielen Gesichtern stehen Angst und Schrecken. In anderen erkenne ich eine morbide Faszination. Nicht alle Anwesenden sind intelligent genug, um der Rettung aus dem Weg zu gehen. Ein paar Männer scheinbar im Alter zwischen 30 und 40 packen ihre Smartphones aus und filmen. Sie hören erst damit auf, als sich ihnen ein paar Polizisten nähern.

Scheinbar sind von anderen Krankenhäusern Sanitäter und Ärzte gekommen, um sich um die Verwundeten zu kümmern.

Sirenen heulen, Blaulichter blitzen auf.

Ich stehe vor einer Absperrung. Ein Polizist taucht mir gegenüber auf, ruft etwas und verschwindet wieder. Zwei weitere Sanitäter drängen eilig an mir vorbei und laufen durch das Haupttor ins Gebäude. Wie es aussieht, hat die Explosion auch die Stromversorgung zerstört, weshalb alle Kranken, die bereits vor dem Anschlag im Haus waren, evakuiert und in andere Krankenhäuser transportiert werden müssen.

Regina und Simon stehen hinter mir.

Keiner der beiden sagt ein Wort. Sie starren voller Entsetzen auf das Chaos und in ihren Gesichtern erkenne ich die gleiche Erschütterung, die sich auch in mir ausbreitet als ich das Ausmaß der Zerstörung erst richtig zu begreifen beginne.

So viel Tod. So viel Leid.

Ich will gerade die Augen abwenden, als ich sehe, wie eine Bahre mit einer Frau darauf aus dem Gebäude gebracht wird. Sofort erkenne ich den Umriss, das Gesicht, die Haare – das Profil der Frau, die auf der Bahre liegt. Es ist Angela.

„Angela!", rufe ich mit einer Stimme, die zu gleichen Teilen mit Wut und mit Angst erfüllt ist. Regina zuckt zusammen und folgt meinem Blick. Auch sie erkennt was geschieht.

Die beiden Sanitäter schieben die Bahre in Richtung eines Rettungswagens davon.

Ich ducke mich unter der Absperrung durch und laufe ihnen nach.

Regina und Simon folgen mir.

Als ich nur noch ein paar Schritte entfernt bin hält mich ein Polizist auf und erklärt mir, ich hätte hier nichts verloren und ich solle hinter die Absperrung zurückgehen. Mein Geist versteht was er meint, aber ich kann nicht. Ich kann einfach nicht.

Regina steht wie von Zauberhand neben mir, legt dem Polizisten eine Hand auf die Schulter und hält ihm ihren Presseausweis vor die Nase, während sie wie ein Wasserfall auf ihn einredet.

Zuerst bin ich entsetzt, da sie scheinbar nur an ihren Job denkt, aber dann packt mich jemand an der Hand und reißt mich mit sich fort. Es ist Simon, der mich am Polizisten vorbeizerrt und mit mir zu Angela weiterläuft. Für einen kurzen Moment treffen sich Reginas und mein Blick und ich weiß, was sie tut.

Sie lenkt den Polizisten ab, damit ich zu Angela kann. Sie sieht das Begreifen in meinen Augen und ich nicke ihr dankbar zu.

Dann hat mich Simon auch schon mit sich gerissen. Wir stehen bereits an der Bahre, welche die beiden Sanitäter eben in den Wagen heben wollen. Simon spielt den gleichen Trick wie Regina und hält ihnen seinen Presseausweis unter die Nase und löchert sie mit Fragen.

Das scheint eine gängige und bekannte Methode zu sein. Irgendwo tief in mir widerstrebt mir dieses Vorgehen – im Moment heiße ich es aber sehr willkommen, da es mir Zeit gibt zu Angela zu treten und sie zu betrachten.

Auf den ersten Blick scheint sie unversehrt zu sein. Da ich aber kein Arzt bin, kann ich nicht sicher sein. Sie trägt eine Atemmaske und ich kann sie röcheln hören. Ihre Augen sind geschlossen.

Betroffen und entsetzt beuge ich mich über sie, lege meine Hand auf die ihre und flüstere ihren Namen.

Bei meiner Berührung flackern ihre Augenlider und dann öffnen sie sich. Sie sieht mich an, erkennt mich und lächelt traurig.

Mit der freien Hand nimmt sie schwerfällig ihre Atemmaske vom Mund und flüstert: „Hey du ...“ Ihre Stimme ist brüchig, müde. „Ich glaube, ich habe Mist gebaut ...“ Sie hustet schwach.

Ich schüttle den Kopf, versuche so gut es geht, aufmunternd zu lächeln.

„Nein, hast du nicht. Alles ist gut. Alles wird gut“, rede ich auf sie ein. Ihr Lächeln wird matter und sie schließt die Augen. Ich glaube bereits, dass sie wieder eingeschlafen ist, als sie mich nochmals ansieht.

„Doch ...“, haucht sie. „Mist gebaut.“ Sie hustet wieder, was ihren ganzen Körper schüttelt und sie dazu bringt, unter Schmerzen zusammen zu zucken. Sie schluckt schwer. Jede Bewegung, selbst das Atmen, scheint ihr extrem schwer zu fallen.

„Helmut ...“, flüstert sie schwach. „Helmut ...“ Ich verstehe nicht, was sie meint. Die Verzweiflung, der Gedanke daran, dies hier könnte das letzte Mal sein, dass ich mit ihr spreche, geht mir durch den Kopf und ich kann mich nicht länger halten. Tränen schießen in meine Augen. Ich kann spüren, wie sie ihre freie Hand auf meine Schulter legt. Ihr Blick sucht den meinen.

„Helmut ...", beginnt sie wieder.

Der Name scheint wichtig zu sein, also suche ich eine Verbindung. Irgendetwas, irgendjemand, den ich mit diesem Namen kenne. Dann kommt ein Gedanke zum Vorschein.

„Helmut Strak? Motion Records? Meinst du das?", frage ich sie, gegen die Tränen ankämpfend. Sie schüttelt den Kopf. Ihre Hand löst sich von meiner Schulter und legt sich auf ihren Brustkorb. Sie stöhnt.

Mit der anderen Hand hält sie die meine fest umklammert. Sie nimmt all ihre Kraft zusammen und versucht nochmals etwas zu sagen.

„Frank ...", schafft sie dann noch, als plötzlich die beiden Sanitäter vor mir stehen und mich sanft, aber bestimmt von ihr wegdrücken. Bevor ihr einer der beiden ihre Atemmaske wieder aufsetzt, wiederholt sie diesen zweiten Namen nochmals.

„Frank", sagt sie, dann hat sie die Maske wieder vor ihrem Mund und ihrer Nase. Die beiden Sanitäter heben die Bahre in den Wagen und ich stehe nur da. Stumm. Verloren und voller Angst. Ich fürchte nicht um mein Leben. Ich fürchte um das von Angela.

„Wohin bringt ihr sie?", will ich von einem der Sanitäter wissen. Er nennt mir den Namen eines

Krankenhauses in der Nähe und ich nicke, sehe zu,
wie sie die Hecktür schließen, in den Wagen
steigen und den Motor starten.

Dann entfernt das Rettungsauto sich mit Blaulicht,
nur um einem anderen Rettungswagen Platz zu
machen. Auch aus diesem springen sofort Sanitäter
und laufen in Richtung Verletzte.

Ich starre dem Wagen nach, bis er um eine Ecke
biegt und selbst dann bewege ich mich nicht gleich
von der Stelle.

Es dauert ein paar Minuten, bis ich Simons Hand
spüre. Er steht neben mir, hat sie mir tröstend auf
die Schulter gelegt und auch sein Blick folgt dem
Wagen, den neu ankommenden Helferinnen und
Helfern. Ich kann ihm ansehen wie schwer es ihm
fällt, alles, was rund um uns passiert, zu
verarbeiten.

„Wer tut so etwas?", murmelt er, während seine
Augen die Szene betrachten. Die Trümmer. Den
Rauch. Das Feuer. Die Löschwagen, Krankenwagen
und Polizeiautos. Das Blaulicht und – wie zu
erwarten war – die Pressewagen mit ihren Kameras
und Reportern.

Auch Regina steht plötzlich neben uns, hält
Abstand und lässt uns Zeit, um wieder zu Sinnen zu
kommen. Auch sie wirkt als würde sie jeden
Moment umfallen. Das Wort „Entsetzen"
beschreibt nicht annähernd, was in ihrem Gesicht
zu lesen ist. Das Grauen geht viel, viel tiefer als
dieser Begriff es je beschreiben könnte.

Dann ist alles still. Meine Ohren blenden alle Geräusche aus. Aber ich sehe noch.

Ich sehe die Flammen, die in den Himmel lodern, sehe die Menschen, die verletzt und weinend aus den Trümmern kriechen, sehe, wie Helfer sich ihrer annehmen. Die Sirenen. Das blitzende Blaulicht. Die Rauchschwaden. Die Feuerwehrmänner, die mit dem Wasser versuchen den Brand unter Kontrolle zu halten. Sehe, wie einzelne Teile des Mauerwerks sich immer noch lösen und auf die Straße fallen. Sehe, wie die Polizei versucht eine Absperrung zu errichten und Leute in Sicherheit zu bringen. Kann die Kameras sehen und die Reporter davor, die mit dem Rücken zum zerstörten Gebäude stehen und irgendwelche völlig irrelevanten Dinge in die Kameras sprechen, kann sehen, wie sie sich die Haare richten und die Damen teilweise Lippenstift auftragen, bevor sie ihren Kameramännern mit einem Nicken zu verstehen geben, dass sie bereit sind, gefilmt zu werden.

Die gesamte Szene ist abartig vertraut. Ich kenne sie aus dem Fernsehen, den Nachrichten.

Es ist nur ein Traum.

Ein schrecklicher, abartiger, aber dennoch realer Traum.

Taumelnd weiche ich hinter die Absperrung zurück, so wie mir ein Polizist deutet und scheinbar auch gesagt hat. Ich habe seine Worte nicht gehört, nur die Gesten verstanden und instinktiv gehorcht.

Dann ist mein Gehör wieder da.

Mit voller Lautstärke brechen das Getöse, das Schreien und die Sirenen über mich herein, treffen mich mit solcher Wucht, dass ich ein paar Schritte zurücktaumle und mich auf dem nächstbesten Randstein niederlassen muss.

Dann sehe ich es. In den Gesichtern der versammelten Menge.

In ihrem Mienenspiel.

In ihren wütenden und aufgeregten Gesten.

Dann höre ich es auch.

Ein Gerücht macht die Runde.

Ein Gerücht, verbreitet und die Stimmung aufheizend. Schwer zu sagen, wo es hergekommen ist, aber es ist auf einmal da. Ich kann hören, wie die Menge der Zuschauer es aufnimmt, wie es von einem zum anderen weitergeht.

Ein Flüchtling.

Ein Flüchtling hat das Krankenhaus in die Luft gejagt, weil Christenschweine darin behandelt werden.

Ich schließe die Augen, aber meine Ohren kann ich nicht verschließen.

Ich höre das Flüstern, das lauter und lauter wird.

Ein Flüchtling.

Diese Bastarde.

Lauter Kriminelle.

Kommen in unser Land und nehmen uns die Arbeit, die Frauen und unser Geld weg, ohne etwas zu leisten, und jetzt bringen sie auch noch ihren Krieg mit hierher. Es reicht. Es genügt. Jetzt muss man etwas unternehmen.

So sehr ich auch versuche mein Hirn auszuschalten, meine Gedanken auf etwas anderes zu fokussieren, so kann ich nicht anders als jedes Wort mitzubekommen.

Als ich mich in der Menge umsehe glaube ich den alten Mann vom Bahnhof wiederzusehen. Dieses Mal trägt er keine Kleidung mehr. Er steht in der Menge. Nur von dem bedeckt, was sein wahres Wesen bekleiden würde. Wozu braucht er Kleidung? Was juckt es einen Wolf, ob das Schaf ihn erkennt, wenn er weiß, dass es für sein Opfer kein Entkommen gibt?

Ich sehe sein Fell, sein Maul – es ist bereits ein alter Wolf. Sabber läuft sein Maul hinab. Seine Zähne schlagen sich in die Ohren derer, die um ihn herumstehen und er spritzt sein Gift in ihre Seelen. Das Virus zeigt Wirkung.

Nach und nach wird es durch die Menge getragen und ich kann dabei zusehen, wie sich immer mehr von ihnen in hungrige und nach Rache rufende Bestien verwandeln. Krallen, scharfe Zähne. Bestien dürstend nach Blut.

Dann taucht eine weitere Stimme auf.

Vielleicht ist es der andere Kerl, den ich im Bahnhof getroffen habe. Der junge Hippie, der so hilfsbereit war. Der junge Kerl, der die Flüchtlinge mit Essen und Kleidung versorgt hat. Er steht auch in der Menge, schimpft den alten Kerl einen Lügner, einen Nazi und einen Rassisten. Er peitscht die Menge gegen den Alten auf. Er ruft auf, sich gegen die Nazis zu erheben. Jetzt müsse man erst recht zusammenstehen und die ganzen Rechten und alle ihre Kumpane aus dem Land jagen.

Meine Augen werden groß als ich mitansehen muss, wie auch er sein menschliches Gesicht verliert. Seine Ohren wachsen. Seine Zähne fletscht er bedrohlich und die beiden Gruppen stehen sich gegenüber. Der alte Mann und der junge Mann. Beide knurren sich an, beide glauben sich im Recht. Beide sind bereit für ihre Überzeugung über Leichen zu gehen.

Auch sein Virus durchstreift die Menge.

Ein paar Wenige wenden sich ab, lassen die Streitenden zurück und gehen ihrer Wege. Ein paar schütteln den Kopf, weil sie sich fragen, wie man in einer Stunde wie dieser beginnen kann, aufeinander loszugehen. Andere fliehen, weil sie nicht dabei sein wollen, wenn die Fäuste fliegen. Aber der Großteil bleibt und stimmt in das Geheul ein. Auf der einen oder der anderen Seite, es macht für mich keinen Unterschied. Alle wollen sie Blut sehen. Alle haben sie ihren Feind gefunden – den Feind, den sie bezwingen wollen.

Schritte neben mir.

Es ist Regina.

Sie bleibt stehen, folgt für ein paar Sekunden den Wortfetzen der Menge und ich erkenne, dass ihre Körperhaltung stocksteif wird. Ihr Mund steht offen und sie hört zu, sie lauscht den Worten in der Menge. Sie weiß nicht, was sie sagen soll, aber die Sorge und die Angst sind ihr anzusehen.

Dann setzt Simon sich neben mich und seufzt.

„Das ist der Grund warum ich dagegen bin, die meisten Leute wählen zu lassen", meint er dann. Er greift mit zittrigen Fingern in seine Jackentasche, holt eine Zigarette hervor und schafft es nach fünf Versuchen sie anzuzünden. Er bietet mir das brennende Stück an und ich nehme sie gern. Er zündet sich selbst eine weitere an und starrt wieder auf das Gebäude, das nach und nach weiter zusammenfällt. Auch wenn die Wasserstrahlen der Feuerwehr den größten Teil des Brandes gelöscht haben, so gibt es noch mehrere Glutherde.

Regina beugt sich zu mir herab und flüstert mir eine Frage zu.

„Was siehst du?", will sie wissen.

Ich lasse meinen traurigen Blick über die Menge schweifen.

„Wölfe", sage ich tonlos. „Hunderte."

Sie nickt langsam.

„Ich sehe Menschen", antwortet sie und richtet sich wieder auf.

„Aber ich weiß genau, was du meinst", fügt sie dann hinzu.

Sie versinkt in nachdenkliches Schweigen.

„Ich habe offen gesagt ein wenig Angst", meint Simon nun. Sein Blick ist bei der streitenden und diskutierenden Menge angekommen. „Ich habe Angst vor morgen."

Ich sehe ihn fragend an.

„Was denkst du steht heute Abend oder spätestens morgen früh in den Zeitungen?", will er im

Gegenzug von mir wissen, aber er wartet keine Antwort ab.

Stattdessen deutet er auf die vielen Pressewagen, Kameraleute und Reporter, die gefasst aber theatralisch und vieldeutig in ihre Mikrofone sprechen.

„Ich bin einer von ihnen", stellt er sachlich und dennoch traurig fest. „Ich weiß, wie es klingen wird. Ich weiß, was da übertragen wird."

Er steht auf, wirft die Zigarette zu Boden und stampft sie wütend aus.

„Und ich weiß auch, wie die Leute darauf reagieren werden."

Ein letztes Mal lässt er seinen Blick über das Chaos, die Zerstörung und die Wut schweifen. Er bleibt bei den Kamerawagen hängen.

„Und sie werden es vor sich selbst damit rechtfertigen, dass sie doch nur berichtet haben. Dass die Bevölkerung ein Recht darauf hat alles zu erfahren."

Er schnaubt verächtlich.

„Sogar die Gerüchte werden sie erfahren. Könnte ja interessant sein."

Der letzte Teil trieft vor Ironie und Hohn. Er spuckt angewidert auf den Boden, dann dreht er sich um und geht in Richtung Auto.

Mein Blick wandert zu Regina, die sich von der Menge losgerissen hat und Simon nachsieht.

Sie nickt leicht.

Auch sie weiß, welcher Weg gegangen werden wird. Auch sie ahnt, was auf uns zukommt.

Hand aufs Herz.

Sogar ich weiß es.

Aber ich hätte nicht gedacht, dass es so schnell geht.

Das alles hier wird in einem Blutbad und einer Zerstörungsorgie enden.

Ich kann es spüren.

Es liegt in der Luft.

Die beiden Parteien streiten sich noch immer und schreien sich gegenseitig an. Beide beharren auf ihrem Standpunkt und die Debatte wird wohl noch eine Weile weiterlaufen.

Sie scheinen nicht an die Möglichkeit zu denken, die falschen Fragen gestellt zu haben. Sie scheinen überhaupt keine Fragen gestellt zu haben.

Wenn ich eine Sache gelernt habe, dann diese: Man sollte sich *immer* fragen, wer von Katastrophen wie dieser am meisten profitiert.

Es klingt wie aus einem schlechten Film, spiegelt aber die Wirklichkeit perfekt wider: Folge dem Geld, dann findest du die Schuldigen.

Kapitel 15: Hypnotisiert (III)

„Pushing the button seemed so right
Listening to the praise of just another glorious fight"
– Aquarian Age „hypnotized"

I

Nachrichten im Fernsehen, am gleichen Tag:

Wir sehen eine Reporterin, hübsch geschminkt, mit ernstem, aber deutlich betroffenem Gesicht. Hinter ihr das Krankenhaus. Noch immer schlagen Flammen daraus hervor. Sanitäter laufen hin und her, die Feuerwehr löscht die noch verbleibenden Brandherde und die Polizei versucht die Schaulustigen zu vertreiben.

„... wie sie hinter mir sehen können, ist der Brand noch nicht völlig unter Kontrolle gebracht worden. Augenzeugen berichten von einem Mann ausländischer Herkunft, der mit einer Bombe unter dem Mantel das Krankenhaus betreten und sie dann gezündet haben soll. Warum er gerade dies als Ort für seinen Anschlag gewählt hat, ist zum jetzigen Zeitpunkt unbekannt ..."

II

An anderer Stelle sehen wir einen Herrn in einem Studio sitzen. Ihm gegenüber, in Anzug und sehr gepflegt, sitzt ein älterer Mann, betont staatsmännisch in Sprache und in Gestik sowie Mimik. Der eine Herr ist Moderator einer

Nachrichtensendung. Er spricht mit einem Vertreter des Staates.

„Sie glauben also, dass die Sicherheitsvorkehrungen in unseren Krankenhäusern genügen?"

, will der Moderator wissen.

„Denken Sie nicht, dass durch die Flüchtlingskrise hätte klar sein müssen, dass so etwas passieren kann? Hätte man diesen Anschlag nicht verhindern können?"

Der dem Moderator gegenübersitzende Mann schluckt. Seine Ratlosigkeit über diese Frage ist relativ leicht zu erkennen. Die Vermutung, dass ihn die Worte, die er gleich sprechen wird, genauso überraschen werden wie alle, die sie hören, liegt sehr nahe.

III

Anderer Sender, andere Show:

Eine Frau sitzt vor einem Greenscreen auf welchen die Zahl der Todesopfer und der Verletzten in schönen Grafiken dargestellt wird. Die Figuren, welche männlich und weiblich symbolisieren sehen, ein wenig aus, wie jene Figuren, die oftmals die Türen von Toiletten markieren. Zu der Geschlechtertrennung kommt noch eine weitere

Grafik hinzu: Die Trennung von inländischen und ausländischen Opfern. Die Nachrichtensprecherin liest vom Teleprompter ab:

„... natürlich sind es noch keine genauen Zahlen, da die Unglücksstelle noch immer untersucht wird. Weiterhin arbeiten alle verfügbaren Einsatzkräfte daran, weitere Opfer zu finden und sie aus den Trümmern zu bergen ..."

IV

Pressekonferenz. Vier Parteien stehen vor der versammelten Boulevard- und vielleicht auch etwas höher einzustufenden Presse. Aber nicht im gleichen Raum. Drei der Parteien, jene mit den alten, bekannten Farben, stehen beisammen, regieren sie doch auch das Land zusammen.

Einer der Politiker tritt zum Mikrofon. Sein Gesicht ist versteinert. Er sieht aus, als ob es ihm zutiefst zuwider wäre, hier sein zu müssen. Seiner Körperhaltung, seiner Mimik nach zu urteilen würde er viel lieber auf seinem Balkon sitzen, Wein trinken und sich über Fußball unterhalten. Vielleicht wäre er auch einfach gern ganz weit weg. Oder er wünscht sich, er hätte einen anderen Job angenommen. Nichtsdestotrotz spricht er in die Kamera. Gefasst. Weltmännisch.

„... und deshalb möchte ich ... festhalten ... in Zeiten wie diesen ist es wichtig ... zusammenzuhalten ... Als Volk ... Als Welt ... Als Nation ... wir werden alles in unserer Macht Stehende ... tun ... um den oder die Täter ... ausfindig ... zu machen ... Die Augen der Welt ... sind auf uns gerichtet ... Wie wir mit ... diesem Anschlag ... umgehen ... wird uns definieren ... Und ... natürlich! ... ist so ein Akt der Gewalt ... aufs Schärfste! ... zu verurteilen ..."

In den Zeitungen wird morgen stehen, dass es neue Leute an der Macht braucht, die nicht lieber fischen fahren als sich um die Sicherheit der Bevölkerung zu kümmern.

Der zweite Politiker tritt ans Mikrofon. Er spricht ebenso weltmännisch, scheint es aber mehr gewohnt zu sein. Sein Blick zeigt Mitleid und Trauer. Möglicherweise glauben manche Zuseher sogar seine Ergriffenheit. Bevor er beginnt räuspert er sich. Dann lässt er seinen Blick über die anwesende Menge schweifen. Er orientiert sich, wägt ab, was für ein Publikum er hat. Das Mikrofon zieht er ein wenig tiefer nach unten, da er um einiges kleiner ist, als der Vorredner.

„Ich kann mich meinem Vorredner ... nur anschließen. Diese Tragödie ... trifft uns alle bis ins Herz ... trifft uns als Stadt ... als Wirtschaftsland ... wirklich tief. Aber! ... wir werden uns nicht durch solch feige Anschläge von unserem – an sich – ...

sehr guten Weg ... abbringen lassen. Keineswegs! ...
Wir befinden uns auf einem guten Weg ... diesen
werden wir fortsetzen ... um für unser Land eine
bessere ... und friedlichere! ... Zukunft zu bauen.
Arbeitsplätze zu schaffen ... neben der sozialen und
wirtschaftlichen Sicherheit ... nun auch eine
physische Sicherheit ... mitfinanzieren ... mitdenken
müssen ... Ich danke.“

Morgen kommen nur wenige Teile dieser Rede in
die Medien. Es verblasst völlig. In einer Zeitung
wird behauptet, dass die Wortbausteine dieses
Herren seit Jahren die gleichen sind und sie es
entsetzlich finden, dass er nicht einmal bei einer
Tragödie dieses Ausmaßes neue Floskeln finden
kann.

Der dritte Redner kommt zum Pult. Bevor er noch
ein Wort sagt, schlägt er mit der Faust auf den
Tisch. Es knallt laut und alle zucken zusammen.
Dieser Mann wirkt jugendlich. Seine Zähne sind
weiß. Er lächelt viel, wenn auch halb griesgrämig.
Als hätte er es satt immer recht zu haben. Und als
täte es ihm sehr leid immer Unschuldige aufgrund
der Inkompetenz der anderen leiden sehen zu
müssen. Auch seine Worte klingen so.

„Wir haben seit Monaten. Seit Monaten! Bereits
darauf hingewiesen, dass die Sicherheit in diesem
Land. In diesem. Schönen. Unserem. Land. Nicht
mehr gewährleistet ist. Seit Monaten! Haben wir

*darauf hingewiesen: Mehr Polizei! Mehr
Stadtwache! Mehr Kontrolle! Mehr
Überwachungskameras! Jetzt – da dieser tragische
Zwischenfall sie dazu zwingt –„*

An dieser Stelle senken die beiden Vorredner kurz
das Haupt. Sie bemerken, dass das wie ein
Schuldeingeständnis wirken könnte, deshalb heben
Sie ihre Köpfe rasch wieder. Beide sehen den
aktuellen Redner ausdruckslos und starr an. Aber in
beider Augen kann man den Gedanken an ein
Nachspiel für den Herrn am Mikrofon erkennen.
Dieser fährt währenddessen fort:

*„Wir lassen uns unser Land nicht mit einem Krieg
schlecht machen, der nicht der unsere ist! Immer
schon, werte Damen und Herren, haben wir!
gesagt: Es geht nicht, immer weitere Leute
aufzunehmen. Leute, die eine andere Kultur haben.
Die eine gewalttätige Kultur haben. Die unsere
Kultur nicht respektieren. Und jetzt – bitte – jetzt
haben wir die Quittung für unsere
Gastfreundschaft. Ich sage: Das muss ein Ende
haben!"*

Dies sind die Teile, die ihre Wege auf Schlagzeilen
und auf Titelseiten finden. „Die Grenzen der
Gastfreundschaft". „Der eingeschleppte Krieg".
„Der Terror kommt zu uns". „Müssen lernen mit
der Angst zu leben" und viele weitere Schlagworte,

die Redner Nummer Drei den Medien mit geübter
Zunge zur Auswahl darlegt.

Abseits der Hauptbühne gibt der Vertreter einer
vierten Partei ausgewählten Journalistinnen und
Journalisten ein paar Statements.

Redner vier sagt folgende Dinge, mit ernstem und
traurigem Gesicht. Zwischendurch muss er sich
sogar kurz abwenden um Tränen aus seinen Augen
zu wischen:

*„Dieser Anschlag ist eine Tragödie. Mein Mitgefühl
geht an alle Menschen, die Freunde, Verwandte
oder Bekannte in diesem Krankenhaus hatten. Die
Polizei hat die Ermittlungen bereits aufgenommen.
Wie es aussieht, hat es sich um einen Einzeltäter
gehandelt, der keine Verbindungen zu
irgendwelchen Terrororganisationen hat. Auch die
Nationalität des Täters konnte noch nicht
festgestellt werden. Mir ist bekannt, dass es
Gerüchte gibt, es könnte sich dabei um einen
Flüchtling handeln. Ich kann und will das nicht
ausschließen – ich möchte nur, vor allem jetzt in
dieser Stunde der verständlicherweise
hochschwappenden Emotionen, um Ruhe und
Zurückhaltung bitten. Bitte, werte Damen und
Herren – ziehen sie keine voreiligen Schlüsse: Selbst
wenn sich herausstellen sollte, dass es sich um
einen Menschen im Asylverfahren handelte, so ist
dies einer von 90.000 Personen – Die anderen*

89.999 sind mit Sicherheit genauso erschrocken und entsetzt wie sie und ich. Denn genau das ist der Terror, vor dem sie von Zuhause geflohen sind. Ich bitte sie also um Ruhe. Die Polizei wird den Sachverhalt so rasch wie möglich aufklären und wir werden Sie informieren, sobald es neue Erkenntnisse gibt. Wir haben eine Hotline einrichten lassen – dort können Sie erfragen, wohin ihre verletzten Angehörigen verlegt wurden."

Seine Worte tauchen in den Zeitungen am nächsten Tag, wenn überhaupt, nur am Rande von dem auf, was Redner drei von sich gegeben hat. Als Kontrapunkt und journalistisch wichtige Gegenmeinung.

V

Berichte aus diversen Zeitungen, am nächsten Morgen:
ANSCHLAG AUF KRANKENHAUS – *Für Sandra K. (23) hat sich gestern die Welt verändert. Als sie ihre Mutter, die sich von einer Operation am Knie erholte, im Krankenhaus besuchen wollte, spielten sich dramatische Szenen ab. Eine Bombe explodierte in einem der oberen Stockwerke des Gebäudes und riss viele Menschen in den Tod. „Wieso machen diese Leute das?", fragt eine geschockte und um ihre Mutter trauernde Sandra. „Wir geben ihnen einen Platz, Kleidung und Nahrung – und so danken sie es uns!"*

FLÜCHTLING ZÜNDET BOMBE FÜR ALLAH – *„Gott ist größer" – das waren die letzten Worte, die der Täter gestern rief, bevor er eine Bombe im größten Krankenhaus der Stadt gezündet hat. Der Anschlag hat viele Todesopfer und noch viel mehr Verwundete gefordert. Die Polizei ermittelt, es scheint jedoch sicher zu sein, dass der Täter männlich, zwischen 30 und 40 Jahre alt war und erst vor kurzem im Zuge der Flüchtlingskrise nach Österreich eingereist ist.*

TERROR VOR UNSERER HAUSTÜR – *Nun hat der Krieg aus Syrien auch uns erreicht. Es war wohl nur eine Frage der Zeit, bis auch hier die ersten Opfer zu beklagen sind. Was viele bereits vermutet haben, wurde gestern tragische Gewissheit. Ein bis dato unbekannter Flüchtling hat eine Bombe in ein Krankenhaus geschmuggelt und sie dort gezündet. „Wir fordern seit Monaten bessere Regulierungen und mehr Sicherheit für unsere Leute", meldet sich ein bekannter Politiker zu Wort. „Das haben wir jetzt davon, dass niemand auf uns gehört hat!"*

DAS PROBLEM MIT DER FLÜCHTLINGSKRISE – *90.000 Flüchtlinge sind im letzten Jahr in unser Land gekommen. Während es mit den meisten von ihnen keine Probleme gibt – abgesehen von der Finanzierung der Verpflegung und Unterbringung dieser Menschenmassen – stellte sich gestern heraus, dass die schon länger geäußerten*

*Vermutungen sich bewahrheitet haben:
Terrorkämpfer des IS haben sich unter die
Hilfesuchenden gemischt und bringen ihren Terror
nun auch in unser Land.*

**NEUE STAR WARS FILME – WAS IN DEN NÄCHSTEN
JAHREN PASSIEREN WIRD** *Wie Disney vor kurzem
angekündigt hat, werden nicht nur Episode VIII und
Episode IX in den nächsten Jahren gedreht werden,
sondern – auch aufgrund des weltweit mit
Ehrfurcht betrachteten Einspielergebnisses –
weitere Ableger mit dem Beinamen Star Wars
Anthologies. Die Spin-Offs werden die Geschichten
eines jungen Han Solo, Meister Yoda und wohl die
des Kopfgeldjägers Boba Fett näher beleuchten.*

**GEMEINER ANSCHLAG AUF KRANKENHAUS – TÄTER
VERMUTLICH FLÜCHTLING** *– Tragisches hat sich
gestern ereignet. Die Taten in Frankreich haben
bereits Anlass zur Vermutung gegeben, dass die
Welle des Terrors auch auf Europa überschwappen
wird. Entgegen der Beschwichtigungen unserer
werten PolitikerInnen (beinahe) jeglicher Couleur ist
nun der Beweis erbracht: Das Blutvergießen macht
auch vor unserer Haustür nicht Halt. Dass der Täter
ein Flüchtling war, gilt in Insider-Kreisen bereits als
bestätigt.*

**ANTI-FLÜCHTLINGS-DEMO FÜR HEUTE
NACHMITTAG ANGEKÜNDIGT** *– „Wir müssen uns
gegen diese Islamisierung wehren! Wir stehen nicht*

tatenlos herum und sehen zu, wie diese Religion der Gewalt unser Land überrollt!", so die Worte von Rudolf I. (63), der sich innerhalb kürzester Zeit zum Sprecher der Bewegung „Unser Land will Frieden!" aufgeschwungen hat. In einer Presseaussendung nimmt die Gruppe Stellung zum gestrigen Anschlag und kündigt für heute Nachmittag eine Protestveranstaltung an.

ER FLOH VOR DEM KRIEG UND BRACHTE IHN ZU UNS – *Der Name ist noch unbekannt – seine Tat hat ihn bereits unsterblich gemacht. Der – namentlich unbekannte – Flüchtling, der gestern in das größte Krankenhaus der Stadt eingedrungen ist, mehrere Menschen als Geiseln nahm und sich dann mit den Worten „Allahu akbar" selbst in die Luft gesprengt hat und damit viele Menschen mit in den Tod riss, kann sich der Gnade seines Gottes sicher sein. Im Islam gilt es als völlig klar, dass ein Krieger, der im Namen Allahs stirbt, in den Himmel auffährt, wo mehr als siebzig Jungfrauen auf ihn warten.*

POLITIKER FORDERT VERSCHÄRFTE SICHERHEITSVORKEHRUNGEN – *Nach den gestrigen Anschlägen (wir berichteten in der Abendausgabe) fordern immer mehr Politiker verschärfte Sicherheitsmaßnahmen. Asylverfahren sollen rascher abgewickelt und negativ beschiedene Personen rascher – und unter Militäraufsicht – abgeschoben werden. Auch der Grenzschutz soll mit mehr Personal aufgestockt werden. „Diese*

Maßnahmen werden aber nicht reichen", so ein renommierter Politiker. „Wir fordern auch neue Gesetze, die es uns ermöglichen, verdächtige Personen innerhalb des Landes, auch jene mit einem legitimen Aufenthalt, zu überwachen."

DAVID BOWIE GESTORBEN – LETZTES ALBUM GRANDIOS – *Kurz nach der Veröffentlichung seines vielleicht bis dato besten und experimentellsten Albums ist der vermutlich letzte große Musiker seiner Generation von uns gegangen.*

NON-PROFIT-ORGANISATIONEN RUFEN ZUR RUHE AUF – *Große karitative Einrichtungen und Vereine rufen auf ihren Webseiten und mit Presseaussendungen zur Ruhe auf. Sie würden die Sorge der Bevölkerung verstehen, bitten aber zu bedenken, dass es sich laut Polizei um einen Einzeltäter handelt, von dem noch nicht geklärt ist, woher er kam und ob es sich tatsächlich um einen Flüchtling handelte. Bis jetzt gäbe es nur Gerüchte und noch keine klaren Fakten.*

ZAHLREICHE BRANDSTIFTUNGEN BEI ASYLWERBERHEIMEN – *Im Zuge der verständlichen Wut, die der gestrige Anschlag auf das größte Krankenhaus der Stadt bei den Bewohnern ausgelöst hat, gingen mit einigen die Nerven durch. Als „Vergeltungsschläge" wurden viele der darauf folgenden Vorfälle in einem anonymen Bekennerschreiben bezeichnet. Konkret bezog sich*

370

*das Schreiben, das der Redaktion vorliegt, auf vier
der elf von gestern Nacht auf heute vorgefallenen
Brandanschläge auf Asylwerberheime.*

GEGEN-DEMO GEPLANT – „KEINEN METER FÜR DIE
NAZIS" – *Als „Aufruf für die Freiheit" bezeichnet der
Verein „One World One Peoples" (sic!) seine
Gegenveranstaltung zur Demo der „Unser Land will
Frieden!"-Bewegung. Die Polizei hat bereits die
Route vom Veranstalter vorgelegt bekommen und
will mit einer extra starken Mannschaft und
Spezialausrüstung anrücken, um die beiden
gegensätzlichen Veranstaltungen so reibungslos
wie möglich ablaufen zu lassen. „Uns liegen die
Pläne beider vor und es wird unserer Information
nach kein Zusammentreffen dieser Gruppierungen
geben", so ein Sprecher der Polizei.*

III

Diverse Postings in den Sozialen Medien von
unterschiedlichen Gruppen und Privatpersonen:

FOTO Ein Bild zeigt das brennende Krankenhaus.
Darunter steht in Blockbuchstaben: NIE WIEDER.
1.485 Gefällt mir   584 Mal geteilt

FOTO Menschen aus Syrien mit
Maschinengewehren. Darunter folgender Text:
„Ich bin ein friedliebender Mensch, aber wenn das
die Leute sind, die zu uns kommen, dann gute

371

Nacht. Man hat ja gestern gesehen, wie gut unsere Regierung uns schützen kann. Da kaufe ich mir lieber eine Waffe und nehme das selbst in die Hand."
31 Likes

TEXT „Also mir reicht es jetzt endgültig. Kommen zu uns, arbeiten nichts, leben auf unsere kosten und dann auch noch anschläge. Weg mit denen. Mit allen. Wir haben Regeln hier und das geht so nicht. DA sieht man wieder wie viele Verbrecher zu uns gekommen sind und welches gesindel sich mittlerweile hier herumtreibt. Geht nach Hause, oder wir schicken euch in Säcken zurück!"
2.483 Likes   174 Mal geteilt
        5 Antworten

        Antwort 1:
        Spinnst du? Du kannst doch nicht alle über einen Kamm scheren, nur weil einer von denen austickt? Das ist doch genau der Terror vor dem sie flüchten!
        7 Gefällt mir

        Antwort 2:
        Wenn das ist wovor si flüchten dann sollen sie woanders hin flüchten. Erdogan macht es richtig. Grenzen zu und fertig. Sollte man alle in Käfige sperren und dann retour schicken. Oder noch besser: gleich einfach ins meer kippen.

83 Gefällt mir

Antwort 3:
Du weißt schon, dass du hier zu Mord
aufrufst, oder? Das ist strafbar.
1 Gefällt mir

Antwort 4:
Dann zeig mich doch an, du Schwuchtel!
Juckt mich doch nicht. Du links-linker
Klugscheißer. Dann gehörst du auch gleich
mit in den Käfig. Sieh wo Leute wie du unser
Land hingebracht haben. Nicht mal im
Krankenhaus kann man sich mehr sicher
fühlen. Ihr seid doch alle mit Schuld an
diesem zsutand hier! Hättet ihr euch nicht
so im sie gekümmert und sie verhätschelt,
sondern an der Grenze im Regen stehen
gelassen – dann wäre das nicht pasisert
gestern!
77 Gefällt mir

Antwort 5:
Wir hätten was tun sollen? Menschen, die
nichts haben außer der Kleider an ihrem
Leib vor den Grenzen erfrieren und
verhungern lassen? Bist du irre?
0 Gefällt mir

VERANSTALTUNG. FOTO. Bild eines syrischen Menschen. Darum ein roter Kreis mit einem Querstrich durch. Darunter der folgende Text:
„Wir wollen euren Krieg hier nicht! Macht, dass ihr nach Hause kommt!"
1.043 interessieren sich für die Veranstaltung
4.370 Zusagen   834 Absagen

VERANSTALTUNG. FOTO. Ein Hakenkreuz. Darum ein roter Kreis mit einem Querstrich durch. Darunter der folgende Text:
„Wir wollen euren Hass nicht! Trauermarsch für die Opfer und die Angehörigen jedweder Nation!"
823 interessieren sich für die Veranstaltung
3.612 Zusagen   175 Absagen

VERANSTALTUNG. FOTO. Der neue Dom bei Nacht. Mit Scheinwerfern beleuchtet. Am Platz vor dem Dom ist eine Bühne aufgebaut. Ein Orchester sitzt auf der Bühne. Vorne steht eine Sängerin. Darunter der folgende Text:
„Klassik am Dom! Das Konzerthighlight des Jahres! Jetzt Karten sichern!"
12 interessieren sich für die Veranstaltung
67 Zusagen   11 Absagen

Anzahl an Profilbildern, die auf eine „Träne" geändert wurden als Zeichen der Trauer um alle Opfer des Anschlags und deren Angehörige, weltweit:
120.000

Anzahl an Profilbildern, die auf eine „Österreich-Fahne" geändert wurden, als Zeichen, dass die Heimat jetzt an erster Stelle stehen muss und man Österreich beisteht, weltweit:
1.732.498

Kapitel 16: Klarheit (in aller) (III)

„Dann wird mir klar, das ist alles gar nicht wahr.
Das ist alles nur ein Schmäh, selber denken tut halt weh"
– Aquarian Age „klarheit (in aller)"

RENÉ

I

Regina legt die Zeitung zur Seite und steht wütend auf. Ich kenne sie noch nicht lange, genau genommen erst seit gestern, aber an Simons Reaktion kann ich gut erkennen, dass solche Wutausbrüche bei ihr eher selten vorkommen. Sie tritt mit ihrem Fuß mehrmals gegen die Couch und nachdem sie das nicht wirklich befriedigt, verschwindet sie in der Küche. Kurz darauf höre ich, wie Geschirr unter lautem Klirren zu Boden kracht. Mehrmals. Jedes Mal schreit Regina irgendetwas dazu. Was genau kann ich nicht verstehen.

Simon starrt die Küchentür an. Sein Mund steht ein wenig offen. Seine Augen sind angstgeweitet. Er bemerkt meinen Blick, reißt sich zusammen und ringt sich ein Lächeln ab.

„Das hat sie hin und wieder", versucht er mich zu beruhigen. Ich glaube ihm natürlich nicht. Seine ganze angespannte Körperhaltung, sein Blick, vor allem seine Augen, die hilflos hin und her springen und nach irgendeinem fixen Anhaltspunkt suchen, verraten mir die Lüge hinter seinen Worten. Auch wenn ich all diese Dinge nicht gebraucht hätte, um das Offensichtliche zu sehen.

377

Regina ist am Ende ihrer Nerven. Sie kann nicht mehr.

Wieder ein Klirren.

„Du brauchst mich nicht beruhigen", teile ich ihm mit. „Ich bin einfach nur froh, in ihrer Wohnung zu sein und nicht in meiner", versuche ich ihn mit einem Scherz und einem künstlichen Grinsen aufzuheitern. Es gelingt nicht. Er nickt nur abwesend. Simon hat nicht einmal richtig zugehört. Tatsache ist, wir sind eigentlich in *seiner* Wohnung. Meine kleine Anspielung auf seine Teller geht spurlos an ihm vorbei. Es ist Simons Geschirr, das wir eben in der Küche zu Bruch gehen hören. Aber Simon scheint das im Moment nicht wichtig zu sein. Er vergräbt sein Gesicht in den Händen und schweigt.

Ein Klirren. Ein Schrei. Ein weiteres Klirren.

Simon beginnt zu zittern. Er weint. Simon, der harte Reporter, weint. Ich kann es kaum glauben. Dann korrigiere ich mich. Warum halte ich ihn für hart? Ich habe keinen Grund dazu. Mir eine Pistole vors Gesicht zu halten, weil ihm die Nerven durchgehen? Nicht gerade ein Verhaltensmuster, das ich als „hart" bezeichnen würde.

Ehrlich gesagt ist mir das lieber.

Leute, die nie zusammenbrechen unter der Last, die auf ihre Schultern geladen wird, sind mir unheimlich. Ganz ehrlich. Menschen, die nie zusammenbrechen ... die haben doch einen an der Waffel. Und das sage ich nicht nur, weil es mir selbst so ging. Ich sage das auch nicht, weil ich mich selbst damit irgendwie von Schuld freisprechen will. Ich meine es wirklich so.

Ich habe lieber Menschen um mich, die sich um andere Sorgen machen, als Menschen, denen das Schicksal anderer völlig egal ist. Simon macht sich große Sorgen. Nicht nur um sich, auch um Regina. Das erkennt man, wenn man ihm zusieht, wenn man beobachtet, wie er mit ihr umgeht. Er scheint es selbst nicht zu bemerken, aber sie sind ein verdammt gutes Team. Er mag sie. Er macht sich Sorgen um sie.

Und um mich.

Er macht sich auch Sorgen um mich – und das rechne ich ihm sehr hoch an, denn wir kennen uns eigentlich kaum, aber er hat mich scheinbar als Mitstreiter in seinem Kopf abgespeichert. Als Verbündeten in einem Kampf gegen einen Gegner, den wir alle miteinander nicht kennen.

Alles was wir kennen, ist das Ergebnis seiner Spielzüge.

Es ist ein Schach-Matt.

Wir haben verloren.

Auf allen Linien.

Was immer auch das Spiel war.

Welcher Preis auch immer am Ende der Partie stand.

Wir haben verloren.

Deshalb sitzen wir auch hier.

Gestern – als wir vom Krankenhaus weggefahren sind – haben wir schweigend im Auto gesessen. Alle drei erschüttert und fertig. Entsetzt über die

Dinge, die wir gesehen und gehört haben. Entsetzt über das, was passiert ist und über die Erkenntnis, was noch folgen wird.

Simon hat bei einer Tankstelle gehalten und mehrere Sechserpackungen Bier gekauft. Dann ist er nach Hause gefahren und hat uns ohne uns zu fragen mitgenommen. Es war auch nicht nötig. Keiner von uns hätte gestern allein sein wollen. Die Nacht haben wir im Wohnzimmer verbracht, schweigend, Bier trinkend, unseren Gedanken nachhängend. Dann hat Simon sich in Richtung Bett verabschiedet, Regina gezeigt, wo sie schlafen und sich umziehen kann. Mir hat er eine Decke und einen Polster zugeworfen und auf die Couch gedeutet.

Heute Morgen bin ich früh aufgewacht, habe mir mit dem Zeigefinger und einer geliehenen Zahnpasta die Zähne geputzt und mir eingeredet, dass ich nur schlecht geträumt habe. Aber ich bin in Simons Wohnung aufgewacht. Nicht bei mir Zuhause.

Das bedeutete also, dass ich mir nicht *alles* eingebildet haben konnte. Also bin ich zur nächsten Trafik und habe einen Stapel Zeitungen geholt. Simon und Regina hatten Recht.

Das Wort war nirgends zu finden, aber es lag in der Luft, durchdrang jede Zeile und wurde sogar von den Radiosendern immer wieder in den Raum gestellt:

Bürgerkrieg.

Oder zumindest beinahe.

Es schien keine Mitte mehr zu geben, kein klares
Denken, keinen Kompromiss. Wer nicht auf Seite A
stand war eben auf Seite B. Wer nicht mein Freund
ist, ist mein Feind.
Die Welt in Schwarz und Weiß. Die gefährlichste
Kombination, die es gibt.
Zwei Farben. Zwei Seiten.
Das geht niemals gut aus. Noch nie in der
Geschichte ging das irgendwie gut aus.
Dann die Nachricht von Tom.
Er hat vor einer guten halben Stunde angerufen.
Seine Worte sind kurz gewesen. Eine simple
Information: Er hat entschieden, mit seiner Familie
die Stadt zu verlassen. Seine Eltern haben weiter
draußen auf dem Land in einem kleinen Nest ein
Haus. Abgelegen. Irgendwo in der Nähe eines
Waldes. Mehrere Kilometer von den nächsten
Nachbarn entfernt. Er würde seine Frau und seine
Kinder einpacken und für einige Zeit dorthin
ziehen. Wie lange genau wusste er noch nicht. Er
würde sich wieder melden.
Mir fiel ein – reichlich spät, wie ich zu meiner
Schande gestehen muss –, dass ich vergessen
hatte, ihm mitzuteilen, dass Angela noch lebt und
im Krankenhaus ist. Aber er weiß es schon, er hat
die eingerichtete Hotline genutzt – guter Mann.
Jetzt packt er seine Familie – seine leibliche Familie
– zusammen und sie gehen weg. Irgendwo anders
hin, wo der Irrsinn noch nicht so ausgeprägt und
allgegenwärtig ist, wie hier in der Stadt.

Ich konnte ihn nur beglückwünschen zu dieser Entscheidung. Könnte ich, so würde ich es ihm gleichtun.

Nur kann ich nicht.

Ich habe etwas zu erledigen. Etwas wieder gut zu machen. Der Welt ein wenig „Gut" zurückgeben für das „Schlecht", das ich ihr zugemutet habe.

Angela fällt mir ein.

Ihr Anblick mit der Atemmaske. Auf der Bahre. Ihre Augen, so schwach. Ihre Stimme, so zittrig. Ihr Händedruck, so kraftlos.

Eine Träne steigt mir in die Augen. Ich schniefe.

Simon schnieft auch.

Das Klirren hat aufgehört und Regina steht in der Tür. Sie blickt uns an. Ihre Augen glühen fast vor Zorn und Wut. Sie hat die Hände vor dem Körper verschränkt und auch wenn ich es eigentlich besser weiß, so bilde ich mir dennoch ein, dass Rauch aus ihrer Nase kommt.

Die Hölle kennt keinen Zorn wie die Wut einer Frau, denke ich und Reginas Anblick bestätigt alle schlimmen Vorurteile, die ich diesbezüglich jemals hätte haben können.

„Ist das euer Ernst?", fragte sie uns beide. Simon und ich sehen uns kurz an, dann schütteln wir beide gleichzeitig den Kopf. Die Frage war völlig unnötig.

„Tut mir leid", sagt Simon. Er schnieft nochmals.

„Ich musste gerade daran denken ... ich ..." Tränen steigen ihm erneut in die Augen. Regina schnaubt verächtlich. Sie sieht mich an und ich erwidere ihren Blick ohne etwas zu sagen. Wenn mir nach Heulen ist, dann heule ich. Das lasse ich mir von niemandem verbieten - schon gar nicht von einer Person, die ich erst seit zwei Tagen kenne. Ganz abgesehen davon: Meine Gefühle sind meine Gefühle. Und wenn ich an Angela denke, dann ... Der Groschen fällt.

Regina legt den Kopf schief. Sie scheint den Ruck in meinem Hirn bemerkt zu haben. Sie mustert mich neugierig.

„Ist dir etwas eingefallen?", fragt sie mich vorsichtig.

Ich nicke langsam, suche den Faden, den ich eben gefunden hatte und folge ihm bis zu seinem Anfang. Angela. Augen. Mund. Hände ... Mund. Worte. Ha! Da ist es.

„Angela hat mir zwei Namen genannt", gestehe ich dann. „Ich habe das gestern völlig vergessen. Sie hat mir zwei Namen genannt."

Simon dreht sich nun auch zu mir um. Er wirkt interessiert, wenn auch immer noch abgelenkt. Ich würde gerne wissen, was in seinem Kopf vorgeht, denn mir reicht es, *einmal* eine Waffe von ihm vors Gesicht gehalten zu bekommen. Wenn er im falschen Moment wieder durchdreht, wer weiß schon, was dann passieren würde?

(ah – du bist wieder dabei, Misstrauen zu säen, wie schön)

Ach, halt die Klappe. In diesem Fall wohl begründet.

*(sicher. Misstrauen ist immer begründet, wie du
weißt)*

Ich seufze, kann aber nicht umhin, meiner inneren
Stimme bis zu einem gewissen Grad recht zu
geben. Nicht der letzte Teil. Der ist völliger
Blödsinn. Aber der erste Teil stimmt. Ich bin schon
wieder dabei, den gleichen Fehler zu machen.
Nein.
Dieses Mal nicht. Dieses Mal mache ich es anders.
Ich deute Regina zu warten. Wir müssen vorher
noch etwas anderes klären, wie mir scheint. Ich
wende mich Simon zu.
„Simon?", frage ich vorsichtig und sanft. „Was hast
du?"
Er winkt ab, wischt sich eine Träne aus dem
Gesicht. Ich lasse nicht locker, versuche seinen
Blick mit meinen Augen einzufangen und frage
nochmals, betont langsam und eindringlich.
„Wir sitzen hier zusammen, weil wir aufeinander
angewiesen sind", sage ich. „Das Letzte was wir
brauchen, ist einen Nervenzusammenbruch im
falschen Mom ... ",fahre ich fort, komme aber nicht
dazu, fertig zu sprechen, denn Simon springt auf
und seine Körperhaltung verändert sich. Er wirkt
nicht mehr kaputt und müde. Er wirkt angespannt.
Ärgerlich. Nein, das ist eine Untertreibung. Er wirkt
... stinksauer.
„Im falschen Moment?", fährt er mich wütend an.
Er lacht ohne Humor. „Was wäre denn der richtige
Moment? Gibt es einen richtigen Moment um die
Nerven zu verlieren?"

Er pendelt mit seinen Worten zwischen Regina und mir hin und her.

Es ist komisch. Ziemlich sogar.

Wenn ich hätte wetten müssen, dann wäre mein Tipp Regina gewesen. Sie würde als erste die Nerven verlieren.

Nicht, weil sie eine Frau ist. Das hat damit nichts zu tun. Es war ihr Blick. Der Blick, den sie gestern hatte, als wir am Rand des Katastrophengebiets standen. Etwas in ihren Augen hat sich verändert. Ich habe hoffnungslose, verlorene und traurige Menschen gesehen. Ich habe schon viel gesehen. Einen Blick wie in ihren Augen noch nie.

Etwas in ihr ist zerbrochen. Nicht angeknackst, nicht beschädigt, sondern zerbrochen.

Die Regina von gestern war nett.

Verwirrt und ein wenig verloren, aber nett. Als sie das Krankenhaus gesehen hat, die Trümmer zu Boden regnen, die blutenden Menschen aus dem Haus laufen sah und die Sirenen hörte, da dachte ich für einen Augenblick, dass sie zusammenklappen würde, so blass war sie.

Und jetzt, hier und heute, steht sie da. Ein Fels. Marmor. Eiskalt.

Warum?

Aber bevor ich den Gedanken weiter verfolgen kann, zeigt Simon mit dem Finger auf sie und schreit: „Wir sind verdammt nochmal Schuld daran!"

Möglicherweise habe ich mich verhört.

Vielleicht hat mir mein Hirn wieder einen Streich gespielt und er hat etwas völlig anderes gesagt. Ich kann es nicht beurteilen, deshalb bleibe ich sitzen und verhalte mich ruhig.

Simon tritt auf Regina zu, die keinen Zentimeter zurück weicht, sondern seiner körperlichen Nähe als auch seinen Worten problemlos standhält.

„Wie meinst du das?", will sie wissen. Fordernd. Zischend. Fast bösartig. Es klingt weniger wie eine Frage als vielmehr wie eine Drohung, jetzt nichts Falsches zu sagen.

Simon bemerkt es nicht, aber ich spüre, dass die Temperatur im Raum um einige Grad gesunken ist.

„Wir", wiederholt Simon. „Wir sind mit Schuld an dem, was da draußen passiert."

Regina scheint noch immer nicht zu verstehen. Vielleicht will sie nicht. Vielleicht wehrt sie sich innerlich gegen die Bedeutung von Simons Worten, die sogar ich bereits verstanden habe.

Tatsächlich gebe ich ihm Recht.

„Kannst du dich erinnern, welche Berichte wir die letzten Wochen geschrieben haben?", fährt er sie an. „Kannst du dich daran erinnern?"

Er stampft wütend auf. Seine Hände ballen sich zu Fäusten, lassen wieder locker und ballen sich wieder. Er zittert am ganzen Körper.

„Flüchtlinge benehmen sich schlecht. Freiwillige am Rande der Erschöpfung. Terroristen unter den Flüchtlingen vermutet. Wie viel diese Menschen uns jährlich kosten. Mehr als doppelt so viele für das nächste Jahr *vermutet*", zählt er Schlagzeilen auf, an die ich mich nicht erinnern kann. Aber wenn er meint, sie hätten so gelautet, dann werde ich nicht widersprechen.

„Hast du jemals daran gedacht, wie das für die Leute da draußen wirken *muss*?", fragt er, krächzend und mit Tränen in den Augen. Diese Tränen sind andere als zuvor. Diese Tränen weint er vor Wut. Vor Hass. Auch sich selbst gegenüber. Regina hält seinem Blick stand.

Er sucht in ihrem Gesicht nach Reue, nach Verständnis, nach Schuldgefühlen, aber er findet nichts. Mit einem Ruck wendet er sich ab, geht zum Fenster und starrt nach draußen.

Regina bleibt in der Tür stehen. Die Hände vor dem Oberkörper verschränkt.

„Ich habe nie etwas gegen Flüchtlinge geschrieben. Ich habe nie ...“

Simon lacht auf noch bevor sie den ersten Satz beendet hat.

„Hast du nicht?", fragt er. „Hast du nicht?“

Er wendet sich ab, greift nach einer Zeitung, die in einem Zeitungsständer neben der Couch liegt, auf der ich geschlafen habe, und hält sie ihr hin.

„Dann such deinen verdammten Artikel. Such ihn und dann behaupte weiterhin du bist unschuldig.“

Sie nimmt die Zeitung entgegen, schlägt sie aber nicht auf.

„Ich habe niemals geschrieben, dass man diesen Menschen nicht helfen soll", wiederholt sie steif und fest. Sie ist völlig überzeugt davon.

Simon reißt ihr die Zeitung aus der Hand, schlägt sie auf und liest ihr vor, was sie geschrieben hat. „Man sieht es den Freiwilligen an, dass sie am Ende ihrer Kräfte sind. Der endlose Strom an Bedürfnissen und Wünschen der flüchtenden Masse ...“, liest er, dann hört er auf und sieht ihr nochmals tief in die Augen. Er wiederholt den Satz: „Der *endlose Strom* an Bedürfnissen und *Wünschen* der flüchtenden *Masse* ...“, betont er einzelne Worte und etwas verändert sich.

REGINA

I

Reginas Augen sind riesengroß. Sie hört die Worte zum ersten Mal laut ausgesprochen. Sie hat sie noch nie selbst gelesen. Sie weiß nur, was sie sich gedacht hat, als sie getippt wurden. Bis jetzt hat sie noch keinen Gedanken daran verschwendet wie sie klingen. Wie sie für jemanden klingen, der noch kein einziges Mal in einem der Auffangzentren war. Wie sie für jemanden klingen müssen, der noch nie Kontakt zu diesen Menschen hatte, die zu Dutzenden in Schlafsäle gepfercht waren und mit Polizeieskorten von A nach B gebracht wurden. Regina war oft dort gewesen. Sie kannte die Situation. Sie war dabei gewesen, als Polizisten eine Gruppe Flüchtlinge mit hinter den Kopf verschränkten Händen in Reih und Glied niederknien hatte lassen, um sie leichter zählen zu können. Die Polizisten hatten nicht nachgedacht, hatten nur ihren Job machen wollen und da sie die Sprache der Flüchtenden nicht gekannt hatten, waren sie einfach pragmatisch vorgegangen.

Menschen, die knien laufen nicht herum.

Menschen, die nicht herumlaufen, sind leichter zu zählen.

Aber Regina hatte mitgedacht. Als sie sah, was passierte, hatte sie den erstbesten Polizisten gepackt, ihn zu sich herumgerissen und ihn gefragt, was hier vor sich ging.

„Wir zählen sie nur", hatte dieser geantwortet. Er musste wohl das Entsetzen in Reginas Augen gesehen haben, denn er war verunsichert einen Schritt zurückgetreten und hatte sie gefragt, was denn los sei.

Sie hatte ihm erklärt, dass dies genau die Pose war, wie Gefangene in ihrer Heimat aufgereiht wurden, bevor ihnen ihre Wächter Genickschüsse verpassten. Sie eiskalt ermordeten. Der Polizist war kreidebleich geworden und hatte zum Funkgerät gegriffen. Er bestellte Dolmetscher, die sofort kommen und den Leuten erklären sollten, was passierte. Eine Zählung. Nichts weiter. Sie brauchten keine Angst zu haben.

Auch seine Kollegen hatte er über die neue Situation aufgeklärt. Danach hatte er sich dankbar an Regina gewandt: „Das erklärt, warum einige sich so extrem gewehrt haben", hatte er gemeint. Es war ein Wahnsinn. Auf ihre Frage, warum sie keine Dolmetscher hatten, die den Leuten erklärten, was vor sich ging, hatte er ihr gesagt, dass es sich bei den Übersetzern hier um lauter Freiwillige handelte und aktuell keiner vor Ort war. Sie hatten vor vier Stunden einen angefordert aber noch war niemand gekommen.

In einer Stunde kam ein Zug, der eine Gruppe der hier untergebrachten Flüchtlinge in eine andere, bessere und vor allem wärmere Unterkunft bringen sollte, also würden sie zählen müssen, wie viele Leute hier waren – immerhin gab es nur begrenzte Plätze.

Regina hatte den Mann stehen gelassen und war mehr aus dem Gebäude geflohen als sie gegangen war. Es war ein Wahnsinn.

Egal, wie man es drehte und wendete.

Es blieb ein Wahnsinn.

Sie sah Simon an, der immer noch die Zeitung in der Hand hielt. Ihre Fassade bröckelte. Ihre Unterlippe zitterte.

„Ich ...", begann sie, aber Simon ließ sie auch dieses Mal nicht aussprechen. „... habe die Leute da draußen aufgestachelt. Ja.", beendete er ihren Satz. „Genauso wie ich", fuhr er fort. „Genauso wie wir alle!"

Er wandte sich um und nahm auf der Couch Platz. Mit zittrigen Fingern griff er nach seinen Zigaretten und entzündete eine. Er sog den Rauch gierig ein, blies ihn nach draußen und atmete schwer.

Er wandte sich wieder an Regina.

„Siehst du es nicht?", fragte er, ehrlich neugierig. „Kannst du es nicht sehen?"

Reginas Augen sprangen wild herum.

Erinnerungen mischten sich mit Vorsätzen. Worte auf Papier wurden durch Inhalte ergänzt, die rein in ihrem Kopf gewesen waren. Tatsachen blieben übrig. Gut geschrieben und mit reinem Gewissen verfasst, so war die Information, die aus den Buchstaben, Worten, Zeilen, Absätzen und Seiten hervorging, doch eine andere als jene, die sie hatte vermitteln wollen.

„Der endlose Strom an Bedürfnissen und Wünschen der flüchtenden Masse ...", wiederholte sie halblaut.

Sie wusste noch genau, was ihre Intention gewesen war. Sie konnte sich genau daran erinnern. Dieser Satz war entstanden als Aufruf, den Freiwilligen zu helfen. Der Satz war gedacht gewesen, die Leute aufzurütteln und festzuhalten, dass es hier um Menschen ging, nicht um Tiere. Menschen mit Bedürfnissen und Wünschen. Sonst nichts.

Ihr Blick wanderte zu der Zeitung, die Simon neben sich auf die Couch geworfen hatte.

Aber das war nicht, was drin stand.

Jetzt, da Simon ihr vorgeführt hatte, wie es klang.

Wie es für jemanden klingen musste, der nicht vor Ort gewesen war ...

Warum hatte sie das selbst nicht gesehen?

War sie so blind gewesen?

„Das wollte ich nicht", stammelte sie. Der Marmor bekam Risse. „Das wollte ich nicht."

Simon klopfte die Asche seiner Zigarette in den Aschenbecher am Tisch und knurrte vor sich hin.

„Willkommen im Club", meinte er. Dann warf er einen Blick auf René und sein Gesicht wurde weicher, weniger streng. Verständnisvoller.
„Wie lebt man mit Schuldgefühlen?", fragte er, während Regina sichtlich verstört und in ihrer eigenen Gedankenwelt gefangen zu ihnen trat und sich mehr mechanisch als wirklich bewusst zu ihnen gesellte.

RENÉ

II

Ach, verdammt. Ich hatte nicht erwartet, jetzt einen sentimentalen Teil durchzustehen. Entgegen meiner Natur bin ich nämlich nicht der Typ dafür. Noch dazu, wo ich selbst am Boden liege und nur darauf hoffe, dass niemand auf mich tritt.
Meine beste Freundin liegt im Krankenhaus – meinetwegen.
(*Wieder bezahlt eine Frau für deine Liebe*)
Mein Kumpel ist mit seiner Familie aufs Land abgehauen – was ich verstehe – und ich sitze hier mit zwei fremden Menschen um die herum gerade eine Welt zusammenbricht.
Wem mache ich etwas vor?
Die Welt geht um uns alle herum gerade vor die Hunde. Wenn ich mich nicht monatelang versteckt hätte, hätte ich sogar in der ersten Reihe fußfrei zusehen können. Vielleicht ist das aber auch nur

der klare Blick einer Person, die mit der ganzen
Sache nichts am Hut hat.

Ganz ehrlich: Flüchtlinge jucken mich nicht.

Grenzen jucken mich nicht.

Kriege am anderen Ende der Welt – sollen sie doch.
Mir doch egal.

Ich bin ein Kind meiner Zeit, ein Kind meines
Landes. Mir geht es gut, scheiß auf den Rest.

Aber was ich sehe, jetzt – Monate, nachdem ich
mich aus einer Welt zurückgezogen habe, die ich
für brutal und grausam hielt, Monate, in denen
mich Schuldgefühle geplagt haben, sitze ich in
dieser fremden Wohnung und komme mir vor, als
wäre ich in eine andere Dimension zurückgekehrt.
Als wäre irgendetwas in der Zwischenzeit passiert,
irgendein kosmischer Unfall, der meine Welt
vernichtet und diese hier an ihre Stelle gesetzt hat.
Natürlich ist das völliger Blödsinn. Das ist mir klar.
Es fühlt sich dennoch so an.

Ich hätte vor ein paar Monaten nicht gedacht, die
Welt könnte kälter und dunkler werden. Aber das
ist sie.

Diese Welt, in die ich zurückgekehrt bin, ist
bösartiger als jene, die ich verlassen habe. Zuerst
habe ich es nicht gemerkt. Zuerst habe ich nur die
Oberfläche gesehen. Die lächelnden Leute, die
großen prall gefüllten Einkaufswägen, die teuren
Mobiltelefone – alles im Einklang mit der Natur des
Menschen. Besitz. Urlaubsangebote. Autos.

Wenn man genauer hinsieht, wenn man hinhört –
in den Straßenbahnen, Kaffeehäusern, Bussen, an

den Haltestellen – dann merkt man die Dunkelheit,
die sich über alles gezogen hat. Wie ein
Leichentuch bedeckt sie die Welt und der Schein
beginnt zu flackern. Das Licht wird gedimmt.
Die Sonne geht nicht auf, sondern unter.
Wie konnte es so weit kommen?
Was habe ich versäumt?
Was ist passiert in diesen wenigen Wochen und
Monaten?
Vielleicht nichts.
Möglicherweise war es schon immer so und ich
habe es nie gesehen. Möglicherweise war der Kern
immer schon verdorben und es hat einfach seine
Zeit gebraucht, bis die Würmer sich nach draußen
gefressen haben und uns jetzt grinsend zuwinken
können.
Aber daran will ich nicht glauben.
Selbst wenn es nur für mich ist – ich brauche
jemanden, dem ich die Schuld dafür geben kann.
Jemanden, der für all das verantwortlich ist. Den
ich dafür zur Rechenschaft ziehen kann.
Was, wenn es niemanden gibt?
Ist es nicht genau das, was da draußen passiert?
Gruppen von Menschen, welche den Lauf der Welt
nicht aufhalten können und jetzt Schuldige dafür
suchen? Menschen, die jemanden wollen, den sie
zur Rechenschaft ziehen können?
Ja.
Ich lebe nicht mehr in der Illusion, anders zu sein
als alle anderen.
Wir alle brauchen einen Schuldigen.

Jemanden, den wir hängen sehen können für die
Tragödien in unseren Leben.
Natürlich wissen wir alle – auch ich – dass dies
nichts besser macht. Es ändert nichts am Lauf der
Welt, es ändert nichts am Lauf des Lebens, es
macht auch unsere Tage nicht heller, keineswegs.
Nein. Aber es gibt unserem Leiden Sinn. Unseren
Leben Sinn.
Letzten Endes suchen wir alle nur nach Vergebung.
Ich sehe Simon an und lasse seine Frage in mir
nachhallen.
Wie lebt man mit Schuldgefühlen?
Diese Frage habe ich noch nie jemand stellen
gehört. Ich habe sie mir auch noch nie selbst
gestellt. Vielleicht, weil ich es nicht anders kenne.
„Ich weiß nicht", antworte ich ihm dann und stelle
eine Gegenfrage. „Wie lebt man ohne sie?"

REGINA

II

Sie saß ruhig und gefasst vor den beiden und ihre
Gedanken rasten. Ein Gedankengang jagte den
nächsten. Eine Option führte zur nächsten Option,
eine Schlussfolgerung warf neue Fragen auf, deren
Antworten zu neuen Optionen wurden und sie alle
führten nirgendwo hin.
Regina wusste, dass all diese Gedankenspiele
sinnlos waren. Nirgends hinführen konnten. Alles,

was sie tun konnte, war sie in den Raum zu werfen und zu sehen, was passierte.

Sie holte tief Luft, was René und Simon bemerkten. Sie wandten sich ihr zu.

„Wir wurden benutzt", sagt sie schließlich. „Unsere Artikel – unser Wettkampf. Wir wurden benutzt. Wer auch immer uns umbringen will – wir wurden benutzt, um die Stimmung da draußen aufzuheizen und wir haben es nicht einmal bemerkt."

Sie schüttelte stumm den Kopf, überrascht so lange gebraucht zu haben, um diese simple Wahrheit zu sehen.

„Die brennenden Asylwerberheime in den letzten Wochen. Der Anschlag auf unser Leben. Die Kerle, die versucht haben so zu wirken als wären sie Ausländer ... und jetzt angeblich ein Flüchtling, der sich in einem Krankenhaus in die Luft sprengt ..."

Sie schüttelte erneut den Kopf.

Es war Wahnsinn.

Es war unglaublich.

Es war ... die Wahrheit.

Ein kurzes Zögern. Ein Moment der Unsicherheit. Dann spuckte sie die Worte so rasch wie möglich aus, um sie endlich los zu sein.

„Ich bin ein Flüchtling", sagte sie.

René nickte nur und wollte das Gespräch mit Simon weiterführen, aber dieser hielt ihn mit einer ausgestreckten Hand davon ab.

„Du bist *was*?", hakte er nach.

Regina biss sich auf die Lippen. Der Gedanke zu lachen und irgendeine Ausrede zu erfinden, lag nahe. Sie konnte natürlich allerlei Ausreden finden. Ich bin ein Flüchtling, als Symbol gesprochen. Als Beispiel für ihre Solidarität. Als Bedeutung ihrer politischen Einstellung. Als schlechter Witz. Es gab viele Ausreden.

Aber das wären alles Lügen gewesen.

Also sah sie Simon in die Augen und wiederholte ihre Worte.

„Ich bin ein Flüchtling", sagte sie laut, klar und deutlich. „Ich bin vor fünf Jahren aus Syrien hierher gekommen. Damals, als die Unruhen begannen."

René nickte nochmals und hakte das Thema damit ab, aber Simon ließ nicht locker.

„Wow", meinte er dann. „Du bist ja rasch aufgestiegen."

Reginas Blick wurde weniger unsicher, dafür ein wenig wütender. Schlechte Scherze waren jetzt fehl am Platz. Aber sie wusste, was Simon meinte. Sie sprach perfekt Deutsch. Sie sah nicht aus wie ein Flüchtling. Sie hatte sogar die österreichische Staatsbürgerschaft. Außerdem noch einen guten Job in einer guten, sicheren Branche. Sofern man diese Branche sicher nennen konnte.

„Mein Vater ist Syrer. Meine Mutter ist Österreicherin", erklärte sie dann. „Ich bin hier geboren worden. Aber meine Eltern sind dann wieder zurück in die Heimat. Ich bin in Syrien aufgewachsen."

Simon runzelte die Stirn. Es schien ihm nicht logisch.

„Warum sollte eine Familie, die hier ein Kind zur Welt gebracht hat, nach Syrien gehen? Haben deine Eltern einen Knall?"

Ihr Ärger wuchs ein wenig mehr.

„Nein", sagte sie kalt. „Sie dachten, den Menschen dort unten helfen zu können."

Simon lachte humorlos auf.

„Was denn? Zwei nette Menschlein mit Kleinkind fahren hin und retten die Welt? Genau." Er lachte nochmals und schüttelte ungläubig den Kopf. „Als ob zwei Leute die Welt retten könnten", fügte er an.

Wenn Blicke töten könnten, dann wäre Simon tot umgefallen. Reginas Gesicht fühlte sich an als würde es brennen. Sie konnte spüren, wie wütend sie mit jedem weiteren Wort von Simon wurde. Er regte sie im Augenblick maßlos auf. Selbst einen Zusammenbruch bekommen und Trost brauchen, aber nur dumme und geschmacklose Wortmeldungen geben, wenn jemand anderer Trost brauchte – was für ein arrogantes Arschloch.

„Stimmt", sagte sie dennoch, was Simon überraschte. Dann fügte sie hinzu: „Wir haben heute ja auch gesehen, dass es für einen einzelnen Menschen unmöglich ist, die Welt in den Abgrund zu stoßen, oder?"

Simon hob abwehrend die Hände.

„Ich meine ja nur", verteidigte er sich. „Warum sollte jemand nach Syrien gehen, wenn ..."

„Moment", mischte sich René ein. „Moment, Moment – Stopp!"

Beide hielten in ihrem Schlagabtausch inne und sahen René an, der zwischen sie getreten war und seine Hände links und rechts von sich hielt, um Regina und Simon zu trennen.

„Wartet einfach mal kurz. Nur ganz kurz", sagte er schließlich und drehte sich nach einem kurzen Seitenblick zu Simon und Regina um. Er trat näher an sie heran und musterte sie von oben bis unten. Während sein Blick sie abtastete, konnte sie jeden Makel an sich fühlen. Keine optischen Makel, aber alle anderen. Sie spürte ihren linken Fuß, der nervös auf den Boden klopfte, ohne dass sie es verhindern konnte. Ihre rechte Faust, die sich ballte und öffnete, ballte und öffnete. Das Pochen einer Ader an ihrem Hals. Das Pulsieren an ihrer Schläfe. Das zuckende linke Augenlid.

All das spürte sie nur allzu gut und auch René bemerkte diese Dinge. Er trat einen Schritt zurück. Simon blickte an ihm vorbei und betrachtete Regina ebenfalls.

„Was ist?", fragte er, aber es dauerte keine Sekunde und auch ihm war alles klar.

„Oh", sagte er. Sein Blick veränderte sich und damit auch sein Verhalten.

„Tut mir leid", fügte er dann an. „Ich wollte nicht gehässig wirken, ich ..."

René deutete ihm zu schweigen.

„Warum?", wollte René wissen.

Regina verstand nicht. Sie versuchte ihre zitternden Hände zu kontrollieren, schaffte es jedoch nicht.

„Warum was?", stellte sie eine Gegenfrage. Auch ihre Stimme zitterte bereits.

„Warum erzählst du uns das jetzt? Warum ist das wichtig?", fragte er genauer nach.

Regina presste die Augen zusammen.

Sie konnte das Wasser darin spüren.

Jetzt, wo ihre Wut verraucht war, wo ihr Zorn dank des Geschirrs und allem verpufft war, kam die wahre Emotion zum Vorschein. Ihr Blick wanderte zum Fenster und man konnte die ersten Menschen hören, die mit Knallern und Trompeten auf dem Weg zu einer der Demonstrationen waren.

René verstand.

Auch Simon verstand. Er ließ betreten den Kopf sinken.

Angst.

So einfach war es.

Sie brauchte es nicht einmal auszusprechen. Man konnte es in ihrem Gesicht lesen und an ihrer gesamten Körperhaltung erkennen.

Regina hatte Angst vor dem, was da draußen passieren würde. Was immer es war, was immer an diesem Nachmittag in dieser Stadt passierte, würde ihr Leben für immer verändern. Selbst wenn die beiden demonstrierenden Gruppen sich nicht treffen sollten, so war es doch nicht zu leugnen: In der Stadt, in der sie lebte und sich ein Leben aufgebaut hatte, gab es Menschen, die sie am liebsten aus dem Land werfen würden. Normale, anständige Menschen hatten begonnen, Menschen wie Regina zu hassen, aufgrund der einfachen

Tatsache, dass sie vor Gewalt und Hass in dieses Land geflohen waren und die Frechheit besessen hatten, dies nicht mit viel Geld, Gepäck und dem Flugzeug zu tun, sondern ungeplant, überhastet und mittellos.

Regina hatte Angst, als das erkannt zu werden, was sie war.

Ein Flüchtling.

Denn seit gestern konnte niemand mehr sagen, was in diesem Land mit Flüchtlingen geschehen würde. Seit gestern konnte alles passieren.

Sollte jemand sie überfallen und ausrauben, würde es hunderte Stimmen geben, die ihr nicht helfen würden, sondern ihr möglicherweise noch ein „Hättest du eben Zuhause bleiben sollen" entgegen schleuderten. Sie hatte sich hier immer sicher gefühlt. Immer Zuhause gefühlt.

Jetzt nicht mehr.

Jetzt hatte sie Angst.

Was sie am meisten von allem beunruhigte und wofür sie sich selbst zu hassen begonnen hatte, war die simple und einfache Tatsache ihrer Mitschuld. Sie hatte mitgeholfen, diese Stimmung zu erzeugen. Auch wenn sie es nicht bemerkt, nicht gewollt hatte. Sie trug Mitschuld daran.

Eine weitere Erkenntnis drängte sich in ihre Gedanken.

Was immer auch passieren würde, heute, morgen oder nächste Woche.

Sie würden den Preis dafür zahlen müssen.

Und mit ihr Hunderte andere.

RENÉ

III

Perfektes Timing. Wirklich grandios. In diesem Moment des kollektiven Zusammenbruchs wünsche ich mir nichts mehr als eine ruhige, entspannte und überlegte Susi, die nicht schlappmacht, sondern Taten setzt. Die nicht herumsteht, sondern etwas tut. Stattdessen stehe ich hier mit zwei Reportern, die eigentlich Profis sein und sich mit Extremsituationen auskennen sollten, aber anstatt guter Ideen nur eine Panikattacke nach der anderen bekommen.

Das Leben ohne Kameralinse oder Zeitungspapier zwischen sich und dem Rest der Welt ist wohl doch anders als mit.

Aber es hilft nicht. Die beiden sind das Einzige, was ich habe und ich gebe es ungern zu, aber die Demos am Nachmittag stoßen auch mir sauer auf. Die Schreie der Menge vor dem Krankenhaus gestern klingen auch mir noch lautstark in den Ohren.

Wir müssen etwas tun, auch wenn ich keine … oh. Doch. Die Namen. Die beiden Namen, die Angela mir genannt hat.

Ich schalte gedanklich einen Gang zurück, schiebe alle Nervenzusammenbrüche zur Seite und bemühe mich, wieder auf die Spur des Machbaren zu kommen.

Wider Erwarten gelingt es mir ziemlich gut.

„Helmut und Frank", sage ich laut. „Oder nur Frank.
Oder Helmut Frank."

Regina starrt mich verwirrt an.

Simon runzelt die Stirn und sagt: „Nein, ich heiße
nicht Frank." Dann deutet er auf Regina. „Und das
ist eine Frau, solltest du das noch nicht gemerkt
haben."

Ich seufze.

Er ist wirklich ein Klugscheißer.

„Nein", sage ich, sehe dann Reginas Blick und
korrigiere mich: „Ich meine: Ja, ich weiß.
Offensichtlich. Sieh sie dir an: Wunderschöne
Frau", rauschen die Worte aus mir heraus, aber
noch bevor die beiden reagieren können, fahre ich
schon fort: „Worauf ich eigentlich hinauswollte:
Angela hat mir Namen genannt. Ich weiß nicht, ob
es ein Name ist, oder ob es zwei Namen sind ... ist
auch egal. Sagt euch ‚Helmut' oder ‚Frank' etwas?"

Bei „Helmut" schütteln beide den Kopf.

Wenn ich nach dem Blick gehe, den beide sich
zuwerfen, dann dürfte „Frank" allerdings jemand
sein, den sie kennen.

Na bitte. Wir machen Fortschritte.

TEIL 3

TAGESLICHTER

Kapitel 17: Du bist nett (III)

„You are nice. You are nice ... and I am not."
– Aquarian Age „nice"

REGINA

I

Es war, als hätte nur der Name gefehlt. Jetzt, da
dieser bekannt war, fielen alle Puzzleteile an ihren
Platz. Regina und Simon hatten sich hingesetzt und
ihre Fähigkeiten als Reporter genutzt. Sie hatten
am Telefon gehangen, sich Daten beschafft,
Computerrecherchen gemacht und all die kleinen
Teile, die sie wohl nie ohne diesen einen
Anhaltspunkt gefunden hätten, machten das Bild
klarer.
Es passte tatsächlich alles zusammen.
Frank.
Ihr Kollege.
Der dritte „Große" im Bunde.
Ihre Recherchen hatten nicht einmal lange
gedauert – Wer-auch-Immer segne das Internet
und die Datenfreiheit. Es war auch von Vorteil
gewesen, ein paar Hacker zu kennen. Simon war
sich nicht zu gut gewesen, um ein paar alte
Kontakte anzurufen und ein paar Gefallen
einzufordern und plötzlich war sein Drucker heiß
gelaufen.
Die meiste Zeit hatten die beiden benötigt, um all
die Informationen zu sortieren, aber als dies erst

einmal geschehen war, standen sie vor einem Turm aus Dokumenten.

Vermutlich würde nichts davon vor Gericht halten, aber für sie waren es genug Fakten, um sicher zu sein. Sich *ganz* sicher zu sein.

Frank hatte sie auflaufen lassen.

Er hatte die Finger im Spiel und er steckte hinter allem.

„Hast du das alles gewusst?", fragte Simon Regina und deutete auf die Menge an Ausdrucken, die sortiert vor ihnen auf dem Boden und auf dem Tisch verteilt waren.

„Nein", gab sie zur Antwort, während ihr Blick über all die neuen, bis vor ein paar Stunden noch völlig unbekannten, Fakten schweifte.

„Ich kann es fast nicht glauben", murmelte sie. Ihre Angst war verflogen, wie weggeblasen vom Tatendrang und von der Möglichkeit, endlich aktiv etwas zu tun. Herumzusitzen und den Horror und das Entsetzen wirken zu lassen, hatte sie beide fast außer Gefecht gesetzt.

Ein neues Ziel zu haben – das hatten sie gebraucht. Als hätte jemand ihre Batterien getauscht, waren sie in die neue Aufgabe getaucht, hatten Tür um Tür aufgestoßen, virtuelle Dachböden entstaubt und sprichwörtliche dunkle Keller gesichtet.

Sie waren auf so viele Dinge, so viele einfache und unglaublich passende Dinge gestoßen.

Regina schüttelte den Kopf.

„Wie lange hast du mit dem Kerl zusammengearbeitet?", wollte sie von Simon wissen.

„Zu lange, wie mir scheint", antwortete er und stieß einen anerkennenden Pfiff aus.

„Wenn ich gewusst hätte, wie viel Kohle der Typ hat, dann hätte ich ihn unsere Mittagskaffees zahlen lassen. Ich meine, sieh dir das an!"

Mit diesen Worten bückte er sich und griff nach einem Kontoauszug, dessen Saldo ein Guthaben von mehreren hunderttausend Euro auswies.

„Und das ist nur das eine Konto", sagte er dann und zeigte auf ein paar andere Blätter, die vor ihnen lagen. „Das ist völlig irre."

Regina trat um ein paar der Zettel herum und kniete sich davor hin.

„Nicht so irre wie seine Aktienpakete. Von den Firmenanteilen ganz zu schweigen."

Es gab wirklich nicht viel dazu zu sagen. Die Faktenlage war völlig klar.

Frank besaß an ziemlich allen Zeitungen Aktienanteile. Und nicht gerade wenige. Dazu kamen noch weitere Beteiligungen an diversen Firmen aus den unterschiedlichsten Branchen. Unter anderem waren Versicherungen dabei, Banken, Zeitungen, Fernsehsender und ein paar seltsame Kickstarter-Crowdfunding-Kampagnen. Wirklich interessant waren jedoch die Anteile, die er an anderen Unternehmen hielt.

Sicherheitsfirmen. Private Sicherheitsfirmen. Jene, die Verträge mit dem Staat hatten. Jene, die angeheuert wurden, um auf den Straßen für mehr Sicherheit zu sorgen, anstatt die Menge an Polizisten zu erhöhen.

Eine andere Firma – an welcher er mehr als die Hälfte aller Aktien besaß – stellte Pfeffersprays und Handschellen her. Wieder eine andere Firma war eine Sammelfirma, die nur Geld verwaltete und investierte. Meist in dubiose Unternehmen in anderen Staaten und soweit die beiden herausfinden konnten, was diese produzierten oder verkauften, handelte es ich bei den meisten um Waffenerzeuger und – das war die Ironie dabei – um Hersteller von Beinprothesen, Sanitätsmaterial und Minensuchgeräten. Es war völlig irre.

Und absolut logisch.

Ganz egal, wo Krieg war, ganz egal, was benötigt wurde: Waffen oder Verbandsmaterial. Gegenstände, um andere Menschen zu vernichten oder Gegenstände, um anderen Menschen zu helfen: Frank verdiente daran mit.

Gleiches galt für die Firmen, die mit Sicherheitsdingen beauftragt waren. Völlig belanglos, wie der Zustand in diesem Land war: Wenn die Menschen Alarmanlagen, Handfeuerwaffen, Sicherheitssysteme, Versicherungen oder auch nur bessere und stärkere Türschlösser kauften: Frank verdiente daran mit.

Dazu kamen die Beteiligungen bei fast allen bekannten größeren Zeitungen und anderen

Medien. Er hatte sogar Blogger, die von ihm bezahlt wurden und so dramatisch klingende Namen wie „ohnezensur.at" oder „diereinewahrheit.com" hatten.

Das Bild war verblüffend dicht. Das Netz bot kein Entkommen.

Es war völlig egal, was passierte – Frank verdiente Geld damit.

„Ich kann es noch immer nicht so richtig glauben", gab Simon bereits zum wiederholten Male bekannt. „Kann das ein Mensch überhaupt alles durchblicken, buchen, kaufen und planen?", fragte er niemand Bestimmten. „Ich meine, wie lange braucht man, bis das alles so zusammenpasst? Ein paar Jahrhunderte?"

Aber Regina winkte ab.

„Ach was", erklärte sie. „Mit dem richtigen Berater und einer Menge Geld gleich zum Start dauert das ein paar Wochen. Länger nicht."

Simon wirkte erstaunt.

„Wirklich? Das geht so schnell?"

Regina hob den Blick von den Papieren und sah seinen nachdenklichen Gesichtsausdruck. Sie lachte.

„Vergiss es. Ich weiß, wie viel du verdienst. Das kannst du dir nie leisten."

Er schien enttäuscht, ließ es aber auf sich beruhen.

Bis ihm ein Gedanke kam.

„Woher hat er das Startkapital, denkst du?"

Regina trat ein paar Schritte zur Seite und schob ein Papier in Simons Richtung, der es aufhob und überflog.

„Nein", sagte er dann und er klang erschrocken, überrascht und beeindruckt. Alles gleichzeitig. Er las das Papier nochmals und sah Regina dann mit großen Augen an.

„Er hat ...", begann er.

„... einen Kredit bekommen", beendete Regina den Satz.

„Aber von we ...", wollte er die nächste Frage stellen, dann fiel sein Blick auf die richtige Stelle des Papiers und er ließ es stinksauer sinken.

„Echt jetzt?", fragte er erneut niemand Bestimmten. „Das ist doch jetzt wohl ein schlechter Scherz, oder? Das *kann* doch überhaupt nicht wahr sein."

Regina sagte nichts, schmunzelte nur kurz, denn auch sie war entsetzt und doch irgendwie bestätigt in ihrer Meinung gewesen, als sie gesehen hatte, welche Bank ihm den Kredit genehmigt hatte, um all diese Aktien zu kaufen.

Es war ein Trauerspiel.

Simon las das Papier noch mehrmals, dann setzte er sich auf die Couch, warf es auf den Tisch und lehnte sich zurück.

Er zündete eine Zigarette an, blies den Rauch nach oben und starrte weiterhin die Decke an, während er mit sich selbst und doch auch irgendwie mit Regina sprach.

„Die haben doch das ganze Bundesland in den halben Ruin getrieben", meinte er laut nachdenkend. „Soweit ich mich erinnern kann müssen wir – also du und ich – jetzt mit unseren Steuern den Mist ausbaden. Und diese Bank, ausgerechnet *diese* Bank hat ihm diesen Kredit gegeben? In einer Höhe, den hätte wohl nicht einmal ... nicht einmal ... keine Ahnung, irgendjemand verdammt Reicher, zurückzahlen können. Wie das? Wie funktioniert so etwas? Das kommt doch im echten Leben überhaupt nicht vor, oder?"

Sie schwieg weiterhin und ließ ihn vor sich hinplappern.

Frank hatte das Interview zwischen René und Simon veranlasst. Er hatte eine Zeitung drucken und vor Renés Tür legen lassen. Die Geldsummen und die Bewegungen von Konto zu Konto zeigten sehr gut auf, was wie geschehen war. Simons Informant bei der Polizei hatte das Video von René und die Akten vermutlich schon auf seinem Tisch bereitliegen gehabt, als Simon noch nicht einmal wusste, dass René überhaupt existierte.

Der Überfall auf Regina ... es war schwer zu sagen, welcher der Geldflüsse dies gewesen war, aber zum Glück waren sie nicht nur auf Bankkonten angewiesen.

Simons Hackerfreund hatte ebenfalls ein paar – wenn auch nicht viele – E-Mails bekommen können. Frank war nicht dumm vorgegangen. Es gab keine direkten Aufforderungen oder Aufträge.

Es gab nur nichtssagende Nachrichten von A nach B, aber Regina erkannte ein Muster.

Sie hatte die Mails sortiert. Die Tage bevor sie überfallen worden war, hatte sie chronologisch geordnet und auch wenn tatsächlich kein Wort über sie, Simon oder René verloren wurde, so sprach Frank, das Chauvinisten-Schwein, erstaunlich oft von „der emanzipierten Frau". Von dem „Aufsteiger" und dem „Aussteiger". Es war nicht schwer zu erraten, wer von ihnen wer war.

Dann war dieser Mistkerl auch noch ins Krankenhaus gekommen. Er hatte sie besucht. Was für eine bodenlose Frechheit. Was für ein kaltschnäuziges Arschloch.

Regina hatte ihn bereits davor nicht gemocht, aber jetzt hasste sie ihn förmlich.

Alles was noch fehlte, war das Motiv.

Warum das alles?

Ein Gedanke kam ihr.

„Wann hat René gesagt, dass er vom Krankenhaus zurück ist?", fragte sie Simon.

Dieser warf einen kurzen Blick auf die Uhr und antwortete: „In einer guten Stunde."

Sie nickte, stand auf und ging zum Fenster.

Ja. Sie hatte einen Plan.

Sie würde es tun. Was hatte sie schon zu verlieren?

„Wann beginnt die Demo?", stellte sie eine weitere Frage.

Simon hob nicht einmal den Kopf, sondern meinte nur mit geschlossenen Augen murmelnd: „Am späten Nachmittag."

„Danke", sagte Regina, steckte Simons Pistole und die Kugeln dazu ein, die auf der Kommode neben dem Fenster lagen und verließ die Wohnung.

SIMON

I

Simon bemerkte Reginas Verschwinden nicht, da er in Gedanken versunken immer noch nach der Antwort auf die einzige für ihn wichtige Frage in Bezug auf all die Anteile und Aktien von Frank suchte. Die Antwort auf die Frage, wie jemand so klar und deutlich „Ich will am Leid anderer verdienen!" rufen und dennoch damit durchkommen konnte.

Wie konnte es in einer Welt, in der Milliarden von Daten gesammelt wurden, in denen kleine Kinder angezeigt wurden, weil sie einen verdammten Film aus dem Internet downloadeten, möglich sein, mit so etwas durchzukommen und nicht entdeckt zu werden?

Simon war kein Finanzgenie, kein Profi, aber sogar für ihn war Franks Vorgangsweise völlig nachvollziehbar, logisch und klar. Es war völlig klar was hier passierte.

Tief in sich kannte er die Antwort.

Selbst wenn es jemand bemerkt hätte, so hätte es keinen Unterschied gemacht, denn alles was Frank getan hatte, war *legal* gewesen. Unmoralisch vielleicht. Ungerecht möglicherweise.

Aber leider gab es kein Gesetz, das den Menschen
verbietet, ehrlose, rückgratlose, feige und die Not
anderer ausnutzende Schweine zu sein.

Zum Glück, dachte Simon und die Situation in der
Straßenbahn fiel ihm ein. Sein erster Gedanke war
es gewesen, Mist gebaut zu haben, weil er es nicht
gefilmt oder fotografiert hatte. Jetzt erst war er auf
die Idee gekommen, dass er auch hätte
einschreiten können. Was für ein Mensch war nur
aus ihm geworden? Wann hatte er die Grenze
zwischen Arschloch und Mensch überschritten
ohne es zu bemerken?

Warum hatte ihn niemand darauf aufmerksam
gemacht?

Aber auch darauf kannte er die Antwort.

Wenn die Menschen um ihr tägliches Brot kämpfen
und jederzeit Spiele geboten bekommen, dann
blenden sie alles rundherum aus. Die
Karrierekarotte spielte vermutlich auch eine
wichtige Rolle darin.

Dennoch ...

Schuldgefühle wallten in ihm hoch. Draußen hörte
er Menschen irgendwelche Parolen für oder gegen
Flüchtlinge, eine bessere Welt und die Freiheit von
Essiggurken rufen. Es machte keinen Unterschied
mehr für ihn.

Die Welt war beschissen.

Und er war schuld daran.

Vielleicht nicht, weil er sie schlechter gemacht
hatte. Aber sicher, weil er nicht versucht hatte, sie
besser zu machen.

Aber war es nicht genau das, was diese Gruppen da draußen glaubten zu tun? Glaubten nicht beide Seiten, die Welt besser zu machen?
Es verursachte Kopfschmerzen, näher darüber nachzudenken.
„Hey, denkst du ...", begann er und richtete sich auf, nur um festzustellen, dass er allein war.
„Regina?", fragte er in den leeren Raum.
Als Antwort kam nur Schweigen.
„Scheiße", sagte er, dämpfte die Zigarette aus und versuchte sein Telefon zu finden.

RENÉ

I

Da ich meinen beiden Mitstreitern ohnehin nicht bei ihrer Recherche helfen kann, habe ich beschlossen, Angela im Krankenhaus zu besuchen. Durch einen Anruf bei einer extra dafür eingerichteten Hotline habe ich erfahren, dass Angela in diesem Krankenhaus zu finden ist, da ich den Namen den mir der Sanitäter genannt hatte, leider vergessen hatte. Stressresistent. Genau. Kein Wort mit dem ich mich beschreiben würde.
Okay, dann habe ich eben gelogen und mich als ihr Bruder ausgegeben. Es ist ja nicht so, als ob die Dame am anderen Ende der Leitung irgendwelche Beweise haben wollte. Damit hatte ich auch nicht gerechnet, denn die Anzahl von besorgten Anrufern muss heute verdammt groß gewesen

sein. Ich hatte sogar ein wenig Mitleid mit der Frau, die erschöpft und müde klang, dabei die ganze Zeit über aber freundlich blieb.

Ich will mir nicht mal vorstellen, mit wie vielen weinenden und hysterischen Menschen die gute Frau heute schon hatte sprechen müssen. Ich behaupte, mir wäre es schwer gefallen um diese Uhrzeit noch so beherrscht wie die Frau am Telefon zu sein.

Die Lifttüren öffnen sich und ich trete in den Gang, suche die richtige Zimmernummer und finde sie auch rasch. Bevor ich klopfe, bleibe ich noch kurz stehen, sammle mich und bereite mich auf das vor, was ich sehen werde.

Angela.

Vielleicht ist sie wach. Unverletzt. Nur müde und gezeichnet.

Es kann auch sein, dass sie schwer verletzt ist.

Innere Blutungen. Verbrennungen, die ich aufgrund der Decke, die auf der Bahre über ihren Körper gelegt worden war, nicht gesehen habe.

Alles ist möglich.

Einatmen. Bis fünf zählen. Ausatmen.

Dann drücke ich die Klinke nach unten und trete ein.

Da liegt sie.

Die anderen Betten sind auch belegt. Es sind vier im Zimmer verteilt. Zwei links und zwei rechts. Sie liegt am hinteren Ende auf der rechten Seite. Ein Bett mit Fensterblick.

Ein paar Leute sitzen bei ihren Angehörigen und reden leise. Ein paar weinen auch. Manche sitzen nur da, streicheln die Hände ihrer Partner, Eltern oder Kinder und starren ins Leere. In den Augen die Hoffnung, in den Herzen die Furcht vor dem Schlimmsten.

Meine Furcht ist unnötig.

Angela ist wach und blickt aus dem Fenster.

Wolken ziehen auf.

Es wird Regen geben.

Die Schatten werden heute länger umgehen. Das weiß ich. Ich kenne das Gefühl der dumpfen Vorahnung.

Als ich eintrete, wenden sich ein paar der Blicke mir zu, ich nicke zur Begrüßung und gehe direkt auf Angela zu, die mich erfreut anlächelt.

„Ich dachte schon, du kommst nicht mehr", sagt sie. Ihre Stimme klingt noch immer schwach und sie wirkt müde. Sie hat Schnitte und Kratzer im Gesicht, die ich gestern nicht bemerkt habe. Ich frage mich, wie nah sie der Bombe war. Ich frage mich, wie viel Glück sie hat, noch am Leben zu sein.

„Ich wollte auch schon anrufen, aber die lassen mich nicht ...", spricht sie weiter und mustert mich dann stumm.

Es ist schwer in Worte zu fassen, was ich bei ihrem Anblick fühle.

Mein Herz springt, macht Purzelbäume und tanzt im Kreis herum. Eine Welle an Erleichterung und Liebe durchflutet mich. Gleichzeitig reißt ein Sturm alle meine Wälle nieder und ich bin wütend auf den Menschen, der sie in diese Situation gebracht hat.

Angela. Angel. Eine Abwandlung des Wortes Engel. Und das ist sie wohl. War sie schon immer.

Tränen steigen mir – schon wieder – in die Augen. Tränen der Freude. Ich will etwas sagen, aber ich kann nicht. Wenn ich jetzt den Mund öffne, dann beginne ich zu heulen wie ein kleines Kind. Das kann ich nicht. Das schaffe ich jetzt nicht.

Also trete ich neben sie, streiche ihr das angesengte Haar aus dem Gesicht und sehe sie einfach nur still an. Eine Träne löst sich und läuft meine Wange hinab.

Angela hebt eine Hand und wischt sie weg. Sie ist bandagiert.

Ich genieße die Berührung, ergreife ihre Hand und halte sie, was dazu führt, dass sie kurz zusammenzuckt. Ich lasse lockerer und sie lächelt mich an.

„Hallo, du Depp", sagte sie dann mit halb geschlossenen Augen. „Schön, dich zu sehen."

Ich nicke nur, immer noch unfähig etwas zu sagen. Ihr Körper ist ab der Hüfte unter der Decke versteckt, also kann ich auch jetzt nicht beurteilen, ob sie verletzt ist und wenn ja, wie schwer. Da sie wach ist und keine Schläuche aus ihrem Körper hängen, wird sie wohl halbwegs okay sein.

Sie bemerkt meine Überlegungen und nickt in Richtung ihrer Beine.

„Das Linke", meint sie dann. „Es wird wohl eine Weile dauern, bis ich wieder richtig gehen kann."

Ich schlucke all meine Freude, meine Tränen und meine Wut hinunter, beiße die Zähne zusammen und atme tief durch. Mit Mühe schaffe ich es, etwas zu sagen.

„Was ist passiert?", will ich wissen.

„Im Krankenhaus?", fragt sie.

Ich nicke. Sie wirft einen Blick auf die anderen Leute im Raum und versucht sich dann ein wenig mehr aufzurichten, ächzt aber und kippt unter einem kleinen Schmerzensschrei wieder ins Bett zurück, was ich als Anlass nehme, näher zu treten und mich zu ihr zu beugen.

Sie riecht gut. Sie riecht nach Angela.

Ich schließe kurz die Augen, atme ihren Duft ein und genieße es, sie hier vor mir zu sehen und mit ihr sprechen zu können.

„Ich wollte eine Reporterin ...", beginnt sie zu erzählen, aber ich winke ab.

„Regina. Ich habe sie kennengelernt. Auch Simon", bringe ich sie auf neuen Stand.

Sie ist verblüfft und überrascht.

„Woher ..."

„Das ist im Moment egal", unterbreche ich ihre Frage. „Wir haben uns zusammengetan und sind dank deiner Information dem Kerl auf der Spur, der hinter allem steckt."

Sie runzelt die Stirn.

„Da waren zwei Kerle in dem Zimmer", flüstert sie. Ihre Stimme wird bei der Erinnerung wieder ein wenig zittrig. „Helmut und Frank", sagt sie dann.

„Sie wollten Regina umbringen. Und dann mich, weil ich sie gesehen habe."

Ich warte, aber sie macht eine Pause, atmet tief ein und aus. Ich nutze die Pause, um mich im Zimmer umzusehen. Niemand folgt unserem Gespräch. Alle sind in ihren eigenen, kleinen Tragödien gefangen.

„Und dann kam der Mann ins Zimmer. Ich bin mit ihm im Lift ..."

Sie bricht wieder ab, ein Schluchzen entkommt ihr und ich drehe mich um, beuge mich ein wenig weiter über sie und nehme sie in den Arm. Sie drückt mich an sich und ich spüre ihr Zittern, spüre, wie die Erinnerung und die Angst sie schütteln. Es bricht mir fast das Herz. Wir halten uns eine Ewigkeit, die nicht länger als zwei, drei Minuten gedauert haben kann. Dann lässt sie mich los, wieder gefasst.

Die Ewigkeit dauert so lange wie es braucht, um aus einer Umarmung Kraft zu schöpfen.

„Der Mann stand neben mir im Lift."

Wieder sieht sie sich vorsichtig im Raum um, um sicherzugehen, keinen Lauscher zu übersehen und keine Gerüchte zu verbreiten.

„Er war ein ..."

„Flüchtling", beende ich auch diesen Satz für sie. Sie wirkt erneut überrascht.

„Ja", nicke ich. „Die Leute wissen das bereits. Sorgt für eine Menge Aufregung auf den Straßen", füge ich hinzu.

Angela wirkt nachdenklich.

„Auf gewisse Art und Weise hat er mich gerettet",
murmelt sie dann. Mehr zu sich selbst als zu mir.
„Die beiden Kerle wollten auf mich losgehen und
da ist er ins Zimmer gekommen. Er hat ... er hat ..."
Ihre Stimme bricht wieder. Tränen treten in ihre
Augen. Das Zittern wird wieder stärker, aber dieses
Mal dauert es keine Minute und sie hat sich wieder
unter Kontrolle. Tragische Welt, in der Menschen
es nicht zulassen dürfen zu zittern. Ich schiebe den
Gedanken beiseite.
„Ich bin in den Kasten gesprungen. Der Mann stand
in der Eingangstür. Die Wand hat mich geschützt."
Sie presst die Augen zusammen um weitere Tränen
zu unterdrücken. „Der gottverdammte Kasten hat
mich gerettet."
In meinem Kopf entsteht das Bild eines Panikraums
in Kastenform, aber ich frage nicht näher nach. Ich
bin einfach froh sie am Leben zu sehen. Sprechen
zu hören.
Ich frage sie nach den beiden Angreifern, frage, ob
sie überlebt haben könnten. Der Blick, den sie mir
zuwirft, spricht Bände. Trotzdem fährt sie fort:
„Die beiden standen keine zwei Meter von ihm
entfernt, als er den Auslöser gedrückt hat", sagt sie
dann mit solcher Bestimmtheit, dass ich die Worte
„Sie sind mit hundertprozentiger Sicherheit tot"
sehr deutlich zwischen den Zeilen lesen kann.
Das ist seltsam.
Als ich Simon und Regina in der Wohnung
zurückgelassen habe, kam es mir vor, als ob die
beiden von einem Mann namens „Frank"

gesprochen haben, den sie für sehr lebendig hielten. Ich beschließe Angela gegenüber nichts davon zu erwähnen.

Draußen ertönt Wolfsgeheul und ich zucke zusammen.

In Angelas Augen erkenne ich Mitleid und Verstehen.

„Wölfe?", fragte sie mich traurig.

Ich nicke ich und werfe einen unsicheren Blick nach draußen.

„Viele?"

Sie kann die Antwort in meinen Augen lesen.

Ganz ehrlich: Ich habe Angst vor dem, was heute da draußen passieren kann.

Nein. Das stimmt nicht.

Ich habe Angst vor dem, was der gestrige Tage aus den Menschen da draußen gemacht hat.

Bestien.

Und sie scheinen es nicht einmal zu bemerken.

Aber wer bin ich, um jemanden schuldig zu sprechen. Ich sollte der erste sein, der erkennt, wie rasch das passieren kann und wie schwer es selbst zu bemerken ist.

„Es wird eine Demonstration geben. Gegen Flüchtlinge. Später am Nachmittag. Und eine Veranstaltung gegen Nazis. Zur gleichen Zeit."

Es scheint sie nicht zu überraschen.

„Denkst du, es kann jemals wieder wie vorher sein?"

In ihrer Stimme klingt wenig Hoffnung mit. Ich möchte ihr gerne die Worte sagen, die sie hören möchte. Alles wird okay. Alles wird gut. Alles ist in Ordnung.

Ich kann nicht.

Keine Lügen zwischen uns.

Das war nie unser Weg und das wird nie unser Weg sein.

„Nein", antworte ich dann. „Nichts wird mehr so sein wie vorher."

Sie lässt sich in den Polster zurücksinken, lässt die Worte wirken und starrt an die Decke.

Etwas anderes kratzt an meinem Bewusstsein. Eine Erkenntnis, die ich hatte, eine Erinnerung, die sich ihren Weg durch all den Schmerz und die Lügen gefressen hat und die ich noch mit niemandem geteilt habe.

Ich trete einen Schritt zurück und betrachte sie nochmals.

Angela, wie sie schutzlos, allein und verletzt vor mir liegt. Körperliche und seelische Wunden vor sich herträgt wie ein Schutzschild, um niemanden nahe zu lassen. Und doch – ich glaube nicht, dass ihr in den letzten Monaten irgendjemand näher war als ich. Ich will diese Verbindung nicht zerstören, will sie nicht gefährden, aber ... wenn ich ihr nicht davon erzähle, wem dann?

„Ich muss dir etwas erzählen ...", suche ich nach Worten und sie reißt ihren Blick von der Decke los, sieht mich fragend an. „Mir ist etwas eingefallen. Etwas von *früher*."

Sie erkennt, wie schwer mir die Worte fallen, wie sehr alles in mir dagegen aufschreit, es zu erzählen.

425

Die Schwere, mit der mich diese Eröffnung erfüllt.
Sie blinzelt müde.
„Früher?", fragt sie.
Ohne zu wissen, wie ich beginnen soll, fange ich
einfach an zu erzählen. Von der Nacht, als ich einen
Brief meiner Exfreundin unter meiner Tür gefunden
habe. Sie hat mich um Hilfe gebeten. Wir sollten
uns in der Gasse treffen, in der auch unsere
Trennung stattgefunden hatte. Allein das hätte
mich schon misstrauisch machen sollen. Als ich
dort angekommen bin ... hier weicht die neue
Erinnerung von der alten ab.
Ich atme tief ein und aus.
Angela betrachtet mich mit großen Augen,
gespannt, was kommen wird. Und auch ein wenig
ängstlich, vor dem was ich vielleicht erzählen
könnte.
Dann erzähle ich ihr, was damals wirklich
geschehen ist.
Ich hoffe, sie verlangt danach nicht von mir, aus
ihrem Leben zu verschwinden.

SIMON

II

Natürlich hatte er das Telefon ausgeschaltet. Es
war ja völlig klar. Das war so richtig typisch. Da
forschten er und Regina nach, wer ihm und ihnen
das Leben zur Hölle machte und Herr René war
noch nicht einmal so weit, sein verdammtes

Telefon eingeschaltet zu lassen. Krankenhaus hin oder her.

Auch Regina hatte nicht abgehoben.

Verdammter Mist, verdammter.

Simon trat zum Fenster und blickte nach draußen auf die Straße.

Wolken zogen auf. Es würde regnen. Später. Später.

Er sah auf die Uhr. Die Demos würden bald beginnen. Der Weg ins Krankenhaus führte geradewegs durch beide Gebiete durch. Wenn er sich beeilte, konnte er es schaffen. Wenn, dann musste er allerdings rasch handeln.

Was also tun?

Und wo war Regina überhaupt hin?

Denk, Mann, denk!, forderte er sich selbst auf. *Was war das Letzte, was sie gemacht hat?*

Sie saß über den Bankpapieren von Frank.

Frank.

Sie würde doch nicht ... wusste Regina, wo Frank wohnte? Würde sie ... er blickte nochmals auf die Uhr. Dann fielen ihm die Demos wieder ein. Wo würde er sein?

So einen Bericht würde er sich nicht entgehen lassen.

Sicher nicht.

Immerhin ... wenn ihre Vermutungen korrekt waren, dann war dies hier die Erfüllung seines Meisterplans. Die Erfüllung seiner Träume und Wünsche und – oh, wie viel Geld würde ein

Zusammentreffen dieser beiden Gruppen in Franks Kasse spülen. Wie viel Geld würde …

Würde …

Simon starrte auf die Kommode neben dem Fenster.

Etwas war anders.

Irgendetwas fehlte dort.

Er trat näher, suchte in seiner Erinnerung nach dem fehlenden Teil, konnte jedoch nicht wirklich sagen, was dort gelegen hatte.

Nun. War vermutlich nicht wichtig.

Er war unter Zeitdruck.

Keine Ahnung, wo Regina war, aber René war im Krankenhaus bei Angela. Er hatte Simon die Adresse und die Zimmernummer hinterlassen, also war das ein guter Weg.

Allerdings musste er sofort los, denn mit dem öffentlichen Verkehr würde es heute durch die Demos schwer werden und zu Fuß – wenn er lief – konnte er hoffentlich mit dem Presseausweis ohne große Behinderungen bis zum Krankenhaus gelangen.

Für den Fall, dass Regina oder René während Simons Abwesenheit in die Wohnung zurückkommen sollten, nahm Simon seinen Reserveschlüssel, legte ihn unter seine Fußmatte und klebte einen Zettel mit der Nachricht „Bin im Krankenhaus! Telefonisch erreichbar!" an die Tür und machte sich auf den Weg.

Dunkle Wolken brauten sich zusammen.

RENÉ

II

An dem Abend betrat ich die Gasse und Uschi war noch am Leben. Nicht verletzt und im Sterben liegend. Sie stand vor mir. Sexy. Erotisch. Verführerisch. Sie hat mir zugeflüstert. Sie hat mir erzählt, von ihnen, von den Nachtschwärmern, von der Bande durchgeknallter Irrer, welche dachten, sie wären Alphatierchen und wären besser als der Rest der Welt. Sie hat mir davon erzählt. Von ihrem Versuch Teil der Bande, des Rudels, zu werden und von ihrem Aufnahmeritus. Sie hat mir erzählt, dass ich ein Teil davon wäre und sie dazu meine Hilfe bräuchte.

Ohne ein weiteres Wort, ohne mir die Chance zu geben, eine einzige Frage zu stellen, hat sie sich plötzlich auf mich gestürzt. Sie wollte mich zuerst in Sicherheit wiegen, um dann über mich herzufallen. Ich habe rasch reagiert, bin herumgefahren, habe zugeschlagen und sie schwer verletzt. Ich weiß bis heute nicht genau was passiert ist, habe nur aus reinem Instinkt, aus reiner Wut und Verzweiflung reagiert, aber als ich wieder bei Sinnen war, als ich wieder mehr erkennen konnte als nur blanke Wut, Furcht und Hass, da lag Uschi vor mir.

Sie lag hinter einer Mülltonne, schwer verletzt.

Ich habe mich umgesehen, panisch, ängstlich, aber da war niemand. Da war nur ich.

Ich muss es gewesen sein.

Derjenige, der sie so zugerichtet hat.

Ich muss es gewesen sein.

Panik hatte mich erfasst. Ich fuhr herum, lief weg, ließ die Gasse hinter mir, wollte fort, weg, nur weg – laufen und laufen, aber bereits nach ein paar Metern, bereits an der nächsten Kreuzung, blieb ich stehen.

Ich hörte einen Schrei.

Qualvoll. Voller Schmerzen. Ein Schrei aus purer Verzweiflung und dem Wissen des nahenden Todes. Also drehte ich um.

Ich kehrte um, zurück in die Gasse und langsam, ganz langsam kehrte ich an den Ort des Verbrechens zurück.

Schritt für Schritt näherte ich mich Uschi. Der verletzten Uschi. Aus mehreren Wunden blutend. Im Sterben liegend.

Aber sie lebte noch.

Ein Stich fuhr mir durch die Seele, durch den Körper und mein Geist gab auf.

Alles wurde nebelig.

Düster und verschwommen.

Ich griff nach dem Telefon und wollte den Notruf wählen, als sich eine Hand auf meine Schulter legte. Ich dachte, ich wäre gerettet. Dachte, dass meine Seele noch eine Chance auf Erlösung hätte, aber ich irrte mich.

Ich habe mich nie wieder in meinem Leben derartig geirrt.

Dann breche ich ab, warte auf Angelas Reaktion, die lange auf sich warten lässt. Die Welt rund um mich ist in Schweigen versunken. In meinem Kosmos existieren nur noch Angela und ich. Und ich warte.

Auf ein Zeichen.

Irgendeine Reaktion.

Die anderen Menschen im Raum nehmen uns nicht wahr, sind zu sehr in ihre eigene Welt zurückgezogen. Eine Welt, die vor ein paar Tagen noch rund und fröhlich und bunt zu sein schien und jetzt, da der Schleier weggezogen wurde, waren sie dazu gezwungen, den Blick auf die Wunden der Welt zu werfen, und sie zogen sich in ihre Schneckenhäuser zurück.

Ich weiß nicht, wie laut ich gesprochen habe. Alles um mich herum ist dumpf und bedeutungslos. Anhand der fehlenden Reaktionen kann ich aber feststellen, leise genug gesprochen zu haben, um keine Panik auszulösen.

Ich danke Wem-auch-Immer dafür.

Dann spüre ich, wie Angela ihre Hand auf meine Hand legt.

Beruhigend.

Sanft.

Beinahe zärtlich.

Ich wage es nicht, den Blick zu heben und ihr in die Augen zu sehen. Zu sehr schäme ich mich. Zu sehr quält mich die Schuld.

„Sie wollte dich opfern?", fragte Angela sanft.

Ich kann nur nicken, nur vermuten.

Wie sicher kann ich mir sein? Es ist schwer mit jemandem zu diskutieren, der dich gerade umbringen will.

Aber dieser Abend – er war das letzte Messer in meinem Rücken.

Ich kann mich an diesen Gedanken erinnern.

Ich weiß noch, wie die Wut in mir hochgeschwappt ist und mir die Kontrolle entglitt. Meine einzigen Instinkte waren den Angriff abzuwehren. *Alle* Angriffe abzuwehren. Alles zu vernichten, was mich vernichten will. Nie wieder. Nie wieder wende ich jemandem meinen wehrlosen Rücken zu. Nie wieder.

Niemand wird mich jemals wieder betrügen.

Ich war es.

Uschis Tod ist meine Schuld.

Ich habe mehr getan als mich zu wehren. Ich habe meine Angreiferin vernichtet.

Die Schuld trifft mich.

Weil ich die Kontrolle verloren habe.

Vielleicht hätte man Uschi noch retten können.

Aber dann waren *sie* aufgetaucht. Die Nachtschwärmer. Die Irren.

Und haben ...

... den Rest ...

... erledigt.

Uschis Verrat an mir.

Der Grund, weshalb ich Susi verraten habe.

Verrat. Betrug. Lügen.

Sie sind das Gift, das mein Leben fast zerstört hat.

Es ist völlig egal, wie behütet ich aufgewachsen sein mag, völlig egal, wie erfolgreich oder wie nett, sympathisch oder freundlich ich vielleicht bin. Das gilt für alle von uns.

Verrat ist das Gift.

Betrug ist das Virus.

Und wir sind alle infiziert und stecken uns dadurch gegenseitig an. Durch Misstrauen, durch Skepsis, durch Unterstellungen, die wir vorschnell formulieren.

Wenn ich zurückblicke, dann war das der Fluch, den Uschi mir mitgegeben hat.

Der Fluch des Misstrauens.

Alle werden dich am Ende verraten.

Sie werden dich um Hilfe bitten. Sie werden einen Vorwand vorbringen.

Dann werden sie dich auf dem Scheiterhaufen zum Brennen zurücklassen.

Diese Überzeugung war mein Fluch.

Susi hat nie etwas getan, was mein Misstrauen gerechtfertigt hätte.

Aber das war auch nie notwendig.

Das Gift, das Virus – beide waren bereits in mir und haben meinen Geist krank gemacht. Eine Krankheit, die ich erst losgeworden bin, als ich erkannt habe, wie unrecht ich ihr getan habe.

Die schmerzhafteste Erkenntnis in meinem Leben war es, nicht der Mensch zu sein, für den ich mich immer hielt.

So stehe ich nun hier.

Vor Angela.

Der einzigen Person, die ich kenne, deren Urteil mir wichtig ist.

Ich beichte ihr, was ich getan habe.

Und warte auf ihre Entscheidung.

Sie ist meine erste und letzte Instanz. Die Meinung aller anderen ist mir gleichgültig.

Angela reißt mich aus meinen Gedanken.

„Schuld", sagte sie dann und in ihrem Gesicht erkenne ich eine Erinnerung. Sie denkt an etwas ganz Bestimmtes, was sich meiner Kenntnis entzieht. Vielleicht hat es mit den „Episoden" zu tun, die sie hatte. Jene, von denen Tom mir erzählt hat.

„Schuld", wiederholt Angela. „Schuld macht uns erst zu Helden."

Sie lächelt.

Müde.

Ich verstehe nicht, was sie meint, aber ich komme nicht dazu, nachzufragen, da in diesem Augenblick die Tür geöffnet wird und ein völlig atemloser Simon zu mir ans Bett von Angela taumelt.

Er stützt sich am Bettende ab, wendet sich kurz an Angela und haucht zwischen zwei raschen Atemzügen hervor: „Hallo. Simon. Sehr erfreut."

Dazu winkt er ihr mit der freien Hand kurz zu, dann wird er ernst und sieht mich flehend an.

„Regina ist weg", sagt er und ich verstehe die Aufregung nicht.

Ich zucke mit den Schultern, da mir diese Information aktuell nicht sehr wichtig erscheint.

Simon tritt einen Schritt näher, nimmt meinen Kopf

in seine Hände und dreht ihn zu sich um. Er sieht mir in die Augen und betont jede einzelne Silbe.

„Regina ist weg. Und auf meiner Kommode lag eine Pistole. Ich weiß ganz sicher, dass dort eine Pistole lag."

Es braucht keine Sekunde, bis diese neue Information in mein Hirn gesickert ist.

„Frank", sage ich.

Simon nickt.

Angela runzelt die Stirn.

„Frank?", fragt sie.

Simon nickt erneut.

„Ich glaube, sie ist auf dem Weg zu ihm", wendet er sich wieder an mich.

Angela schaltet sich ein und sagt laut genug, um Simon und mich zum Verstummen zu bringen:

„Aber Frank ist tot."

Simons Kinnlade klappt nach unten und er blickt erschrocken zwischen mir und Angela hin und her.

„Wie ...?", beginnt er, aber Angela fällt ihm ins Wort. „Bombe. Im Krankenhaus", sagt sie dann und kämpft sichtlich damit wach zu bleiben.

Simon schüttelt den Kopf. Er kann scheinbar nicht glauben, was er eben gehört hat.

„Ich vermute, es handelt sich um einen anderen Frank", spreche ich dann meine Überlegung laut aus.

„Ein anderer Frank?" Simon flucht. „Aber wir haben tausend Seiten Unterlagen, die uns belegen, dass *unser* Frank dahinter steckt!", sagt er dann. „Und

ohne diesen Tipp" – hier deutet er auf Angela –
„hätten wir das nie rausgefunden!"
Ein kurzes, ehrliches Grinsen entkommt mir.
„Manchmal hat man Glück", sage ich. Simons Blick
spricht Bände. Er ist wohl nicht zu Scherzen
aufgelegt, sondern nimmt meine Aussage fast
schon als persönlichen Angriff wahr.
„Glück?" Er spuckt mir das Wort förmlich entgegen.
„Wie groß ist die Wahrscheinlichkeit, dass zwei
Typen in derselben Sache den gleichen Namen
haben und dann auch noch ..."
Ich winke ab.
„Ihr seid euch sicher, euer Frank ist daran
beteiligt?", hake ich nach.
Simon bestätigt meine Frage euphorisch.
„Ich glaube nicht, dass es vor Gericht halten würde,
aber Regina und ich sind uns völlig sicher! Der Kerl
hat Anteile an Banken, Waffenfirmen,
Versicherungen, Zeitungen und was weiß ich noch
alles. Außerdem ist er der einzige, der alle
beteiligten Personen kennt!"
Angela und ich wechseln einen vielsagenden Blick.
„Das klingt etwas dünn", merke ich an.
Jetzt ist es Simon, der breit grinst.
„Habe ich die Mails über den ‚Aussteiger', den
‚Aufsteiger' und die ‚Emanze' schon erwähnt? Und
die subtilen Hinweise auf deren Entledigung?"
Ich ziehe eine Braue hoch und nicke anerkennend.
„Nein, hattest du noch nicht", sage ich und für
mich klingt das tatsächlich nach unserer kleinen

Dreiergruppe. „Dann sollten wir mit dem Kerl vielleicht reden?"

Angela kämpft mit dem Schlaf. Sie ist immer noch – oder besser: bereits wieder – erschöpft. Sie sieht mich unter großen Mühen an und lächelt mir zu.

In ihren Augen sehe ich die Antwort, für die ich gekommen bin.

Mir wurde Absolution erteilt.

Mir wurde vergeben.

Wenn mich jemand fragen würde, weshalb mir Angelas Meinung so wichtig ist – ich könnte es nicht erklären. Sie war seitdem ich sie kenne mein moralischer Kompass. Sie hat mich noch nie enttäuscht und ich weiß, sie wird mich nie enttäuschen.

Ich trete zu ihr, küsse sie auf die Stirn und verlasse gemeinsam mit Simon, der ihr zum Abschied kurz zuwinkt, das Krankenzimmer. Wir betreten den Lift. Die Lifttüren schließen sich.

„Wo ist Frank eigentlich?", stelle ich eine nicht ganz unwichtige Frage.

Simon sieht mich sprachlos an. Die Räder in seinem Kopf beginnen mit der gleichen Geschwindigkeit zu laufen, wie zuvor sein Puls. Sein Gesichtsausdruck gefällt mir überhaupt nicht und ich behalte recht damit, denn als nächstes sagt er:

„Ich habe keine Ahnung."

Kapitel 18: Institution (IV)

„I am who I am. Who I am is not good enough for them"
– Aquarian Age „institution #1"

RENÉ

I

Es war nicht weiter schwer herauszufinden, wo Frank sich aufhält. Ein kurzer Anruf in der Redaktion und dort wurde Simon mitgeteilt, Frank wäre auf Außendienst. Er hatte sich scheinbar freiwillig gemeldet, um über die beiden Demonstrationen zu berichten.

Der Kollege hatte Simon auch die Marschrouten der beiden Demos per E-Mail gesandt. Nach kurzem Studium der Karten – was durch den kleinen Bildschirm auf Simons Telefon ein wenig erschwert wurde – hat dieser auf ein Gebäude gedeutet und mit absoluter Bestimmtheit „hier!" gerufen.

Meine Frage, warum gerade dort, hat er rasch beantwortet. Es ist das größte Gebäude, an dem *beide* Demonstrationen vorbeikommen würden. Die eine nördlich und die andere südlich davon. Wenn alles glatt ging, dann würden sie zeitlich versetzt sein, was wiederum bedeutet, dass Frank von dort oben einen guten Blick und alle Zeit der Welt hatte, um gute Fotos aufzunehmen.

Außerdem wäre er in Sicherheit, wenn etwas

schiefgehen und die beiden Gruppen aufeinandertreffen sollten.

Klingt logisch für mich.

Deshalb laufen wir auch durch die halbe Stadt um zu diesem Gebäude zu kommen, bevor die Demonstrationen losgehen.

Es ist kaum zu glauben, aber wir kommen ohne größere Probleme an und lehnen uns erst einmal beide an eine Hauswand, um wieder zu Atem zu kommen. Ich röchle und nehme mir – wieder einmal – vor mit dem Rauchen aufzuhören und konsequent Sport zu betreiben. Wie ich mich kenne, hält dieser Vorsatz wohl nur bis morgen, aber immerhin.

Simon ist noch mehr außer Atem als ich, was aber nicht viel über seine Kondition aussagt, denn immerhin ist er bereits von seiner Wohnung zum Krankenhaus gelaufen. Wenn ich so darüber nachdenke, dann sagt es eigentlich sehr viel über seine Kondition aus: Sie scheint ziemlich gut zu sein.

Wir betreten das Gebäude und sehen uns um. Ein paar Leute gehen ihrer Arbeit nach, niemand nimmt richtig Notiz von uns.

Simon packt seinen Presseausweis auf den Tisch und fragt die Dame an der Information, ob seine Kollegen bereits hier sind.

Die Frau mustert ihn kurz, scheint sich zu fragen weshalb er so außer Atem ist und nickt dann.

„Ja", sagte sie. „Der Herr ist bereits länger auf dem Dach und eine Dame kam vor einiger Zeit. Eine Kollegin, wie mir schien."

Simon nickt und lächelt sie freundlich an.

„Ja, genau –die beiden."

Die Frau mustert ihn neugierig.

„Ich bin ja kein Profi", meint sie. „Aber warum gleich drei Reporter?"

Simon setzt ein sehr charmantes Lächeln auf.

„Man kann nie genug Leute haben, wenn man alle Details festhalten will. Das Dach hat ja auch vier Seiten, oder?"

Die Frau runzelt die Stirn.

„Vier?"

Simon dreht sich um und deutet auf mich. Ich winke der Dame freundlich zu, die ebenfalls professionell höflich zurückwinkt.

„Wie sie meinen", antwortet sie dann. Sie drückt einen Knopf und die Lifttüren öffnen sich vor mir. Simon bedankt sich und wir betreten den Lift.

„Dach", sagt er und ich drücke den entsprechenden Knopf.

II

Die ersten paar Sekunden fahren wir schweigend nach oben, als Simon für mich unerwartet die Stille bricht.

„Was hast du vorhin gemeint?", fragt er.

„Wann?", will ich wissen.

„Als du gesagt hast, du weißt nicht, wie es ist, ohne
Schuldgefühle zu leben."
Es ist kein guter Zeitpunkt für solch ein Gespräch.
Wir sind in einem Lift. Sekunden davon entfernt
einen Mann aufzuhalten, der über Leichen geht.
Draußen auf der Straße werden in Kürze zwei
Menschenmengen im besten Fall friedlich
aneinander vorüberziehen. Im schlimmsten Fall
werden sie aufeinander losgehen.
Über uns zieht ein Sturm auf. Die Luft ist
aufgeladen mit Wut.
Man kann die Spannung spüren.
Aber man sucht sich das Timing für diese Art von
Gespräch ohnehin nie selbst aus.
„Ich meinte es genau so, wie ich es sagte."
Meiner Meinung nach gibt es nichts mehr
hinzuzufügen.
„Du meinst, man muss sich einfach damit
abfinden?"
Das scheint ihm nicht zu gefallen. Er grübelt.
„Aber man muss es doch irgendwie wieder gut
machen können? Es muss doch einen Weg geben,
alles wieder gut zu machen, oder?", beharrt er.
Ich weiß, was er will.
Die Fragen, die er sich stellt, habe ich mir
monatelang immer wieder gestellt. Meine
Antworten sind Antworten, die er nicht hören will,
die er nicht glauben wird.
Schuld.
Was ist Schuld?

Eine leicht klingende Frage, aber ich weiß, wie schwer sie tatsächlich zu beantworten ist.

Die Wahrheit ist wohl, dass Schuld immer relativ ist.

Während sich eine Person aufgrund von allen möglichen Kleinigkeiten, Gesten, Worten und vielleicht sogar gut gemeinten Dingen schuldig fühlt, weil sie falsch angekommen sind, haben andere kein Problem damit, die schlimmsten Dinge zu tun und nicht ein einziges Mal auf die Idee zu kommen, Schuld auf sich geladen zu haben.

Schuld ist immer relativ.

Aber das will und kann ich Simon nicht sagen.

Denn Schuld hat auch etwas Gutes. Schuld bringt uns dazu, unser Handeln zu überdenken. Schuld bringt uns dazu, uns zu hinterfragen, unsere Taten zu überdenken und aus Fehlern zu lernen. Schuld bringt uns dazu, etwas wieder gut machen zu wollen.

So wie es mir mit Susi ging.

So gern würde ich sie nochmals sehen. Ihr alles erklären, ihr sagen, warum ich gemacht habe, was ich gemacht habe. Ich würde ihr mein Herz ausschütten, meine Wahrheit darlegen, anbieten und mich ihrem Urteil ergeben. Sie würde mir verzeihen können oder mich verdammen.

Völlig egal, was das Ergebnis sein würde – alles, was wichtig wäre, wäre es, ihr meine Sicht der Dinge erklären und mich aufrichtig entschuldigen zu können. Von Angesicht zu Angesicht.

Aber Susi ist fort.

Sie wird nie wieder kommen, das weiß ich.

Und dennoch bringt diese, *meine* Schuld mich dazu, mehr aufzupassen. Sie bringt mich dazu, Dinge zu tun, die ich sonst nicht getan hätte. Bringt mich dazu, Gutes zu tun, um diese eine, alte Schuld von mir zu waschen.

Schuld macht uns erst zu Helden, fallen mir Angelas Worte ein.

Ich glaube, ich verstehe jetzt, was sie damit meinte.

„Nein", sage ich dann zu Simon. „Man kann es nie wieder gut machen. Man kann versuchen es zu kitten, zu reparieren, aber es wird immer in dir bleiben. Immer in der Person bleiben, der gegenüber du dich schuldig fühlst. Es wird immer auf die eine oder andere Art zwischen euch stehen. Man kann damit leben, man kann darüber hinwegkommen, aber ganz verschwinden wird es niemals wieder. Es ist Teil deiner Geschichte und das kannst du nicht ändern."

Simon kaut an seiner Unterlippe.

„Und wenn du dich tausenden Menschen gegenüber schuldig fühlst?"

Mir ist völlig klar, worauf er hinauswill.

Ich bin aber kein Priester. Ich kann ihn nicht freisprechen. Alles was ich kann, ist ihm das zu geben, was Angela mir gegeben hat.

„Schuld", sage ich zu ihm und lächle ein wenig.

„Schuld macht uns erst zu Helden."

Ich merke, dass ihm noch etwas auf der Zunge liegt, als der Lift plötzlich anhält und sich der oberste Stock vor uns öffnet.

Wir betreten das Treppenhaus und sehen uns um.
Um die Ecke führen noch ein paar Stufen nach
oben und enden an einer Tür.
Die Tür zum Dach.
„Bereit?", frage ich Simon.
„Nein", sagt er und wir betreten ohne es zu wissen
das Ende einer Ära, werden dem Tod dreier
Menschen beiwohnen und uns am Ende von allem
in einer Zeit befinden, in der alles anders und doch
genauso ist, wie es vorher war.
Der Wind peitscht uns nach vor.
Ich sehe mich um, aber da ist niemand. Das Dach
ist leer. Große Klimaanlagen stehen herum. Die
Lüftungsanlage brummt. Der Wind pfeift. Eine
Leiter ragt an einer Hauswand empor und ein paar
Antennen sind überall verteilt.
Links von uns hat jemand eine Hütte aufgestellt
und am Dach fixiert. Eine Art Dachschuppen.
Nachdem nirgendwo sonst jemand ist, gehen wir in
Richtung Hütte. Simon deutet nach rechts, dann
auf sich und nach links.
Ich deute ihm verstanden zu haben und wir teilen
uns auf.
Aber es hilft nichts.
Wir sind zu spät.
Irgendwo unter uns höre ich Wölfe heulend durch
die Straßen ziehen.
Die Demos haben begonnen.

III

Die Wolken sind dunkel und eine Warnung. Die Dunkelheit kommt über uns. Was ich noch nicht weiß, als ich um die Ecke der Hütte biege, ist der Weg, den die Demonstrationen unter uns nehmen werden. Während wir auf dem Dach stehen, um unser Leben streiten und verlieren, wird unter uns die Hölle losbrechen.

Die beiden Gruppen wollten sich natürlich treffen. Ob es geplant war oder nicht, kann ich nicht sagen, aber ich kann wohl vermuten. Die Veranstalter haben diese Routen nicht gewählt, weil sie den anderen ausweichen wollten. Sie haben diese Strecken gewählt, weil sie den anderen zeigen wollten, wer hier das Sagen, wer hier die Macht hat.

Natürlich hat das auch die Polizei bedacht und die Truppen gerade an dieser Stelle verstärkt. Womit sie nicht gerechnet haben, ist wie viele kommen werden.

Wie viele Bestien auf beiden Seiten stehen und geifernd nach Blut lechzend übereinander herfallen werden.

In den Zeitungen morgen werden die Worte „Massaker" und „Blutbad" auftauchen. Von vielen Verletzten wird die Rede sein. Toten auf beiden Seiten. Verletzte Polizisten. Spezialeinheiten, die angefordert werden um die tobenden Massen aufzuhalten, aber sogar diese müssen Opfer beklagen.

Wenn die Bestien erst einmal in einen Blutrausch fallen, dann ist es ihnen egal, wer ihnen zwischen die Zähne kommt.
Eine Erfahrung, die ich selbst gemacht habe.
Aber das weiß ich noch nicht. Das kommt erst später. Als ich den hinabstürzenden Personen nachsehe, mich fragen werde, ob ich es hätte verhindern können und mein Blick auf das Kriegsgebiet fällt zu dem die Straße, über die wir vor ein paar Minuten noch gelaufen sind, geworden ist.
Dann erst werde ich das ganze Ausmaß der Tragödie verstehen.
Dann erst werde ich verstehen, was der Plan dahinter war.
Dass es nie um mich ging. Nie um Regina und Simon.
Wir waren nur Teile.
Spielfiguren.
Wie ich es hasse, immer erst am Ende die Regeln des Spiels zu verstehen.

IV

Als ich um die Ecke der Hütte trete, bläst mir der Wind noch stärker ins Gesicht als er es beim Betreten des Daches getan hat. Ich kneife die Augen zusammen, um besser sehen zu können und tatsächlich: Da stehen sie.
Regina und eine zweite Person, ein Mann, der wohl Frank sein muss.

447

Er wirkt nicht wie ein kriminelles Superhirn.

Offen gestanden bin ich ein wenig enttäuscht. Ich hatte mir entweder einen extrem großen und brutal aussehenden Schläger erwartet oder einen Gentleman-Unterwelt-Boss im Maßanzug, aber Frank ... er sieht völlig durchschnittlich aus. In einer Menschenmenge wäre er mir nie im Leben aufgefallen.

Ich sehe auch die Waffe, die Regina auf Frank gerichtet hat.

Der Hahn ist gespannt. Sie ist bereit abzudrücken. Ihre Hand zittert. Ihr Gesicht ist von Wut und Hass verzerrt.

Frank hat die Hände ein wenig gehoben, um ihr zu zeigen, dass er unbewaffnet ist, aber davon scheint sie nicht sehr beeindruckt zu sein. Frank hat eine Kamera um den Hals hängen. Die Abdeckung des Objektivs ist geöffnet. Vermutlich hat Regina ihn gerade erwischt, als er Fotos von den Demoumzügen machen wollte.

Auf der anderen Seite tritt Simon um die Ecke und auch ihm präsentiert sich dasselbe Bild. Er starrt Regina verblüfft an und schluckt schwer.

Frank scheint eine Bewegung am Rande seines Blickfeldes wahrzunehmen und sieht zur Seite. Er erkennt Simon und atmet erleichtert auf.

Ich trete näher, um zu hören was passiert. Noch haben weder Regina noch Frank mich entdeckt.

„Oh Gott, Simon! Zum Glück!", ruft Frank gerade, sichtlich erleichtert. „Du musst mir helfen! Regina ist durchgeknallt! Sie hält mich für irgendeinen

Kriminellen! Sie behauptet, ich hätte sie umbringen lassen wollen!"

Simon tritt nach vor, Regina sieht ihn und sie wird unsicher. Ihr Blick, und auch die Hand in welcher sie die Pistole hält, bewegen sich zwischen Frank und Simon hin und her.

Ich bleibe stehen und versuche mich ruhig zu verhalten.

Wer weiß, wie sie reagiert, wenn ich jetzt auch noch auftauche. Vielleicht wird sie panisch und drückt aus lauter Nervosität unbeabsichtigt ab.

„Simon!", ruft auch sie. „Du *weißt*, dass er es war! Du hast alles gesehen! Angela hat uns seinen Namen genannt!"

Frank runzelt die Stirn, ihm wird sichtlich unwohl, was aber mit ziemlicher Sicherheit an der Nervosität von Regina und ihrem Zeigefinger am Abzug liegt und weniger an ihren Worten.

Simon schüttelt den Kopf.

„Nein", entgegnet er ihr. „Angela hat uns den Namen Frank genannt." Ich kann an seinen Augen sehen, wie er mich hinter Regina entdeckt, sich dann wieder auf Regina fokussiert und beschließt, meine Anwesenheit nicht zu erwähnen.

„Ich war bei ihr im Krankenhaus", erzählt er Regina dann. „Sie meinte, dass die beiden Kerle, die dich überfallen haben ... die waren dort als die Bombe hochging. Einer davon hieß Helmut." Er macht einen Schritt auf Regina zu. „Der andere hieß Frank."

Regina taumelt einen Schritt zurück als hätte ihr jemand ins Gesicht geschlagen.

„Was?", fragt sie. Verunsichert. Hilflos. Allein. Verzweifelt.

Frank grinst sie vorsichtig an.

„Siehst du?", sagt er dann. „Ich habe absolut nichts getan!"

Simon nickt zustimmend, aber Regina lässt sich nicht so leicht überzeugen.

„Aber die ganzen Aktien. Die ganzen Anteile an den Firmen ...", meint sie, wird jedoch wieder von Simons Reaktion überrascht.

„Alles legal. Ich habe es mir angesehen. Das beweist absolut gar nichts. Nichts verbindet Frank mit uns."

Sein Blick ist eindringlich. Er sieht Regina tief in die Augen und er versucht ihr zu vermitteln, dass er weiß, dass Frank dahinter steckt. Er hat die Beweise gesehen. Er war dabei. Hölle – er hat einen Großteil der Unterlagen besorgt. Aber das war kein Grund ihn hier auf dem Dach zu erschießen, es war kein Grund, Regina ins Gefängnis gehen zu sehen. Was würde ein toter Frank ändern am Lauf der Dinge?

Überhaupt nichts.

Simon versucht all das in seinen Blick zu legen.

Er ist hier um zu *helfen*. Er gehört zu den Guten.

Frank gehört zu den Bösen.

Sie sind Reporter, verdammt, keine Racheengel.

Regina zögert.

Einen Moment lang lässt sie die Waffe ein wenig sinken.

Simon macht einen weiteren Schritt auf sie zu.

Der Wind pfeift über das Dach und zerrt an unserer Kleidung. Reginas Haar wird herumgeblasen. Dem Sturmwind trotzend steht sie da wie eine Kriegsgöttin, die das letzte Urteil fällt.

„Was ist mit den E-Mails?", schreit Regina. Hysterisch. Wütend.

Simon schließt die Augen.

Er hatte wohl gehofft es vermeiden zu können, die E-Mails zu erwähnen. Die einzigen wirklichen Beweise für Franks Schuld. Kodierung? Seltsame Redewendungen? Ja. Aber immerhin mehr als irgendwelche Konten in irgendwelchen Ländern. Vor allem waren es diese Dinge in Verbindung, welche die Sache für Frank gefährlich machen konnten.

Die Reaktion von Frank geht allerdings an mir vorbei, denn ich sehe meine Chance kommen: Ich hätte die Möglichkeit, mich näher an Regina heranzuschleichen. Sie von hinten zu überraschen und sie zu entwaffnen.

Leise und langsam bewege ich mich Schritt für Schritt auf sie zu, aber dann macht Simon einen großen Fehler.

Er zeigt mit dem Finger auf mich und ruft laut: „René, nein!"

Woraufhin Regina erschrocken herumwirbelt. Ihr Haar verdeckt ihr die Sicht. Sie sieht nur einen Schatten, wie ich vermute, einen Schatten, der sich

von hinten auf sie zubewegt und langsam in
Reichweite kommt.
Sie drückt ab.

V

Unten auf der Straße schwemmt der Zug der „One
World One Peoples"-Bewegung seine Massen
gerade an der südlichen Seite des Hauses vorbei. Es
sind Hunderte. Männer, Frauen, Ältere,
Jugendliche, Kinder – bunt gemischt.
Es ist schön anzusehen.
Eine bunte Masse aus Menschen, die nichts
miteinander zu tun haben, hier jedoch unter einem
Banner vereint sind. Es sind Banker, Straßenkehrer,
Lehrer, Hausfrauen, Doktoren, Schüler, Studenten,
Punks, Sozialarbeiter, Manager, ein Haufen quer
durch alle Schichten, die sich hier versammelt
haben, um ein Zeichen zu setzen.
Ein Zeichen zu setzen, die Welt zu verändern und
den Lauf der Geschichte ohne es zu wissen,
maßgeblich zu beeinflussen.
Noch ist alles ruhig, alles friedlich. Sie rufen
Parolen, singen Lieder. Irgendwo in der Menge
läuft eine Drei-Personen-Band mit Gitarren herum
und singt afrikanische, bosnische, italienische und
sogar brasilianische Lieder, um zu zeigen, wie
international und schön unsere neue Welt ist,
wenn wir nur die anderen respektieren und
schätzen.

Viele Nationen sind vertreten aus ganz Europa,
teilweise auch Afrikaner, Amerikaner und sogar ein
paar Japaner haben sich hin verirrt.
Wir können alle Freunde sein.
Dann passiert etwas Seltsames.
Etwas, was die Polizisten, welche die beiden
Gassen, die die beiden großen Straßen verbinden,
bewachen unruhig und nervös werden lässt.
Der gesamte Zug bleibt stehen.
Ohne ein Zeichen, ohne irgendeinen Ruf von einem
Leithammel zu hören, bleibt die ganze
Menschenmasse stehen, stellt sich in Reih und
Glied auf, den Blick nach Norden gerichtet. Den
Blick durch die Gasse gerichtet, um zu sehen, wann
auf der anderen Seite der Gegenzug auftaucht.
Die Nazis.
Jene, die alle hassen, die von *woanders* kommen.
Die Bösen.
Unter der Menschenmenge beginnt das erste
Knurren.
Ungehört noch.
Leise.
Aber bereits bedrohlich.
Wenn die Bestien erst Blut geleckt haben, wird es
kein Halten mehr geben.

VI

Der Schuss geht los und verfehlt mich nur knapp.
Ich atme erleichtert auf. Den zweiten Schuss
bemerke ich zu spät. Ein starker Schmerz

durchfährt mein rechtes Bein. Ich knicke ein, schreie laut auf und falle nach vor. Ich kann mich gerade noch mit den Händen abstützen, die ich mir am kalten Beton aufreiße, bevor ich mit dem Kopf zu Boden knalle. Glück im Unglück. Ich blute. Es brennt höllisch.

Regina streicht sich panisch das Haar aus der Sicht, schreit auf, als sie mich erkennt und läuft auf mich zu. Die Hände hat sie vor dem Gesicht zusammengeschlagen. Sie zittert. Sie hat Angst, mich schwer verletzt zu haben, was ich ihr – auch in meinem Zustand der Schmerzen - hoch anrechne. Ich drehe mich auf den Rücken, setze mich hin und begutachte mein Bein.

Die Wade. Es schmerzt höllisch, ist aber soweit ich das beurteilen kann, nicht weiter schlimm. Schmerzhaft. Alles andere als toll, aber nicht lebensbedrohlich.

Hoffe ich.

Regina ist bei mir, kniet sich neben mich und betrachtet die Wunde, betastet sie fachmännisch, was mich dazu bringt mehrmals aufzuschreien, weil sie in ihrer Panik dabei nicht gerade zimperlich vorgeht. Die ganze Zeit stammelt sie „Es tut mir leid, es tut mir so leid". Sie wiederholt es immerzu. Ich nicke nur, beiße die Zähne zusammen und versuche sie zu beruhigen.

„Ich wollte nicht ...", beginnt sie, beendet den Satz jedoch nicht und bricht neben mir nieder. Weinend, mit den Nerven völlig am Ende. Auch wenn ich der Ansicht bin, dass *ich* hier das Opfer bin, hat sie mein Mitleid. Ich fahre ihr mit der Hand über den Kopf, streiche ihr über das Haar, ziehe sie an mich und halte sie im Arm. Sie weint. Sie zittert. Ich wiege sie sanft hin und her, beruhigt, dass die Situation sich entspannt hat und ich mir nur eine Kugel in die Wade eingefangen habe. Das hätte weit schlimmer enden können.

Über dem Brausen des Windes kann ich das Geheul von Wölfen hören. Mich schaudert der Gedanke, nach unten zu sehen, um zu beobachten, wie Hunderte von ihnen durch die Innenstadt ziehen. Stattdessen versuche ich mir einzureden es sei der Wind, der dieses Geräusch macht.

Es ist der Wind.

Das sind keine Wölfe.

Der Wind pfeift durch irgendwelche Rohre und darum klingt es wie Wolfsgeheul.

Fast bin ich bereit mir zu glauben.

Aber ich bin kein Idiot.

Solange ich nicht nach unten sehe, ist alles gut.

Ich hoffe Regina noch lange Zeit so im Arm halten zu müssen denn dann weiß ich: Alles wird gut. Alles kann gut werden. Noch ist nichts Schlimmes passiert.

Noch kann alles gut enden.

Ach, wie naiv ich doch immer wieder bin.

Natürlich hätte ich es wissen müssen.

Ich hätte es sehen und die richtige Frage stellen müssen.

Ich bin tatsächlich der größte Depp auf Erden.

Immer die gleichen Fehler.

Unachtsamkeit.

Immer wieder.

Simon taucht neben mir auf, begutachtet ebenfalls die Wunde und murmelt dann ein „Ach, Gott sei Dank", was mich ebenfalls freut.

Ich nicke ihm zu.

Erleichtert.

Es ist vorbei.

Dann stelle ich mir die wichtige Frage.

Die wichtigen Fragen, die ich mir immer erst dann stelle, wenn es zu spät ist.

Mein Blick wandert über Simons Hände, dann über die von Regina und schließlich weiter in Richtung Frank.

Noch bevor ich ihn sehe oder meine Frage laut ausgesprochen ist, kenne ich die Antwort bereits.

Die Frage lautet:

„Wer hat die Waffe?"

Es ist genau dieser Moment in dem Frank die Hand hebt, auf Simon anlegt und ihm mit der Waffe, die er aufgehoben hat, eine Kugel in den Oberkörper jagt.

VII

Die Zeit war gekommen. Sie waren zusammengekommen, wurden zusammengerufen um der Welt zu zeigen: So nicht! Es musste aufhören. Die „Unser Land will Frieden!"-Bewegung wollte ein für alle Mal ein paar Dinge klarstellen.

Dieses Land war ihr Land.

Das Land derer, die hier arbeiteten. Jener, deren Eltern und Großeltern das Land nach dem Krieg wieder aufgebaut hatten. Es gehört jenen, die hier seit Jahren lebten, deren Familien bereits vor Jahrhunderten hier eingewandert waren und nun dermaßen Teil dieses Bodens waren, dass sie fast schon mehr das Land repräsentierten als das Land sich selbst.

Auch sie waren bunt gemischt.

Es waren viele Nationen. Menschen aus Ex-Jugoslawien, aus der Türkei, aus Amerika, aus England, aus Norwegen, aus Deutschland – kurz: Wer dachte, jene, die auf dieses Land stolz waren und es nicht von einem *endlosen Strom an Bedürfnissen und Wünschen*, von Menschen, die nicht einmal hierher gehörten, zerstört sehen wollten, bestünde nur aus Staatsangehörigen, die auch hier geboren waren, irrte sich.

Unter ihnen waren ebenso viele Nationen vertreten wie in der anderen Gruppe. Die älteren Menschen in dieser Gruppe waren ein wenig älter und die jüngeren ein wenig jünger, aber die Durchmischung war auch hier gegeben.

Banker, Manager, Hausfrauen, Elektriker, Doktoren, Schüler, Studenten, Männer, Frauen und Kinder –sie waren alle vertreten. Alle Schichten waren anwesend.

Sie marschierten, sangen Marschlieder, die Bundeshymne – in einer alten Form, die nicht gegendert war – und Bläser, Trommler und Trompetenspieler waren dabei.

Marschmusik.

Als sie das Gebäude im Norden passierten, wiederholte sich das seltsame, bedrohliche Schauspiel, welches die Polizei – deren Unbehagen innerhalb von Sekunden ins Unermessliche stieg – bereits zuvor erlebt hatte: Ohne Kommando, ohne Signal sammelte sich die Bewegung vor der Absperrung, stellte sich in Reih und Glied und stand somit – nur durch Polizeisperren und ein paar Meter Weg von ihrem Gegenstück getrennt.

Schweigen.

Ruhe.

Niemand sagte ein Wort.

Noch musterten sie sich in aller Ruhe. Die Stille war unheimlich.

Die anwesenden Polizisten wurden noch nervöser. Ein paar von ihnen baten über Funk um sofortige Unterstützung durch mehr Einheiten.

Sie sahen kommen, was geschehen würde.

Es würde Blut geben.

In diesem Moment hatten sie das Gefühl, auf einem Schlachtfeld zu stehen, auf beiden Seiten eingegrenzt von zwei Heeren, die sich in nicht allzu ferner Zukunft ohne Rücksicht auf Verluste in die Schlacht werfen würden.

Einer der Polizisten übergab sich bereits in ein Gebüsch.

Es war ein älterer Beamter.

Er sah die Zukunft sehr deutlich vor sich.

Irgendwo glaubte man, Wölfe heulen zu hören.

VIII

Simon wird von der Wucht des Treffers
zurückgerissen und landet mit dem Rücken auf
dem Boden. Er schreit auf, flucht und hält sich mit
der Hand die blutende Wunde in der Nähe seiner
rechten Schulter.

„Tut mir leid", sagt Frank lächelnd. „Ich hatte auf
den Bauch gezielt."

Simon starrt ihn hasserfüllt an.

„Was soll der Scheiß, Frank?", fragt er, seine Hand
noch immer auf die Wunde pressend. „Wir sind
hier, weil wir dir helfen wollten."

Aber Frank schüttelt den Kopf.

Er geht ein wenig auf und ab, wirkt siegessicher
und jetzt erst erkenne ich in seinem Gesicht eine
Kälte, welche ich auf die Entfernung nicht gesehen
habe. Er wirkt nicht mehr wie ein
Durchschnittsmensch. Er wirkt, als wäre er zu
schön und zu intelligent, um sich um normale
Sterbliche zu kümmern. Er wirkt als wäre er *besser*
als der Rest der Welt.

Und mir geht ein Licht auf.

Er ist einer von *ihnen*. Ein Nachtschwärmer.

Vielleicht kein Teil der Bande, kein durchgeknallter
Irrer mit der Mission, die Welt von allen Schwachen
zu befreien, aber er war Teil von ihnen in dem Sinn,
als er wirklich, tief und fest, daran glaubte, besser

zu sein als der Rest der Welt. Ich konnte es in seinen Augen sehen.

Hier stand ein Mann, der wusste, dass er all den Reichtum, den er anhäufen konnte, verdiente und alle, die dafür sterben mussten, all das Leid, das notwendig war, um ihm diesen Reichtum überhaupt erst zu ermöglichen – nun, es war eine Notwendigkeit. Er konnte nicht einmal etwas dafür, auch wenn er es vielleicht verursachte. Und wenn dem so war – nun gut. Es war eben ein Naturgesetz. Das hatte nichts mit Meinung zu tun. Das war mehr ein „Wissen" um seine gottgleiche Bedeutung, die ihn aus der Verpflichtung, dem Ehrencodex der Moral, der Hilfe und des Mitgefühls ausnahm.

Dessen schien er sich sicher.

Das strahlte er aus.

Der Typ Mann, der Frauen die Tür aufhält, weil er denkt, er kann sie ins Bett kriegen, wenn er nur höflich genug ist, fährt es mir durch den Kopf.

Ach, wie ich solche Kerle hasse.

Sie waren der Grund, weshalb Menschen wie ich sich mit misstrauischen und kaputten Frauen herumschlagen müssen. Und ja, die Ironie dahinter ist mir klar. Dieser Typ Mann hinterlässt *immer* beschädigte Menschen.

In diesem aktuellen Fall wohl eine Spur deutlicher und drastischer als sonst.

„Nein", sagt er zu Simon. „Ihr seid hier, weil ihr *Rache* wollt."

Simon schüttelt überrascht den Kopf. Mann, er spielt wirklich gut. Wenn auch umsonst. Völlig umsonst, denn Frank ist schneller im Denken als wir.

„Mach dich nicht lächerlich", meint Frank immer noch lächelnd. „Die Mails. Regina hat mir schon alles an den Kopf geworfen bevor ihr gekommen seid. Aber du hast gut reagiert. Die Mails in deiner ‚Wir habe keine Beweise'-Ansprache auslassen ... wirklich, Respekt. Gut mitgedacht."
Er hebt die Pistole erneut und sein Lächeln wird kälter.
„Wenn auch völlig unnötig."
„Warum?", frage ich ihn und er ist sichtlich irritiert, dass ich mich erdreiste ihn anzusprechen. „Warum das alles?"
Er sieht mich perplex an, versteht die Frage nicht. Ich nicke in Richtung Straße runter.
„Das war doch der Plan, oder? Darauf läuft es doch hinaus."
Frank grinst erfreut.
„Oh", meint er. „Noch jemand, der bis drei zählen kann."
Ja. Jetzt wo ich ihn kenne, da ist mir alles klar. Es ist erstaunlich, wie rasch manch völlig absurde und surreale Ideen, Konstrukte und Theorien plötzlich glaubwürdig sind, wenn man nur die Person kennt, die dahinter steckt.
Dinge, die man niemals für möglich gehalten hätte, sind mit einem Schlag absolut möglich. Und nicht nur *möglich,* sondern sogar fast ein *Muss.*

461

Was ich mir aus den Informationen und
Andeutungen zusammengereimt habe, ist eine
absolut abartige und morbide Geschichte – eine
Sache, die nur dann irgendwie glaubhaft
erscheinen kann, wenn man bereit ist, daran zu
glauben, dass Monster unter uns leben.
Was – wie niemand überraschen wird – kein
Problem für mich darstellt. Man lernt aus und mit
Erfahrungen.
Bürgerkrieg.
Ein Mensch mit Verbindungen zu allerlei
Geschäften, primär im Waffen- und
Sicherheitsbereich, der dafür sorgt, dass einerseits
die Stimmung durch Zeitungen und
Medienberichte nach oben schlägt. Politik, die
mitspielen muss oder möchte, um wieder gewählt
zu werden. Ein paar inszenierte Zwischenfälle, *gut
eingestreute* Zwischenfälle, bei denen klar ist, zu
welcher Zielgruppe die Täter zu gehören *scheinen*.
Reporter, die Berichte schreiben und denken, sie
würden Informationen verbreiten und helfen, die
doch tatsächlich – vielleicht unbemerkt, vielleicht
beabsichtigt – helfen, die Wut anzustacheln. Und
dann gibt es Reaktion und Gegenreaktion.
Es ist völlig egal, auf welcher Seite der erste
Dominostein fällt.
Denn er wird alle anderen umwerfen und wenn die
Sache erst ins Rollen gekommen ist, dann kann es
niemand mehr aufhalten.
Bürgerkrieg.
Blutvergießen.

Angst.

„Gefühlte" Sicherheit. Was immer das sein soll.

Die banale und absolut morbide Erkenntnis, die ich habe, als ich Frank vor mir stehen sehe und ich ihm in die Augen blicken kann, lautet: Geld.

Dieser Mann hat dies alles für Geld gemacht.

Unter uns, auf Straßenlevel, vermehrt sich das Geheul.

Knurren.

Ich kann es hören.

Frank bemerkt es auch.

Keine Ahnung, was er hört. Vielleicht Rufe?

Vielleicht schreien die Leute Parolen? Ich weiß es nicht. Alles, was ich höre, ist das Heulen der Bestien.

Franks Grinsen wird noch breiter.

„Ab morgen", sagt er völlig selbstzufrieden. „ist die Welt eine andere. Und in zwei Monaten kann ich mir aussuchen, welches Land ich mir kaufe."

Er kichert wie ein Irrer.

Scheiße.

Warum?

Warum treffe ich immer die Irren?

Und ja. Ich kenne die Antwort: Gleich und gleich gesellt sich gern.

Frank hebt die Pistole, legt an und dann scheint ihm eine Idee zu kommen.

„Ich kenne dein Polizeivideo", sagt er. Seine Augen blitzen teuflisch. „Ich möchte dir eine Chance geben", fügt er hinzu.

Ich ahne, was kommen wird.

Natürlich.

Alles wiederholt sich.

Man kann nur hoffen, dass man aus seinen Fehlern gelernt hat.

Wir können nicht alle Helden sein.

Nein, das stimmt. Ich weiß.

Aber das ist nicht die ganze Wahrheit, denn einen kleinen Teil davon habe ich lange Zeit übersehen. Ein kleines Wort, das einen großen Unterschied macht.

Wir wollen *nicht alle Helden sein.*

Und das ist die Wahrheit.

IX

Es ist schwer, genau zu sagen, wer den ersten Stein geworfen hat. Vielleicht waren es die Mitmarschierenden der „Unser Land Will Frieden!"-Bewegung. Vielleicht war einer unter ihnen, der beschlossen hat, es den links-linken Idioten zu zeigen. Immerhin waren es diese Kerle, die den Flüchtlingen Tür und Tor geöffnet hatten und diese dann auch unterstützten, unsere Sprache beibrachten und den Terroristen Essen, Kleidung, Unterkunft und Smartphones bezahlten – nur damit sie später Krankenhäuser in die Luft sprengen und ihren Krieg in unser Land bringen konnten.

Vielleicht war es auch einer der jungen „One World One Peoples"-Truppe, der es satt hatte, immer die gleichen fremdenfeindlichen Argumente von

Leuten zu hören, die noch nie in ihrem Leben auch nur zwei Worte mit einem Flüchtling gesprochen hatten. Leute, die ihre Informationen aus Zeitungen hatten, die sich offensichtlich nicht einmal immer die Mühe machten, ihre Quellen zu überprüfen. Vielleicht hat einer dieser jungen Punks beschlossen, dass es Zeit ist, diesen rechten Deppen zu zeigen, dass die Welt ein besserer und schönerer Ort wäre, wenn alle nur ein wenig aufeinander zugehen würden.

Und in beiden Fällen wäre ein Stein mit der Absicht geworfen worden, die Stadt, das Land, die Welt besser zu machen.

Egal, welche Seite den ersten Stein geworfen hat: Beide wollten das Gleiche: Ein besseres Leben.

Und völlig egal, wer den ersten Stein warf.

Diese Person war der Auslöser für das, was danach alles passierte.

Diese Person war der letzte Tropfen im Fass.

Und gleichzeitig auch die Person, die einen großen Teil der Schuld daran trug, dass die Welt am nächsten Tag tatsächlich verändert worden war.

Wenn auch auf eine andere Art und Weise, als sie vielleicht gedacht hatte.

Der Stein – von wem auch immer geworfen – fliegt nicht weit.

Er macht einen Bogen.

Der Wind ist stark.

Der Stein wird abgelenkt.

Er durchschlägt ein Fenster.

Es klirrt.

Glas zerbricht und fällt zu Boden.

Es ist, als hätten alle auf dieses Signal gewartet.

Als hätten beide Armeen, beide Heere den Startschuss hören müssen.

Jetzt, da das Klirren für den Bruchteil einer Sekunde den Wind übertönt, ist die Ruhe vor dem Sturm vorbei.

Welche Seite die Polizeisperre zuerst durchbrochen hat, ist ebenfalls nicht mehr nachvollziehbar.

Tatsache bleibt, dass die Schlacht begonnen hat.

Die Heere brechen durch die Barrikaden und fallen übereinander her.

Es dauert keine zwei Minuten, bis das erste Blut den bis dato unberührten Boden rötlich färbt.

Es dauert keine fünf, bis der erste Knochen gebrochen ist.

Keine zehn Minuten, bis irgendjemand ein Messer in der Hand hält.

Die ersten Schwerverletzten gibt es bereits nach zwanzig Minuten. Drei davon werden nicht überleben, weil die Rettungswagen nicht durchkommen.

Wenn die Schlacht erst im Gange ist, ist es völlig egal, auf welcher Seite du stehst.

Wer am Schlachtfeld steht, geht dorthin, weil er Blut sehen will.

Wer auf dem Schlachtfeld steht, ist nicht unschuldiger als jene, die die Schlacht geplant haben.

Er ist nur dümmer.

X

Es ist erstaunlich, wie relativ Zeit ist. Während ich auf die Frage warte, die Frank mir stellen will, entdecke ich die Schönheit der Szenerie rund um mich. Ich sehe die Wolken, die dunkel, düster und bedrohlich hinter ihm vom Wind über den Himmel getrieben werden. In der Ferne die Berge, die Häuser. In manchen brennt Licht. Andere sind dunkel.

Autos, die sich wie Blutkörperchen durch die Adern unserer Welt bewegen. Fern, klein und aus dieser Entfernung gemächlich.

Auf dem Dach gegenüber steht eine Wäschespinne. Die Kleidung darauf wird vom Wind hin und her gerissen. Ein kleiner, symbolischer, schöner Tanz.

Die Verkleidung der Dachbegrenzung ist an einer Stelle zerbrochen. Das Loch sieht aus wie ein Smiley-Gesicht.

Dann sehe ich Frank an. Gefasst auf das, was kommen wird.

Ich spüre keine Trauer in mir.

Keine Angst.

Das alles habe ich hinter mir gelassen.

Will ich sterben? Nein.

Nicht hier. Nicht heute.

Habe ich Angst um mein Leben?

Nein.

Etwas in mir ist leer. Verbraucht.

Ich habe alle Gewissensbisse, alle Gefühle von Schuld weit hinter mir gelassen. Ich weiß, ich bin keine Bestie.

Ich bin ein Mensch.

Ich mache Fehler.

Mehr steckt nicht dahinter.

Etwas in mir ist voll. Aufgetankt und bis zum Bersten voll. Lange Zeit habe ich es unterdrückt und mir eingeredet, dass es mir nicht gut tut. Es zurückgehalten, verdrängt. Ich war mir sicher, es sei böse. Aber es ist menschlich. Es ist nicht bestialisch.

Es ist rein menschlich.

Plötzlich höre ich es.

Es ist völlig klar, ohne Zweifel und ich beginne zu lachen. Laut, aufrichtig und aus ganzem Herzen.

Ich fühle mich leicht, frei, schwebend.

Als wäre ein Gewicht von mir genommen worden, das ich vorher nicht einmal gespürt habe.

Es ist schön. So unglaublich schön.

Frank ist irritiert.

Er lässt die Waffe ein wenig sinken und runzelt die Stirn.

Mein Lachen verwirrt ihn.

Er versteht es nicht.

Wie könnte er auch?

Niemand könnte es verstehen.

Was ich höre, sind die Schreie der Menschen, die unten auf der Straße kämpfen.

Ihre Schreie, ihr Kreischen, ihr Fluchen.

Ich kann sie alle hören.

Die Wahrheit ist manchmal so einfach, dass man
sie unmöglich sehen kann.
Ich höre keine Wölfe mehr.
Kein Geheul.
Kein Knurren.
Ich höre nur Menschen.
Diese Erkenntnis befreit mich auf einen Schlag von
all meiner Schuld.
Ich lache immer weiter und weiter.
Zumindest bis Frank die Nerven verliert und sich
der Tatsache bewusst wird, dass er keine Macht
mehr über mich hat.
Er macht mir keine Angst.
Ich sehe ihn als das kleine, dumme Häufchen Elend,
das er tatsächlich ist.
Er legt auf mich an und schreit mir aus
Verzweiflung seine Frage entgegen.
Die Frage, von der er denkt, sie würde mich in ein
moralisches Dilemma stürzen.
Er denkt, sie würde mich psychisch fertig machen.
Wenn er nur wüsste, dass ich das alles hinter mir
habe.
Dass ich jetzt – in diesem Moment – das erste Mal
seit einer ewig langen Zeit weiß, dass ich frei bin.
Weiß, was es bedeutet, ein Mensch zu sein.
„Ich lasse dich wählen!", schreit er panisch, in der
Hoffnung, mir damit weh zu tun. „Wen von den
beiden soll ich erschießen?"
Ich lache immer noch, reiße mich zusammen,
unterdrücke das seltsame, freie, unglaublich gut
tuende Lachen in meiner Seele.

Ich sehe ihm breit grinsend in die Augen.
Meine Antwort lautet: „Das ist mir scheißegal."

XI

Das Schlachtgetümmel geht weiter. Immer weiter.
Steine fliegen. Äste werden als Prügel genutzt.
Polizisten werden ihre Schilde und ihre
Schlagstöcke entrissen. Messer werden gezückt. Es
wird gestochen, geschlagen, getreten und
geworfen.
Keine Seite schenkt der anderen etwas.
Irgendwann ist es dann völlig egal, wer zu welcher
Seite gehört, denn die Menschen sind nicht
voneinander zu unterscheiden. Beide Seiten sind
gemischt. Beide Seiten sind gekommen, wie sie
sind. Wer von oben auf die Szene blickte, hätte
unmöglich sagen können, wer zu wem gehört.
Niemand kann wirklich feststellen, wie viele
Knochen von Freunden durch Freunde gebrochen
wurden. Niemand kann sagen, ob das Messer in
der Hand wirklich im Bauch eines Kämpfers von der
anderen Seite gelandet ist oder ob Täter und Opfer
beide aus der gleichen Richtung auf das
Schlachtfeld gekommen sind.
Der Knochen, der durch den Baseballschläger
gebrochen wird, könnte genauso gut einem
Gleichgesinnten gehören.
Wenn die Schlacht erst einmal im Gange ist, das
Blut erst in Wallung gerät, gibt es keinen

Unterschied mehr. Dann gibt es nur noch die
Schlacht.
Den Blutdurst.
Das Adrenalin.
Wer immer gesagt hat, nachts seien alle Katzen
grau, hat noch nie an einer Schlacht teilgenommen.
Denn selbst wenn alle Katzen grau sind, so bleiben
es dennoch Katzen.
Auf dem Schlachtfeld ist es schlimmer.
Denn auf dem Schlachtfeld sieht jedes Tier aus wie
ein Wolf.
Auf dem Schlachtfeld ist jeder dein Feind.

XII

Meine Antwort scheint Frank nicht zu gefallen,
denn er starrt mich böse an und versucht, die
Waffe noch bedrohlicher auf mich zu richten als
davor. Worin er scheinbar keine Übung hat.
Obwohl ich die Geste sehe, steht er danach nicht
anders da als davor.
Die ganze Szene, sein ganzes Gehabe – es wirkt
lächerlich auf mich.
Es wirkt nicht nur so. Der Kerl *ist* lächerlich.
Frank scheint das selbst auch zu bemerken, denn er
wird leicht sauer.
Die Überheblichkeit, die er vor einer Minute noch
ausgestrahlt hat, scheint einen Knacks bekommen
zu haben.
Er wirkt ... unsicher.

471

Außerdem scheint seine Beobachtungsgabe nicht sehr ausgeprägt zu sein.

Simon hält sich immer noch seine blutende Wunde mit einer Hand zu, aber er hat sich zumindest aufgesetzt und er ächzt nicht mehr. Auch in seinem Blick und seiner Körperhaltung erkenne ich keine Furcht. Er ist einfach nur wütend. Seine Wunde muss ihm Schmerzen verursachen. Er zeigt sie aber nicht. Keine Ahnung, ob er sich bewusst bedeckt hält, oder ob es ihm selbst überhaupt auffällt.

Wut kann ein starker Motor sein.

Wen Frank völlig zu vergessen scheint, ist Regina. Die ganze Zeit ist sie stumm neben mir gesessen, hat aber ihre Beine unter ihrem Körper in Stellung gebracht, um zum Sprung bereit zu sein.

Ihr Körper bebt immer noch.

Was ich zuerst für ein Zittern hielt, erkenne ich nun als Hass.

Sie ist so wütend, dass sie am ganzen Körper zittert.

Simon bemerkt es auch.

Ebenso wie das Funkeln in ihren Augen.

„Für Geld?", fragt Simon dann plötzlich. „Ist das dein Ernst?"

Frank sieht ihn an, dann zuckt er mit den Schultern.

„Wirke ich, als würde ich Witze machen?"

Simon seufzt theatralisch.

„Warum hast du mir den Zettel mit Reginas Adresse an mein Fenster geklebt?", fragt er dann.

Frank lacht auf.

„Irgendwie musste ich euch beide ja
zusammenbringen. Die beiden großen Schnüffler.
Die beiden Journalisten, die doch tatsächlich der
Meinung sind, sie könnten investigativen
Journalismus betreiben ... ?"

Er kichert wieder, als ihm ein besonders lustiges
Detail einfällt.

„Und ich muss dir übrigens danken", fügt er dann
hinzu. „Dein Fernsehauftritt. Köstlich. Graue
Wölfe?" Er lacht nochmals laut auf. „Das hat mehr
Öl ins Feuer gegossen als alle Berichte die Wochen
davor. Das war ... grandios!"

Simon knirscht mit den Zähnen. Ich kann die
Rädchen in seinem Kopf fast laufen sehen.

Schuldgefühle.

Er hat so viele davon.

Das hat er den ganzen Tag lang schon klar gemacht.
Ich weiß nicht, wie lange er noch durchhält. Wie
lange es dauert, bevor er den Kerl trotz der Pistole,
die auf ihn gerichtet ist, einfach anspringt um ihn
zu erwürgen. Einfach, weil es reicht.

Schuld macht uns erst zu Helden.

Wie Recht Angela doch hat. Schuldgefühle bringen
uns dazu, viele Dummheiten zu machen. Und wenn
man es recht bedenkt und ehrlich ist: Die meisten
Heldentaten sind tatsächlich einfach Dummheiten,
die zufällig jemand überlebt hat.

Aber wieder täusche ich mich.

Es ist nicht Simon, der Frank anspringt.

Mit einem Schrei, der einer Grizzlymutter alle Ehre gemacht hätte, springt Regina plötzlich auf und stürzt sich auf Frank.

Dieser reißt die Pistole herum. Aber da ist sie schon bei ihm. Sie hat ihre Hände an seinem Hals und drückt zu. Dann gehen vier Schüsse ab, Regina taumelt zurück, sieht Frank ungläubig an, legt ihre Hände an ihren Bauch und hält sie danach vors Gesicht.

Sie sind voll Blut.

Frank starrt sie mit ebenso großem Entsetzen an. Seine Lippen bewegen sich, als wolle er etwas sagen. Aber kein Ton kommt daraus hervor.

In diesem Moment reißt ihn der verletzte, aber alle Schranken fallen lassende, Simon von den Füßen.

Die beiden ringen.

Die Pistole klickt mehrmals.

Keine Kugel verlässt den Lauf.

Die Waffe ist leer.

Simon schlägt Frank mehrmals ins Gesicht.

Erst höre ich die Nase brechen.

Dann kracht das Kiefer.

Irgendwann ist es nicht mehr klar, ob das Blut an Simons Händen von Franks Gesicht kommt, oder ob er sich an den Zähnen seines Gegners die Knöchel blutig geschlagen hat. Mit jedem Schlag von Simon taumeln die beiden weiter zurück.

Zurück und zurück.

Immer weiter, bis sie schließlich am Dachrand stehen.

Unter ihnen tobt die Schlacht in vollem Gange, während sie sich einen Zweikampf liefern, der eigentlich bereits verloren ist.

Regina bricht zusammen und ich kämpfe mich trotz meinem verletzten Fuß, den ich nicht belasten kann, zu ihr. Ich versuche meine Hände auf ihre Wunden zu drücken.

Es ist weit mehr eine Geste als wirklich der Versuch, Hilfe zu leisten.

Vier Schüsse aus nächster Nähe in den Bauch ... ich bin kein Arzt, aber sogar ich weiß, wie rasch man daran verblutet. Vor allem ist mir auch bewusst, dass dank der Schlacht dort unten keine Sanitäter rechtzeitig zu uns kommen werden.

Regina blickt mich an.

Panik in ihren Augen.

Sie weiß es.

Es gibt keine Rettung.

Ihre letzten Worte, bevor sie in meinen Armen stirbt lauten: „Es tut mir leid."

Ich schließe die Augen.

Tränen rollen über meine Wangen.

Franks Krieg hat sein erstes Opfer gefordert.

Der Wind pfeift. Irgendwo donnert es.

Ein Schrei ertönt.

Ich fahre herum und sehe weder Simon noch Frank.

Ein entsetzlicher Gedanke kommt mir.

Rasch, aber so vorsichtig wie möglich, lege ich Reginas Körper auf den Boden.

Ich hieve mich hoch und schleppe mich an die Stelle, an der ich die beiden Kämpfer zuletzt gesehen habe. Darauf bedacht, nicht über den Rand zu kippen, lehne ich mich nach vor.

Die Brüstung.

Der Blick nach unten:

Frank hält sich mit beiden Händen an einem Vorsprung fest. Simon hängt an Franks Hose und hält sich mit seiner unverletzten Hand fest. Ich kann sehen, wie schwer es ihm fällt. Er rutscht langsam ab. Ich kann ihn nicht erreichen. Auch Frank kann sich noch gerade so festhalten. Die beiden gemeinsam sind zu schwer für ihn.

Sein Gesicht ist grün und blau, blutverschmiert. Ein paar Zähne fehlen ihm. Die Nase ist sicher an mindestens zwei Stellen gebrochen.

Ich spüre kein Mitleid in mir.

Im Gegenteil.

Ich muss gegen den Drang ankämpfen mich über die Abgrenzung zu neigen und ihm extra nochmals ins Gesicht zu treten.

Natürlich tue ich das nicht.

Simons Leben hängt im Moment sehr stark von Franks Fähigkeit ab, nicht zu fallen.

Ich beuge mich so gut es geht ohne das Gleichgewicht zu verlieren, nach unten und strecke meine Hand aus.

Ich reiche nicht hin.

Niemals.

Simons Blick trifft meinen.

Was ich in seinen Augen sehe, lässt mich alle meine Bemühungen beenden.

Ich schüttle den Kopf, als Zeichen meiner
Ablehnung seiner Idee, aber Simon grinst nur breit.
„Schuld macht uns zu Helden", sagt er und festigt
seinen Griff an Franks Gürtel.
Er stellt seine Beine gegen die Hauswand.
Mit einem letzten Blick zu mir stößt er sich ab.
Frank kann sich nicht halten.
All der Unglauben in seinem Gesicht – soweit man
darin noch etwas erkennen kann – weicht
Entsetzen, als er erkennt, was passiert.
Seine Finger rutschen ab.
Seine Augen weiten sich.
Er verliert endgültig den Halt.
Simon ist zu schwer, der Druck zu groß und als
Simon sich mit der Hand in Franks Gürtel verkrallt
während er sich mit seinen Beinen von der
Hauswand abstößt, stürzen sie hinab.
Hinab in die Dunkelheit der Schlacht.
Engel gleich, die zu Boden stürzen.
Sie tragen ihre Botschaft mit sich nach unten.
Wir alle fallen manchmal.
Wir alle schlagen auf.
Nicht alle überleben es.
Ich schließe die Augen, wende den Blick ab und
setze mich hin.
Ich bin erleichtert, mein Bein entlasten zu können,
atme langsam, ruhig und versuche, nicht zu
schreien. Meine Augen bleiben geschlossen. Ich
will für den Moment nichts hören und nichts
sehen.

Auch Regina nicht, die dort drüben liegt. In meinen Armen gestorben.

Mit den letzten Worten, dass es ihr leid tue.

Den Aufschlag höre ich nicht, wohl aber den Aufschrei, der plötzlich unten durch die Menge geht. Der Schlachtenlärm verstummt.

Jemand ruft nun doch nach Sanitätern.

Ich spüre Wasser auf meinen Wangen.

Es muss Regen sein, denn ich bin mir sicher nicht zu weinen.

Während ich die Arme ausbreite, den Donner höre und mein Gesicht dem Himmel zuwende, um die Regentropfen zu spüren, die langsam und dann schneller, immer schneller fallen, fühle ich, wie meine Kleidung das Wasser aufsaugt. Meine Haare werden nass und kleben mir wie Strähnen im Gesicht.

Ich genieße das Gefühl, rede mir ein, dass der Regen mich reinwäscht.

Nach einer Weile höre ich, wie die Tür zum Dach geöffnet wird.

Ferne Stimmen. Ein Schrei. Sie haben wohl die tote Regina entdeckt.

Meine Augen bleiben geschlossen, selbst als ich spüre, wie links und rechts Hände unter meine Arme greifen und mich hochheben.

Kurz darauf führt die Polizei mich durch die Menge, die unten auf dem Schlachtfeld steht und sich durch das unerwartete Aufschlagen zweier menschlicher Körper wieder beruhigt hat.

Es ist ein seltsames Gefühl.

XIII

Die Toten der Schlacht werden erst später entdeckt werden. Noch glauben alle, es sei nur eine Schlägerei gewesen. Eine Tat, von der man morgen stolz erzählen kann, man sei für eine gerechte Sache in eine Prügelei verwickelt worden.
Heute Abend werden viele davon ihren Freunden erzählen. Mit stolz geschwellter Brust.
Morgen, wenn sie in den Zeitungen von den Toten lesen, dann werden sie anders denken. Sie werden sich im Stillen fragen, ob sie es waren, die Schuld am Tod dieser Menschen trugen. Nach außen werden sie die Sicherheit versprühen, nicht daran beteiligt gewesen zu sein, aber in ihrem Herzen werden sie Zweifel spüren.
Schuldgefühle haben.
Neue Helden.
Aber zu was für einem Preis?

XIV

Regina und Simon sind tot.
Sie sind nicht die einzigen Opfer dieses Tages.
Aber es sind die einzigen, von denen ich mit voller Überzeugung sagen kann, dass sie für eine Sache gekämpft haben, die ich verstehe und nachvollziehen kann.
Diese Leute hier unten ... sie sind mir fremd.
Aber sie sind keine Bestien.
Sie sind Menschen.

Ich weiß nicht, ob ich mich dadurch besser fühle.
Als mich die Polizisten durch die Gasse zu einem
Polizeiauto bringen, spüre ich die Blicke der
Anwesenden.
Sie fragen sich vermutlich, auf welcher Seite ich
stand.
Auf welcher Seite die beiden Toten hier auf dem
Pflaster standen.
Wenn sie mich fragen würden, könnte ich ihnen die
Antwort geben.
Ihr kotzt mich alle gleich an.
Ich denke an Tom.
Und Angela.
Wir wollen nicht alle Helden sein.
Manche von uns wollen einfach nur in Ruhe ihr
Leben leben.

Kapitel 19: Hypnotisiert (IV)

„People who sacrifice their lives for the little luck in smiling children's eyes"
– Aquarian Age „hypnotized"

I

Schlagzeilen aus diversen Zeitungen:

MASSENSCHLACHT BEI „FLÜCHTLINGSDEMO"
Gestern am späten Nachmittag gab es während
zweier Demonstrationen massive Ausschreitungen.
Im Zuge des Anschlages auf das Krankenhaus vor
kurzem (wir haben berichtet) wurde eine
Demonstration der Gruppe „Unser Land Will
Frieden!" angekündigt, um gegen die
unkontrollierte Zuwanderung Stellung zu beziehen.
Gegner dieser Bewegung haben rasch eine
Gegenveranstaltung angekündigt und gestern kam
es zu einer Eskalation.

DEMONSTRATION FORDERT MEHRERE
TODESOPFER Die beiden an sich friedlich geplanten
Demonstrationen für und gegen die Aufnahme von
Flüchtlingen in unser Land haben sich weit von
einer friedlichen Kundgebung entfernt. Beide Lager
sind sich während ihrer Märsche gegenseitig in die
Quere gekommen; es kam zu Handgreiflichkeiten.
Das Resultat daraus sind viele Verletzte und
mehrere Todesopfer. Auch Beamte der Exekutive
wurden verletzt ins Krankenhaus eingeliefert.
„Diese Gewalt ist aufs Schärfste zu verurteilen und

ich verlange eine lückenlose Aufklärung der Vorkommnisse", forderte der Bürgermeister heute Morgen in einer eilig einberufenen Pressekonferenz.

POLITIKER FORDERT STRENGERE SICHERHEITSMAßNAHMEN Aufgrund der gestrigen Vorkommnisse sieht sich die Politik zum Handeln gezwungen. Ein renommierter Politiker ruft nach schärferen Gesetzen in Bezug auf das Versammlungsrecht und die Überwachung mutmaßlicher Gewalttäter und Terroristen. „Es kann nicht sein, dass unschuldige Bürger durch die Gewalt dieser linkslinken Gutmenschen, die eine genehmigte Demonstration überfallen, ohne Konsequenzen bleibt", so der Sprecher.

REGIERUNG KÜNDIGT NEUE GESETZE ZUR GEWALTPRÄVENTION AN Im Zuge der Unruhen von letzter Woche hat die Regierung neue Gesetze zur Verschärfung der Gewaltprävention angekündigt. Künftig soll es in allen Asylwerberheimen einen Wertekatalog geben, der mit den ankommenden Personen durchgearbeitet wird. Am Ende dieser Maßnahme werden eine mündliche und schriftliche Prüfung stehen. Weiters wird daran gearbeitet ein Papier zu verfassen, das die Überwachung und Verfolgung von gewaltbereiten Personen bereits frühzeitig zulässt und forciert.

UMSTRITTENES GESETZ ZUR ÜBERWACHUNG BESCHLOSSEN Überraschend schnell hat sich die Regierung auf ein neues Papier geeinigt. So soll ab dem 1. des nächsten Monats bereits eine Reihe von Gesetzen in Kraft treten, die es der Exekutive ermöglicht, potentiell gewalttätige Personen oder Gruppierungen zu überwachen und notfalls auch zu infiltrieren. „Zusätzlich", so ein Regierungssprecher, „wird die Zahl an Exekutivbeamten erhöht. Wir werden auch Gelder für private Sicherheitsfirmen bereitstellen, damit diese unsere Beamten vor Ort unterstützen können." Aus nicht näher bekannten Quellen liegt uns außerdem die Information vor, mehr Kameras würden in bekannt gefährlichen Gebieten installiert. Dies wurde auf Anfrage allerdings noch nicht bestätigt.

KÜRZUNGEN IM SOZIALBEREICH – MINDESTSICHERUNG HALBIERT Um das Budget im nächsten Jahr einhalten zu können, kündigte ein Sprecher der Landesregierung an, die Mindestsicherung für anerkannte Flüchtlinge ab den nächsten Monaten auf maximal die Hälfte des aktuellen Betrages zu kürzen. Dies sei eine Maßnahme „zur Erhaltung und Stützung unseres Sozialsystems", so die offizielle Begründung. Sprecher von diversen karitativen Einrichtungen sehen dies als weiteres Zeichen, dass sich Österreich als Sozialstaat abschafft.

FLÜCHTLINGE IN ZUKUNFT IN GROSSLAGERN
UNTERGEBRACHT Eine neue Wendung bringt der
unerschöpfliche Zustrom an Flüchtlingen. Da es
nicht mehr möglich ist, für alle Personen passende,
kleine und überschaubare Unterkünfte zur
Verfügung zu stellen, wurde beschlossen, alte
Kasernen zu nutzen und freie Bauflächen mit
Großlagern zu bebauen. Geplant seien
Containersiedlungen und Holzbarracken. „Um die
Sicherheit der Bevölkerung zu gewährleisten,
werden wir Mauern darum aufziehen und eigene
Firmen mit der Überwachung beauftragen. Dies ist
keine militärische Maßnahme, sondern dient nur
dem Schutz der Flüchtlinge und der umliegenden
Bevölkerung", so ein Regierungssprecher.

AUFSTOCKUNG VON PRIVATEN
SICHERHEITSFIRMEN Die bereits länger
angekündigte Aufstockung der Mittel zur
staatlichen Sicherheit wurde letzte Woche (wie
berichtet) beschlossen. Die Wahl der Firmen, die
dafür zuständig sind, wird nun von unabhängigen
Experten durchgeführt. Das Budget liegt bei
mehreren Millionen. Sicher ist noch nicht, ob diese
Firmen auch den Bau der neuen Großlager für
Flüchtlinge durchführen werden, es liegt aus
praktischen Gründen allerdings nahe. „Wir werden
uns Zeit nehmen und alle Angebote prüfen", so die
offizielle Mitteilung.

II

Summe Spenden für die Flüchtlingshilfe: € 70.350,--

Summe Spenden für den Verein „Unser Land will Frieden!": € 11.000,--

Summe Spenden für den Verein „One World One Peoples": € 9.500,--

Kosten für Sachbeschädigungen im Rahmen der Demos: € 1.250.000,--

III
JEMAND ANDERS - IRGENDWO

Die Nachricht war natürlich rasch bis zu ihm durchgedrungen und es hatte ihn nicht überrascht. Das passierte eben mit den jungen Leuten. Sie waren zu ehrgeizig, zu leichtsinnig und sie hielten sich für unverwundbar.
Dumme, junge Leute.
Er seufzte, schüttelte den Kopf und überflog den Bericht nochmals.
Frank.
Der Name sagte ihm nichts.
Aller Wahrscheinlichkeit nach hatte er ihn auf irgendeinem Treffen kennengelernt. Es gab so viele neue Mitglieder, so viele, die Teil des größeren, besseren Ganzen sein wollten – es war unmöglich sich alle zu merken.

Zumal es auch nicht wirklich notwendig war, da ohnehin viele ihrem eigenen Ehrgeiz zum Opfer fielen.

Auch wenn er gestehen musste, auf die Idee, einem Flüchtling Geld zu bieten, um seiner Familie Sicherheit zu garantieren, wenn er nur eine Bombe in ein Krankenhaus transportierte, um mit den Worten „Allahu akbar" auf den Knopf zu drücken ... das war köstlich. Das war sogar fast genial. Auf diese Idee wäre er selbst nie gekommen.

Ja, die Flüchtlingskrise ... bei diesem Wort musste er immer lachen. Gut, wenn die Presse diese Begriffe von sich aus erfand. Das passte gut. Dann musste er sich nicht darum kümmern, dann mussten *sie* sich nicht darum kümmern.

Es war immer schön, wenn jemand einem ein wenig Arbeit abnahm.

Er stand auf, trat zum Fenster und blickte hinab auf die Stadt. Die Überlegung, ob es nicht vielleicht auch Sinn haben könnte, wenn hier in dieser, seiner Stadt, eine Bombe irgendwo hochging, kam ihm in den Sinn, aber er entschied sich dagegen. Angst, Panik und die Furcht vor Terrorismus waren auf einem Allzeit-Hoch.

Jetzt noch eines drauf zu setzen... Das wäre zu viel des Guten.

Er würde abwarten.

Irgendwann würde die Panik nachlassen. Dann konnte er immer noch darauf zurückgreifen.

Das Timing war wichtig.

Timing war alles.

Wenn man nutzte, was die Welt einem anbot.

Wenn man das Geld und die Kontakte hatte, um auch wirklich großflächig zu agieren.

Wenn man den Mumm hatte, es durchzuziehen, dann war nichts unmöglich.

Er wusste das.

Die Jungen mussten das erst lernen. Aber viele davon waren auf einem guten Weg.

Einem sehr guten Weg.

Sein Blick fiel auf den Bericht über Frank. Er schmunzelte.

Selbst in der ersten Reihe zu stehen, sich die Hände schmutzig zu machen ... das war nicht ihr Stil. Das war nicht ihre Art. Franks Beispiel würde den anderen eine Warnung sein.

„Die Entwicklung?", fragte er seinen Assistenten, der in der Tür wartete, seitdem er ihm die Akte über Franks Tod überreicht hatte.

Dieser zählte aus dem Gedächtnis diverse Kurse und Dotierungen von Firmen an der Börse auf. Alle waren gestiegen. Es waren Millionen in Summe.

Gut.

Er war zufrieden.

„Danke", sagte er. „Ich brauche dich heute nicht mehr."

Sein Assistent drehte sich um, um das Büro zu verlassen, hielt dann aber inne und begann zögerlich zu sprechen.

„Ich bitte um Verzeihung für meine Frechheit, aber ... die anderen wollen wissen, was mit Franks Anteilen geschehen wird."

Ach ja. Die Anteile. Die Fonds. Die Aktien.

Er nickte und lächelte seinem Assistenten zu. Guter Mann.

„Teilt sie über die nächsten Wochen auf die anderen auf. Aber nicht zu rasch."

Sein Assistent verbeugte sich nickend und verschwand nach draußen.

Er nahm wieder hinter seinem Schreibtisch Platz, griff nach Franks Akte, wog sie kurz in der Hand und legte sie auf einen Stoß, der mit dem Wort „vernichten" gekennzeichnet war.

Für einen Moment blieb sein Blick an dem Stoß hängen.

Dann lächelte er.

Ja, dachte er. Teilt sie auf. Die anderen werden sich freuen mit einem weniger teilen zu müssen.

Er lachte.

Das Leben war so einfach.

So einfach.

EPILOG

„When we awake ... we know ... "
– Aquarian Age „hypnotized"

I

Im Krankenhaus hat man sich gut um mich gekümmert. Meine Wade wurde versorgt und ich bin überrascht, dass ich nicht einmal Polizisten vor der Tür stehen habe. Ich wurde verhört, habe erzählt, was geschehen ist, aber ich rechne mir keine allzu guten Chancen aus, hier mit heiler Haut davon zu kommen.

Einmal Teil einer Schießerei mit vielen Opfern zu sein, sich als unschuldig zu erweisen und davon zu kommen ... das ist eine Sache.

Beim zweiten Mal auf einem Dach aufgelesen zu werden, von dem gerade zwei Menschen gestürzt sind, und im Regen sitzend mit einer toten Frau ein paar Schritte entfernt ... nun, das ist eine völlig andere Sache.

Trotzdem behandeln mich die Polizisten freundlich. Als würden sie mir glauben. Vermutlich spielen sie mir etwas vor.

Vielleicht sind auch im Moment nur keine Ressourcen vorhanden, sich meiner anzunehmen. Immerhin laufen die Ermittlungen der Polizei auf Hochtouren. Die Demonstrationen gestern haben für viel Wirbel gesorgt. Im Land. In der Stadt. Überall.

Diskussionen über Gewalt, über Demos, über Sicherheit prägen die Stunden, die Medien, die Menschen.

Mich nicht.

Ich habe den Sturm kommen gesehen, unfähig mich dagegen zu stellen, unwillig mich mitreißen zu lassen. Auch wenn ich weiß, schuldlos zu sein, den Sturm weder heraufbeschworen noch verstärkt zu haben, so muss ich dennoch zugeben, ihn auch nicht aufgehalten zu haben.

Wenn man das Schuld nennen mag, dann sei es so. Ich lebe mit dem Wissen, nicht alles verhindern zu können, was ich gerne verhindern würde. Genauso wenig, wie ich alles erzwingen könnte, was ich gerne hätte. Und ob man mir nun glaubt oder nicht – ich bin froh über diese Tatsache.

Wenn ich alles bekommen würde, was ich haben möchte ... wenn ich wirklich der Meinung wäre, alles, was ich mir wünsche, *verdient* zu haben, nun, dann hätte ich an Franks Stelle dort oben auf dem Dach stehen können.

Aber das bin ich nicht.

Das werde ich nie.

Vielleicht ist es nicht Schuld, die uns zu Helden macht.

Vielleicht ist es das Wissen, manche Dinge einfach sein zu lassen, wie sie sind. Sie zu überleben. Die Qual, den Schmerz, das Unwissen, das Sterben der Hoffnung zu akzeptieren und weiterzuleben so gut es geht.

Jeder scheitert eben so gut er kann.

In meinem Fall habe ich sogar ein wenig Glück, denn ich liege in dem Krankenhaus, in dem auch Angela liegt.

Meine Entlassung steht kurz bevor, immerhin habe ich nur eine leichte Verletzung an der Wade, weshalb ich beschließe zu ihr zu gehen. Die Ärzte sagen mir, sie wird sich wieder erholen. Sie hat nur ein paar Kratzer abbekommen.

Meine Worte. Nicht die Worte der Ärzte.

Ehrlich gesagt habe ich viele der biologischen, physischen Erklärungen nicht wirklich verstanden, sondern nur aus Prinzip genickt. Ab dem Zeitpunkt als der Doktor meinte, sie würde wieder werden, habe ich den Rest ignoriert.

Was gibt es Wichtigeres zu wissen als das?

Sie kommt wieder in Ordnung.

Natürlich ist mir bewusst, dass die Ärzte von Angelas Körper sprechen. Ihr Geist, ihre Seele. Ich weiß nicht.

Ich stehe bei ihr am Krankenbett.

Sie ist wach und bestürzt.

Ich habe ihr alles erzählt. Die Ironie dahinter bringt mich innerlich zum Schmunzeln, auch wenn die Tragödie der beiden Toten einen gewaltigen Schatten darüber wirft.

Ausgerechnet der Zufall – ein Name, der gleich lautet – brachte uns auf die richtige Spur. Eine simple Verwechslung.

Wie oft sind Zufälle dieser Art der Ausschlag für grausame und zerstörerische Dinge. Wie oft führen Verwechslungen zu Tragödien?

In meiner Welt? Jeden verdammten Tag.

Auch das belastet mich nicht mehr. Die neue Freiheit, die am Dach über dem Schlachtfeld über mich kam, ist noch immer da. Es fühlt sich gut an. Sehr gut sogar.

Das Drama, der Horror, die Gewalt, die Zerstörung, der Tod – all das verblasst, trotz all der Tragik, die darin steckt, vor der Tatsache meiner neu gewonnen Freiheit.

Natürlich. Vielleicht habe ich mich zu einem herzlosen Monster, einem Zyniker entwickelt.

Diese Option besteht. Dennoch. In meinem Herzen fühle ich eine neue Liebe für die Welt. In all ihrer Grausamkeit. In all den kleinen Gesten und Hoffnungen. Und allem was dazwischen liegt.

Ich liebe diese Welt.

Das erste Mal in meinem Leben kann ich sie akzeptieren wie sie ist, nicht wie ich sie haben möchte.

Wir alle fallen hin und wieder.

Wir alle schlagen irgendwann irgendwo auf.

Und manche von uns überleben.

Angela scheint meine Gedanken zu erraten, denn in ihre Augen tritt ein kleiner Funken Hoffnung.

Vielleicht ist sie verwirrt, weil all das Grauen der letzten Stunden, Tage so an mir abprallt. Sie könnte denken, ich sei ein Monster, weil ich alles so gut wegzustecken scheine, aber ich hoffe und glaube sie weiß, die Wahrheit sieht anders aus.

Angela.

Mein Herz schlägt schneller.

Ihr Anblick. Das Wissen um ihre Genesung. Ihr Lächeln.

Es tut so gut.

Dann macht sie fast alles kaputt.

„Du hast gesagt, du hast mich verdammt gern", meint sie, wendet den Blick ab und betrachtet ihre unter der Decke versteckten Beine.

Ich nicke still.

„Was hast du damit gemeint?", fragt sie, ihre Augen immer noch abgewandt.

Natürlich. Der Sturm ist vorbei. Das große Mysterium gelüftet.

Zeit für die kleinen, persönlichen, *wirklich* wichtigen Fragen.

Es ist der letzte Beweis, den ich brauche, um mir selbst zu glauben.

Ich habe keine Angst mehr.

„Ich liebe dich", sage ich kurz und bündig.

Nicht mehr. Nicht weniger.

Sie zuckt zusammen als hätte ich sie in die Schulter gekniffen. Ihre Augen springen zurück zu mir. Sie sieht mich an. Mit offenem Mund. Ein Lächeln huscht über ihr Gesicht, wird aber rasch von Sorge überschattet.

„Wie kannst du das sagen?"

Sie versucht sich davon zu überzeugen, meine Worte missverstanden zu haben. Oder sich einzureden, ich hätte das anders gemeint. Vielleicht freundschaftlich. Oder vielleicht glaube ich nur, ich würde sie lieben, weil ich nach all diesem Chaos ein wenig Ordnung brauche. Ein wenig Rückhalt.

Als ob Liebe schon jemals Ordnung gebracht hätte. Aber ich weiß, wie ich es meinte.

Ich weiß um meine Gefühle.

Und am wichtigsten: Ich brauche keine Angst davor zu haben.

Deshalb sehe ich sie nochmals an, beuge mich über sie, küsse sie auf die Stirn, lächle sie an und verlasse den Raum.

Sie hat Angst davor, was diese Worte bedeuten, was sie bewirken könnten. Angst vor der Veränderung, die sie heraufbeschwören könnten. Angst.

Natürlich.

Angst ist die erste Sache, welche die Welt dir beibringt, noch bevor du überhaupt weißt, was Hoffnung ist.

Angst ist das Virus.

Und natürlich macht die Welt dich krank.

Wie könnte sie auch nicht?

Ich kann gut nachvollziehen, was im Moment in Angela vorgeht. Alles andere scheint mir gerade nicht wichtig zu sein. Die Welt, das Land, die Stadt. Randnotizen in meinem Kopf.

Wozu brauche ich die Welt, wenn ich sie nicht mit Menschen teilen kann, die ich liebe?

Eben.

Gar nicht.

Das erste Mal seit sehr, sehr langer Zeit bemerke ich, von Menschen umgeben zu sein, die ich liebe.

Ein Lächeln entkommt mir, während ich den
Krankenhausflur entlang gehe.
Es ist okay.
Wir denken alle, wir sind allein.
Wir denken alle, wir müssten unser Leben allein auf
die Reihe kriegen.
Aber das Leben kann man niemals völlig auf die
Reihe kriegen.
Man kann nur lernen mit den Schäden klar zu
kommen.
Denn wir sind alle kaputt.
Es gibt keine Ausnahmen. Keine einzige.
Manchmal ergänzen sich die Schäden, heben sich
auf und verwandeln sich dadurch.
Manchmal reicht es, jemanden zu haben, der den
eigenen Schmerz versteht.
Das ist etwas anderes als Heilung.
Es ist etwas viel Besseres.
Frage: Was ist Liebe?
*Antwort: Zu wissen, es trotz aller Schäden, Macken
und Dummheiten wert zu sein, geliebt zu werden.*
Und zu lieben. Oder beides.
Frage: Wie findet man Liebe?
Antwort: Indem man sie zulässt.
Frage: Ist man bereit, sich das einzugestehen?
Antwort: Zeit. Es braucht Zeit.

II

Ich sitze Zuhause am Fenster und stelle mir vor, aus
den Augenwinkeln zu bemerken, wie eine mir

bekannte Person die Straße entlang kommt. Ich stelle mir vor, vom Laptop aufzusehen, den Blick entspannt die Straße hinunter schweifen zu lassen und dann in der Menge einen Menschen zu erkennen, der sich zielstrebig auf meine Tür zubewegt.

Dann erkenne ich die Person.

Ich lächle.

Aber das ist nicht passiert.

Dafür ist viel anderes geschehen. Sehr viel.

Ich kann nicht einmal im Ansatz festhalten, *was* die letzten Tage rund um uns alle herum geschehen ist. Wie die Schlacht die Welt veränderte. Nachhaltig. Wie sehr *die Welt* sich verändert hat. Welche Gesetze erlassen wurden, wie viele Kameras in der Stadt montiert wurden, wie viele private Sicherheitsdienste mit mehr Budget ausgestattet wurden und ganz ehrlich: Ich kann die vielen verschiedenen Uniformen, die Kennzeichen der jeweilig zuständigen Abteilungen und Firmen, nicht mehr unterscheiden.

Für mich sehen sie alle gleich aus.

Für mich sind sie alle Gefängniswärter.

Die Welt ist anders als noch vor ein paar Wochen. Die Menschen leben weiterhin wie zuvor. Sie kaufen ein, sie essen, sie arbeiten, sie hassen, sie lieben, sie konsumieren, sie regen sich über Kriege, Schuhgrößen, Modeerscheinungen und schlechte Filme auf.

Nur tun sie das alles seit kurzem unter dem wachsamen Auge des Staates, dessen neue

Gesetze, wie die neuen Ordnungsdienste, sie provoziert, sich gewünscht haben.

Sie fühlen sich sicherer.

Überwacht.

Behütet.

Ich teile dieses Gefühl nicht. Mir gefällt der Gedanke nicht, auf allen Wegen und Irrwegen überwacht und beobachtet zu werden. Aber ich kann es nicht ändern. Ich kann nur damit leben. Um nicht missverstanden zu werden: Es macht mir keine Angst.

Das bedeutet jedoch nicht, dass es mir gefällt.

Mir fällt auf – wenn ich tagsüber oder abends durch die Straßen gehe – wie wenig die Leute sich um jene neben ihnen kümmern. Wie selten jemand einschreitet, wenn ein Streit in ihrer Nähe losbricht. Ich sehe mittlerweile für meinen Geschmack ein wenig zu oft, wie eine Person eine andere Person lautstark beschimpft, ohne von Passanten zurechtgewiesen zu werden. Ich sehe kleine Raufereien, sehe Ohrfeigen und höre wütende und drohende Worte.

Aber niemand schreitet ein.

Es missfällt mir. Die Zivilcourage scheint zu schwinden.

Wie auch nicht?

Wir sind schließlich sicher. Wir werden schließlich bewacht. Niemand braucht mehr für das aufzustehen, woran er oder sie glaubt – dafür haben wir schließlich unsere neuen Uniformträger. Meistens kann ich ganz gut damit leben.

Manchmal macht mir das Sorgen.

Die Plattenfirma läuft gut.

Tom ist wieder zurück und er teilt mein Missfallen über die neuen Gesetze, über diese schöne neue Welt. Huxley hatte wohl Recht. Der Mensch braucht sich nicht davor fürchten, gewaltsam unterdrückt zu werden. Der Mensch sollte sich vermutlich eher davor fürchten, sich genau diese Unterdrückung zu wünschen.

Aber das ist alles abstrakt und philosophisch.

Im Grunde läuft es darauf hinaus: Das Leben geht wieder seinen gewohnten Gang. Wüsste man nicht um den Unterschied, man würde sehr genau hinsehen müssen, um ihn zu erkennen.

Ich sitze auf meinem Fensterbrett, lasse meine Seele baumeln und versuche, nicht die neu installierten Kameras zu beobachten, die ich von hier aus auf den Straßen unter mir sehen kann. Unter ihnen die Schilder „Zu IHRER Sicherheit videoüberwacht".

Und die meinen das nicht einmal sarkastisch. Genauso wenig wie ich mich daran erinnern kann, wann mehr Sicherheitspersonal wirklich mehr Sicherheit bedeutet hat, genauso wenig kann ich mich daran erinnern, wann mehr Überwachung jemals eine gute Sache gewesen wäre.

Aber vielleicht habe ich nur ein selektives Gedächtnis.

Vielleicht gibt es Tausende Beispiele in der Geschichte, die mir zeigen sollten, dass mehr

Überwachung und Polizei bedeuten, ich wäre freier und sicherer als zuvor.

Ich nehme an, es gibt viele Beispiele dafür.

Mir fällt nur kein einziges ein.

So viel zur Welt im Großen. Was ist mit meiner Welt? Meiner kleinen, in sich geschlossenen Welt? Es gab nicht einmal eine Anzeige.

Irgendwie scheint irgendjemand Beweise gefunden zu haben, dass Frank wirklich hinter allem steckte.

Ich weiß nicht wer, ich weiß nicht, wie oder wo. Meiner Meinung nach muss es sich um einen der Ermittler bei der Polizei gehandelt haben.

Auch wenn ich froh bin, den Kontakt mit der Exekutive in meinem Leben auf ein Minimum reduzieren zu können, so kann ich wohl doch davon ausgehen, dass die meisten der Leute dort ihren Job verstehen.

Zum Glück für mich, denn das bedeutet, dass ich frei bin.

Nicht nur im Geist, sondern auch tatsächlich. In der realen Welt.

Oft sitze ich also wie jetzt am offenen Fenster, habe den Laptop auf dem Schoß und blicke nach unten. Rauche eine Zigarette, trinke einen Kaffee und tippe ein paar Zeilen, bearbeite ein paar Texte für die Firma, vereinbare Termine und arbeite viel von Zuhause aus.

Das liegt an zwei Dingen.

Einerseits ist es praktisch.

Ich liebe den Platz am Fenster. Ich kann auf die Straße sehen, bekomme mit, wie viele Leute da draußen ihrem Leben nachgehen. Ich sehe also aus erster Hand, wie viele Menschen da draußen existieren, die sind wie ich. Die einfach in Ruhe ihr Leben leben wollen. Dieser Gedanke gefällt mir. Außerdem ist es sonnig. Und praktisch. In einer digitalen Welt kann ich von überall aus arbeiten und nachdem ich der Boss bin – nun, ich kann es mir aussuchen.

Andererseits gehe ich damit Angela aus dem Weg. Nicht, weil ich es will, sondern weil ich merke, wie schwer es für sie ist, mit mir zu arbeiten, mir in die Augen zu sehen und so zu tun, als hätte ich ihr meine Liebe nie gestanden.

Es waren nur Worte. Nicht mehr.

Ich verhalte mich ihr gegenüber – und generell – nicht anders als davor.

Dennoch haben die Worte etwas in der Art und Weise verändert, wie sie mich sieht, wie sie mit mir umgeht und – traurigerweise – wie sehr sie darauf achtet, nicht zu viel in Kontakt mit mir zu kommen. Vermutlich hat sie Angst ich könnte sie ansprechen und sie zur Rede stellen. Ihr meine Erwartungen vor die Füße knallen.

Egal, was ich sagen würde. Sie hat ihr Bild bereits im Kopf.

Dass es nichts mit der Realität zu tun haben muss, tut nichts zur Sache.

III

Manchmal, wenn ich auf der Fensterbank sitze, mir
die Sonne ins Gesicht scheinen lasse und meine
Gedanken einfach frei durch die Gegend und die
Zeiten fliegen, denke ich an all die Menschen, die in
mein Leben getreten und daraus verschwunden
sind.

Dann fallen mir so viele Namen ein, so viele
Vorkommnisse, so viele verschiedene Dinge, dass
mir beinahe schwindelt. So viel, was in diesen
wenigen Jahren geschehen kann.

So viele Dinge, die einen prägen, die dich als
Mensch verändern.

Und so viel davon macht keinen Unterschied für
dein Umfeld, für deine Nachbarn, deine Freunde,
die Welt an sich.

Aber in dir drin bewegt sich ständig alles.

Bleib wie du bist.

Nein, danke.

Ich lerne gerne dazu.

Und wie viel ich gelernt habe.

Simon fällt mir ein.

Und Regina.

Dann muss ich an Uschi denken.

Und natürlich an Susi.

Wo sie wohl ist? Ich weiß es nicht.

Manche Menschen treten in dein Leben, verändern
es, reißen es herum, retten dich vor dir selbst und
allem um dich, und dann sind sie wieder
verschwunden.

Sie kommen niemals wieder.

Du kannst ihnen weder danken, noch kannst du dich entschuldigen.

Ich weiß, dass ich Susi niemals wiedersehen werde.

Auch damit muss man zu leben lernen.

Zumindest tut es gut sie irgendwo da draußen zu wissen.

Ich schließe die Augen.

Die Sonne ist warm.

Für ein paar Sekunden trauere ich um jene, die heute nicht hier sein können. Nicht bei mir, sondern hier auf dieser Welt. Um jene, die gegangen sind, um es möglich zu machen, dass Leute wie ich hier in der Sonne sitzen und träumen können.

Niemand wird je ihre Namen kennen.

Sie werden in keinem Geschichtsbuch auftauchen.

Trotzdem würde die Welt ohne diese Menschen untergehen.

Aber das tut sie nicht.

Sie dreht sich immer noch.

Ich öffne die Augen, überlege, ob jetzt eine Tasse Kaffee gut wäre und – Hand aufs Herz – eine Tasse Kaffee ist immer gut.

Als ich vom Fensterbrett auf den Boden springe, sehe ich aus den Augenwinkeln eine Person auf der Straße, die sich sehr zielstrebig, wenn auch leicht nervös, zu bewegen scheint.

Bevor ich in die Küche gehe, bleibe ich stehen und sehe nochmals genauer hin.

Ja.

Dort ist sie.

Sie bewegt sich auf mein Haus zu.

Einen Augenblick lang überlege ich, warum sie hierher kommt, gehe innerhalb von Sekunden Millionen Möglichkeiten in meinem Kopf durch, aber dann halte ich inne, wische all die Überlegungen vom metaphorischen Tisch und gehe um die Tür zu öffnen.

Was immer auch kommen mag.

Ich habe keine Angst.

Nachwort

Das war nie der Plan.

Nie.

Als ich vor Jahren „Sonnenglaster" geschrieben habe, dachte ich nicht im Traum daran die Geschichte von René weiterzuführen. Für mich war sie abgeschlossen. Vorbei. Zu Ende. Punktum.

Aber wie auch er in der Geschichte zu der Erkenntnis kommt, dass das Leben nicht immer so spielt, wie man sich erhofft, so bin ich zu der Erkenntnis gekommen, es wird einen zweiten Teil geben.

Eigentlich hatte ich mit dem zweiten Teil zu meinem letzten Buch „Gehorsam" beginnen wollen: Nachdem ich von einem Theaterbesuch nach Hause fuhr, hatte ich im Bus plötzlich drei Zeilen im Kopf. Drei sehr schöne, aber tragische Zeilen. Als ich Zuhause angekommen bin, habe ich mich hingesetzt und zu schreiben begonnen und erst nach einiger Zeit wieder damit aufgehört.

Als ich dann las, was ich da geschrieben hatte, wurde mir mit einem Schlag klar: Es handelte sich nicht um den nächsten Teil der „Christoph Friedberg Akten", keineswegs. Das war keine witzige, heitere Geschichte mit ernstem Hintergrund. Das war etwas anders. Etwas Dunkles. Keine zwei Stunden später hatte ich die komplette Geschichte. Von Anfang bis Ende. Sie war einfach da. Ich hatte die Namen der Kapitel. Die Texte von Christian Grills Band „Aquarian Age", welche die

505

Kapitel begleiten würden – alles war da und passte perfekt zusammen.

Das ist mir so noch nie zuvor passiert.

Auf Anfrage bei Chris meinte dieser, dass ich seine Texte natürlich wieder nutzen durfte (An dieser Stelle: *Danke, Chris!*) und meine viel geehrte Haus- und Hoflektorin Claudia (*„Ein Euro für jede Dass-Konstruktion!"*) meinte auch, sie würde sich gern wieder zur Verfügung stellen.
Das war am 17. Dezember 2015.
Heute ist der 7. Februar 2016 und die Geschichte von René ist niedergeschrieben.
Unerwartet rasch.
Was für mich nur beweist, wie sehr das Buch in meinem Kopf bereits vorhanden und fertig war.
Dass es Parallelen zu tatsächlichen Ereignissen gibt, ist dieses Mal absolute Absicht. Sollte es jemand sauer aufstoßen, dass ich mich erdreiste, diese Dinge in eine fiktive Geschichte einzubauen, dann bitte ich dafür um Verzeihung, aber es war notwendig, da ich – jetzt, wo ich damit fertig bin – erst erkenne, dass es diese Ereignisse waren, die mich zu dieser Geschichte gebracht haben.
Es war mir unmöglich sie außen vor zu lassen.

Wie aufmerksame Leser und –innen vielleicht bemerkt haben, kommen Namen aus meinen anderen Büchern vor. Strak wird erwähnt. Angela ist offensichtlich die Angela aus „*Monod*" und so weiter.

Auch das ist Absicht. Das habe ich auch bereits in anderen Büchern gemacht und spiegelt nur meine Ansicht, dass alle meine Bücher (egal ob tragisch, hart oder lustig) in der gleichen Welt spielen. Denn die Welt hat das alles zu bieten.

Gleichzeitig.
Parallel.
Nacheinander.
Das hängt wohl nur vom Blickwinkel ab.

An dieser Stelle auch danke für die vielen Rückmeldungen zu meinen anderen Büchern. Ich freue mich über jede einzelne davon.

OJ, 7. Februar 2016

UPDATE am 20 August 2016
Die Korrekturen sind gemacht. Das Buch an die ProbeleserInnen verteilt und ich erwarte voller Spannung die ersten Rückmeldungen. Ein zweiter Teil. Ein Novum für mich.

Die Welt hat sich seit dem Verfassen dieses Buches weitergedreht, mein Leben ein paar drastische Veränderungen erfahren, aber eine Sache ist gleich geblieben: Wir scheinen immer mehr in die

Richtung zu steuern, die in „*Mondenwende*"
beschrieben wird.

Ein Grund mehr für mich, froh zu sein, das Buch
geschrieben zu haben.
Was immer sie in den Zeitungen lesen, denken Sie
immer daran: Es geht um Menschen.
Wir sind alle Menschen.

UPDATE am 2. Dezember 2016
Wir haben den zweiten Dezember 2016. Die Welt
ist im Wandel, wie Tolkien mal so schön formuliert
hat (oder übersetzt wurde). Das gilt für die
gesamte Welt da draußen und auch für meine
kleine, persönliche Welt. Bald ist die (wiederholte)
Stichwahl für den Präsidenten.

Peinlich wie dieses Jahr verlaufen ist, werden wir
mal sehen, was dabei rauskommt und was dieses
Mal der Grund für eine Anfechtung sein könnte.
Irgendwas wird sich schon finden lassen. Vielleicht
war das Papier zu dünn oder so. Zu diesem
Zeitpunkt scheint mir nichts mehr *zu* abwegig.
Trump hat in den USA gewonnen.
Gewaltbereitschaft von allen Seiten ist auf dem
Vormarsch.

Harren wir der Dinge die da kommen mögen.

Die Korrekturen und Rückmeldungen zu
„*Mondenwende*" sind eingelangt und ich bin

zuversichtlich, denn sie waren durch die Bank positiv. Natürlich habe ich das Buch auch Menschen lesen lassen, die den ersten Teil nicht kennen um herauszufinden, ob es auch ohne Vorkenntnisse verständlich ist.

Kurze Version: Ja, ist es.

Update April 2018
Durch diverse Veränderungen in meinem Leben hat sich das Buch lange verzögert. Eine der positiven Veränderungen hat die Gestalt einer fantastischen Frau, die ich in Kürze heiraten werde (Danke für die gedanklichen Glückwünsche). Das hat naturgemäß einen Wohnsitzwechsel und andere zeitlich aufwendige Situationen provoziert.

Was sich leider nicht verändert hat, ist die Aktualität des Buches. Im Gegenteil Wenn ich an Iran, Syrien und alle anderen Kriegs- und/oder Krisengebiete in der Welt denke, dann wohl eher das Gegenteil. Überwachung ist in aller Munde. In Österreich wird still ein Überwachungspaket verabschiedet und alles wird mit der Sorge vor Terror argumentiert. Russische Diplomaten werden aus diversen Ländern ausgewiesen obwohl es noch keine Auflösung des Mordanschlags gibt. Raketen werden in ein Land gefeuert, ohne das es rechtlich gesehen Beweise oder einen Schuldspruch gibt (UNO-Mandate braucht scheinbar ohnehin niemand mehr um ein anderes Land anzugreifen) und wir alle wissen es: Tatsächlich geht es um zwei Dinge: Rohstoffe und Geld.

Die Rohstoffe bringen das Geld, also führt man „ironischerweise" dort Krieg, wo es diese gibt (Wenn jetzt jemand fragt wo es in Syrien welche Rohstoffe gibt, der oder die soll mal nach „Pipeline durch Syrien" googlen und sich auf viel Lesestoff einstellen.

Ganz ehrlich:
Manchmal ist es schade, wenn man von der Welt bestätigt wird.

Update Juli 2018

Und wir leben immer noch. Mittlerweile glücklichst (ich mag diese Wortverunstaltungen nicht, aber hier passt es) verheiratet und auch wenn die Welt immer noch nicht besser geworden ist (wenn ich durch diverse TV-Nachrichten zappe, kippe ich regelmäßig von hysterische Lachen ins bitterliche Weinen und wieder retour), so gibt es immer wieder positive Lichtblitze.

Auch ein Trost: Immer mehr Hintermänner zeigen (unfreiwillig) ihre wahren Absichten und man kann gut erkennen, wer tatsächlich welche Agenda verfolgt. Möge es helfen.

Ich weiß nicht mehr als sie über die Welt und ich kann nur festhalten, was ich jeden Tag sehe und höre.

Eine Sache weiß ich allerdings mit Sicherheit: Wer vor allem Angst hat, kann von allen kontrolliert werden.

DANKE an alle TestleserInnen. Euer Feedback ist wertvoll und hilft mir jedes Mal aufs Neue weiter. Man lernt eben immer dazu.

Alle Fehler, die dennoch im Buch geblieben sind (betreffend Inhalt, Grammatik, Layout oder Rechtschreibung), sind klarerweise rein meine Schuld.

Ich hoffe, es hat Ihnen gefallen.
Danke, dass Sie mein Buch gelesen haben.

Oliver Jungwirth,
05. August 2018, Haag am Hausruck

Über den Autor

Geboren in Stadt Haag in NÖ, wohne ich seit der Jahrtausendwende in OÖ. Mittlerweile wieder am Land (Haag/Hausruck) und baue mir mit meiner Frau, unseren Katzen und hoffentlich mal weiterer MitbewohnerInnen ein ruhiges und schönes Leben auf.

Ich arbeite immer noch als Sozialarbeiter und drehe Filme (der aktuellste Film mit Stand August 2018 befindet sich in der Post-Produktion und wird hoffentlich im Herbst mit dem Titel „Found Footage" erscheinen).

www.creativeturtle.at
www.oliverjungwirth.com

Andere Bücher (auch als E-Books erhältlich):
* Sonnenglaster
* Gehorsam – eine Christoph Friedberg Akte

Filme
* Müll – der (einzig wahre) Trashfilm